Natasha Ngan

Alba & Seven

Vertraue niemals der Erinnerung

Natasha Ngan
wurde im englischen Hertfordshire geboren und hat ihre Kindheit in Großbritannien und in Malaysia verbracht, von wo die chinesische Seite ihrer Familie stammt. Bücher waren schon immer ihre besten Freunde, und auch wenn inzwischen ein paar echte menschliche Freunde dazugekommen sind, hat sie sich ihre Liebe zu spannenden Geschichten erhalten. Neben dem Schreiben an ihren eigenen Romanen arbeitet Natasha als begeisterte Fotografie- und Modebloggerin.

Mehr über Natasha findest Du auf Twitter und Instagram *@girlinthelens* oder auf ihren Blogs: *girlinthelens.com* und *natashangan.com.*

Natasha Ngan

Alba & Seven

VERTRAUE NIEMALS DER ERINNERUNG

Aus dem Englischen von
Michael Koseler

Arena

Für Nicola,
weil sie alles in Gang setzte

FSC
www.fsc.org
MIX
Papier aus verantwortungsvollen Quellen
FSC® C110508

Die Originalausgabe erschien 2014 unter dem Titel
»The Memory Keepers« bei Hot Key Books, einem
Imprint der Bonnier Publishing Group.

1. Auflage 2016
Für die deutschsprachige Ausgabe:

Aus dem Englischen von Michael Koseler
Covergestaltung: Martina Eisele unter Verwendung
der Fotografien von zffoto und elaineitalie © depositphotos
Gesamtherstellung: Westermann Druck, Zwickau GmbH
ISBN 978-3-401-60138-0

Besuche uns unter:
www.arena-verlag.de
www.twitter.com/arenaverlag
www.facebook.com/arenaverlagfans

»Erinnerungen wärmen einen von innen.
Sie können einen aber auch innerlich zerreißen.«

Haruki Murakami

2 Uhr 30 morgens. Hyde-Park-Anwesen

Seven unterdrückte einen Fluch, als seine Finger vom Sims des Balkons abrutschten. Seine eine Hand verlor den Halt und baumelte in der Luft, sodass sein Körper gegen das Gebäude prallte, das er gerade hochkletterte (und ja, das, was er hier machte, war natürlich völlig illegal). Im letzten Moment schaffte er es, sich mit der anderen Hand festzuklammern. Die Mauer vor ihm fiel steil nach unten ab wie ein erstarrter Wasserfall aus glänzendem weißen Stein. Er befand sich im zweiten Stock. Wenn man aus dieser Höhe abstürzte und auf Rasen landete, kam man für gewöhnlich mit ein paar gebrochenen Knochen davon. Doch um dieses Haus zog sich eine Terrasse, die mit Marmorplatten ausgelegt war ...

Wenn er da aufkam, war es aus mit ihm.

Nachdem er tief Luft geholt hatte, packte Seven die Kante des Balkons mit beiden Händen und zog sich nach oben. Seine Arme schmerzten, denn um auf das Hyde-Park-Anwesen zu gelangen, war er bereits über einen fünf Meter hohen Zaun geklettert, um anschließend auch noch die Fassade des Hauses zu erklimmen. Und das hatte verdammt hohe Stockwerke.

»Wofür zum Teufel brauchen reiche Leute solche großen

Häuser?«, murmelte er mit zusammengebissenen Zähnen. Klar, wenn *er* mehrere Millionen Pfund besäße, würde er sich wahrscheinlich ein Haus kaufen, das zwanzigmal so groß wäre wie das hier – und zwar einfach, weil er es könnte.

Der Balkon war klein und hatte eine schmiedeeiserne Brüstung, die wie ein Rosenstrauch gearbeitet und weiß angestrichen war, um farblich zur Fassade des Hauses zu passen. Nachdem Seven auf den Balkon geklettert war, kauerte er sich in eine dunkle Ecke, um wieder zu Atem zu kommen. Er schob die Ärmel seines T-Shirts hoch und fuhr sich durch das zerzauste schwarze Haar. Dann vergewisserte er sich, dass seine Worker Boots fest zugeschnürt waren – offene Schnürsenkel hatten schon so manchen Speicherchip-Dieb ins Verderben gestürzt – und dass die Enden der Hosenbeine in den Schuhen steckten.

Hinter der Glastür, die auf den Balkon führte, war alles dunkel. Seven versuchte, durch die Gardinen zu spähen, die vor die Tür gezogen waren, konnte jedoch lediglich erkennen, dass dahinter ein hohes, geräumiges Zimmer lag.

Seven ließ mehrere Minuten verstreichen und wartete ab.

In der Dunkelheit, die ihn umgab, raschelten Blätter. Irgendwo in der Nähe schrie eine Eule und durch die Büsche huschten Kaninchen. Ansonsten war alles still. Das Anwesen lag auf dem riesigen Gelände, das früher einmal der Hyde Park gewesen war. Über das ganze Areal waren nur fünf Häuser verteilt. Zu dieser späten Stunde waren selbst das ständige Brausen des Verkehrs und der Baulärm in der Stadt verstummt und einer tiefen Stille gewichen.

Seven hatte dieses Haus so lange beobachtet, dass er den Tagesrhythmus seiner Bewohner bestens kannte. Inzwischen mussten alle im Bett sein, auch die Dienstboten. Trotzdem konnte man nie hundertprozentig sicher sein und Vorsicht war besser als Nachsicht. Seven hielt nämlich nicht *unbedingt* etwas davon, erwischt und zum Tode verurteilt zu werden.

Als er schließlich davon überzeugt war, dass sich niemand in der Nähe befand, holte er einen Dietrich aus seinem Werkzeuggürtel. Er steckte ihn in das Schlüsselloch der Tür und stocherte damit im Schloss herum.

Sevens Herz hämmerte wie wild. Ein beklemmendes Gefühl stieg in ihm hoch, weil er, wie immer in so einer Situation, Angst hatte, dass es diesmal nicht klappen würde. Doch dann – er atmete erleichtert auf – war ein leises Klicken zu vernehmen und das Schloss sprang auf.

»Danke, ihr Götter«, flüsterte Seven grinsend. Nicht dass er an irgendwelche Götter glauben würde. Wenn es überhaupt welche gab, dann hatten sie sich bisher herzlich wenig um ihn gekümmert. Aber Gebete kosteten ja nichts (ganz im Gegensatz zu so gut wie allen anderen Dingen in London).

Seven schob die Tür auf und schlüpfte ins Zimmer.

Das Erste, was ihm wie immer auffiel, war der Geruch des Raums. Die Luft war sauber, wenn auch etwas muffig, was von den Büchern in den Regalen ringsum kam. Vor allem aber roch es hier nicht nach Dingen wie Kotze, Pisse, Scheiße, Müll, Zigarettenrauch, Fabrikabgasen, Haschisch, Marihuana oder all den unzähligen anderen Gerüchen, nach denen die Straßen in der Nähe seiner Wohnung im Süden stanken.

Seven reckte die Arme in die Höhe, um seine verkrampften Muskeln zu lockern, und atmete tief ein. Ein durchdringend süßer Duft erfüllte das Zimmer. Als seine Augen sich an die durch das Mondlicht aufgehellte Dunkelheit gewöhnt hatten, sah er, dass überall Vasen voller Blumen standen. Er rümpfte angewidert die Nase. Das war auch etwas, das er an reichen

Leuten hasste: Sie gingen so verschwenderisch mit ihrem Geld um, dass sie Hunderte von Pfund für Dinge ausgaben, die nicht nur grässlich rochen, sondern auch nach ein paar Tagen verwelken würden.

Plötzlich war vom Treppenabsatz vor dem Zimmer ein Knarren zu hören. Seven hielt den Atem an und presste sich, mit der Dunkelheit verschmelzend, gegen die Wand. Ihm brach der Schweiß aus. Als von draußen keine weiteren Geräusche hereindrangen, trat er wieder in den Raum.

Na dann an die Arbeit, dachte er.

Seven war ein so erfahrener Dieb, dass er sich bei seiner Arbeit normalerweise Zeit ließ und auch mal gerne in Bücherregalen herumstöberte. Wenn irgendwo Essen stand, bediente er sich. Doch heute Abend konnte er es sich nicht leisten, die Sache derart lässig anzugehen.

Denn er befand sich auf dem Hyde-Park-Anwesen, der teuersten Wohngegend des Nordens.

Im Haus der Familie White.

Der Familie *White.*

Das hier war das Zuhause des Mannes, der Leute wie ihn kalt lächelnd in den Tod schickte.

So leise wie möglich verließ Seven das Zimmer und trat in den Gang hinaus, der sich links und rechts in der Dunkelheit verlor. Direkt vor ihm führte eine breite geschwungene Treppe zu der riesigen Eingangshalle im Parterre hinunter. Über der hohen Haustür befand sich ein rundes Fenster, das den größten Teil der Wand einnahm und mit verschlungenen Spiralen bemalt war. Das Mondlicht, das dort hindurchschien, warf das Muster geradewegs auf den Marmorfußboden, wo es sich wie gespenstische Ranken kräuselte.

Obwohl das hier zweifellos das luxuriöseste Haus war, das

Seven je betreten hatte, war er nicht im Geringsten beeindruckt. Mit finsterer Miene wandte er sich ab und ging den Korridor entlang.

Der Raum, nach dem er suchte – das Memorium – lag im Ostflügel des Gebäudes, hinter einer Geheimtür, die sich in jenem der acht Wohnzimmer befand, das die Familie am seltensten benutzte. Diese Details hatte Seven schon bei der Observation des Hauses in Erfahrung gebracht. Völlig sicher war er sich zwar nicht, weil das Memorium keine Fenster hatte, andererseits kannte er dieses räumliche Arrangement von anderen Häusern, aus denen er Speicherchips gestohlen hatte. Außerdem hatte er beobachtet, wie jemand durch das Bücherregal auf der rechten Seite des Raums getreten und verschwunden war. Falls er keine Halluzinationen hatte (was als Nebenwirkung seines ständigen Hungers durchaus möglich war), musste sich das Memorium der Whites genau dort befinden.

Es gab *immer* eine Geheimtür. Erinnerungen waren schließlich eine äußerst heikle Angelegenheit und man wollte natürlich nicht, dass sie in die falschen Hände gerieten.

Und mit »falschen« meine ich diese hier!, dachte Seven und winkte dem Wohnzimmer grinsend zu, als er hineintrat.

Schon nach einem flüchtigen Blick auf die Bücherregale an der hinteren Wand entdeckte er den Rahmen einer in das Holz eingelassenen Tür. Der Spalt wurde direkt vom Mondlicht beschienen und Seven lief sofort auf Zehenspitzen hinüber. Wie immer in diesem Moment – der ihm bei seinen Diebestouren der zweitliebste war – beschleunigte sich sein Herzschlag. Er presste die Hände gegen das Holz und zögerte kurz. Wenn die Tür abgeschlossen war, hatte er den ganzen Weg umsonst gemacht. *Aber die Leute im Norden schließen ihre Memoriums nur selten ab,* beruhigte er sich selbst, schob die Finger in die Ritze der Geheimtür und drückte dagegen.

Langsam gab die schwere Tür nach und ging auf.

Seven entspannte sich und ein Grinsen stahl sich auf seine Lippen. Doch schon im nächsten Moment rutschte ihm das Herz in die Hose.

Im Zimmer brannte Licht; eine flackernde Lampe, die auf einem Schreibtisch stand. Als die Tür noch weiter aufging, erblickte Seven ein Mädchen. Ihr rotbraunes Haar schimmerte im Licht, während sie sich zu ihm umdrehte. Wie in Zeitlupe nahm er wahr, dass sie ihre Augen aufriss, den Mund weit öffnete und die Hände zu Fäusten ballte.

Aus irgendeinem verrückten Grund rannte Seven nicht davon. Möglicherweise hätte er es sogar noch nach draußen geschafft. Stattdessen stand er wie angewurzelt da und starrte das Mädchen nur fassungslos an. Dabei ging ihm durch den Kopf, wie ärgerlich es doch war, dass er diesmal nicht seinen absoluten Lieblingsmoment erleben würde: Nämlich mit den gestohlenen Erinnerungen aus dem Haus zu klettern, ohne dass man ihn erwischt hatte.

Elf Stunden früher

SEVEN

1 Das Zimmer lag am Ende des Korridors, von dem das Wohnzimmer, die Küche, die drei kleinen Schlafzimmer und das ziemlich versiffte Bad abgingen (schließlich wohnten hier drei schmuddelige Teenager).

Nichts an der Zimmertür, die Seven stets abschloss, gab irgendeinen Hinweis darauf, was sich hinter der abblätternden Farbe befand. Trotzdem bildete sich Seven ein, man könne spüren, was im Zimmer verborgen war. Es hatte eine Ausstrahlungskraft, die einen sofort innehalten ließ, wenn man an der Tür vorbeiging. Er stellte sich vor, dass seine Mitbewohner Sid und Kola sich immer wieder fragten: *Was zum Teufel ist bloß dadrin?* Aber wahrscheinlich hatten sie das Ganze in der nächsten Sekunde schon wieder vergessen.

Seven brauchte sich diese Frage natürlich nie zu stellen. Er wusste, was die blauen Aktenschränke, die im Zimmer standen, enthielten. Einige der Griffe an den Schubladen waren über und über mit seinen Fingerabdrücken beschmiert, weil er sie so häufig aufzog. Und auf einem der Schränke stand ein kaputter Becher, in dem er die Lieblingsstücke seiner Sammlung aufbewahrte. Sie waren wie Freunde für ihn, waren eigentlich seine *einzigen* Freunde. Er kannte sie genau und sie waren immer da, wenn er sie brauchte.

Bei anderen Gelegenheiten – wie zum Beispiel heute – ging Seven einfach in das Zimmer, um sich überraschen zu lassen.

Der Raum war klein und fensterlos. Aktenschränke aus blauem Metall zogen sich die Wände entlang. In einer Ecke stand eine Maschine, groß und schmal wie Seven selbst. Das Zimmer ließ sich in keiner Weise mit den prächtigen, mit dunklem Holz getäfelten und mit Marmorplatten ausgelegten Memoriums der reichen Leute vergleichen, aber es gehörte ihm, was er nur von wenigen Dingen behaupten konnte.

Nachdem er die Tür mit dem Schlüssel, den er an einer dünnen Kette um den Hals trug, hinter sich abgeschlossen hatte, trat Seven in die Mitte des Zimmers. Er wischte sich den Schweiß von der Stirn. Hier drinnen war es genauso heiß wie in der restlichen Wohnung. Im Oktober war es im Süden mit seinen engen Straßen, seinen hohen Wohnsilos und der von den Fabriken verpesteten Luft immer unerträglich schwül. Glücklicherweise würde er in ein paar Minuten weit weg von hier sein.

Seven schloss die Augen, breitete die Arme aus und drehte sich mehrmals um sich selbst. Dann hielt er leicht schwankend inne, weil ihm schwindlig war. Ohne die Augen zu öffnen, überlegte er gespannt, was das Zimmer ihm wohl heute bieten würde. Schließlich machte er die Augen auf.

Sein ausgestreckter Arm zeigte auf einen Aktenschrank mit der Aufschrift *Angst, Verzweiflung und Sachen, bei denen man sich in die Hosen macht.* Kein besonders ausgeklügeltes Ordnungssystem, aber Seven kam gut damit zurecht. Er wusste immer sofort, was ihm bevorstand.

»Gute Wahl«, teilte er dem Zimmer grinsend mit. »Du willst mir wohl einen kleinen Adrenalinstoß verpassen, wie? Oder werde ich vielleicht zu fett und brauche deiner Ansicht nach mehr Bewegung?«

Seven blickte an sich herab. Durch sein verwaschenes graues T-Shirt kniff er sich mit Daumen und Zeigefinger in den Bauch, bekam jedoch kaum Fleisch zu fassen.

Nein. Zu fett war er ganz bestimmt nicht.

Nicht dass es ihm etwas ausmachte, so dünn zu sein. Mit einem dicken Bauch würde er auf seinen Diebestouren ständig stecken bleiben, wenn er sich durch ein Fenster schlängelte. Deshalb sagte Seven sich, dass es wohl sein Gutes hatte, dass er so wenig zu essen bekam, und verdrängte den Gedanken wieder.

Außerdem hatte er gelernt, sich mit etwas anderem als Essen am Leben zu halten.

Nachdem er auf gut Glück eine Schublade des Aktenschranks geöffnet hatte, stöberte Seven in den kleinen viereckigen DSCs – Digitale Speicherchips – herum, die klappernd aneinanderstießen. Das Metall fühlte sich kalt an.

»Das heutige Gericht *du jour«*, verkündete er mit einem französischen Akzent, den er in den Fischhallen am Fluss aufgeschnappt hatte, »ist eine *petite* Portion atemberaubenden Schreckens, gefolgt von einem Happen *très* schmackhaften In-die-Hose-Scheißens.«

Ohne hinzusehen, nahm er eine DSC aus der Schublade. Auf dem Etikett stand in roter Tinte:

10.04.2143, R. L. S., Radcliffe Court 27

Auf den Etiketten seiner DSCs vermerkte Seven das Datum des Diebstahls, die Initialen des Besitzers und den Ort. Zum Inhalt machte er jedoch keine Angaben. Abgesehen von den DSCs im Becher, deren Inhalt er in- und auswendig kannte, liebte er es, bei den Stücken seiner Sammlung immer wieder überrascht zu werden. Auf diese Weise konnte er sich einbilden, dass es sich um seine *eigenen* Erinnerungen handelten, die so weit zurücklagen, dass sie ihm entfallen waren, und jedes Mal, wenn er Erinnerungen erwischte, die er schon einmal aufgerufen hatte, war es so, als finde er zu einem Zuhause zurück, das er nie gehabt hatte.

Mit der DSC in der Hand ging Seven zu der Maschine hinüber, die in der Ecke des Zimmers stand. Zahlreiche Kabel wanden sich darum, ein Gewirr, das an den Efeu erinnerte, mit dem die Betonmauern seines Wohnsilos bewachsen waren. Oben war eine runde Metallkappe angebracht. Diese Maschine war Sevens ganzer Stolz: ein Memory Butler 3S. Vor Jahren hatte er es sich in einem heruntergekommenen Kaufhaus am Fluss ausgeliehen – na ja, eigentlich hatte er es gestohlen. Es war ein altes Modell, bei Weitem nicht so leistungsstark wie die Maschinen in den voll ausgestatteten Memoriums, erfüllte aber seinen Zweck.

Nachdem er den Memory Butler eingeschaltet hatte, zog er ihn in die Mitte des Zimmers. Er setzte sich auf einen Hocker und schnallte sich die mit Kabeln verbundenen Manschetten um die Handgelenke. Sie beeinflussten mit elektrischen Impulsen den Herzschlag, um beim Erinnerungssurfen die besten Bedingungen zu schaffen. Dann setzte er sich die Metallkappe auf, die ebenfalls mit der Maschine verkabelt war. Die stumpfen Zangen am Rand der Kappe schlossen sich um seinen Kopf.

Seven zuckte zusammen. »Ist mir wie immer ein Vergnügen, Butler.«

Als Nächstes verband er das Hauptkabel mit der DSC. Er beobachtete, wie der Balken, der anzeigte, dass der Inhalt des Speicherchips runtergeladen wurde, wuchs. Als der Vorgang abgeschlossen war, drückte Seven auf AKTIVIEREN. Er hielt den Atem an und wartete voller Vorfreude darauf, was er wohl gleich erleben – welche neue Welt er entdecken würde.

In welche neue Person er sich gleich verwandelte.

Zunächst tat sich überhaupt nichts. Nur das Summen der Maschine war zu hören, die in unregelmäßigen Abständen ein Klicken von sich gab. Aus dem Hof drangen das Gurren und Flügelschlagen der Tauben an Sevens Ohr. Aus der Ferne waren die typischen Nachmittagsgeräusche Londons zu vernehmen. Dann wurde das Summen lauter, in das sich ein schriller, kreischender Ton mischte. Plötzlich blitzte ein Licht auf. Seven kniff automatisch die Augen zusammen und biss sich auf die Unterlippe.

»ERINNERUNG AKTIVIERT«, teilte ihm eine ausdruckslose Roboterstimme mit, die aus seinem Schädel zu kommen schien. »DAUER: ACHT MINUTEN, EINUNDDREISSIG SEKUNDEN.«

Seven öffnete die Augen.

Um ihn herum war alles schwarz geworden. Kein Laut war zu hören. Es war, als schwebe er im Nichts. Er streckte die Hand aus und spürte, wie die warme Luft einer fremden Erinnerung über seine Haut strich.

Okay, dachte Seven und spähte in die Dunkelheit, um herauszufinden, warum diese Erinnerungen unter *Angst, Verzweiflung und Sachen, bei denen man sich in die Hosen macht* abgelegt waren. Er grinste. »Nun gib dir mal Mühe, R. L. S. Sonst verlange ich mein Geld zurück.«

Alba

2

Der Nachmittagsunterricht war immer am schlimmsten, besonders um vier herum. Zu dieser Zeit war es so heiß und stickig, dass Alba sich völlig benebelt fühlte und ständig gegen den Schlaf ankämpfen musste. Um vier Uhr sollte man eher ein bisschen vor sich hin träumen oder sich etwas hinlegen. Man könnte auch gemütlich über das Gelände des Hyde-Park-Anwesens spazieren. Oder aber auf der verwilderten Wiese am Ufer der Serpentine sitzen und einen Roman lesen.

Jedenfalls war das ganz entschieden *nicht* die richtige Zeit, um bei Professor Nightingale Neuere Geschichte zu haben. Sein Unterricht war für den Schulalltag das, was »vier Uhr« für Nachmittage war ...

Nämlich das Schlimmste, was einem passieren konnte.

»Ende des 21. Jahrhunderts kam es dann zur Großen Depression. Der Aktienmarkt brach zusammen und die internationalen Beziehungen waren extrem gespannt. Und natürlich spielte auch die Auflösung der EU und die daraus folgenden Unruhen und kleinen Kriege eine Rolle. Außerdem hatte der Treibhauseffekt weltweit um sich gegriffen, sodass das Klima auf den Britischen Inseln mutierte und die Jahreszeiten aus dem Gleichgewicht gerieten. Die Temperatur stieg alle zehn Jahre um durchschnittlich drei Grad an. Und natürlich ...«

Alba stützte den Kopf in die Hände, als höre sie aufmerksam zu, und richtete den Blick so, wie es sich gehörte, auf den Lehrer, obwohl ihre Augen halb geschlossen waren und sie innerlich total abgeschaltet hatte.

Professor Nightingale trug aber auch gar nichts dazu bei, die Situation irgendwie erträglicher zu machen. Praktisch alles an ihm machte sie nur noch müder: seine ausdruckslose, leiernde Stimme ebenso wie die zahlreichen Falten in seinem Gesicht, das so zerknittert wirkte wie sein karierter Anzug. Von seinen Haaren waren nur noch wenige Büschel übrig, die sich über seinen ganzen Schädel verteilten.

Alba fielen die Augen zu. Professor Nightingale ließ sich gerade über irgendetwas absolut Todlangweiliges aus – was nichts Neues war – und sie merkte, wie sie vom Sog seiner Stimme in Richtung Schlaf davongetragen wurde. Sie sank auf ihrem Stuhl zusammen. Ihre seidene Schuluniform schmiegte sich an ihre Haut, was sich so warm und gemütlich anfühlte, als läge sie zu Hause unter ihrer Daunendecke. Doch gerade als sie dabei war, ins Traumland hinüberzugleiten, da –

»Mistress White? Könnten Sie uns sagen, wann genau der Vertrag unterzeichnet wurde, der die Selbstständigkeit aller acht Stadtstaaten auf den Britischen Inseln festlegte?«

Alba schreckte hoch. Professor Nightingales Glubschaugen starrten sie durch runde Brillengläser an. In der Klasse war es mucksmäuschenstill; alle Schülerinnen hielten den Atem an (wie immer reichte allein die Erwähnung von Albas Familiennamen dazu aus).

Rasch setzte Alba sich gerade hin.

»Das war am 16. Januar 2101, Professor«, antwortete sie wie aus der Pistole geschossen.

Das war eine leichte Frage, weil dieses Datum für die Londoner ein Feiertag war, der an die Unterzeichnung des Vertrags erinnern sollte. Alle Kinder im Norden lernten in der Schule, dass Großbritannien zu Beginn des 22. Jahrhunderts in acht unabhängige Stadtstaaten aufgeteilt worden war, die jeweils von Premierministern regiert wurden. Diese Aufteilung war das Ergebnis jahrzehntelanger Konflikte, wirtschaftlicher Konkurrenzkämpfe und sozialer Spannungen, die der britischen Regierung schließlich über den Kopf gewachsen waren. Die Stadtstaaten waren nach wie vor an Gesetze gebunden, die für das ganze Land galten und deren Einhaltung von einem Gremium überwacht wurde, in dem Delegierte aus jedem Stadtstaat saßen. Im Großen und Ganzen konnten die Stadtstaaten jedoch unabhängig voneinander agieren. Londons gegenwärtiger Premierminister war ein in Frankreich geborener Mann namens Christian Burton-Lyon, der hauptsächlich deswegen gewählt worden war, weil er gute Beziehungen zu europäischen Handelsunternehmen hatte.

Professor Nightingale nickte. »Richtig, Mistress White. Um fünf Uhr dreißig nachmittags, um ganz genau zu sein. Und könnten Sie uns auch noch sagen, wann die Gipfelkonferenz zum Thema Erinnerungssurfen und Handel mit Erinnerungen stattgefunden hat, auf der die diesbezüglichen internationalen Gesetze formuliert wurden?«

Das war schon schwieriger. Alba warf einen Blick auf ihr Schulheft, dessen Seiten jedoch leer waren.

»Oh, äh ...«, murmelte sie und suchte krampfhaft nach einer Antwort.

In allen Einzelheiten hatten sie die Geschichte des Erinnerungssurfens noch nicht durchgenommen. Was damals geschehen war, wusste Alba in groben Zügen aus dem Fernsehen und diversen Artikeln im Internet sowie aus kurzen Zusammenfassungen in ihren Schulbüchern. Nachdem die Neurologie im späten 21. Jahrhundert gewaltige Fortschritte gemacht hatte, wurden die ersten Erinnerungsmaschinen gebaut, und zwar hier in London. Obwohl man sie anfänglich nur in der medizinischen Forschung eingesetzt hatte – Krankheiten wie Alzheimer und Demenz waren auf dem Vormarsch gewesen –, führte der Zusammenbruch des Staates dazu, dass es keine öffentlichen Mittel mehr gab und die betroffenen Forschungseinrichtungen sich an private Investoren wandten. Für die Erinnerungsmaschinen wurden neue Anwendungsmöglichkeiten entwickelt, und als die Zahl ausländischer Investoren immer mehr zunahm, wurde die Technologie bald auch von verschiedenen anderen Ländern übernommen.

Das Erinnerungssurfen und der Handel mit Erinnerungen erfreute sich verständlicherweise großer Beliebtheit. Damals waren die Ölressourcen fast aufgebraucht; die internationalen Beziehungen waren schon seit Jahrzehnten angespannt und die Technologie war so allumfassend geworden, dass die Leute fast mit ihrem Bildschirm verschmolzen und ihre Umgebung kaum noch wahrnahmen. Die Möglichkeit, die Welt ohne große Mühe mithilfe einer Erinnerungsmaschine zu erkunden, passte perfekt zur Gesamtsituation. Das Ganze war jedoch nicht billig. In London, wo es die Kluft zwischen Norden und Süden gab, entstand im Norden geradezu ein Kult des Erinnerungssurfens, während es für Leute im Süden der reinste Luxus war, den sie sich nur selten leisten konnten.

Doch das waren nur die grundlegenden Tatsachen. Einzelheiten kannte Alba nicht, zum Beispiel, wann die Gipfelkonferenz stattgefunden hatte.

Sie linste hoffnungsvoll zu Rosemary Daltons Schulheft hinüber, das (was für eine Überraschung!) von Notizen nur so strotzte. Doch Rosemary – ein großes blondes Mädchen mit einem Schweinchengesicht, das ständig zu einem spöttischen Grinsen verzogen war – bemerkte ihren Blick und legte demonstrativ den Arm über das Heft. Alba seufzte. Sie wickelte sich eine Locke ihres dichten roten Haars um den Finger und versuchte, nachdenklich auszusehen.

»Ich ... ich glaube, das war so ungefähr am 23. März 2138, Professor. Oder war es 2137 ...?« Sie verstummte und wurde knallrot.

Professor Nightingale seufzte so lange und ausführlich, dass Alba fast wieder einnickte. »Nein, Mistress White«, sagte er, »das war an keinem dieser Tage. Es war natürlich am 2. Mai 2138.«

»Natürlich«, murmelte Alba vor sich hin.

Als Alba nach Unterrichtsschluss die Schule verließ, wartete Dolly schon am Tor auf sie. Obwohl man von der Knightsbridge Academy zum Hyde-Park-Anwesen nur zwanzig Minuten brauchte, durfte Alba nie allein nach Hause gehen. Bevor Dolly Albas Eltern überredet hatte, ihre Tochter zu Fuß gehen zu lassen – natürlich mit Dolly als Begleitung –, war Alba immer mit einem der Bentleys, auf dessen Kühlerhaube in silbrigem Metall das Emblem der Familie White prangte, zur Schule chauffiert worden. Das hatte sie gehasst, weil es bedeutete, dass alle Passanten auf der Straße sofort wussten, wer da im Wagen saß.

Natürlich wusste niemand, dass es *Alba* war. Man wusste

nur, dass es jemand war, der zur Familie gehörte, und genau das war das Problem.

Dolly blinzelte, halb zur Straße gedreht, in den nachmittäglichen Sonnenschein. Sie trug ihre Dienstbotenuniform, zu der eine weiße Seidenschürze, eine weiße Bluse und weiße Strümpfe gehörten. Auf die Tasche ihrer Schürze war mit schwarzem Garn das Familienemblem der Whites gestickt. Ihr langes purpurrotes Haar war oben auf dem Kopf zu zwei Knoten geschlungen.

Alba eilte über den Schulhof. Auf dem Spielplatz tobten einige Kinder herum, deren Geschrei die stickige heiße Luft zerriss. Auf der Straße hinter dem Tor rauschte der Verkehr. Die Elektroautos, die die Straße entlangschossen, verursachten Vibrationen, die wie Wellen gegen Alba brandeten.

Dolly drehte sich um, bevor Alba dazu kam, sich von hinten anzuschleichen und sie in die Seite zu kneifen.

»Diesmal nicht«, sagte Dolly mit ihrer hellen warmen Stimme. Auf ihrem jungen Gesicht erschien ein Lächeln. Nachdem sie Alba eine Haarsträhne aus der Stirn gestrichen hatte, gingen sie los. »Wie war dein Tag? Ich hoffe, du hast viel gelernt.«

Alba schnaubte. »Oh, *Unmengen«*, erwiderte sie und legte Dolly den Arm um die Taille.

Alba liebte es, dass Dolly so drahtig und groß war. Dolly hatte einen Körper, den Albas Mutter als »jungenhaft« bezeichnete, den Alba jedoch wunderschön fand. Sie würde zu gern wie Dolly aussehen. Stattdessen war sie eher kurvig und für ihre sechzehn Jahre ziemlich klein. Sie war froh, dass wenigstens ihre Gesichter einige Ähnlichkeiten aufwiesen. Beide hatten sie stark ausgeprägte Wangenknochen, ein rundes Kinn und große, weit auseinanderstehende Augen, obwohl die von Dolly blau und die von Alba grün waren.

Manchmal stellte Alba sich vor, dass Dolly ihre Schwester sei. Soweit sie wusste, hatte keine ihrer Mitschülerinnen ein so enges Verhältnis zu ihrer Zofe wie Alba. (Obwohl sie von den anderen Mädchen an der Knightsbridge Academy eigentlich keines richtig kannte. Es war schwer, Freundschaften zu schließen, wenn man Alastair Whites Tochter war, und abgesehen vom täglichen Schulgang ließen ihre Eltern sie nur selten aus dem Haus.) Obwohl es natürlich üblich war, Zofen schon in frühen Jahren mit ihren Schützlingen zusammenzubringen, damit zwischen ihnen ein geschwisterliches Band entstand. Als Alba geboren wurde, war Dolly erst neun gewesen und hatte ihre Aufgaben gelernt, indem sie der Zofe von Albas Mutter zur Hand gegangen war. Sie hatte sich um Alba gekümmert, bis Dolly alt genug gewesen war, um diese Rolle selbst zu übernehmen. Jetzt war sie Mitte zwanzig.

Alba hörte manchmal, wie Mitschülerinnen sich abfällig über ihre Zofen äußerten. Obwohl etliche Dienstboten aus den unbedeutenderen Familien im Norden stammten, kamen auch viele aus dem Süden, und das bedeutete, dass es zwischen ihnen und ihren Arbeitgebern eine unüberwindbare Kluft gab. So wie eine unsichtbare Mauer, eine Barriere, die die beiden Welten strikt in zwei Hälften teilte.

Norden.

Süden.

Licht und Schatten.

Doch zwischen Alba und Dolly gab es so etwas nicht. Alba hatte eher das Gefühl, als wäre Dolly die Einzige, die auf ihrer Seite der Mauer stand. Alles andere im Norden befand sich auf der anderen Seite, weit von ihr entfernt, hinter einer Fassade aus funkelndem Glas, Juwelen und falschem Lächeln. Eine Welt, der sie sich einfach nicht zugehörig fühlte.

»Hattet ihr heute zufällig wieder Unterricht bei Professor Nightingale?«, fragte Dolly und grinste Alba an.

Alba verdrehte die Augen. »Was meinst du wohl, warum ich mich in einen Zombie verwandelt habe?«

Dolly gab ein glockenhelles Lachen von sich, das sie beide wie ein sanfter Sommerregen umgab. Zum x-ten Mal wünschte Alba, Dolly wäre ihre Mutter oder ihre Schwester und würde sie weit, weit von hier fortbringen.

SEVEN

3

»Was für eine beknackte Zeitverschwendung«, schimpfte Seven vor sich hin, als er die Metallkappe vom Kopf nahm und am Kabel nach unten baumeln ließ. Er rieb sich die Schläfen, wo die Zangen Druckstellen hinterlassen hatten. »Das waren acht Minuten und einunddreißig Sekunden meines Lebens, die ich nie zurückbekommen werde. Du kommst in den Mülleimer, R. L. S. Und du ...« Er entfernte die Manschetten von seinen Handgelenken und drohte dem Zimmer mit dem Finger. »... du solltest dich am Riemen reißen! Möchte wissen, warum diese DSC gerade in dem Schrank war. Die hätte man unter *Zum Gähnen langweilig* ablegen müssen.«

Er schnaubte. Natürlich gab es keinen Aktenschrank mit dieser Aufschrift, dafür aber einen Mülleimer, der hinter der Tür stand.

In Gedanken versunken schob Seven den Memory Butler in die Ecke des Raums. Wie kam es, dass dieser Speicherchip in der Kategorie *Angst, Verzweiflung und Sachen, bei denen man sich in die Hosen macht* gelandet war? Wenn er neue Erinnerungen gestohlen hatte, wurden sie, sobald er sie das erste Mal durchlebt hatte, in die Aktenschränke eingeordnet. Es war überhaupt nicht nachvollziehbar, dass er diese hier je für angsterregend gehalten hatte. Um ihn herum war nichts als Schwärze gewesen, die sich endlos auszudehnen schien, und er hatte das leise Gemurmel von Stimmen gehört, ohne ein Wort verstehen zu können. Als er die DSC eingeordnet hatte, musste er einen Fehler gemacht haben.

Doch als Seven aus dem Zimmer schlüpfte und die Tür rasch hinter sich verriegelte, schoss ihm ein unangenehmer Gedanke durch den Kopf: *Ich bin ein Speicherchip-Dieb. Ich mache keine Fehler.*

So was kann ich mir nicht leisten.

Am Abend wollte Seven auf den DSC-Markt gehen, doch bis dahin blieben ihm noch ein paar Stunden, die er auf dem Dach des Hauses, in dem er wohnte, verbrachte. Da seine Erinnerungsmaschine oft heiß lief, konnte er pro Tag nur ein- oder zweimal surfen. Sonst hätte er sie sicher ständig benutzt. Im Süden gab es ja sonst nicht viel, was man unternehmen konnte.

Das Dach war zu seinem privaten Rückzugsort geworden, weil ihm die Aussicht gefiel. Es gab auch noch einen anderen Grund, den er sich aber nur ungern eingestand. Die Typen, die immer unten im Hof rumhingen, Zigaretten rauchten, billiges Bier tranken und ständig alles um sich herum demolierten, hielten Seven nämlich für ein Versuchsobjekt und probierten gern an ihm aus, wie viele Schläge jemand einstecken konnte, ohne zu Boden zu gehen. Deshalb zog er sich lieber zurück, sobald er unten im Hof ihre Stimmen hörte.

Auch jetzt waren sie da, als er auf der Kante des Daches hockte, das über dem dreißigsten Stock lag. Er hatte sich so gesetzt, dass er nach Norden blicken konnte, auf die schöne Hälfte Londons, die aus funkelnden Glastürmen, grünen Parks und gepflegten Häusern bestand. Dieser Ausblick war einer der Gründe, warum er in das Haus hier gezogen war. Es lag am oberen Rand von Vauxhall, unmittelbar an der Themse, die silbern im Licht der Sonne glitzerte.

Wenn er von hier oben nach Norden schaute, konnte Seven so tun, als gehörte er zu der Welt jenseits des Flusses. Dann konnte er sich einreden, dass er nicht auf einem von Tauben verdreckten Dach im Süden saß. Dass sich hinter ihm kein Labyrinth schmutziger, verpesteter Straßen erstreckte. Dass er bloß die Arme auszubreiten brauchte, um über den Fluss zu fliegen und den Süden weit hinter sich zu lassen.

(Seven hätte nie zugegeben, nicht einmal sich selbst gegenüber, dass er vor einigen Jahren, an seinem fünfzehnten Geburtstag, nach einem besonders üblen Zusammenstoß mit den Kerlen im Hof, ernsthaft mit dem Gedanken gespielt hatte, die Arme auszubreiten und vom Dach zu springen, obwohl er natürlich wusste, dass er nicht wirklich fliegen konnte.)

Seven schloss die Augen, lehnte sich, auf die Arme gestützt, zurück und streckte die Beine aus. Obwohl es später Nachmittag war, knallte die Sonne noch so stark vom Himmel, dass er in Schweiß gebadet war und sein dünnes T-Shirt und seine blaue Hose ihm am Körper klebten.

Er versuchte, nicht an das zu denken, was er in der Nacht vorhatte. Am Tag vor einem Einbruch war Seven stets nervös. Wenn die Dunkelheit hereinbrach, wurde er immer aufgeregter, denn dann schien die ganze Stadt eine andere Identität anzunehmen und sich in eine Welt zu verwandeln, in der alles möglich war.

Doch was er diesmal plante, war kein normaler Einbruch. Diesmal ging es um das Haus der Familie White. Das war so, als lege man sich selbst eine Schlinge um den Hals und drücke dem Teufel das Seil in die Hand.

»Hey, Mann.«

Beim Klang der Stimme fuhr Seven zusammen, weil er glaubte, die Jungen aus dem Hof seien zu ihm hochgekommen. Er sprang auf und drehte sich blitzschnell um, doch es war nur Kola, einer seiner Mitbewohner, der vor ihm stand.

Kola war ein großer, gut aussehender Junge mit mahagonifarbener Haut. Er stammte aus Malaysia und war mit zehn nach London geflohen, um den Rassenunruhen zu entkommen, die seine ganze Familie ausgelöscht hatten. Obwohl Kola und Seven gut miteinander auskamen, hatte er etwas an sich, das Seven beunruhigte. Vielleicht lag es daran, dass er so still und ernst war, oder an seinen dunklen Augen, in denen man zu versinken drohte, sobald man ihn ansah.

Die zwei starrten sich ein paar Sekunden lang an. Dann senkte Kola den Blick, setzte sich neben Seven und schaute auf die Stadt hinüber.

»Hier kommst du also jeden Tag her.« Kola sprach langsam und mit starkem malaysischen Akzent.

Seven zuckte die Achseln. »Wo soll ich denn sonst hin?«

»Stimmt.«

»Und die Aussicht ...«

»Ist sehr schön«, stimmte Kola zu. »Ich komme auch manchmal hierher, obwohl ich selten die Gelegenheit dazu habe, wenn's noch hell ist.«

Dann verstummten sie. Seven dachte, dass sie wahrscheinlich noch nie ein so langes Gespräch geführt hatten, seit Kola sich vor vier Jahren auf Sevens Mitbewohner-Annonce gemeldet hatte. Kola schuftete tagsüber auf den Docks, Seven ging nachts auf Diebestour (nicht dass Kola das gewusst hätte, denn Seven hatte ihm erzählt, er arbeite in der Nacht auf einem Bauplatz), sodass ihre Wege sich selten kreuzten.

»Ich wollte dich warnen«, sagte Kola plötzlich. »Vor den Kerlen, die unten im Hof rumhängen. Einer von ihnen hat gesagt, er hätte gesehen, wie du zum Dach raufgegangen bist. Und sie haben beschlossen, nach dir zu suchen.«

Instinktiv verkrampfte sich Sevens ganzer Körper. Es war, als erinnere sich jede Faser in ihm an die Schläge und Fußtritte und versuche, der Erinnerung an die Schmerzen zu entkommen.

Und der Aussicht, weitere Schmerzen zugefügt zu bekommen.

Seven schluckte schwer.

»Willst du gegen sie kämpfen?«

Sevens Kopf fuhr herum. Kola blickte immer noch nach Norden. Sein Gesicht war völlig ausdruckslos. Im Sonnenschein wirkten seine dunklen Augen bernsteinfarben.

»Will ich ... *was?*«, stammelte Seven.

»Willst du gegen sie kämpfen?«, wiederholte Kola, ohne Seven anzusehen. »Allerdings sind wir ein bisschen in der Unterzahl.«

Seven lachte gequält. Das war ja wohl die Untertreibung des Jahrhunderts. Erst nach einer Weile wurde ihm bewusst, dass Kola *wir* gesagt hatte.

»Äh ... vielleicht beim nächsten Mal.«

Kola nickte. Dann stand er auf und klopfte sich die Hose ab. »Jedenfalls werden sie in ein paar Minuten hier sein.« Bevor Seven etwas erwidern konnte, ging Kola zur Treppe hinüber, die vom Dach nach unten führte.

Seven wartete noch eine Zeit lang, dann eilte er Kola hinterher. Als er in die Wohnung im dreiundzwanzigsten Stock zurückkehrte, sah er, dass die Tür zu Kolas Zimmer geschlossen war. Die Stille dahinter tönte lauter als je zuvor.

Alba

4

Als Alba und Dolly heimkamen, war im Haus alles still. Sie hatten sich Zeit gelassen und waren noch ein wenig auf dem Anwesen umhergeschlendert. Dabei hatte Alba Dolly von der hochnäsigen Rosemary Dalton erzählt und die zwei hatten sich lachend die gemeinsten Dinge ausgedacht, um Rosemary eins auszuwischen. Doch als sie durch die Haustür traten, verstummten sie abrupt.

Irgendetwas stimmte nicht.

Alba kannte den Tagesablauf im Haus in- und auswendig. Am Spätnachmittag eines normalen Schultags waren die Räume in der Regel von diversen Geräuschen erfüllt: Aus der Küche, wo die Dienstmädchen das Abendessen vorbereiteten, waren Stimmen zu hören, im Esszimmer klapperte Besteck, weil die Butler den Tisch deckten. Albas Mutter war um diese Zeit gewöhnlich in ihren Privaträumen, um zu lesen, Musik zu hören oder an einem Tablet mit einer anderen Dame der Gesellschaft zu chatten.

Doch heute herrschte im Haus absolute Stille. Albas Herzschlag beschleunigte sich. Offenbar hatte ihre Mutter wieder einen ihrer schlechten Tage.

Das war lange nicht vorgekommen. In den letzten Wochen war sie freundlich und fröhlich gewesen und hatte sich von ihrer besten Seite gezeigt. Es war jedoch immer nur eine Frage der Zeit, bis die Stimmung umkippte.

Dolly drückte Alba beruhigend die Schulter. »Ich geh mal nachsehen, was los ist«, flüsterte sie und verschwand in Richtung Küche.

Alba wartete. Die Stille lastete wie ein Gewicht auf ihr. *Das geht vorbei, das geht vorbei,* dachte sie wieder und wieder, wie sie es schon als Kind getan hatte, um schlimme Situationen durchzustehen.

Das geht vorbei.

Das geht vorbei.

Als Dolly ein paar Minuten später zurückkam, konnte Alba ihrem Gesichtsausdruck entnehmen, dass es diesmal eine Weile dauern würde, bis alles vorbei war.

»Du musst sofort auf dein Zimmer«, sagte Dolly leise. Sie nahm Alba bei der Hand und führte sie durch die Eingangshalle. Am schnellsten wäre es gegangen, wenn sie die geschwungene Treppe genommen hätten, doch dabei wären sie am Zimmer ihrer Eltern vorbeigekommen. In die Nähe ihrer Mutter. Deshalb steuerten sie auf die Dienstbotentreppe im hinteren Teil des Hauses zu.

»Was ist diesmal passiert?«, murmelte Alba, als sie die enge Wendeltreppe hochstiegen. An den Marmorwänden um sie herum waren kleine Lampen angebracht, die wie Sterne blinkten. Alba spürte, wie Dollys Herzschlag gegen ihre Handfläche pulsierte, und roch den warmen, holzigen Duft ihrer Haut.

»Ein Gerücht über deine Mutter hat die Runde gemacht. Offenbar irgendwas besonders Gemeines. Als sie heute beim Lunch war, haben wohl einige der Frauen über sie hergezogen.«

Natürlich, dachte Alba. Es hatte immer etwas mit der feinen Gesellschaft zu tun. Als Gattin von Alastair White war ihre

Mutter eine der mächtigsten Frauen im Norden – und deshalb auch eine der am meisten beneideten. Für das Privileg, mit dem Oberstaatsanwalt der Stadt verheiratet zu sein, würden viele Frauen im Norden morden. (Wer weiß, vielleicht hatte es sogar schon Versuche gegeben. So etwas traute Alba diesen Frauen durchaus zu.)

»Geh auf dein Zimmer und leg dich ins Bett«, sagte Dolly, als sie die erste Etage erreicht hatten. Sie hauchte Alba einen Kuss auf die Stirn und machte kehrt. »Sobald ich kann, bring ich dir was zu essen.«

Alba wartete, bis Dolly verschwunden war. Dann holte sie tief Luft, nahm all ihren Mut zusammen, öffnete die Tür und trat in den Gang hinaus.

Der Weg zu ihrem Zimmer kam ihr unendlich lang vor, obwohl sie nur ein paar Sekunden brauchte. Alba schlüpfte ins Zimmer und machte die Tür leise hinter sich zu. Erst als sie in ihrem großen schmiedeeisernen, weiß angestrichenen Bett lag und sich sicher fühlte, stieß sie den Atem aus, den sie angehalten hatte. Sie schloss die Augen und presste das Gesicht in die mit roter Seide bezogene Daunendecke.

Es dauerte eine Weile, bis ihr Herzschlag sich wieder normalisierte.

Als Alba einige Zeit später erwachte, war es im Zimmer fast dunkel. Eigentlich hatte sie nicht vorgehabt einzuschlafen. Ihr Mund war wie ausgetrocknet. Graue Schatten krochen über die weißen Dielen, während die Kanten der Möbel leicht silbrig schimmerten.

Ihr fiel sofort auf, dass es im Haus jetzt alles andere als still war. Das Klappern von Metall und rhythmische Schritte waren zu hören, begleitet von Orchestermusik, dem An- und

Abschwellen von Geigenklängen, das die Luft wie mit feinen Goldfäden durchzog. Aus der Küche unten stiegen ihr Essensdüfte in die Nase.

Alba richtete sich auf und schwang die Beine aus dem Bett. Im selben Moment ging die Tür ihres Zimmers auf.

Dolly kam lächelnd herein, obwohl ihr Gesicht immer noch angespannt wirkte.

»Oh gut. Du bist wach. Deine Mutter hat jetzt bessere Laune. Deshalb hat sie beschlossen, deinen Vater mit einem großen Abendessen zu überraschen, wenn er nach Hause kommt.«

Alba rieb sich die Augen. »Wie spät ist es denn?«

»Kurz nach acht.« Dolly setzte sich zu ihr aufs Bett und machte sich an Albas Haar zu schaffen, das vom Liegen ganz zerzaust war. »Und bis zum Abendessen bleiben uns nur noch fünfzehn Minuten ... aber gut, dass du einen kurzen Schönheitsschlaf machen konntest.«

»Hey!« Lachend stupste Alba Dolly in die Rippen.

Dolly arbeitete schnell. Innerhalb von zehn Minuten hatte sie Albas wirre Haare zu einem eleganten Knoten im Nacken gesteckt – in den sie kleine Blumen aus dem Garten flocht – und ihr ein hübsches Kleid aus schimmernder perlfarbener Seide angezogen. Außerdem hatte sie Alba das Gesicht gewaschen, ihr ein wenig Rouge auf die Wangen getupft und pinkfarbenen Lippenstift aufgetragen.

Im Spiegel ihrer Frisierkommode sah Alba zu, wie ihre Zofe ihr eine schwere goldene Halskette umlegte.

»Wann zeigst du mir endlich, wie ich mein Haar so färben kann wie deins?«, fragte sie mit einem Blick auf Dollys purpurrote Haarpracht.

»Du weißt doch, dass deine Mutter das nicht gutheißen würde.«

»Genau *deshalb* will ich es ja machen.«

Dolly presste die Lippen zusammen, sagte aber nichts. Das war einer der (vielen) Gründe, warum Alba sie liebte. Dolly speiste sie nie mit leeren Worten ab oder versuchte, ihr einzureden, wie sehr sie ihrer Mutter doch am Herzen lag, wie sie umhegt und umsorgt wurde, auch wenn es sich nicht immer so anfühlte.

Weil sie natürlich nicht umhegt und umsorgt wurde. Das konnte jeder Idiot sehen. Alba wünschte bloß, dass andere nicht ständig versuchen würden, sie vom Gegenteil zu überzeugen.

Das Schlimmste daran war, dass Alba diesen anderen gern geglaubt hätte. Wenn ihre Mutter wie in den letzten Wochen in guter Stimmung war, konnte Alba fast sehen, wie die Zuneigung ihrer Mutter sich langsam entfaltete und sich wie ein goldener Schleier über alles legte, sodass ihre Welt auf einmal wunderschön war. Doch dann schlug die Stimmung ihrer Mutter von einer Sekunde zur anderen um, was Alba besonders schwer traf, weil sie sich wieder einmal hatte verleiten lassen anzunehmen, dass sie ihrer Mutter tatsächlich etwas bedeutete. Dass sie tatsächlich ihr Ein und Alles war.

Dolly legte Alba die Hand auf die Schulter. »Noch zwei Jahre, dann studierst du an einer der besten Universitäten der Welt Englische Literatur«, sagte sie lächelnd. »Weit weg von hier. Was schwebt dir denn so vor? Indien? Die Schweiz? Oder wie wär's mit Amerika? Ich hab gehört, dass unsere Beziehungen zu denen allmählich besser werden.«

»Das ist mir egal. Hauptsache, Professor Nightingale ist nicht dort«, erwiderte Alba, was Dolly mit schallendem Lachen quittierte.

Von unten wurde zum Abendessen geläutet.

SEVEN

5

Kurz nach acht erreichte Seven das verfallene Kraftwerk von Battersea. Im Oktober ging die Sonne schnell unter und der riesige Bau hob sich pechschwarz gegen die hell erleuchteten Straßen und Uferpromenaden auf der anderen Seite des Flusses ab. Das einzige Licht in Sevens Umgebung kam von den Scheinwerfern der Wassertaxis und Containerschiffe, die die Themse entlangfuhren.

Seven fand es hier im Dunkeln immer ziemlich unheimlich. Das Wasser klatschte gegen die Wände des Gebäudes, der Wind fuhr ächzend durch das halb eingestürzte Dach und die baufälligen Mauern. Der schlammige Boden ringsum war mit kaputten Betonplatten und den Wracks ausrangierter Boote übersät. Die in der Finsternis umherhuschenden Ratten machten ihn nervös.

Vorsichtig bahnte Seven sich den Weg über das unebene Gelände, um zu dem versteckten Eingang auf der Nordseite zu gelangen. Wer sich hier nicht auskannte, würde an der dunklen Tunnelöffnung vorbeilaufen, ohne etwas zu bemerken, doch Seven wusste Bescheid, da er schon seit Jahren zum DSC-Schwarzmarkt ging.

Plötzlich sah er ein Licht in der Dunkelheit.

Es beleuchtete einen Teil der Tunnelwände, deren feuchte

Ziegelsteine mit Moos überzogen waren. Seven trat in den Tunnel. Das Licht wich zurück. Er hörte, wie jemand schnell atmete.

»Ich bin einer von Carpenters Leuten«, verkündete Seven. Seine Stimme hallte von den nassen Wänden wider.

Das Licht kam näher, bis ein Junge, der eine Lampe in der Hand hielt, sichtbar wurde. Seine kleine Gestalt war in zerlumpte Kleider gehüllt.

»Dann lass mal dein Erkennungszeichen sehen«, knurrte er und richtete eine Pistole auf Seven.

Schnell zog Seven den Ausschnitt seines T-Shirts nach unten und ließ den Jungen die schwarze Tätowierung sehen, die auf seiner Brust prangte. Es war die Darstellung einer nach unten zeigenden Säge – das Symbol von Carpenters DSC-Bande. Jede Bande hatte ihr eigenes Erkennungszeichen. Carpenter war einer der angesehensten Bandenchefs, obwohl er noch relativ jung war.

Der Junge nickte. »Geh rein«, sagte er und trat zur Seite.

Seven setzte seinen Weg fort. Schon bald verlor sich das Licht der Lampe hinter ihm in der Dunkelheit, bis er schließlich völlig von Finsternis verschluckt wurde. Im Tunnel stank es nach Moos und stehendem Wasser. Eine Zeit lang hörte er nichts als seinen eigenen Atem und das schmatzende Geräusch seiner Schritte auf dem schlammigen Boden. Nach einer Weile tauchte am Ende des Tunnels ein Licht auf, das immer heller wurde, je näher er kam, bis er endlich in die grell beleuchtete, von Lärm erfüllte gigantische Turbinenhalle des Kraftwerks trat.

Dort wimmelte es nur so von Menschen, deren lang gezogene Schatten über die hoch aufragenden Stahlträger der Halle huschten. Die Größe der Halle war überwältigend. Die Wände waren so hoch, dass das Dach in der Dunkelheit verschwand. Die dort eingelassene, große rechteckige Glasscheibe war mit Farbe geschwärzt und mit Brettern vernagelt. Gerüste aus Metall, die noch von früheren Instandsetzungsarbeiten stammten, zogen sich wie ein Spinnennetz durch die Halle.

Seven wusste, was für ein glücklicher Zufall es war, dass der Londoner DSC-Schwarzmarkt einen so perfekten Standort gefunden hatte (vorher hatte das Ganze angeblich in der Kanalisation stattgefunden. Er war echt froh, dass das vor seiner Zeit gewesen war). Das Kraftwerk war schwer beschädigt worden, als 2089 die Themse über die Ufer getreten war. Die Reparaturarbeiten waren notgedrungen eingestellt und schließlich ganz aufgegeben worden, als es in den folgenden Jahren immer wieder zu Überschwemmungen gekommen war.

Die Stimmen der vielen Leute hallten zwischen den riesigen Wänden wider. An den Geländern der Gerüste waren Lampen angebracht, die alles in gelbes Licht tauchten. Von einer Seite der Halle wehten die verschiedensten Gerüche von Essen heran und oben auf dem Gerüst hatten fliegende Händler ihre Stände aufgebaut, um von dem geschäftigen Treiben auf dem Schwarzmarkt zu profitieren.

Die wichtigen Dinge zuerst, dachte Seven und blickte zu den tragbaren Kochherden hoch, von denen Dampfwolken aufstiegen. Er klopfte sich auf den Magen, der ein lautes Knurren von sich gab. Seven grinste. »Ganz meine Meinung.«

Sevens Stiefel gaben schmatzende Geräusche von sich, als er über den feuchten Boden stapfte. Dann kletterte er das Gerüst an der Wand hoch, bis er die erste Ebene erreicht hatte. Beim Betreten der Plattform nahm er aus den Augenwinkeln etwas wahr, das ihn zusammenzucken ließ.

Zisch.

Etwas Kleines und Rundes flog dicht an ihm vorüber und klatschte gegen das Gerüst.

»DU!«

Blitzschnell drehte Seven sich um. Er konnte sich gerade noch rechtzeitig ducken, um einem weiteren Apfel auszuweichen (okay, es war also kein Stein, wie er zunächst angenommen hatte, aber Äpfel sind auch ganz schön hart). Ein Mädchen schlängelte sich zwischen den Plastiktischen und -stühlen durch, die die Essensstände umgaben, und kam auf ihn zu. Ihr Gesicht war wutverzerrt. Ihre Lippen – die Unterlippe zierte ein silberner Ring – waren fest aufeinandergepresst und die leicht schräg stehenden Augen hatte sie bedrohlich zusammengekniffen.

Loe.

Oh, zum Teufel, stöhnte Seven innerlich. *Was hab ich denn jetzt wieder angestellt?*

Loe trug ein graues Top und enge schwarze Hosen, die an den Knien zerrissen waren, sowie einen tief sitzenden Werkzeuggürtel um die knochigen Hüften. Unter der gebräunten Haut ihres Schlüsselbeins war die tätowierte Säge zu sehen – das Erkennungszeichen, das auch Seven auf der Brust hatte. In der Öffentlichkeit wurden die Tätowierungen immer unter der Kleidung versteckt, während sie hier fast als Ehrenzeichen galten.

»Du!«, zischte das Mädchen ihn abermals an. Dann holte sie aus und warf noch einen Apfel nach ihm.

Seven schaffte es gerade noch, sich zu ducken. »Verdammt, Loe! Was zur Hölle soll das?«

Wie er erleichtert feststellte, schienen ihr mittlerweile die Äpfel ausgegangen zu sein.

Loe verschränkte die Arme und sah ihn finster an. »Ach, jetzt tu doch nicht so, als wüsstest du nicht, worum es geht.«

Ihr kurz geschnittenes Haar war völlig zerzaust und an der verschwitzten Haut klebten dunkle Strähnen. Sie warf den Kopf zurück, weil ihr die Ponyfransen in die Augen geraten waren. »Carpenter hat mir gerade von der großen Sache erzählt, die ihr zwei ausgeheckt habt. Gratuliere, Seven. Du musst dich ja sehr geehrt fühlen, dass Carpenter *dich* ausgesucht hat und nicht mich. Was musstest du denn dafür tun?« Sie legte den Kopf schräg und sah ihn mit bohrendem Blick an. »Musstest du ihm versprechen, seine schmutzige Wäsche zu waschen?«, fragte sie grinsend. »Oder hast du ihm gleich den Dreck von den Schuhen geleckt?«

»Halt die Klappe, Loe«, schnauzte Seven.

Seine Wangen brannten wie Feuer. Am liebsten hätte er ihr eine verpasst, damit sie aufhörte, so widerlich zu grinsen, aber natürlich konnte er kein Mädchen schlagen (nicht dass er einen Jungen schlagen konnte – es sei denn, der andere fing an). Seven wusste, dass Loe nur neidisch war, weil Carpenter ihn für den Einbruch bei den Whites ausgesucht hatte. Loe und Seven hatten sich kurz hintereinander Carpenters Bande angeschlossen und waren seitdem harte Konkurrenten, wenn es um die Vergabe von Aufträgen ging.

Gerade als Seven im Begriff war, Loe mitzuteilen, *wo* sie sich ihre Äpfel hinstecken könne, wurde der Lärm in der Halle von einer hellen Stimme übertönt.

»Loe! Loe! Loe!«

Ein Mädchen in rotem Kleid kam von den Essensständen auf sie zugerannt. Die dunkelhäutige Kleine war erst fünf oder sechs und hatte ihre krausen schwarzen Haare zu einem Knoten zusammengebunden, der wie eine Antenne von ihrem Kopf in die Höhe ragte. Als sie bei Loe ankam, tanzte sie freudestrahlend um sie herum.

»Guck mal, was ich am Stand der fetten alten Chinesin geklaut hab!«, rief sie begeistert. Sie streckte die Hände aus, um Loe einen großen Teigkloß zu zeigen.

Loe seufzte. »Mika«, stöhnte sie und hockte sich hin. »Wie oft habe ich dir schon gesagt, dass man es nicht ausposaunen darf, wenn man etwas gestohlen hat, weil dann ...«

»Da ist sie!«

Alle drei blickten auf. Eine dicke Chinesin mit schmutziger Schürze kam auf sie zumarschiert und zeigte mit einem ihrer Wurstfinger auf sie. Glücklicherweise brauchte sie eine Weile, denn sie blieb mit ihrem dicken Bauch immer wieder zwischen den eng beieinanderstehenden Tischen und Stühlen stecken.

Seven schnaubte amüsiert. »Wer von uns steckt denn jetzt in der Klemme?«, fragte er grinsend.

Loe funkelte ihn wütend an. »Glaub bloß nicht, dass ich schon mit dir fertig bin. Wir sprechen uns noch.« Dann nahm sie Mika auf den Arm und eilte an ihm vorbei, um der dicken Chinesin zu entkommen.

Als Loe mit dem Mädchen an Seven vorbeikam, sah Mika ihn mit ihren großen braunen Augen an und winkte ihm mit ihrer Patschhand zu.

»Seven!«, rief sie strahlend und schwenkte den Kloß hin und her, wobei ein Teil der Füllung herausspritzte. »Guck mal, was ich der fetten Chinesin geklaut hab!«

Er grinste. »Echt super, Mika.«

Während die zwei nach unten stiegen und in der Menge verschwanden, hörte Seven noch, wie Loe genervt seufzte.

»Mika! *Was* hab ich dir gerade gesagt?«

Alba

6

»Kleine Alba«, säuselte ihre Mutter, als Alba ins Esszimmer trat. Ihr starker ukrainischer Akzent färbte jedes ihrer Worte. Während sie Alba anlächelte, funkelten ihre grünen Augen unter den stark geschminkten Lidern hervor.

Alba neigte höflich den Kopf. Ein Gefühl von Übelkeit stieg in ihr auf, doch sie schluckte und drängte es zurück.

Sie kannte diesen Ausdruck in den Augen ihrer Mutter. Er bedeutete, dass sich ihre schlechte Stimmung noch nicht völlig verflüchtigt hatte.

Am Kragen ihres Kleides herumspielend, folgte Alba einem der Butler. Er führte sie zu einem Stuhl am Ende des langen Eichentisches, der das ganze Zimmer beherrschte. Aus verborgenen Lautsprechern ertönte Orchestermusik, die den großen Raum mit den Klängen von Tasten- und Saiteninstrumenten erfüllte. Sie nahm ihrer Mutter gegenüber Platz und entfaltete mit zitternden Händen ihre Serviette.

Oxana White war zweifellos eine der schönsten Frauen des Nordens. Sie hatte ein Gesicht, das sofort alle Blicke auf sich zog – mit hoher Stirn, die in eine perfekt geformte, gerade Nase überging, glatter Haut, ausgeprägten Wangenknochen und vollen Lippen, die heute purpurrot geschminkt waren.

Und ihre großen, katzenhaften Augen waren von einem Grün, das noch heller war als das von Albas Augen.

Früher hatte Alba sich immer gewünscht, wie ihre Mutter auszusehen. Doch das war, bevor sie entdeckte, welche Finsternis sich hinter dem perfekten Äußeren ihrer Mutter verbarg. Das war, bevor sie erkannte, dass man Schönheit als Maske benutzen konnte.

Heute Abend hatte Oxana ihr blondes Haar hochgesteckt. Ein mitternachtsblaues Kleid schmiegte sich an ihren kurvenreichen Körper. »Das heute Nachmittag tut mir sehr leid, Liebling«, sagte sie und beugte sich vor. »Ich wollte nicht das ganze Haus in Aufruhr versetzen. Aber die Dinge, die einige dieser Frauen über mich gesagt haben ...« Sie machte eine Pause. »Kannst du mir vergeben, Liebling?«

Sie sah Alba durchdringend an, während ein unergründliches Lächeln um ihre Mundwinkel spielte. Das Licht der Deckenlampen ließ ihre geschminkten Lippen wie Rubine glitzern.

So, wie sie es sagte, war das keine Frage.

Als Alba nichts erwiderte, legte Oxana den Kopf schräg. »Kleine Alba?«

Alba merkte, wie ihre Hände zitterten. Sie *hasste* es, so genannt zu werden. Sie rang sich ein Lächeln ab und nickte.

»Natürlich, Mutter.«

Oxana schnalzte ungehalten mit der Zunge. »Ich habe dir doch schon oft gesagt, Liebling, dass du mich nicht *Mutter* nennen sollst. Dann komme ich mir immer so alt vor.«

Und ich komme mir wie ein Baby vor, wenn du mich Kleine Alba *nennst,* dachte Alba bei sich.

Sie starrten einander an. Alba forderte ihre Mutter geradezu heraus, all die Dinge, die sie dachte, in ihren Augen zu lesen.

So war es immer. Ständig schwankte sie zwischen Angst und Trotz hin und her, zwischen der Rolle des verängstigten kleinen Mädchens und der des rebellischen Teenagers, dem es völlig egal war, was seine Eltern dachten. Doch sosehr Alba sich auch wünschte, sich ihrer Mutter zu widersetzen – zu sagen, was sie wirklich empfand –, sie hatte einfach nicht den Mut dazu.

So tapfer war sie nur in ihren Träumen.

»Madame White, Mistress Alba.«

Ein Butler trat ins Esszimmer. Wie die Dienstmädchen trugen auch die männlichen Dienstboten Uniformen. Sein Hemd und seine Hose waren blütenweiß und frisch gebügelt.

»Master White ist soeben nach Hause gekommen«, verkündete der Butler mit einer Verbeugung.

»Na endlich«, seufzte Oxana. Sie trommelte mit den Fingernägeln auf den Tisch und warf Alba ein strahlendes Lächeln zu. »Ich bin so hungrig, dass ich schon mit dem Gedanken gespielt habe, meine eigene Tochter aufzuessen.«

Der Butler verbeugte sich erneut und ging. Kurz darauf kam Albas Vater herein.

Alastair White war ein großer, attraktiver Mann. Seine schwarzen, grau melierten Haare waren aus der Stirn zurückgekämmt und er hatte kleine dunkle Augen, die wie schwarzer Granit glitzerten, sowie ein kantiges Kinn. Offenbar kam er direkt von der Arbeit, denn er trug einen dunkelgrauen Anzug und seine schwarze Staatsanwaltsrobe, die am Hals von einer Spange in Form einer goldenen Bulldogge zusammengehalten wurde.

Die Bulldogge, deren Zähne gefletscht waren, war das Wappentier Londons. Alba ging wieder einmal durch den Kopf, dass diese Spange überhaupt nicht zu ihrem Vater passte, der immer so ruhig und gelassen war und nie wütend die Zähne fletschte, sondern kühl und distanziert seine Urteile verkündete. Sie nahm an, dass er inzwischen so daran gewöhnt war, über das Leben anderer zu entscheiden, dass er nicht mehr viel darüber nachdachte und nie auf die Idee kam, die Urteile könnten vielleicht nicht gerecht sein.

Denn sie *waren* doch gerecht ... oder?

Alba hasste die Todesstrafe, die allerdings nur bei ganz schlimmen Verbrechen verhängt wurde: Mord, Angriffe auf die Londoner Polizei, Diebstahl von Erinnerungen und illegaler Handel damit. Vielleicht war es ja wichtig, an diesen Kriminellen ein Exempel zu statuieren, um die Ordnung in London aufrechtzuerhalten.

Um den Süden unter Kontrolle zu halten.

Um im Norden für Sicherheit zu sorgen.

Ein Teil von Alba fand es abscheulich, dass sie das so sah, aber wie hätte sie es denn sonst sehen sollen? Sie hatte nie jemanden aus dem Süden kennengelernt, der sie eines Besseren hätte belehren können, hatte nur gehört, dass die dunkle Hälfte der Stadt von Gewalttätigkeit, Schmutz und Kriminalität geprägt war.

Nachdem Alastair White Oxana im Vorbeigehen einen Kuss auf den Kopf gehaucht hatte, setzte er sich an das obere Ende des Tisches, entfaltete seine Serviette und legte sie sich auf den Schoß. Dann strich er Alba zu ihrer großen Freude lächelnd über die Hand. Ihr Vater war meistens so mit seinen Gedanken bei der Arbeit, dass sie jede Zuwendung, jede kleine Geste der Zuneigung zu schätzen wusste.

»Tut mir leid, dass ich so spät komme, meine Lieben«, sagte er, als die Butler hereinkamen, um die Deckel von den Behältern zu nehmen, in denen das Essen warm gehalten wurde. »Ich hoffe, ihr seid nicht zu hungrig.«

Auf dem Tisch standen die unterschiedlichsten Gerichte. Es gab in Ingwer-Soja-Sauce gedünsteten Fisch, in Butter sautiertes Gemüse, Hackfleisch, spanische Tortillas und indische Chapatis, die man in Currysauce dippte. Obwohl Oxana es liebte, neue internationale Spezialitäten auszuprobieren, ließ sie es nie zu, dass ein ukrainisches Gericht auf den Tisch kam.

Alba wusste, dass ihre Mutter ihr Heimatland hasste. Oxana sprach nie Ukrainisch, erzählte nie von ihrem Leben dort. Alba fragte sich oft, was für Geheimnisse wohl hinter dieser Einstellung stecken mochten und warum ihre Mutter es für nötig hielt, diesen Teil ihres Lebens auszuklammern.

Alba stocherte in ihrem Essen herum. Die Stimmung ihrer Mutter machte sie nervös und ihr Vater schien irgendwie geistesabwesend zu sein. Er aß schnell und starrte dabei nur mit leerem Blick auf seinen Teller.

»Wie war dein Tag heute, Liebling?«, fragte ihn Oxana. Ihre Fingernägel klickten gegen das Glas, als sie nach ihrem Wein griff, der so rot wie Blut war.

»Wie immer viel zu tun«, antwortete Alastair White in leisem, nüchternem Ton. Er legte sein Messer und seine Gabel auf den Teller. »Wir haben einen Tipp erhalten, der es uns vielleicht ermöglicht, einem illegalen Ring von Erinnerungshändlern auf die Spur zu kommen. Pearson will, dass wir dem Hinweis schnellstens nachgehen.«

Alba beugte sich gespannt vor. In ihrer Gegenwart sprach ihr Vater nicht oft von seiner Arbeit. »Ein Ring von Erinnerungshändlern?«, hakte sie nach. »Was genau ist das, Vater?«

Alastair White stützte die Ellbogen auf den Tisch und legte die Fingerspitzen aneinander. »Du weißt, wie der Handel mit Erinnerungen bei den Banken vor sich geht, meine Liebe?«

»Glaub schon. Das nehmen wir gerade im Wirtschaftskundeunterricht durch.«

Ihr Vater nickte. »Einfach ausgedrückt ist es so, dass die Banken den Kauf und Verkauf von Erinnerungen erleichtern, indem sie sich auf Erinnerungen konzentrieren, bei denen sie einen hohen Profit erwarten. Untereinander fechten die Banken einen harten Kampf um die wertvollsten Erinnerungen aus ...«

»Also wirklich, Alastair«, fiel Oxana ihm ins Wort und legte ihm die Hand auf den Arm. »Hältst du das für ein angemessenes Thema beim Abendessen?«

Er legte seine Hand auf ihre. »Sie sollte wissen, wie diese Dinge vor sich gehen, meine Liebe.« Er machte eine Pause. »Damit sie versteht, warum ich tue, was ich tue«, fuhr er mit sanfterer Stimme fort.

Voller Unbehagen beobachtete Alba ihre Eltern. Sie hatte das Gefühl, etwas sehr Privates mitzuerleben, bei dem sie nur störte. In den Blicken, die sie austauschten, lag etwas, das sie nicht begriff. Doch bevor sie sich über den Ausdruck in ihren Gesichtern klar werden konnte, setzte ihr Vater seine Ausführungen fort.

»Der illegale Handel bringt dieses System durcheinander, weil er den Wert der zum Verkauf stehenden Erinnerungen schmälert«, sagte er. »Erinnerungen sind mehr wert, wenn sie einzigartig sind und es sie nur einmal auf der Welt gibt. Wenn Erinnerungen gestohlen und auf dem Schwarzmarkt verkauft werden, geht der Preis für diese speziellen Erinnerungen automatisch nach unten. Illegale Ringe von Erinnerungshändlern sind Organisationen, die diese Art von Handel betreiben.«

Alba spielte an der Serviette auf ihrem Schoß herum. »Verstehe. Aber … ich meine, ist das alles wirklich so schlimm, dass man die Leute *hinrichten* muss?«

Die Miene ihres Vaters verdüsterte sich. »Erinnerungen sind das Intimste, das ein Mensch hat, meine Liebe. Wir können sie mit anderen teilen, mit ihnen handeln oder die Erinnerungen anderer Leute nacherleben, aber wir allein entscheiden, welche Erinnerungen wir zur Verfügung stellen und welche wir für uns behalten. Erinnerungsdiebe verletzen dieses unantastbare Entscheidungsrecht. Sie dringen in unsere Häuser und Banken ein, um die wertvollsten Momente unserer Vergangenheit zu stehlen. Sie stehlen, was zum privatesten Besitz eines Menschen gehört, und behandeln es als bloße Ware. Sie verkaufen Geheimnisse und Verborgenes aus der Vergangenheit, ohne sich darum zu kümmern, wessen Leben sie auf diese Weise ruinieren.« Er senkte seine Stimme. »Das ist die schlimmste Form von Verrat. Verdient so etwas nicht die Höchststrafe?«

Alba biss sich auf die Unterlippe und wandte den Kopf ab, um dem bohrenden Blick ihres Vaters auszuweichen. Sie merkte, wie sehr er an das, was er sagte, glaubte, und hätte ihm gern zugestimmt. Doch aus irgendeinem Grund wollte sie, da er ihr gegenüber so offen war, ebenfalls offen und ehrlich sein.

»Das finde ich nicht, Vater«, sagte sie leise.

Ein überraschter Ausdruck huschte über Alastair Whites Gesicht. Er lehnte sich auf seinem Stuhl zurück.

»Ich meine«, schob Alba rasch hinterher, »gilt das nicht auch für die Händler in den Banken? Die wollen doch ebenfalls nur Geld verdienen, indem sie Erinnerungen kaufen und verkaufen. Und die Menschen im Süden, die Erinnerungen stehlen, tun das doch sicher aus Verzweiflung. Wenn sie an bessere Jobs herankämen, hätten sie vielleicht gar keinen Grund ...«

»Tu doch nicht so, als wüsstet du irgendetwas über diese Leute«, fiel Oxana ihr mit scharfer Stimme ins Wort.

Alba verstummte sofort. Der eisige Ausdruck in den Augen ihrer Mutter jagte ihr einen Schauer über den Rücken.

»Aber ich habe doch nur gemeint ...«, setzte sie an, während ihre Wangen sich röteten.

»Alba! Das reicht jetzt.« Ihr Vater stand abrupt auf und warf seine Serviette auf den leeren Teller. »Deine Mutter hat ganz recht. Tu nicht so, als wüsstest du etwas über eine Welt, die dir völlig fremd ist.« Nachdem er Alba noch einen strengen Blick zugeworfen hatte, hauchte er Oxana einen Kuss auf die Stirn und verließ mit den Worten »Ich gehe ins Arbeitszimmer, meine Liebe« den Raum.

Eine Sekunde lang geschah gar nichts.

Dann ...

»Vielleicht würde ich ja alles besser verstehen, wenn ihr mich etwas von der Welt *sehen* lassen würdet.«

Diese Worte rutschten Alba unwillkürlich heraus.

Das Zimmer schien sich um sie zu drehen. Alba brauchte gar nicht hinzusehen, um zu wissen, dass ihre Mutter sie wütend anstarrte. Die Hintergrundmusik schwoll gerade zum Crescendo an.

Alba schluckte. Ihr Blick war noch immer gesenkt. Ihr Herz hämmerte wie wild. »Es ... es tut mir leid ...«

Oxana kam so schnell um den Tisch herum, dass Alba keine Zeit blieb, irgendwie zu reagieren. Dann schlug ihre Mutter ihr derart heftig mit dem Handrücken ins Gesicht, dass sie vom Stuhl fiel. Sie schaffte es gerade noch, die Hand auszustrecken und sich abzufangen, damit sie nicht mit dem Kopf auf dem

Marmorboden aufschlug. Sie merkte, wie ihr Handgelenk unter ihrem Gewicht wegknickte. Ein stechender Schmerz schoss ihr den Arm hoch.

Ihre Mutter hatte sie lange nicht mehr geschlagen. Alba war so benommen, dass sie schwer atmend auf dem Boden liegen blieb. Es war so lange her, dass sie schon fast vergessen hatte, wie es war, vor ihrer Mutter auf dem Boden zu liegen, von Scham erfüllt und von Schmerzen gepeinigt.

»Du möchtest den Süden sehen, ja?«, zischte Oxana, nachdem sie sich über sie gebeugt hatte. *»So* dankst du es uns also, dass dein Vater und ich alles tun, um dich zu beschützen, dass wir für dich sorgen und dir alles geben, was du brauchst?«

Sie packte Alba bei der Schulter und riss sie hoch. Albas Frisur löste sich auf und die kleinen Blumen, die Dolly ihr ins Haar geflochten hatte, schwebten zu Boden.

»Du kannst von Glück sagen, dass dein Vater dich nicht gehört hat.« Oxanas Gesicht war Alba so nahe, dass ihr der nach Wein riechende Atem ihrer Mutter in die Nase stieg. »Es würde ihm das Herz brechen, wenn er annehmen müsste, dass dir nichts an dem liegt, was er in seinem Beruf leistet. Das alles dient dazu, London sicherer zu machen – für uns, für dich.«

Und wozu das alles?, hätte Alba am liebsten geschrien. *Ich darf ja so gut wie nie aus dem Haus, um irgendetwas anderes kennenzulernen!*

Doch sie biss die Zähne zusammen und schwieg. Trotz all ihrer Angst, ihrer Schmerzen und ihrer Wut gab sie keinen einzigen Laut von sich.

Ihre Mutter verdiente noch nicht einmal ein Schluchzen.

Alba wusste, dass es dumm war, die Sache hinauszuziehen. Wenn sie anfing zu weinen, hörte Oxana immer auf. Alba wusste nicht, ob es daran lang, dass ihre Mutter dann Gewissensbisse bekam oder ob es sie mit Genugtuung erfüllte, dass sie ihre Tochter zum Weinen gebracht hatte.

In dem Moment fiel einer der Metalldeckel klappernd zu Boden. Alba und Oxana blickten auf. Ein Butler war ins Zimmer gekommen, um den Tisch abzudecken. Als er bemerkte, was vor sich ging, verbeugte er sich eilig und verließ, Entschuldigungen murmelnd, das Zimmer.

Oxana ließ Alba los und richtete sich auf. Sie strich ihr Kleid glatt und starrte mit eisigem Blick auf Alba herunter.

»Mit dir bin ich fertig«, sagte sie leise und stolzierte aus dem Raum.

Als ihre Mutter verschwunden war, ließ Alba sich wieder zu Boden sinken und presste ihre verletzte Hand gegen die Brust. Ihr stoßweise gehender Atem hallte laut durch die Stille ringsum. Erst da fiel ihr auf, dass jemand die Musik abgestellt hatte. Sie hörte die Schritte der Butler, die ins Zimmer kamen, um schweigend den Tisch abzuräumen.

Keiner von ihnen sagte etwas zu Alba. Irgendwie schmerzte sie das mehr als alles andere.

SEVEN

7 Carpenters Hauptquartier befand sich im hinteren Teil der Turbinenhalle, auf der dritten Ebene des Gerüsts. Dort hatte er aus Wellblech und Stoffplanen eine Art Hütte gebaut, um sich gegen neugierige Blicke abzuschirmen. Durch die zerfetzten Planen schimmerte Licht. Auf eines der Wellblechteile war mit roter Farbe eine Säge gemalt, das Erkennungszeichen der Bande.

Seven trommelte mit den Fingern auf das Geländer des Gerüsts. Aus der Hütte waren gedämpfte Stimmen zu hören. Er war mit Carpenter verabredet und wartete darauf, dass er an die Reihe kam. Laut der Uhr, die in der Mitte der Halle von der Decke hing, war er bereits fünf Minuten zu spät dran.

»Diese verdammte Loe«, murmelte Seven und trat wütend gegen den unteren Teil des Geländers.

Hatte er Loes Namen je ausgesprochen, ohne ein *verdammt* davorzusetzen? Manchmal hatte er das Gefühl, als wäre sie nur deshalb auf der Welt, um ihn zu ärgern. Vielleicht versuchte sie ja, ihn so fertigzumachen, dass er einen Herzinfarkt bekam und sie seine Aufgaben übernehmen und Carpenters Nummer eins werden konnte.

Das würde er ihr durchaus zutrauen.

Seven ließ den Blick über die Menge in der Halle schweifen,

konnte Loe und Mika aber nirgendwo entdecken. Wahrscheinlich hatten sie sich versteckt und warteten darauf, dass die dicke Chinesin die Suche nach ihnen aufgab. Es mochte albern sein, so viel Theater um einen einzigen Kloß zu machen, doch Seven (und sein Magen) verstand, worum es ging. Jeder im Süden lebte so wie er – von Tag zu Tag, von Brotkruste zu Brotkruste.

»Oder eben von Kloß zu Kloß«, murmelte er grinsend vor sich hin.

In dem Moment hörte er, wie eine der Stoffplanen klatschend zurückgeschlagen wurde. Seven drehte sich um und sah, wie ein anderes Bandenmitglied aus der Hütte kam.

Ohne auf eine Einladung zu warten, schlüpfte Seven in die Hütte, die ziemlich groß war. Auf dem Fußboden lagen Diebeswerkzeuge, in der Mitte standen einige Kisten mit einer großen Platte aus verrostetem Metall darüber, die als Tisch diente. Kerzen und summende Neonlampen tauchten das Innere der Hütte in eine Mischung aus grellem weißen und gedämpftem gelben Licht. Hier roch es wie in der ganzen Halle – nach Metall, fauligem Wasser und scharfen Chemikalien.

»S! Du kommst zu spät.«

Carpenter trat mit einem Arm voller Werkzeug hinter dem Schrank hervor, der in einer Ecke der Hütte stand. Er war groß und seine Schultern und seine Brust strotzten vor Muskeln. Sein dunkelblondes Haar war so kurz geschnitten, dass man die Kopfhaut durchschimmern sah. Sein nackter Oberkörper, der über und über mit Tätowierungen bedeckt war, glänzte vor Schweiß.

»Wegen Loe und Mika«, erklärte Seven. Er zog eine Holzkiste zu sich heran und setzte sich an den Tisch.

Carpenter deutete ein Grinsen an. »Ah ja, natürlich.«

Er ließ die Werkzeuge auf den Tisch fallen und wischte sich die Hände an der Hose ab. Mitten durch seine linke Augenbraue verlief eine Narbe und zog die Braue so nach oben, dass es Seven immer so vorkam, als amüsiere Carpenter sich ständig über irgendetwas.

»Egal. Das Gespräch mit Mac hat sich ohnehin länger hingezogen als geplant«, sagte Carpenter, der mit dem harten Akzent der Menschen aus dem Süden sprach. »Der Blödmann ist letzte Nacht bei einem Einbruch fast erwischt worden. Den werd ich wohl rausschmeißen müssen.«

Seven hörte den drohenden Unterton, der in diesen Worten mitschwang. Carpenter nahm ihm gegenüber Platz und legte die Beine auf den Tisch. Seine Boots knallten gegen das Metall. Mit Mitte zwanzig war Carpenter der jüngste Bandenchef des Südens, doch trotz seines Alters strahlte sein ganzes Auftreten Autorität aus.

Seven konnte sich noch erinnern, wie eingeschüchtert er gewesen war, als er Carpenter kennengelernt hatte. Damals war er erst neun gewesen. Carpenter hatte ihn erwischt, als er an einem Marktstand in Kennington Essen gestohlen hatte, doch statt ihn zu verpfeifen, hatte er Seven den Vorschlag gemacht, sich seiner Diebesbande anzuschließen.

Carpenter verschränkte die Arme. »Heute Nacht geht's los«, sagte er.

Seven nickte und wandte den Blick ab. Ihm war schon ganz schlecht.

Heute Nacht. Die beiden Worte kamen ihm gefährlich vor wie eine Kugel, die auf ihn zuflog. Lange Zeit waren es bis zum Einbruch bei den Whites noch Wochen, dann Tage hin gewesen. Und jetzt war es so weit.

»Willst du dir noch mal den Grundriss des Hauses ansehen?«, fragte Carpenter.

Seven schüttelte den Kopf. »Den kenn ich.«

Er lernte den Grundriss der Häuser, in die er einsteigen wollte, immer auswendig, doch den vom Haus der Whites hatte er sich besonders sorgfältig eingeprägt. Außerdem hatte er das Haus öfter, als er es normalerweise tat, observiert, um sicherzustellen, dass all seine Beobachtungen stimmten.

Dieser Grundriss würde für immer in sein Gedächtnis eingebrannt sein.

»Gut«, erwiderte Carpenter. »Dann lass mal hören, wie du vorgehen willst.«

Seven setzte sich gerade hin und drückte die Schultern zurück. »Ich werde den üblichen Weg nach Norden nehmen«, begann er, »indem ich den alten Abwasserkanal unter dem Fluss benutze. Vom Ausgang am Chelsea Harbour dauert es vierzig Minuten bis zum Hyde-Park-Anwesen. Wenn ich renne, zwanzig. Auf der Südseite des Anwesens steht ein Baum, auf den ich klettern kann, um über den Zaun zu kommen. Der Baum ist so weit vom Haupttor entfernt, dass die Wächter nichts merken werden.«

Carpenter nickte.

»Von da an brauche ich noch zehn Minuten, bis ich zum Haus der Whites komme.« Seven zählte jeden einzelnen Punkt an den Fingern ab. »Das Haus selbst wird nicht bewacht, aber um absolut sicherzugehen, werde ich mich dem Gebäude von der Südseite her nähern, weil es dort keine Außenbeleuchtung gibt. Dann klettere ich an der Fassade zum zweiten Stock des Ostflügels hoch, um die Dienstbotenquartiere zu umgehen, für den Fall, dass von denen noch jemand wach ist. Um reinzukommen, knacke ich das Schloss der Balkontür von einem der Wohnzimmer. Das Haus scheint keine Alarmanlage zu haben ... aber das wird sich vermutlich schnell rausstellen.«

»Lass diese Scherze, S.«

Sevens Grinsen verflüchtigte sich. »Klar. Tut mir leid.« Er hustete. »Das Memorium befindet sich im Ostflügel, am Ende des achten Wohnzimmers. Dürfte nicht schwer sein, dorthinein zu gelangen. Und dann kommt die übliche Routine – ich schnappe mir die DSCs und verschwinde wieder. Obwohl du mir immer noch nicht gesagt hast, *welche* DSCs ich stehlen soll«, fügte er hinzu.

Carpenter griff in seine Hosentasche, holte ein zusammengefaltetes Stück Papier heraus und reichte es Seven. Ohne einen Blick darauf zu werfen – Carpenter mochte es nicht, über die Erinnerungen zu sprechen, die man stehlen sollte –, steckte Seven es in seinen Werkzeuggürtel.

Carpenter schwang die Beine vom Tisch. »Es ist nur eine DSC. Lern die Angaben wie immer auswendig und verbrenn den Zettel. Bevor du losziehst, kauf ich dir noch was zu essen. Für diese Sache musst du in Topform sein, S.« Er stützte die Hände auf die Metallplatte und sah Seven durchdringend an. »Du kannst es dir nicht leisten ... *wir* können es uns nicht leisten, das hier zu vermasseln.«

Alba

8

»Ich glaube nicht, dass es gebrochen ist, aber verstaucht ist es auf jeden Fall. Moment. Ich taste alles mal ab. Das könnte jetzt wehtun.«

»Das tut's auch so schon.«

Alba und Dolly saßen auf einer Bank im Gewächshaus, umgeben von üppigen Grünpflanzen. Zwischen ihnen stand ein aufgeklappter Erste-Hilfe-Kasten. Das Licht des Mondes fiel glitzernd durch die Glaswände und malte unruhige Schatten auf den Fußboden. Die Luft war vom Geruch der Pflanzen erfüllt, einem frischen Duft, der Albas Übelkeit linderte.

Sanft strich Dolly mit den Fingern über Albas Handgelenk, um herauszufinden, wie groß der Schaden war. Jede Stelle, die sie berührte, tat höllisch weh. Alba biss die Zähne zusammen.

»Es ist nur eine Verstauchung«, erklärte Dolly und legte Albas Hand auf die Bank, um ihr Handgelenk mit einem kühlenden Gel einzureiben. »Da hast du Glück gehabt.« Als sie den Ausdruck in Albas Augen bemerkte, fügte sie rasch hinzu: »Womit ich nicht sagen will, dass –«

Alba rang sich ein Lächeln ab. »Ich weiß.«

Dolly stand auf und verschwand zwischen den Pflanzen. Ein paar Minuten später kam sie mit einem Stößel und einem Mörser sowie einem Bündel von Pflanzen und Kräutern zurück. »Die Leute im Norden unterschätzen die Kraft natürlicher Heilmittel«, erläuterte sie, »aber ich bin auf dem Land geboren. Ich weiß, wie wirkungsvoll sie sind.« Nachdem sie die Blätter zerstampft hatte, strich sie die klumpige, scharf riechende Paste auf Albas Handgelenk. »Arnika, Aloe und Hopfenklee. Das hilft gegen Schmerzen und Entzündungen.«

»Wenn es so gut hilft, wie es riecht«, sagte Alba und rümpfte die Nase, »werde ich sicher schnell wieder gesund.«

Dolly lächelte. »Wenn du sarkastische Bemerkungen machen kannst, geht es dir offenbar schon besser.«

Nachdem Dolly die Paste aufgetragen hatte, wischte sie sich die Hände ab. »Möchtest du darüber sprechen?«, fragte sie mit leiser Stimme.

Alba schaute weg und atmete tief durch. »Was gibt es da schon zu sagen? Meine Mutter hasst mich. Sie meint, ich müsste ihr und Vater dankbar sein, weil sie mich in diesem Käfig gefangen halten, um mich vor der Welt zu beschützen.«

»Bald wirst du ja aus dem Käfig rauskommen«, erwiderte Dolly, legte ihr den Arm um die Schultern und presste die Wange gegen Albas Kopf. »Auf dich wartet mehr als nur das hier, Alba. Wesentlich mehr.«

Tatsächlich?, dachte Alba. Trotzdem lächelte sie und sagte: »Das hoffe ich.«

Dolly drückte sie an sich. »Also *ich* weiß es.«

In der Nacht lag Alba stundenlang wach. Dollys Kräuterpaste hatte die Schmerzen gelindert und das Übelkeitsgefühl vertrieben, doch sobald es ihr besser ging, dachte sie automatisch wieder an das, was am Abend geschehen war. Wieder und wieder spielte sie in Gedanken durch, wie ihre Mutter auf sie losgegangen war. Das machte sie immer so, wenn ihre Mutter sie geschlagen hatte, weil sie hoffte, auf diese Weise herauszufinden, an welchem Punkte sie sich hätte zur Wehr setzen können oder wie sich das Ganze von vornherein hätte vermeiden lassen.

Vor allem aber wollte Alba dem *Warum* auf den Grund kommen.

Was hatte sie getan, um so etwas zu verdienen? Warum verwandelte ihre Mutter sich in ein solches Monster, wenn sie bei anderen Gelegenheiten doch so freundlich und liebevoll war, dass Alba fast vergaß, dass sie auch anders sein konnte?

Seufzend drehte Alba sich auf die Seite. Dolly lag schlafend neben ihr und ihre Silhouette hob sich dunkel von den weißen Dielen ab. Sie hatte darauf bestanden, in der Nacht bei Alba zu bleiben, falls sie etwas brauchte, obwohl Alba ihr mehrfach versichert hatte, dass es ihr gut gehe.

Alba traten Tränen in die Augen. Sie konnte sich einfach nicht vorstellen, was sie ohne Dolly tun würde. Der Gedanke, wie ihr Leben aussehen würde, wenn Dolly nicht ihre Zofe geworden wäre, jagte ihr entsetzliche Angst ein.

Plötzlich ekelte sie sich vor sich selbst. *Wie kannst du nur so egoistisch sein?*, dachte sie. Es war ja nicht so, als hätte Dolly selbst nie Oxanas Wut zu spüren bekommen.

Manchmal fragte sich Alba, warum Dolly nicht kündigte. Steckte da der gleiche Grund dahinter, aus dem niemand der anderen Dienstboten kündigte? Die Angst, keine neue Stelle zu finden und nicht mehr für ihre eigene Familie sorgen zu können? Aber Dolly hatte keine Familie. Sie hatte noch nicht mal einen Freund (obwohl die Hälfte der männlichen Dienstboten im Haus hoffnungslos in sie verliebt war). Alba gestand es sich nicht gern ein, weil es schreckliche Schuldgefühle in ihr hervorrief, aber sie wusste, warum Dolly blieb.

Ihretwegen.

Zu ruhelos, um im Bett zu bleiben, stand Alba auf und trat vorsichtig über ihre schlafende Zofe. Barfuß durchquerte sie das Zimmer, ihr verbundenes Handgelenk gegen die Brust pressend, und öffnete die Tür zum Gang.

Der Treppenabsatz empfing sie mit jener besonderen Stille nach Mitternacht, die Alba so liebte. Dieser Teil der Nacht hatte immer etwas Magisches für sie, als hätte sich eine andere Welt auf die ihr vertraute gelegt und als hätte sich im silbrigen Licht der Sterne die ganze Umgebung erneuert. Sie folgte dem Gang bis zur Haupttreppe und stieg nach oben.

Vom obersten Stockwerk des Hauses hatte man einen wundervollen Ausblick auf das Gelände des Hyde-Park-Anwesens. In schlaflosen Nächten wie dieser setzte Alba sich im Wohnzimmer im hinteren Teil des Hauses gern in einen Sessel am Fenster und las bei Kerzenschein ein Buch. Immer wenn sie hinausblickte, wurde ihr wieder bewusst, dass ihr Leben gar nicht so schlecht war. *Sieh dir doch mal an, was du alles hast,* rief sie sich dann in Erinnerung. *Du hast kein Recht, unglücklich zu sein.*

Oft dachte sie dabei an die anderen Jugendlichen, die im Süden lebten. Viele von ihnen hatten wahrscheinlich Eltern, die weit schlimmer waren als ihre. Obendrein lebten sie im *Süden.* Im Vergleich dazu war sie wirklich ein Glückskind.

Doch heute schienen all diese Überlegungen nichts zu nutzen. Alba hatte eine Kerze in einer Glaslampe angezündet und sie auf den Tisch neben den bequemen Sessel gestellt, in den sie sich mit einem aufgeschlagenen Buch im Schoß gekuschelt hatte. Normalerweise würde sie sich inzwischen besser fühlen. Heute war das jedoch anders, denn aus irgendeinem Grund kam ihr der Vorfall am Abend schlimmer vor als alles, was sie bisher erlebt hatte.

Und schlagartig wurde Alba klar, woran das lag.

Mit dir bin ich fertig.

Die Worte rauschten durch ihren Kopf, als stünde ihre Mutter direkt neben ihr und flüsterte sie ihr ins Ohr. Ihre Mutter hatte zwar schon Dinge zu ihr gesagt, die noch verletzender, noch drohender gewesen waren, doch dieser Satz war gerade in seiner Schlichtheit besonders grausam. Alba kam sich vor wie ein Stück Abfall, das man einfach wegwarf. War sie hier wirklich so unerwünscht? Bedeutete sie ihrer Mutter tatsächlich so wenig?

Übelkeit stieg in ihr auf. Sie legte das Buch beiseite und erhob sich, um ruhelos im Zimmer auf und ab zu tigern.

Mit dir bin ich fertig.

Der Satz wollte Alba nicht mehr aus dem Kopf und folgte ihr wie ein Schatten, ein Kältegefühl, das ihr über den Rücken kroch. Allmählich ging ihre Angst, ging ihre ganze Verletztheit in kochende Wut über (das war am Ende dieser Nächte immer so). Sie fuhr mit den Fingern ihrer unverletzten Hand über die Rücken der Bücher, die in den hohen Regalen standen.

Mit dir bin ich fertig.

Dann lass mich doch in Ruhe!, hätte Alba am liebsten geschrien. Ihre Wut nahm immer mehr zu und strömte wie glühende Lava durch ihre Adern. Sie beschleunigte ihre Schritte und drückte mit den Fingern immer stärker gegen die Buchrücken. *Das kann mir doch nur recht sein. Ich brauche dich sicher nicht. Und ich hab diesen Käfig, in den ihr mich sperrt, so satt. Wenn ich dir wirklich so wenig bedeute, warum lasst ihr mich dann nicht FREI?!*

Zornig schlug sie gegen das Bücherregal, an dem sie gerade vorbeikam …

... und sah, dass es zurückwich und wie eine Tür aufging. Alba erstarrte vor Schreck. Hatte jemand den Lärm gehört? Doch im Haus blieb alles still. Sie entspannte sich ein wenig, obwohl ihr Herz immer noch aufgeregt flatterte. Während sie mit der Hand über die Kante des Regals strich, wurde ihr klar, was sie da entdeckt hatte.

Eine Geheimtür.

Seit sechzehn Jahren wohnte Alba in diesem Haus. Sie hatte angenommen, alles darüber zu wissen. Doch jetzt war sie auf eine verborgene Tür gestoßen. Wahnsinn. Das war wie in einem Buch oder einem Traum.

Alba schob die Tür weiter auf. Dahinter war alles dunkel. Sie ging zu ihrem Sessel zurück, um die Lampe zu holen. Dann eilte sie wieder zur Geheimtür und ging hindurch.

Sie wusste sofort, in was für einem Raum sie sich befand. »Ein Memorium«, flüsterte sie.

Ein Memorium war ein privater Erinnerungsraum. Alba war noch nie irgendetwas erlaubt worden, das mit Erinnerungssurfen zu tun hatte. Ihre Eltern meinten, dass ihr dieses Privileg erst dann zustehe, wenn sie achtzehn und volljährig war – ein weiterer Beweis dafür, dass sie sie von der Außenwelt fernhielten. Sie durfte auf keinen Fall etwas sehen, das sie veranlassen könnte, das Leben im Norden, das ihre Eltern für sie geschaffen hatten, infrage zu stellen. Sie hielten Alba von den Erinnerungshäusern und -boutiquen fern, in denen die Kunden Erinnerungsmaschinen benutzen konnten. Immerhin hatte sie vor Jahren auf einem Schulausflug einmal ein Memorium zu sehen bekommen – einen der luxuriösen Räume, die die Banken für Kunden eingerichtet hatten, die Erinnerungen vor dem Kauf ausprobieren wollten.

Das Geheimzimmer, das sie entdeckt hatte, war groß und

fensterlos und roch nach altem Holz. Prächtige Aktenschränke aus Mahagoni säumten die Wände. In der Mitte des Raums befand sich ein Schreibtisch, hinter dem jedoch statt des üblichen Schreibtischstuhls ein großes, formschönes Gebilde aus Metall stand ...

Eine Erinnerungsmaschine.

Alba machte die Tür hinter sich zu. Vor lauter Aufregung lief ihr ein Kribbeln über den Rücken. Sie stellte die Lampe auf den Tisch und sah sich das Gerät genauer an.

Darin war ein gepolsterter Sitz eingebaut, der aus weichem elastischem Material bestand, das unter ihrer Hand nachgab, als sie draufdrückte. Die Armlehnen waren mit Metallklammern für die Handgelenke versehen. Oben befand sich eine runde Kappe, deren Höhe sich verstellen ließ. Hinten auf der Maschine prangte ein Logo – ein Paar wie zum Flug ausgebreiteter schwarzer Flügel – und darunter stand:

SONY LIFE-FLIGHT v7.8.

Als Alba die Hand ausstreckte, um das Logo zu berühren, hörte sie hinter sich ein Geräusch, bei dem ihr das Herz stockte.

SEVEN

9 Wie in Trance drehte das Mädchen sich um. Sie riss den Mund auf und ballte die Hände zu Fäusten, wirkte im Großen und Ganzen aber nicht übermäßig überrascht, Seven vor sich zu sehen. Er hatte eher den Eindruck, dass sie ein wenig schuldbewusst wirkte.

Seven konnte sie nicht ausstehen, das wusste er von der ersten Sekunde an. Er hatte sie schon bei der Observation des Hauses gesehen, wenn auch nur von Weitem. Aus der Nähe betrachtet war sie eine dieser typischen verwöhnten Gören. Reich und schön und gut genährt (so wurde man nur, wenn man genug zu essen bekam).

Manche Leute hatten es so *leicht*.

Mit finsterem Blick musterte er ihre rosigen Wangen und ihr langes dunkelrotes Haar. Ihr weißes Nachthemd, das ihre zarte blasse Haut umhüllte, schimmerte im Licht der Lampe.

Seven wunderte sich immer noch, dass er nicht davonlief, sondern wie angewurzelt dastand. Sie standen *beide* wie angewurzelt da und starrten einander einfach nur an.

Vielleicht hätte er versucht zu entkommen, wenn sie eine Erwachsene gewesen wäre. Doch dieses Mädchen sah ungefähr so alt aus wie er und wirkte absolut harmlos. Sie schien zu den schwachen, nachgiebigen Mädchen zu gehören, die sich, wenn man sie ärgerte, zusammenkauerten und in Tränen ausbrachen, statt einen wie Loe mit Äpfeln zu bewerfen.

Als das Schweigen unangenehm wurde, sah Seven sich gezwungen, etwas zu sagen.

»Äh ...«, setzte er an, rieb sich den Nacken und versuchte zu grinsen. »Tja, so was ist mir noch nie passiert.«

Das Mädchen schaute ihn verständnislos an. Sie hatte große Augen, so grün wie frisches Gras oder das Wasser der Themse bei Sonnenaufgang. Ihr Blick huschte zur Tür, die immer noch halb aufstand.

Gleich wird sie schreien, dachte er bei sich. Es hatte ihm einen Schock versetzt, sie im Memorium vorzufinden, doch das war nichts im Vergleich zu der Angst, die jetzt in ihm aufstieg.

Carpenters Stimme ertönte in seinem Kopf.

Für diese Sache musst du in Topform sein, S. Du kannst es dir nicht leisten ... wir *können es uns nicht leisten, das hier zu vermasseln.*

Das Mädchen blickte erneut zur Tür hinter Seven. Plötzlich sprudelten die Worte nur so aus ihr heraus, im piekfeinsten Nord-Akzent, den er je gehört hatte. »Wenn du nicht vorhast, mich zu vergewaltigen oder mich umzubringen, könntest du dann bitte die Tür schließen?«

Seven starrte sie an. Hatte er da eben richtig gehört?

»Oh«, flüsterte sie, als er nicht reagierte. Sie schloss die Augen und trat einen Schritt zurück, um sich am Tisch festzuhalten. »Du *hast* also vor, mich zu vergewaltigen oder umzubringen ...«

»Was?«, stieß Seven aus. »Nein!«

Ohne so recht zu wissen, warum (er hätte die Tür ja auch von *außen* zumachen können, nicht wahr?), schloss er sie.

Das Mädchen beobachtete ihn mit gesenktem Kopf, das Gesicht halb verdeckt von ihren langen Haaren.

»Warum bist du dann hier?«, fragte sie in scharfem Ton und reckte das Kinn in die Höhe. »Mein Tag war schon schlimm genug, da hab ich nicht die geringste Lust, mich auch noch mit dir zu befassen. Wenn du also erledigen könntest, was du vorhattest, und mich in Ruhe lassen würdest, wäre das ganz wunderbar. Vielen Dank«, fügte sie hinzu, als fielen ihr gerade ihre guten Manieren wieder ein.

Seven machte eine ausholende Geste. »Also eigentlich muss ich was in diesem Zimmer erledigen.«

»In diesem Zimmer?«, entgegnete sie. »Was denn?«

»Ich muss was stehlen.«

Die Worte rutschten ihm unwillkürlich heraus. Aber andererseits lag es ja wohl auf der Hand, warum er hier war, nachdem er mitten in der Nacht in ein fremdes Haus eingebrochen war.

Er hustete. »Und was machst *du* hier?«

»Wie bitte?«

»Ich habe gesagt, was machst *du* hier?«

Das Mädchen zog die Nase kraus und schnaubte empört. »Man fragt nicht, was jemand in seinem *eigenen Haus* zu suchen hat.«

Seven zuckte die Achseln. »Kommt mir einfach komisch vor, dass du mitten in der Nacht hier bist. Und dass ich die Tür schließen musste, bedeutet ja wohl, dass du befürchtest, jemand im Haus könnte uns hören und dich hier entdecken.« Er unterdrückte ein Grinsen. Fast wünschte er, Loe wäre hier. Ihr hätte diese Situation sicher gefallen.

Abermals huschte ein schuldbewusster Ausdruck über das Gesicht des Mädchens, doch schon im nächsten Moment blickte sie wieder wütend drein. »Oh, ich könnte dich verraten. Glaub bloß nicht, dass ich das nicht fertigbrächte. Mein Vater wäre ganz sicher nicht sehr erfreut, dich hier zu sehen. Weißt du, wer er ist?«

Sevens Herz begann wieder, wie wild zu hämmern.

»Ich geb dir einen Hinweis«, fuhr sie fort. »Sein Nachname beginnt mit W.«

Seven musterte das Mädchen und überlegte, ob er es über sich bringen würde, sie zu schlagen. Wenn er sie ausknockte, konnte er die DSC stehlen und verschwinden. Aber sie war ein *Mädchen.* Es wäre nicht richtig, sie zu schlagen. Außerdem hatte sie sein Gesicht gesehen und wäre also in der Lage, ihn ihrem Vater genau zu beschreiben.

Mit zitternder Hand fuhr Seven sich durchs Haar. Offenbar hatte er zwei Möglichkeiten. Entweder er rannte davon und hoffte, dass Alastair White sich nicht die Mühe machen würde, nach ihm suchen zu lassen. Oder er verriet seiner Tochter, warum er hier war.

Das Mädchen spitzte die Lippen. »Na? Soll ich meinen Vater rufen? Und wenn ich dich darauf hinweisen darf: Er wird nicht gerade entzückt sein, wenn man ihn zu dieser Zeit weckt.«

Rasch wog Seven die Optionen ab. Eine Konfrontation mit dem Vater des Mädchens? Das bedeutete mit Sicherheit den Tod. Wenn er sich mit dem Mädchen auseinandersetzte ... war es nicht ausgeschlossen, dass er mit dem Leben davonkam.

Das Risiko würde er eingehen.

»Ich bin ein Speicherchip-Dieb«, teilte er ihr mit, »und ich bin hier, um bestimmte Erinnerungen deines Vaters zu stehlen.«

Alba

10

Während des gesamten Wortwechsels war Alba davon überzeugt gewesen, dass jemand im Haus etwas hören würde. Die ganze Zeit hatte sie überlegt, wie ihre Eltern wohl reagieren würden, wenn sie sie hier im Memorium vorfänden – und noch dazu mit einem Jungen.

Doch das wollte sie sich lieber nicht ausmalen.

Irgendwie hatte sie es fertiggebracht, so zu bluffen, dass der Junge annahm, sie könnte tatsächlich ihren Vater herbeirufen (wenn der wüsste!). Alba fand das alles ziemlich lächerlich. Der Junge war hier eingebrochen, doch *sie* war diejenige, der Gefahr drohte.

Jetzt, da sie wusste, was ihn hergeführt hatte, war sie ruhig und gelassen. Er wollte lediglich irgendwelche blöden Erinnerungen stehlen.

Soll er sie doch mitnehmen, dachte sie. *Ich wünschte bloß, er könnte auch einige* meiner *Erinnerungen mitnehmen. Dann wäre ich sie endlich los.*

»Welche willst du denn haben?«, fragte Alba, während sie am Saum ihres Nachthemds herumfummelte und – ohne großen Erfolg – versuchte, es weiter nach unten zu ziehen. Sie bereute schon jetzt, dass sie keinen Morgenmantel angezogen hatte. Die Augen des Jungen wanderten immer wieder zu ihren Oberschenkeln, die nur knapp vom Nachthemd bedeckt wurden.

»Na wie ich schon gesagt habe – die von deinem Vater«, erwiderte der Junge.

Alba war so sehr damit beschäftigt, ihn zu mustern, dass sie zunächst gar nicht auf das, was er gesagt hatte, einging. Seine Gesichtszüge hatten etwas Exotisches, das sie nicht einordnen konnte. Ob er vielleicht halber Japaner war? Sein dunkles, unordentliches Haar fiel ihm in die schmalen grauen Augen. Sein Mund war klein, und wenn er sprach, zog sich einer seiner Mundwinkel nach oben. Jedenfalls sah er merkwürdig aus (er war so groß und schlaksig, dass Alba sich neben ihm wie das reinste Nilpferd vorkam), gleichzeitig hatte er aber auch etwas seltsam Attraktives an sich. Vielleicht lag das an seiner glatten gebräunten Haut oder daran, dass er nach Minze und Schweiß und *Junge* roch, eine verführerische Mischung von Düften, der sie noch nie begegnet war.

Alba riss sich zusammen und kam auf das zurück, was er gerade gesagt hatte. »Was willst du denn mit Erinnerungen meines Vaters?«, erkundigte sie sich vorsichtig.

Der Junge zuckte die Achseln. »Keine Ahnung. Mein Bandenchef will sie haben.«

»Dein *Bandenchef?«*

»Alle DCS-Diebe gehören zu einer Bande«, erklärte er in ungehaltenem Ton, als wüsste das eigentlich jeder Idiot. »Der Bandenchef ist derjenige, der alles organisiert und uns sagt, welche DSCs wir stehlen sollen. Solche Sachen eben.«

»Das ist dein Job?«, hakte sie nach. »Du stiehlst Erinnerungen?«

Er lächelte stolz. »Ja.«

Alba wusste nicht, was sie darauf sagen sollte. Den Jungen schien es gar nicht zu kümmern, dass er Verbrechen beging, die mit dem Tode bestraft wurden. Ihr wurde leicht unbehaglich. Er war ein Krimineller und gehörte zu den Personen, die ihr Vater tagtäglich verurteilte. Erinnerungsdiebstahl sei die schlimmste Form von Verrat, hatte ihr Vater beim Abendessen gesagt. Und sie unterhielt sich gerade mit einem Erinnerungsdieb, als wären sie sich eben auf der Straße begegnet!

Das Absurde daran war, dass Alba mehr Angst davor hatte, ihre Eltern könnten sie zusammen mit diesem Jungen erwischen, als vor dem Jungen selbst. Sie durfte nicht zulassen, dass ihre Eltern ihn entdeckten. Man würde ihn sofort verhaften und zum Tode verurteilen, während ihr ein noch eingeschränkteres Leben als bisher bevorstünde. Wenn ihre Eltern erfuhren, dass ein Erinnerungsdieb im Haus gewesen und sogar in Kontakt mit ihrer Tochter gekommen war, würden sie sie nie mehr aus den Augen lassen.

All das war nicht fair, und je mehr Alba über ihre Eltern nachdachte, desto wütender wurde sie. Dieser Junge schien so *frei* zu sein. Er drang in die Häuser, das Leben und die Erinnerungen anderer Menschen ein, ganz wie ihm danach war. Es musste wundervoll sein, sich aus seinem eigenen Leben davonstehlen zu können, sobald man sich selbst satthatte.

Alba biss sich auf die Lippe. »Und was machst du mit den Erinnerungen, die du gestohlen hast?«

»Die liefere ich bei meinem Bandenchef ab, der sie dann auf dem Schwarzmarkt verkauft.«

»Und ... surfst du diese Erinnerungen vorher?«

Der Junge lachte. »Ja, klar. Jedes Mal.«

Er brauchte ihr gar nicht zu sagen, dass Erinnerungssurfen

sein ganzer Lebensinhalt war. Das sah Alba schon am Leuchten seiner grauen Augen.

Plötzlich kam es ihr so vor, als hätten alle Ereignisse des heutigen Tages nur auf diese Situation zugeführt. Warum hatte Alba ausgerechnet heute Nacht das Memorium entdeckt? Nach sechzehn Jahren in diesem Haus befand sie sich zur gleichen Zeit hier wie dieser Junge, der Erinnerungen stehlen wollte.

Es war Bestimmung, dass sie sich begegnet waren. Da war sie ganz sicher.

Alba holte tief Luft. »Kannst du mir zeigen, wie man es macht?«, fragte sie, indem sie über die geschwungene Rückseite der Erinnerungsmaschine strich. »Zeig mir, wie man Erinnerungen surft, dann lasse ich dich die DSC stehlen, die du haben willst, ohne dass mein Vater etwas davon erfährt.«

»Jetzt? Damit?« Der Junge zeigte auf das Gerät. »Vergiss es. Ich muss schnellstmöglich wieder weg. Und dieses Modell registriert jede Benutzung. Ich werd mich hüten, solche Spuren zu hinterlassen.«

Das war die Gelegenheit, einen Rückzieher zu machen. Doch Alba war nicht bereit, sich diese Chance entgehen zu lassen. Nicht nachdem dieser Junge wie ein Geschenk des Himmels in ihr Leben getreten war, und zwar genau in der Nacht, in der sie ihn am meisten brauchte.

Sie trat auf ihn zu und sah ihm unverwandt in die Augen, mit einem Blick, der keinen Widerspruch duldete. »Dann nimm mich mit zu dir«, sagte sie, »und ich surfe mit *deiner* Maschine.«

SEVEN

11

Am nächsten Tag wachte Seven ziemlich spät auf. Er hatte von Piraten, einem endlosen Ozean und Loe geträumt, die lachend mit ihm zusammen von Bord des Piratenschiffs in das glitzernde, von der Sonne überflutete Wasser gesprungen war. Es war ein schöner Traum gewesen – nicht etwa, weil Loe darin aufgetaucht war, sondern, weil Seven es liebte, vom Meer zu träumen. Die nach allen Seiten hin offene Wasserfläche bewirkte, dass er sich sauber und frei fühlte, wie er es im Süden nie tat.

Mit geschlossenen Augen und einem zufriedenen Gefühl lag Seven im Bett und ließ sich von der Sonne bescheinen. Eine Zeit lang schweiften seine Gedanken in diese und jene Richtung, bis ihm plötzlich alles wieder einfiel ...

Das Mädchen.

Letzte Nacht.

Und das, was er ihr für *heute* Nacht versprochen hatte.

»Verdammter Mist!«, stöhnte Seven und setzte sich abrupt auf.

Blitzschnell zogen die Ereignisse der letzten Nacht vor seinem inneren Auge vorüber: wie die Hände des Mädchens sich zu Fäusten geballt hatten, als sie sich umdrehte; wie sie ihre grünen Augen aufgerissen hatte, als sie ihn erblickte; ihr

Nachthemd aus Seide und Spitze (und das, was sie darunter trug – nicht viel!).

Wie sie auf ihn zugetreten und ihm der süße blumige Duft ihrer Haut in die Nase gestiegen war und sie gesagt hatte: *Dann nimm mich mit zu dir und ich surfe mit* deiner *Maschine.*

Was hätte er darauf entgegnen können? Kommt gar nicht infrage? Das war in Anbetracht der Lage, in der er sich befand, kaum möglich. Schließlich war der Vater des Mädchens *Alastair White.*

Jedenfalls schien das, was das Mädchen verlangte, ein geringer Preis dafür, dass er ungeschoren davonkam. Die ganze Sache war viel zu wichtig, als dass er sie vermasseln durfte. Carpenter brauchte ja nicht zu erfahren, dass der Einbruch nicht ganz so glatt gelaufen war wie geplant. Er würde seine DSC bekommen. Das war das, was zählte.

Und trotzdem war es *verrückt.*

Inzwischen kam ihm die Tour zum Hyde-Park-Anwesen wie ein langer, irrer Traum vor, aus dem er sicher gleich erwachen würde. Er konnte dieser hochnäsigen Prinzessin aus dem Norden doch nicht wirklich versprochen haben, sie mit zu sich zu nehmen, damit sie seine Erinnerungsmaschine ausprobierte.

»Hast du aber, du Vollidiot«, stöhnte er, ließ sich auf die Matratze zurückfallen und bedeckte das Gesicht mit den Händen.

Alba

12

Samstags war früher Schulschluss als an den anderen Wochentagen, was Alba sowohl gut als auch schlecht fand. Gut, weil es logischerweise weniger Unterricht bedeutete. Schlecht, weil sie dann mehr Zeit zu Hause verbringen musste, wo sie ständig ihrer unberechenbaren Mutter ausgesetzt war. Nach den Ereignissen des gestrigen Tages wünschte Alba, die letzte Stunde würde nie enden.

Diesmal rannte sie Dolly nicht entgegen, die wie immer am Schultor wartete, um sie abzuholen.

»Hi«, sagte sie mürrisch und hakte sich mit ihrer unverletzten Hand bei ihrer Zofe unter.

Dolly lächelte. »Wie war der Unterricht?« Als sie Albas schlechte Laune bemerkte, verflüchtigte sich ihr Lächeln. »Und wie geht es deinem Handgelenk?« Sie hob den Arm, um sich Albas Handgelenk anzusehen, das sie morgens frisch verbunden hatte. »Tut's immer noch weh?«

»Überhaupt nicht«, erwiderte Alba und rang sich ein Lächeln ab.

Sofort bekam sie ein schlechtes Gewissen, weil sie gelogen hatte – nicht nur in puncto Handgelenk, sondern auch, weil sie morgens Dolly gegenüber behauptet hatte, sie habe gut geschlafen, statt ihr die Wahrheit zu sagen und ihr die Sache mit dem Jungen und dem Memorium zu erzählen. Sie hasste es, Dolly anzulügen, die einzige Person, der sie wirklich vertraute. Doch diese Sache war einfach zu heikel. Alba wusste nicht, wie sie alles erklären sollte, ohne total durchgeknallt zu klingen.

Oh, letzte Nacht, während du geschlafen hast, habe ich einen Fremden – noch dazu einen aus dem Süden – dazu gezwungen, mir zu versprechen, mich heute Nacht mit zu sich nach Hause zu nehmen, um illegale Erinnerungen zu surfen. Ich hoffe, du hast nichts dagegen.

Mittlerweile kam ihr das alles ziemlich unwirklich vor. Alba wünschte, sie hätte daran gedacht, den Jungen nach seinem Namen zu fragen, um ihn stärker in der Wirklichkeit zu verankern. Dann hätte sie weniger das Gefühl, geträumt zu haben oder einem Gespenst begegnet zu sein.

Dolly lächelte sie voller Stolz an. »Das ist meine kleine Kämpferin.«

Eher eine kleine Lügnerin, dachte Alba bedrückt.

Doch sosehr es ihr auch gegen den Strich ging, Dolly das alles zu verheimlichen – Tatsache war, dass sie schon den ganzen Tag total aufgeregt war. Es jagte ihr eine Heidenangst ein, wenn sie daran dachte, dass sie mitten in der Nacht das Haus verlassen würde, mit einem Jungen, von dem sie kaum etwas wusste, während die Dinge, die sie tatsächlich wusste – dass er aus dem Süden und ein Erinnerungsdieb war – nicht gerade zu ihrer Beruhigung beitrugen. Und was passieren würde, wenn ihre Eltern sie erwischten, stellte sie sich lieber gar nicht erst vor. Doch außer von Angst war sie auch von unbändiger Freude erfüllt, von einem geradezu rebellischen Gefühl.

Endlich hatte Alba eine Möglichkeit gefunden, ihren Eltern

zu trotzen. Zum ersten Mal in ihrem Leben rüttelte sie an den Metallstangen ihres Käfigs und unternahm etwas, um ihn zu verlassen.

SEVEN

13

Seven ging den Pfad am Fluss entlang in Richtung des Pubs, in dem er sich mit Carpenter treffen wollte, um ihm die gestohlene DSC zu übergeben. Es war wieder ein heißer, wolkiger Tag und am Nachmittag war es derart schwül geworden, dass Seven wie verrückt schwitzte und ihm Hose und T-Shirt am Körper klebten. Über ihm kreisten Schwärme von Vögeln und zerrissen mit ihrem Gekreische die Luft, wenn sie nach unten schossen, um sich die toten Fische zu schnappen, die ans Ufer geschwemmt worden waren (natürlich ans Südufer – im Norden war das Ufer blitzsauber, da es zweimal täglich von Arbeitern gereinigt wurde, die wiederum aus dem Süden stammten).

Der Pfad wand sich an der Themse entlang in Richtung Vauxhall und Lambeth und wurde auf der einen Seite vom Fluss gesäumt, auf der anderen von verdreckten Gebäuden. Jenseits der Themse, auf der zahlreiche Wassertaxis, Fähren und Containerschiffe unterwegs waren, glitzerten die Glasklötze der Bürohäuser im Sonnenlicht.

Als er sich einer Brücke näherte, beschleunigte sich Sevens Herzschlag ein wenig. Der Verkehr auf der Brücke war zum Erliegen gekommen, da Polizisten in roten Uniformjacken die Passierscheine der Wageninsassen kontrollierten. Die Brücke war die einzige Möglichkeit, um von einer Hälfte der Stadt in die andere zu kommen (zumindest auf legale Weise). Leute aus dem Süden brauchten einen offiziell beglaubigten Passierschein, wenn sie aus persönlichen Gründen oder weil sie dort arbeiteten in den Norden wollten, während bei den Leuten aus dem Norden der Ausweis ausreichte, wenn sie die Grenze in die eine oder andere Richtung überschritten.

Sevens Handflächen waren feucht vor Schweiß. Obwohl die Polizisten keinen Grund hatten, ihn anzuhalten, hatte er das Gefühl, als wüssten sie, was er getan hatte. Als hinterließen seine Boots leuchtende Spuren auf dem schmutzigen Pflaster und verrieten so, wo er letzte Nacht gewesen war.

Seven hasste die Londoner Polizei, die dem Premierminister unterstellt war und die Stadt fest im Griff hatte. Er hasste alles, wofür diese Leute standen, die so taten, als bestünde ihre einzige Aufgabe darin, die Leute im Norden vor Abschaum aus dem Süden – Abschaum wie ihm – zu schützen. Doch er fürchtete sie auch und hassen und fürchten waren in seiner Welt mehr oder weniger dasselbe.

In dem Moment drehte sich einer der Polizisten um.

Er hob die Hand, um die Augen gegen die Sonne abzuschirmen. Dabei fiel sein Blick auf Seven und irgendetwas zwischen ihnen machte *klick,* bevor Seven mit flatterndem Herzen den Kopf abwandte. Er ging weiter, ohne zu merken, dass er den Atem anhielt. Erst als er das Pub erreichte, stieß er die Luft wieder aus.

Das Pub *Zum bebrillten Zauberer* war dunkel und muffig und roch nach Fluss und verfaultem Holz. Das niedrige baufällige Gebäude stand unten am Ufer, unterhalb einer kleinen Brücke. Nur wenige Meter davon entfernt strömte die Themse vorbei. Trotz des strahlenden Sonnenscheins war es drinnen schummrig, da die Fenster so verdreckt waren, dass sie kaum Licht durchließen.

Seven trat ein und hielt nach Carpenter Ausschau, den er schließlich in einer Ecke entdeckte. Er saß an einem Erkerfenster und schaute auf den Fluss hinaus. Im trüben Licht des Pubs kam die nach oben gezogene Augenbraue Carpenters besonders stark zur Geltung. Heute verlieh sie seinem Gesicht jedoch etwas leicht Bedrohliches, als ob der Witz, über den er sich ständig amüsierte, nicht mehr zündete.

Als Seven sich setzte, drehte Carpenter sich zu ihm.

»S«, sagte er. Mit Schwung schob er ihm ein Bier hin, das überschwappte und sich auf die bereits klebrige Tischplatte ergoss.

»Danke«, murmelte Seven, obwohl er das Glas nicht anrührte. Bier erinnerte ihn immer an die Typen aus seinem Wohnblock, an ihren nach billigem Alkohol stinkenden Atem, wenn sie ihn anpöbelten, ihn anbrüllten und ihm ins Gesicht lachten. Bier hatte den Geschmack ihrer Tritte und Schläge.

Carpenter lehnte sich zurück und ließ den Arm über die Lehne seines Stuhls baumeln. »Na, hat's geklappt?«

Seven blickte nervös über die Schulter. »Ja.«

Das Pub war so voll, dass ihre Stimmen in dem ganzen Geschrei und Gelächter völlig untergingen. Trotzdem waren Sevens Nerven zum Zerreißen gespannt. Gerade als er die DSC mit Alastair Whites Erinnerungen hervorholen wollte, flog die Tür des Pubs auf und knallte gegen die Wand, was sich wie ein Schuss anhörte, der im ganzen Raum widerhallte.

Sofort verstummten alle Anwesenden.

Seven schluckte. Er brauchte sich gar nicht erst umzudrehen, um zu wissen, wer da gerade gekommen war. Es gab nur eins, was in einem Pub im Süden so schnell für Totenstille sorgte …

Die Londoner Polizei.

»Ausweiskontrolle«, knurrte eine Stimme von der Tür her.

Die Tritte schwerer Stiefel waren zu hören, als die Polizisten sich im Raum verteilten.

Ausgerechnet heute müssen die eine Ausweiskontrolle machen, dachte Seven, *wo ich eine DSC bei mir trage, die ich dem verdammten Alastair White gestohlen habe.*

Offenbar verhielt er sich so nervös, wie er war, denn Carpenter beugte sich über den Tisch. »Bleib ganz ruhig, S«, sagte er leise, griff lässig nach seinem Glas und trank einen großen Schluck Bier.

Seven wusste nicht, wie Carpenter es schaffte, alles, was er tat, so aussehen zu lassen, als wäre es das Natürlichste auf der Welt. Seven griff ebenfalls nach seinem Glas und nippte an seinem Bier, verschluckte sich jedoch und brach in Husten aus.

»Ausweise«, hörte er hinter sich eine Stimme.

Seven hatte so laut gehustet, dass er gar nicht bemerkt hatte, wie das Stiefelgetrampel näher gekommen war. Er zuckte zusammen und kramte in seiner Hosentasche herum, um nach seinem Ausweis zu suchen, während Carpenter dem Polizisten ruhig und gelassen seinen Ausweis reichte. Ein schrilles Piepen ertönte, als der Mann den Ausweis durch ein Lesegerät zog, um festzustellen, ob er gültig war.

Der Polizist warf Carpenter seinen Ausweis zu. »Jetzt deinen.«

Erneut zuckte Seven zusammen. Das war der Grund, warum er die Nacht liebte, warum er es liebte, auf Diebestour zu gehen – da gab es nur ihn und die Dunkelheit. In der Nacht fühlte er sich wie der König der Welt.

Bei Tage fühlte er sich schutz- und wehrlos.

»Oh, äh, ja«, stotterte er. »Hier ...«

Der Polizist schnappte sich seinen Ausweis.

Ein Moment bangen Wartens. Dann ...

Piep.

Seven sank erleichtert in sich zusammen und nahm seinen Ausweis wieder an sich, während der Polizist weiterging, um die anderen Gäste zu kontrollieren. Sevens Ausweis war eine Fälschung – mit falschem Namen, falscher Adresse und falschen Angaben zu seinem Beruf. Carpenter hatte sie ihm besorgt, als er der Bande beigetreten war. Der Ausweis hatte ihn noch nie im Stich gelassen (bisher). Er steckte ihn in seine Tasche zurück.

»Wenn du dich so verdächtig benimmst wie eben, nehmen die an, du hättest was zu verbergen«, sagte Carpenter. »Daran musst du arbeiten, S.«

Seven grinste unsicher. »Weiß gar nicht, wovon du redest.« Er zeigte auf sich. »Ich bin doch ein *Muster* an Gelassenheit.«

»Und der Meister aller Sülznasen«, fügte Carpenter hinzu.

Seven lachte, entspannte sich aber erst dann wieder, als die Polizisten das Pub verlassen hatten und der Lärm und das Stimmengewirr wieder einsetzten. Nachdem er ein Weilchen gewartet hatte, um sicherzugehen, dass die Polizisten nicht zurückkamen, holte er die DSC hervor und steckte sie Carpenter unter dem Tisch zu.

Als er den Chip übergab, verspürte Seven ein seltsames Unbehagen, als wäre etwas Schreckliches darauf gespeichert, etwas, das sie im Dunkel von Whites Memorium hätten ruhen lassen sollen.

»Du weißt, dass ich für die Sicherheit meiner Leute sorge«,

sagte Carpenter und lehnte sich zurück. Die DSC hatte er bereits irgendwo in seiner Kleidung versteckt.

Seven nickte. »Ja, das weiß ich.«

Und das war nicht gelogen. Das Problem war nur, dass er auch etwas anderes wusste, nämlich dass alles, was Carpenter zum Schutz seiner Diebesbande unternahm, vergebens war, wenn die Polizei ihnen auf die Schliche kam. Sie waren Kriminelle – der übelsten Sorte –, und wenn Seven erwischt wurde, konnte ihn nichts mehr retten.

Wie Seven im Laufe der Jahre miterlebt hatte, wurde fast jeder DSC-Dieb, den man erwischte, im Schnellverfahren verurteilt. Und das Verfahren wurde nur dann angewandt, wenn die Staatsanwaltschaft sich Erinnerungen verschaffen konnte, die die Schuld des Verdächtigen eindeutig bewiesen. Oft waren diese DSCs Geständnisse, die die Verdächtigen freiwillig ablegten. Na ja, nicht ganz freiwillig. Seven wollte lieber nicht wissen, was Staatsanwälte wie White anstellten, um an diese Geständnisse zu kommen.

Schnellverfahren hatten immer einen Schuldspruch zur Folge. Genauso wie ein Schuldspruch bei einem Verbrechen wie DSC-Diebstahl nur ein Resultat kannte.

Hinrichtung.

Alba

14

Wie so oft machten Dolly und Alba einen Umweg, als sie von der Knightsbridge Academy nach Hause gingen. Auf dem Hyde-Park-Anwesen bogen sie von dem Weg ab, der zum Haus führte, und schlenderten über die verwilderten, von der Sonne ausgedörrten Wiesen in Richtung *Serpentine,* dem See im Herzen des Anwesens. Das hohe Gras kitzelte sie an den Beinen. Die Sonne strahlte vom Himmel und tauchte die Welt in goldenes Licht.

Als sie zum abschüssigen Ufer der *Serpentine* gelangten, breitete Dolly unter einem Maulbeerbaum eine Decke aus. Das Wasser des Sees war von durchsichtigem Blau, in dem hier und da Algenklumpen schwammen. Im grünen Blätterdach über ihnen summten Insekten. Aus der Ferne war das leise Brummen eines Rasenmähers zu hören.

Nachdem Alba sich auf die Decke gesetzt und die Beine ausgestreckt hatte, ließ sie den Blick über ihre Umgebung schweifen. Die Sonne hüllte alles ringsum in silbrigen Glanz. Sie überlegte, ob es wohl Momente wie dieser waren, die die Leute in ihren Memoriums aufbewahrten. *Sie* würde es jedenfalls so machen, um einen unerschöpflichen Vorrat an friedlichen Momenten zu haben, auf den man jederzeit zurückgreifen konnte. Momente, in denen alles perfekt und harmonisch zu sein schien und alle schlimmen Dinge sich verflüchtigten wie Schatten, die von der Sonne vertrieben wurden.

»Alba«, sagte Dolly plötzlich. »Ich muss dir was erzählen.«

Sofort waren die Schatten wieder da.

Dollys Ton verriet Alba, dass irgendetwas ganz und gar nicht stimmte. Trotz der Hitze hatte Alba das Gefühl, als wäre sie mit Eiswasser übergossen worden. Jeder Muskel ihres Körpers spannte sich an. Als sie sich Dolly zudrehte, sah diese sie traurig an.

»Es … es geht um dein Studium.« Dolly sprach so langsam, als blieben die Worte an ihrer Zunge kleben.

»Bitte nicht«, flüsterte Alba.

»Deine Mutter –«

»Nicht! Bitte.«

Sie wusste sofort, was Dolly ihr sagen wollte. Wie ein Gewicht legte sich die Gewissheit auf ihre Brust. Obwohl diese Sache immer im Bereich des Möglichen gewesen war, hatte Alba sie so lange wie möglich verdrängt.

Jemand hatte um ihre Hand angehalten.

Ihre Eltern wollten sie verheiraten.

Dolly presste die Lippen zusammen. »Die Sache ist noch nicht entschieden«, sagte sie. »Ich werde schon einen Weg finden, um deine Mutter umzustimmen. Ich hol dich hier raus, Alba. Das verspreche ich dir.«

Doch Alba schüttelte nur den Kopf. In ihrem Innern war eine große Leere entstanden. Sie hatte sich an die Vorstellung geklammert, dass sie in zwei Jahren von hier wegkönnte. Dass jeder Tag, der verging, sie der Freiheit ein bisschen näher brachte, mochten die Dinge auch noch so schlimm werden.

Und jetzt hatten ihre Eltern auch diesen kleinen Hoffnungsfunken erstickt.

»Woher weißt du das?«, fragte sie leise.

»Deine Mutter hat heute eine Heiratsvermittlerin zum Essen eingeladen. Mrs Archibald aus Fulham Grove. Sie arbeitet für viele prominente Nord-Familien. Sie hat einen … Bewerber für dich gefunden.«

Bei dem Wort *Bewerber* lief es Alba kalt über den Rücken. Sie hatte es schon oft erlebt, dass Mädchen die Knightsbridge Academy verließen, um mit Jungen (oder sogar Männern) verheiratet zu werden, die aus den einflussreichsten Familien des Nordens stammten. Auf diese Weise wollte man sicherstellen, dass die Macht auch in Zukunft bei der nördlichen Elite bleib. Doch bisher hatten Albas Eltern noch nichts von Heirat gesagt, geschweige denn ihr irgendwelche Bewerber vorgestellt.

Sie hoffte, dass sie wussten, wie sehr sie sich wünschte, auf die Universität zu gehen. Ihr Vater *musste* es einfach wissen, denn sie hatten unzählige Male darüber gesprochen. Das würde er ihr doch nicht antun. Er würde doch nicht all ihre Träume zerstören.

Doch, das würde er, begriff Alba. Weil ihre Mutter ihn dazu gebracht hatte. Sie musste ihn davon überzeugt haben, dass dies der beste Weg für ihre Tochter sei, und Alastair White konnte seiner Frau nichts abschlagen. Für sie tat er alles.

Für sie. Nicht für mich, dachte Alba, während ihr Tränen in die Augen traten.

Alba starrte auf den See und überlegte, wie lange es wohl dauern würde zu ertrinken. Und ob es wehtun würde. Fast wäre sie in Lachen ausgebrochen. Als ob sie keine Erfahrung mit Schmerzen hätte!

Sie hatte ohnehin das Gefühl, als versinke sie bereits im Wasser.

»Deine Mutter hat uns allen befohlen, das Zimmer zu verlassen, bevor sie über Einzelheiten gesprochen haben«, fuhr Dolly fort. »Deshalb weiß ich nicht, wer dein Bewerber ist. Ich nehme aber an, dass es eine gute Partie ist. Jedenfalls war deine Mutter nach dem Gespräch mit der Heiratsvermittlerin in ausgesprochen guter Stimmung.«

Alba wischte sich die Tränen aus den Augen. Sie war wütend auf sich selbst. Mit so was hätte sie rechnen müssen!

»Ich hätte dir das nicht erzählen sollen«, sagte Dolly bedrückt.

Alba schüttelte den Kopf. »Doch. Es ist mir lieber, es von dir zu erfahren.« Sie stieß ein Schnauben aus, das in ein Schluchzen überging. »Meine *liebe* Mutter hätte es mir sicher erst am Abend vor der Hochzeit erzählt. Vorher würde sie mich natürlich mit Handschellen fesseln, damit ich nicht fortlaufen kann.«

»Vielleicht fällt die Sache ja ins Wasser.« Dolly griff nach Albas Hand und drückte sie. »Wir werden einen Weg finden, um dich hier rauszubekommen.«

Alba kniff die Augen fest zusammen. Am liebsten hätte sie laut losgeschrien. Sie wusste, dass Dolly alles für sie tun und ihr um jeden Preis helfen würde, aber sie wusste auch, dass ihre Mutter nicht nachgeben würde. Offenbar war es von Anfang an ihre Absicht gewesen, sie schnellstens unter die Haube zu bringen.

In wenigen Jahren würde Alba in einer anderen Art von Gefängnis sitzen. Die Wände würden anders aussehen, würden aber trotzdem da sein, schwarz und hoch aufragend, um die Welt von ihr und sie von der Welt fernzuhalten. Denn wenn man sie verheiratete, würde Alba nie die Möglichkeit haben zu entscheiden, wer oder wie sie werden wollte. Außerdem würde man ihr Dolly wegnehmen und ihr eine neue Zofe aufzwingen, eine, die sie nicht wie die eigene Tochter oder Schwester aufgezogen hatte, eine, die ihr nicht die Hand gehalten und ihre Tränen weggewischt und ihr mitten in der Nacht heimlich Essen aus der Küche geholt hatte und immer, immer, immer für sie da war, jede Minute, jeden Tag.

Nein.

Ihre Eltern hatten in der Vergangenheit schon zu viel über ihr Leben bestimmt. Alba war nicht bereit, sie auch noch über ihre Zukunft bestimmen zu lassen.

SEVEN

15

Als Seven kurz vor Mitternacht am Haus ankam und an den Ulmen vorbei auf das Gebäude zuschlich, sah alles genauso aus wie am Tag zuvor. Die Marmorfassade hob sich hell gegen die Dunkelheit ringsum ab.

Seven machte unter dem Baum halt, der dem Haus am nächsten stand. Er malte sich aus, wie das Mädchen in ihrem Zimmer darauf wartete, dass die Uhr Mitternacht anzeigte, um dann aus ihrem Bett zu schlüpfen und nach draußen zu kommen.

Als ob die den Mumm dazu hätte, dachte er und schnaubte verächtlich. Natürlich hatte sie den nicht.

Das Mädchen war reich und verwöhnt. Sie hatte nie einen Grund gehabt, tapfer zu sein. Im Gegensatz zu ihm. Seven hatte um alles im Leben verbissen kämpfen müssen. Wann hatte Whites Tochter denn je arbeiten müssen, um etwas zu bekommen?

Er war sich so sicher gewesen, dass das Mädchen nicht auftauchen würde, dass er es einfach nicht glauben konnte, als die Dienstbotentür aufging und sie sich aus dem Haus stahl. Doch die wallenden rotbraunen Haare, die im Sternenlicht schimmerten, waren unverkennbar.

»Scheiße«, sagte Seven missmutig.

Er hasste es, unrecht zu haben.

Alba

16

Alba hatte gewartet, bis es im Haus still und dunkel wurde. Dann war sie aus dem Bett aufgestanden und hatte den smaragdgrünen Pullover angezogen, den Dolly ihr zum sechzehnten Geburtstag geschenkt hatte, sowie eine schlichte schwarze, eng anliegende Hose und ein paar alte Turnschuhe. Nachdem sie sich vergewissert hatte, dass der Schlüssel zur Dienstbotentür in ihrer Hosentasche steckte – Dolly hatte Alba vor Jahren einen besorgt, damit sie unbemerkt aus dem Haus schlüpfen konnte –, hatte sie ihr Zimmer verlassen und war die Dienstbotentreppe hinuntergeschlichen.

Als sie die Tür öffnete und nach draußen trat, hatte Alba das Gefühl, eine andere Welt zu betreten.

Die Nacht war kühl. Ein frischer Wind fuhr raschelnd durch das hohe Gras und wehte ihr das Haar ins Gesicht. Sie strich es zurück und spähte zu den dunklen Silhouetten der Ulmen jenseits des Rasens hinüber. Im Mondlicht sah die ganze Umgebung so aus, als sei sie mit glitzernden Eiskristallen überzogen.

Alba fühlte sich quicklebendig und hellwach. Am liebsten hätte sie laut gelacht oder geschrien oder wäre mit ausgebreiteten Armen über das Gelände gelaufen, schneller und immer schneller, um schließlich abzuheben und in der Luft umherzutanzen.

Alles, was sie an diesem Tag erlebt hatte, war beim Verlassen des Hauses von ihr abgefallen. Vergessen war das verschlagene Lächeln, das ihre Mutter ihr beim Abendessen zugeworfen hatte. Obwohl Oxana kein Wort über den Besuch der Heiratsvermittlerin verloren hatte, sah Alba, wie dieses Geheimnis die Augen ihrer Mutter zum Leuchten brachte. Gegenwärtig empfand Alba nur eins: überschwängliche Freude darüber, dass sie im Begriff war, gegen ihre Eltern zu rebellieren.

Begierig atmete sie die frische mitternächtliche Luft und den Duft der Pflanzen und Bäume ein. Ein aufgeregtes Prickeln ging durch ihren ganzen Körper, als sie unter den Ulmen den Jungen entdeckte, den sie letzte Nacht kennengelernt hatte. Er winkte sie zu sich. Nach kurzem Zögern nickte sie *(Er wird dir nichts tun – dafür hat er zu viel Angst vor deinem Vater.)* und ging zu ihm hinüber.

»Hallo«, sagte Alba, ohne ihn anzusehen.

Sie verschränkte die Arme vor der Brust. Plötzlich war sie verlegen. Genau wie in der vergangenen Nacht wurde ihr in Gegenwart des Jungen ganz anders, als wären seine Blicke Berührungen, als striche er ihr mit weichen Fingern über den Körper und das Gesicht.

»Hey.«

Seine Stimme war heiser. Er lehnte am Baum und trug dieselbe Kleidung wie letzte Nacht – blaue Hosen, Worker Boots und ein graues T-Shirt. Während er sich am Nacken kratzte, grinste er sie breit an.

»Hätte dich mit so viel Kleidung fast nicht wiedererkannt.«

Alba wurde knallrot. Sie verdrehte die Augen. »Wollen wir jetzt los oder nicht?«

Der Junge lachte. »Hier entlang, Prinzessin.« Er trat zur Seite, verbeugte sich und machte eine einladende Handbewegung. In seinen Augen funkelte Spott. »Es sei denn, Eure Hoheit wünscht, dass ich sie trage.«

»Nein«, blaffte Alba und stolzierte an ihm vorbei. »Ganz bestimmt nicht.«

Der Junge, der Seven hieß (fast hätte Alba ihre gute Erziehung vergessen und ihn gefragt, warum er so einen seltsamen Namen hatte), führte sie zur Grenze des Anwesens, wo der fünf Meter hohe schmiedeeiserne Zaun aufragte.

»Darüber?«, flüsterte Alba erstaunt und zog die Nase kraus. Da sie sich vor den Wächtern des Anwesens hüten mussten, sprach sie mit gedämpfter Stimme. »Du willst, dass ich da rüberklettere?« Sie zog den Saum ihres Pullovers nach unten und errötete, als sie sich vorstellte, dass ihr Hintern dabei vor Sevens Augen hin und her wackeln würde.

Man merkte deutlich, dass er sie nicht mochte. Da wollte sie ihm nicht auch noch Anlass zu abfälligen Bemerkungen geben.

Seven grinste. »Wenn du möchtest, kannst du dich auch unterm Zaun durchgraben.« Als Alba ihn wütend ansah, zuckte er die Achseln und lief nach vorne. »Na komm, so schwierig ist das gar nicht. Und es ist die einzige Möglichkeit, die Wächter zu umgehen.«

Nachdem er am Fuß des Zauns herumgesucht hatte, trat er mit einem Seil in der Hand zurück. Es spannte sich sofort, da es an dem Baum auf der anderen Seite des Zauns festgebunden war. Einer der Äste reichte bis weit über die andere Seite.

Seven hielt ihr das Seil hin. »Zuerst du. Dann kann ich dir notfalls helfen rüberzukommen.«

Alba nahm all ihren Mut zusammen und ergriff das Seil. Nachdem sie daran gezogen hatte, bis es straff war, stemmte sie einen Fuß gegen den Zaun, während der andere noch auf dem Boden stand. Sie holte tief Luft. Dann klammerte sie sich fest an das Seil, stieß sich vom Boden ab und drückte den zweiten Fuß gegen den Zaun.

Die Sohlen ihrer Turnschuhe glitten vom Metall ab. Bevor sie zurückrutschte, zog Alba sich am Seil hoch und machte einen weiteren Schritt nach oben. Dann noch einen. Es war extrem mühselig, da sie immer wieder am Metall abrutschte. Doch obwohl ihr das Seil in die Haut schnitt und ihr verletztes Handgelenk höllisch schmerzte, kletterte sie entschlossen weiter.

Außerdem spürte Alba, wie Seven sie von unten beobachtete. Noch ein Grund, so schnell wie möglich nach oben und über den Zaun gelangen: damit er endlich aufhörte, auf ihren Hintern zu starren.

SEVEN

17

Seven musste zugeben, dass er ein bisschen enttäuscht war, als das Mädchen das obere Ende des Zauns erreichte. Der Anblick war gar nicht so schlecht gewesen.

Es dauerte länger als sonst, um zum Chelsea Harbour zu kommen, weil Alba unterwegs ständig stehen blieb, um irgendwas anzugaffen. Es war, als hätte sie die Stadt noch nie gesehen. Oder vielleicht ging es auch nur um die nächtliche Stadt, deren Straßen vom sanften Licht der Laternen erhellt wurden, während am Himmel die Sterne funkelten. Das hatte, wie Seven fand, durchaus einen gewissen Zauber. Er hätte nicht gedacht, dass eine hochnäsige Prinzessin aus dem Norden für so etwas Augen hatte, aber möglicherweise war diese Atmosphäre ja etwas, dem sich niemand entziehen konnte.

»Wie schön!«, flüsterte Alba und ließ den Blick schweifen, während sie in Richtung Fluss gingen.

Seven grinste und murmelte vor sich hin: »Bin gespannt, was du sagst, wenn du den Süden siehst.«

Erst als sie ihr Ziel erreicht hatten, verriet er ihr, wie sie über die Grenze kommen würden. Sie kauerten am Ende eines Piers und blickten auf die Themse. Die Lichter am Ufer spiegelten sich glitzernd im Fluss wider. Die im Hafen vertäuten Wassertaxis und die eleganten modernen Motorjachten schaukelten auf den Wellen hin und her. Aus den Restaurants und Bars hinter ihnen waren lautes Gelächter und Gläserklirren zu hören.

Alba beugte sich nach unten und spähte in den dunklen Eingang, der sich an der Seite des Piers befand und zum alten Abwasserkanal hinunterführte. Obwohl dieser Teil der Kanalisation schon seit Jahren nicht mehr benutzt wurde, stank es dort immer noch nach stehendem Wasser und Fäulnis.

»Da müssen wir also rein, um auf die andere Seite zu kommen, ja?«, fragte sie mit erstickt klingender Stimme.

Seven vermutete, dass sie sich die Nase zuhielt. Er stieß ein Schnauben aus. *Oh, zum Teufel. Wie wird sie erst jammern, wenn wir im Süden sind?*

»Ja«, erwiderte er. »Komm.«

Bevor sie protestieren konnte, hatte er den oberen Rand des Eingangs gepackt und schwang sich hinein. Kurz darauf kam Alba ihm nach und landete so schwerfällig, dass das verrostete Metall unter ihren Füßen schepperte.

»Dieser *Gestank!*«, stöhnte sie, um nach einer kurzen Pause hinzuzufügen: »Ich glaub, ich muss mich gleich übergeben.«

»Lass das lieber. Es riecht hier auch so schon schlecht genug.«

Seven ging gebückt weiter und suchte nach der Lampe, die er hier unten versteckt hatte. Als er sie entdeckte, zündete er sie mit einem Streichholz an. Bernsteinfarbenes Licht erhellte die Wände des Tunnels. Die Lampe vor sich haltend, führte er Alba in den Gang. Immer weiter platschten sie durch das stehende Wasser.

Hinter ihm erklang ein spitzer Schrei. Seven grinste. Offenbar hatte Alba gerade den verwesenden Fuchskadaver entdeckt, der halb aus dem schlammigen braunen Wasser ragte.

»Ich wünschte fast, wir hätten keine Lampe dabei«, jammerte sie.

Eine Stunde später erreichten sie seine Wohnung in Vauxhall. Da die Leute im Süden rund um die Uhr arbeiteten, war es hier trotz der späten Stunde auf den Straßen bei Weitem nicht so ruhig wie im Norden. Um nicht aufzufallen, war Seven auf Schleichwegen nach Hause zurückgekehrt. Abgesehen davon, dass Alba ein zugegebenermaßen ziemlich hübsches Mädchen war, verriet auch ihre Kleidung, dass sie aus dem Norden stammte. Das war ungefähr so, als würde sie mit einem Blinklicht auf dem Kopf durch die Straßen laufen und rufen: »Hier bin ich, Jungs! Ich bin reich. Kommt und greift zu!«

Seven konnte es nicht riskieren, dass Alba von jemandem gesehen wurde. Die Kerle in seinem Wohnblock hatten ihm schon mehrfach bewiesen, dass er bei einem Kampf mit Sicherheit den Kürzeren ziehen würde.

Ehrlich gesagt wusste Seven eigentlich gar nicht, warum er sich darüber Gedanken machte. Wenn sich jemand das Mädchen schnappte, würde man sie wahrscheinlich nie wiederfinden (jedenfalls nicht lebend). Und mit ihr würde das Wissen sterben, dass er in ihr Haus eingebrochen war, um Erinnerungen zu stehlen. Dann könnte ihm nichts mehr passieren.

Doch Seven wollte nicht, dass Alba starb. Er wollte nicht, dass sie einer Bande von Schlägern in die Hände fiel, die ihr sonst was antun würden. Aus unerfindlichen Gründen verspürte er den Drang, sie zu beschützen. Vielleicht hatte es etwas damit zu tun, dass ihre Haut so blass und makellos war und es ihm wie ein Verbrechen vorgekommen wäre, das alles zu zerstören.

»Da sind wir«, sagte Seven und zeigte auf die Tür seiner Wohnung. »*Chez* Seven.«

Er warf einen Blick auf die vertraute rote Farbe der Tür, die völlig verblichen war und hier und da abblätterte. Neben ihr lag ein Haufen Müll. Eine magere Katze mit räudigem Fell kam angeschlichen. Als Alba sich bückte, um sie zu streicheln, fauchte sie und schoss davon.

Seven lachte trocken. »Willkommen im Süden.«

Jetzt, da sie hier waren, schämte er sich. Er dachte daran zurück, wie es im Haus der Whites gerochen hatte und wie sauber dort alles gewesen war. Sein Zuhause war ihm plötzlich so peinlich, dass ihm ganz flau im Magen wurde.

Einen ausgedehnten Moment lang herrschte gespanntes Schweigen. Dann sagte Alba munter lächelnd: »Das ist ... bezaubernd.«

Seven sah sie von der Seite an und zog die Augenbrauen hoch. Kurz darauf brachen sie beide in Lachen aus. Er gab es zwar nicht gern zu, aber es gefiel ihm, zusammen mit ihr zu lachen.

Er war so daran gewöhnt, allein zu lachen.

»Entschuldige«, sagte Alba. »Ich wollte mich nicht über dein Zuhause lustig machen.«

Er verdrehte die Augen. »Nun hör schon auf. Das ist die reinste Bruchbude. Dabei warst du noch gar nicht drinnen.« Er lachte erneut, doch diesmal fiel das Mädchen nicht mit ein.

»Hast du dein ganzes Leben hier verbracht?«, fragte sie leise und errötete (okay, sie war *wirklich* hübsch, wenn sie rot wurde).

»Nein. Ich wohne erst seit sieben Jahren hier.«

»Mit deinen Eltern?«

Er schüttelte den Kopf. »Hab keine«, sagte er in bitterem Ton. »Die haben mich verlassen, als ich noch klein war.«

Die Worte verließen seinen Mund, ohne dass er es wollte. Jetzt war es an Seven, knallrot zu werden. Nur Carpenter kannte seine Lebensgeschichte, wusste, dass er als Kind ausgesetzt worden und auf den Straßen aufgewachsen war. Seven hatte nicht vorgehabt, Alba davon zu erzählen, aber irgendwie hatten ihre Fragen ihn dann doch dazu gebracht. Und wenn sie ihn so ansah mit ihren strahlenden Augen, dann verspürte er das Bedürfnis, ihr die Wahrheit zu sagen und all die Lügen, die ihm normalerweise auf der Zunge lagen, runterzuschlucken.

Seven hustete und rieb sich den Nacken. »Aber mir gefällt's so, wie es ist. Ich kann nach meinen eigenen Regeln leben, ohne dass irgendwelche Eltern mir etwas vorschreiben.«

Eine Zeit lang herrschte Schweigen.

»Du hast ziemlich Glück«, meinte Alba schließlich.

Das hatte noch nie jemand zu Seven gesagt.

Alba

18

Alba hatte angenommen, seine Wohnung wäre das reinste Chaos, voll unabgewaschenem Geschirr und schmutziger Kleidung, eben so, wie man es erwarten würde, wenn drei Süd-Teenager zusammenlebten. Stattdessen war alles karg und kahl. Die Wohnungstür führte in ein kleines Wohnzimmer, in dem ein zerschlissenes braunes Sofa und ein billig aussehender Plastiktisch standen.

Da seine Mitbewohner zu Hause waren – einen von ihnen hörte sie hinter einer Tür schnarchen, auf die mit Kugelschreiber der Name *Sid* gekritzelt war –, führte Seven sie eilig durch die Wohnung. Obwohl sie nicht viel davon zu sehen bekam, hatte sie den Eindruck, dass die Zimmer ziemlich leer waren. Sie überlegte, ob das daran lag, dass die drei es so mochten, oder daran, dass sie sich nicht mehr Möbel leisten konnten.

Der Gedanke, dass es sich um Letzteres handeln könnte, löste bei Alba Schuldgefühle aus. Ihr eigenes Zimmer war voll schöner, teurer Dinge. Das galt für das ganze Haus.

Für den ganzen *Norden*.

Seven brachte sie in ein kleines Zimmer im hinteren Teil der Wohnung und schloss die Tür ab, nachdem sie eingetreten waren.

Er machte eine ausholende Handbewegung. »Mein Memorium. Ich weiß, es ist nicht mit eurem zu vergleichen«, fügte er rasch hinzu, als er bemerkte, wie sie sich umschaute.

Sie schüttelte den Kopf. »Nein. Es ist ... bezaubernd.«

Diesmal war das keine Lüge. Alba spürte, dass das Zimmer etwas Besonderes an sich hatte. Obwohl die Erinnerungen in den blauen Aktenschränken, die die Wände säumten, verborgen waren, schienen sie den ganzen Raum magisch aufzuladen. All die Erlebnisse, die unzähligen Welten, auf die man hier Zugriff hatte, brachten die Luft förmlich zum Vibrieren.

Seven lehnte sich gegen einen Schrank. »Was möchtest du denn ausprobieren? Ich habe über dreihundert DSCs.« In seiner Stimme schwang Stolz mit.

Langsam ging Alba im Zimmer umher und strich mit den Fingern über das kühle Metall der Schränke. »Das sind alles Erinnerungen, die du gestohlen hast?«

»Ja«, erwiderte er grinsend.

Okay, Alba war beeindruckt. Weniger beeindruckt war sie jedoch von seinem Ordnungssystem, das einige ... interessante Formulierungen aufwies. Zum Beispiel gab es da einen Aktenschrank mit der Aufschrift *Angst, Verzweiflung und Sachen, bei denen man sich in die Hosen macht*. Letzteres war etwas, worüber sie in Gegenwart eines Jungen eigentlich nicht nachdenken wollte. Genau genommen wollte sie überhaupt nicht darüber nachdenken.

Ihr Blick fiel auf die Aufschrift eines anderen Schranks: TOTAL LANGWEILIG. NICHTS ZU SEHEN.

Das erregte sofort Albas Neugier. Sie trat näher an den Schrank heran. Das Etikett hatte sich an den Rändern eingerollt. »Unter dem Etikett hier klebt ja noch eins«, sagte sie und hob die Hand, um die Ränder wieder festzudrücken, doch Seven schob sie eilig weg.

»Nein, das ist nichts für dich«, sagte er und stellte sich mit ausgebreiteten Armen vor den Schrank. Seine Ohren färbten sich rosarot.

Alba, die ebenfalls errötete, trat zurück. Sie ahnte, was für Erinnerungen in diesem Schrank waren. Als Albas Eltern einmal nicht da gewesen waren, hatten sie und Dolly die Gelegenheit genutzt, um einen Einkaufsbummel durch Soho zu machen. Dabei hatten sie sich im Labyrinth der schmalen Nebenstraßen verirrt und waren auf eine Frau in einem knappen engen Kleid gestoßen, die im Eingang eines Ladens stand, über dem die Neonschrift PORNO-SURFEN prangte. Die nackte Haut der Frau hatte im pinkfarbenen Licht geglänzt.

Damals war Alba zu jung gewesen, um zu verstehen, was die Neonaufschrift bedeutete, und Dolly hatte sie fortgezogen, bevor sie sich das Ganze genauer ansehen konnte. Es war das einzige Mal, dass Alba erlebt hatte, wie ihre Zofe errötete.

Und jetzt war Seven derjenige, der errötete.

»Vielleicht solltest du eine von denen ausprobieren«, sagte er mit unnatürlich hoher Stimme und zeigte auf einen Schrank mit der Aufschrift *Nichts wie weg hier.*

»Sind das Erinnerungen an Reisen?«, fragte Alba.

Seven nickte. Er trat vom Schrank weg, vor dem er sich aufgebaut hatte, und zog eine seltsam aussehende Maschine aus einer Ecke des Zimmers. »Reisen in alle Teile der Welt.«

Albas Herz flatterte förmlich vor Aufregung. »Ich kann mir einfach aus einem der Reiseziele eins aussuchen?«

»Nicht wirklich. Auf den DSCs steht nicht, was darauf gespeichert ist.«

»Aber woher weißt du dann, was dich erwartet? Das muss doch immer eine ziemliche Überraschung sein.«

Seven grinste so breit, dass sich Grübchen in seinen Wangen bildeten, ein Anblick, bei dem Alba ganz anders wurde.

»Das ist ja gerade der Spaß dabei. Los jetzt.« Er klopfte gegen die Maschine. »Butler wartet auf dich.«

SEVEN

19

Zugegeben, Seven fand es ziemlich aufregend, jemanden ins Erinnerungssurfen einzuführen. Deshalb machte es ihm nicht einmal etwas aus, dass es ausgerechnet *dieses* Mädchen war. Ein Mädchen, das er eigentlich in dem stinkenden Tunnel tief unter der Themse hätte verrecken lassen sollen. Stattdessen ließ er sie jetzt seine Erinnerungsmaschine benutzen, ganz zu schweigen davon, dass sie etwas von dem wenigen Strom verbrauchte, der ihm zugeteilt war.

Vielleicht ging es dabei um Macht. Denn die hatte er über Alba. Sie war darauf angewiesen, dass er ihr half, ihr zeigte, wie man surfte. Sie vertraute ihm.

Das taten nicht viele Menschen.

Und vielleicht war das der entscheidende Faktor: dass sie ihm vertraute, obwohl alles, was sie über ihn wusste, sie davon hätte abbringen müssen.

Seven befestigte die Manschetten um Albas Handgelenke, trat zurück und grinste. Wie absurd sie aussah mit all den Kabeln, mit denen sie an die Maschine angeschlossen war. Er verband das Kabel mit der DSC, die sie sich per Zufallsprinzip aus dem Schrank mit Reiseerinnerungen ausgesucht hatte.

»Bist du bereit?«, fragte er.

Alba schluckte. In ihren grünen Augen schimmerte etwas, das Seven nicht gleich identifizieren konnte.

Furcht.

»Ich … ich hab Angst«, sagte sie, biss sich auf die Lippe und wandte den Blick ab.

Seven hätte jetzt lachen, eine abfällige Bemerkung von sich geben oder sich über sie lustig machen können. Er hätte sie ignorieren können, denn wo zum Teufel gab es hier ein Problem? Sie hatte sich den ganzen Mist hier doch selbst eingebrockt, oder? Es war völlig sinnfrei, jetzt darüber zu klagen und zu jammern.

Stattdessen sagte er: »Mach dir keine Sorgen. Du wirst dich bestens amüsieren.« Er drückte auf AKTIVIEREN. Kurz bevor Alba in die fremde Erinnerung abtauchte, trafen sich ihre Blicke und sie lächelten sich an.

Alba

20

»ERINNERUNG AKTIVIERT«, teilte ihr eine ausdruckslose Roboterstimme mit, die in ihrem Kopf umherhallte: »DAUER: EINUNDZWANZIG MINUTEN, SIEBZEHN SEKUNDEN.«

Alba öffnete die Augen und stieß einen erstaunten Schrei aus.

Die Welt war grün und golden geworden. Verschwunden waren Sevens Memorium, die blauen Metallschränke und seine alte Erinnerungsmaschine. Stattdessen fiel Sonnenlicht durch das grüne Blätterdach, das sich hoch über ihr wölbte. Im Dickicht um sie herum raschelten Tiere. Aus der Ferne war das Kreischen von Affen – *Affen!* – zu hören und jenseits der üppigen verschlungenen Pflanzen rauschte etwas, das sich wie Wasser anhörte.

Alba traute ihren Augen kaum. Und nicht nur ihren Augen – all ihre Sinne wurden mit Eindrücken bombardiert, mit Geräuschen und Gerüchen, dem Wärmegefühl auf ihrer Haut, dem Geschmack nach Pflanzen, den die Luft in ihrem Mund hinterließ.

Das war nicht wie in einem Traum, in dem man alles ein wenig distanziert, fast benommen erlebte. Das war noch nicht einmal wie eine Erinnerung, die man sich vergegenwärtigte, sondern wie eine Aneinanderreihung von Momenten, die man unmittelbar fühlte und wo alles lebendige Wirklichkeit war und ...

Oh.

Ohne es zu wollen, setzte Alba sich in Bewegung, als würde sie von etwas nach vorne gezogen. Sie rutschte auf den Blättern aus, mit denen der Boden bedeckt war, erlangte ihr Gleichgewicht wieder und ging weiter, von dem seltsamen Drang erfüllt, eine bestimmte Richtung einzuschlagen. Es war fast so, als verspüre sie einen leichten Druck im Rücken, der sie vorantrieb.

»Das ist die Erinnerung von jemand anderem!«, sagte sie laut und lachte verblüfft auf. »Ich bewege mich, weil derjenige das auch getan hat!«

Es fühlte sich nicht so an, als handle sie unter Zwang, sondern als wäre es etwas ganz Selbstverständliches. Instinktives.

Je weiter Alba vorankam, desto lauter wurde das Rauschen. Nach einer Weile schwoll es zum Tosen an, bis der Urwald schlagartig aufhörte und Alba auf eine riesige Lichtung hinaustrat, wo sich die weißblauen, in der Sonne glitzernden Fluten eines gewaltigen Wasserfalls ergossen.

»Oh!«, sagte sie leise und blieb abrupt stehen.

Der Anblick war einfach unglaublich. Die Sonne tauchte die Lichtung in goldenes Licht, der Himmel war von so klarem, durchsichtigem Blau, dass er aus Glas zu bestehen schien. Und in der Mitte donnerte über mehrere Stufen der Wasserfall herab. Jede Stufe war wie ein breites Becken geformt, in dem das Wasser sich sammelte, um dann sprudelnd über den Fels nach unten zu stürzen. Auf den Felsblöcken am Rande des Wassers schimmerte feuchtes Moos.

Ein bestimmtes Bedürfnis stieg in Alba auf, ein unwiderstehlicher Drang, der sie zum Grinsen brachte und ihren Herzschlag beschleunigte. Plötzlich wünschte sie sich nichts sehnlicher, als im Wasser zu sein.

Hineinzuspringen.

Alba rannte über die Lichtung, schnell und immer schneller, bis sie schließlich den Rand des unteren Beckens erreichte, wo sie sich mit einem Fuß abstieß und in die Luft katapultierte.

Ich fliege!, dachte sie begeistert. *Ich fliege!*

Dann fiel sie platschend ins Wasser und ging so schnell unter, dass sie noch nicht einmal Zeit hatte, Angst zu empfinden.

Nach Luft schnappend tauchte Alba wieder auf. Das Rauschen des Wassers, das von oben herabstürzte, dröhnte ihr in den Ohren. Während sie auf der Stelle schwamm, wischte sie sich die nassen Haare aus der Stirn. Ihre vollgesogene Kleidung zog sie nach unten. Dann bewegte sie sich zum Rand des Beckens und kletterte auf einen der Felsen neben dem Wasserfall. Dort riss sie sich ihren Pullover und ihre Hose vom Leib und warf sie zu Boden, ohne sich darum zu kümmern, dass sie jetzt nackt war und jeden Moment von jemandem gesehen werden konnte.

Warum auch, wenn sie sich so frei, so leicht fühlte?

Da wurde Alba bewusst, dass sie zum ersten Mal in ihrem Leben *wirklich* frei war.

Das war das absolut beste Gefühl auf der Welt.

Sie glitt ins Wasser zurück, das sich wie Seide um ihren Körper schmiegte. Wohlig seufzend ließ sie sich sinken, bis sie bis zum Hals unter Wasser war, und schloss die Augen. Das Licht der Sonne flutete über ihr Gesicht.

Sie wünschte, das würde nie zu Ende gehen. Diese Erinnerung war herrlich und übertraf ihre kühnsten Vorstellungen. Die Geräusche des Wassers und des Regenwaldes – das alles war so schön, so *lebendig,* dass sie am liebsten in Tränen ausgebrochen wäre.

Und genau das tat sie. Während sie im Becken eines Wasserfalls schwamm, der sicher Tausende von Kilometern von ihrem Zuhause entfernt war, in einer Zeit, die wahrscheinlich viele, viele Jahre zurücklag, weinte Alba White zum ersten Mal in ihrem Leben vor Freude.

SEVEN

21

Auf dem Rückweg zum Nordteil der Stadt redeten sie kaum ein Wort miteinander, aber das machte Seven nichts aus. Wenn Alba nichts sagte, fand er sie nicht ganz so unerträglich. Und es war auf seltsame Weise nett, schweigend neben jemand durch die Dunkelheit zu gehen.

Das kam ihm fast so vor, als wären sie Freunde.

Es war stockfinstere Nacht, als sie bei Albas Haus ankamen. Das ganze Anwesen war derart in Dunkelheit gehüllt, dass sie auf dem unebenen Gelände ständig ins Stolpern gerieten. Der Himmel war pechschwarz, der Mond verschwunden. Der zuvor frische Wind war richtig beißend geworden. Der Winter stand vor der Tür.

Alba schlang die Arme um sich, als sie unter den Ulmen haltmachten. Das Haus lag still und weiß vor ihnen. Sie starrte zum Gebäude hinüber und biss sich auf die Lippe. Irgendetwas an ihrem Gesichtsausdruck rief ein seltsam flaues Gefühl in Sevens Magen hervor.

»Tja ...«, sagte er und rieb sich den Nacken. Dann grinste er sie an. »Jetzt warst du also zum ersten Mal im Süden. Sicher wünschst du dir jetzt, du wärst auf der anderen Seite des Flusses geboren worden, was?«

Alba gab keine Antwort, sondern starrte nach wie vor zum Haus hinüber.

Sevens Grinsen verflüchtigte sich. Wut stieg in ihm auf. Sicher, er hatte sie nur mitgenommen, damit sie ihrem Vater nichts von ihm erzählte, aber er hatte sie immerhin ins Erinnerungssurfen eingeführt, verdammt noch mal. Er hatte ihr sein Memorium gezeigt, das Wertvollste, das er hatte – und sie brachte es noch nicht einmal fertig, Danke zu sagen.

Gerade als er gehen wollte (Was hatte er eigentlich erwartet? Dass diese hochnäsige Nord-Prinzessin ihn vor lauter Dankbarkeit mit Reichtümern überhäufen würde? Dass diese bizarre Situation nicht damit enden würde, dass sie in ihr goldenes Leben zurückkehrte und er in den Süden abzog?), sagte Alba etwas.

»Nimmst du mich noch mal mit?«

Seven riss verblüfft die Augen auf.

»Ich ... ich weiß, dass du deinen Teil der Abmachung eingehalten hast«, fuhr sie fort, »und ich werde meinem Vater auch nichts von deinem Einbruch erzählen, das verspreche ich dir. Aber ... das Erinnerungssurfen hat mir wirklich gefallen und ich würde es gern noch einmal machen. Bei dir. Wenn du nichts dagegen hast«, fügte sie flüsternd hinzu.

Als ob ich eine Wahl hätte, dachte Seven und wollte sie schon anfunkeln, doch zu seiner eigenen Überraschung wurde ihm bei dem Gedanken, sie wiederzusehen, ganz warm ums Herz.

Bei dem Gedanken, dass dies vielleicht ein Weg war, sich mit jemandem anzufreunden.

Er stieß einen betont lauten Seufzer aus und zuckte die Achseln. »Klar. Warum nicht? Aber wir sollten wohl besser eine Woche damit warten. Sonst wäre das Ganze zu auffällig, weißt du.«

Alba strahlte ihn an. »Oh!«, rief sie. »Ja! Ja, natürlich!« Und ehe er sich's versah, trat sie auf ihn zu und warf ihre Arme um seinen Hals.

Seven erstarrte.

Einen ausgedehnten Moment lang rührte sich keiner von ihnen. Alba stand stocksteif da, das Gesicht gegen seine Brust gepresst, während Sevens Herz wie wild hämmerte.

Er hatte noch nie jemanden umarmt. Noch nie hatte ihn jemand berührt, es sei denn, um ihm Schmerzen zuzufügen. Na gut, Mika umarmte ihn ständig, aber die war so klein, dass sie die Arme nur um seine Beine schlingen konnte, also zählte das wohl nicht.

Jetzt presste sich Albas Körper gegen den seinen und Seven hatte keine Ahnung, was er tun sollte. Er war so benommen, dass ihm noch nicht einmal ein blöder Spruch einfiel.

So was war ihm noch nie passiert.

Alba

22

Was um Himmels willen machte sie denn da? Eben hatte sie noch auf die weiße Fassade des Hauses geblickt und über Käfige und Mauern und den neuen Geschmack von Freiheit nachgedacht – und jetzt schlang sie die Arme um Sevens Hals, atmete den süßen Minzgeruch seiner Haut ein und presste sich gegen ihn.

Noch nie im Leben war Alba einem Jungen so nahe gewesen. Meine Güte, sie *berührte* ihn, nein, sie klammerte sich an ihn, *umarmte* ihn so, dass zwischen ihren Körpern kein Zentimeter Abstand mehr war. Alba rang nach Luft. Sie konnte kaum einen klaren Gedanken fassen ...

Plötzlich hörte sie in der Nähe des Hauses Schritte.

Dann eine Stimme.

»Pearson. Was ist denn so wichtig, dass es nicht bis morgen warten kann?«

Alba riss sich von Seven los. Seven stand immer noch wie erstarrt da und ließ die Arme hängen, aber sie sah, dass auch er erschrocken war, sah die Angst, die auch sie befallen hatte, in seinen Augen.

Diese Stimme ...

... war die Stimme ihres *Vaters*.

Glücklicherweise standen Seven und sie immer noch in der

Dunkelheit unter den Ulmen. Automatisch wichen sie noch weiter zurück und pressten sich gegen den dicken Stamm eines Baums. Albas Herz hämmerte wie wild. Als sie den Kopf reckte, um vorsichtig Ausschau zu halten, sah sie die große Gestalt ihres Vaters den Rasen überqueren. Neben ihm lief ein untersetzter Mann.

Da kein Mond schien und ringsum alles finster war, ließ sich nicht feststellen, um wen es sich handelte, aber ihr Vater hatte ihn Pearson genannt. Also musste es Rossmund Pearson sein, der Leiter der Londoner Polizei.

Alba stockte der Atem. Ihr Vater und Rossmund Pearson, nur wenige Meter von ihnen entfernt! Diese beiden durften Seven auf keinen Fall zu Gesicht bekommen.

»Es wird nicht lange dauern«, sagte Pearson. »Mein Fahrer wartet draußen auf mich. Aber wir müssen etwas besprechen, Alastair. Unter vier Augen.«

Kurz vor den Ulmen machten die zwei Gestalten halt.

»Du weißt, dass es in meinem Haus keine Überwachungsanlage gibt. Worüber müssen wir denn sprechen?«

»Über das EH-Projekt.«

Alba biss sich auf die Unterlippe, ihr Herzschlag beschleunigte sich.

»Was ist passiert?«, fragte ihr Vater.

»Zwei unserer EH-Kandidaten sind diese Woche im Laufe von Ausbildungsphase neun gestorben. An Hirnblutung beim Erinnerungssurfen. Damit bleibt uns nur noch ein Kandidat.«

»Wir hatten nur noch drei Kandidaten im Projekt?«

»Ja. Und da es nach durchschnittlich fünfzehn Surfeinheiten zu Hirnblutungen kommt, brauchen wir schnellstens neue Kandidaten, sonst …«

»Verstehe. Sprich mit Vallez – das gegenwärtige Verfahren

ist unhaltbar. Da muss sich sein Wissenschaftlerteam was einfallen lassen, und zwar schnellstens. Fürs Erste werde ich der Rekrutierungsabteilung mitteilen, dass wir eine größere Anzahl von neuen Kandidaten brauchen.«

»Es wird immer schwieriger, diese Sache geheim zu halten, Alastair«, erwiderte Pearson.

»Wenn wir es nicht täten, hätten wir noch größere Schwierigkeiten.«

Eine Zeit lang herrschte gespanntes Schweigen. Dann nickte Pearson, wandte sich ab und ging auf das Haus zu. Kurz darauf folgte Albas Vater ihm.

Als Alba und Seven sicher sein konnten, dass die beiden Männer verschwunden waren, traten sie vom Baum weg.

»Wovon zum Teufel haben die denn da geredet?«, flüsterte Seven.

Alba schüttelte den Kopf. »Keine Ahnung«, entgegnete sie, ohne hinzuzufügen, was sie dachte:

Aber das hörte sich nicht gut an.

Ganz und gar nicht.

SEVEN

23

»Warum grinst du denn so dämlich?«

Seven warf Loe einen finsteren Blick zu. »Du mich auch«, erwiderte er.

Er hockte in einer Ecke der Markthalle und lehnte mit dem Rücken an einem der hohen schmiedeeisernen Pfeiler, die das Dach stützten. Am Tag zuvor war der Anführer einer Bande DSC-Diebe verhaftet worden: Murray, ein großer knochiger Mann mit kahl geschorenem Kopf, den Seven nur vom Sehen kannte. Er war bei einem Einbruch erwischt worden. Carpenter und die anderen Bandenchefs hatten beschlossen, in Zukunft dem Kraftwerk von Battersea fernzubleiben, da nicht auszuschließen war, dass die Polizei mittlerweile über diesen Ort Bescheid wusste.

Deshalb fand das heutige Treffen im Borough Market statt, einem Kuppelbau aus Glas und Metall in der Nähe des Flusses. Die Halle war an beiden Enden offen. Stände und Buden drängten sich aneinander, hier und da ein paar Bänke. Alles war in einem hässlichen Grünton gestrichen.

Tagsüber ging es auf dem Markt, wo frisches Fleisch, Fisch und Gemüse verkauft wurden, sehr geschäftig zu. Doch auch spät in der Nacht herrschte dort reges Treiben, weil der Borough Market ein beliebter Treffpunkt war. Jetzt um elf Uhr abends war die Halle brechend voll und von Lärm erfüllt. Auf dem hoch an einem Pfeiler angebrachten Bildschirm liefen lautstark Nachrichten.

Seven saß gedankenverloren da und beobachtete die Menge.

Vor sechs Tagen hatte er Alba zum Erinnerungssurfen in seine Wohnung mitgenommen. Allerdings kam es ihm eher so vor, als sei es schon sechs Jahre her. In dieser Woche schien die Zeit noch langsamer zu vergehen als sonst, als stellte irgendein Gott die Uhren der Welt ständig zurück, um sich über Sevens Qualen zu amüsieren. Blöderweise hatte Carpenter im Moment keine Aufträge für ihn, sodass es nichts gab, was Seven davon abgebracht hätte, an Alba zu denken (und er dachte viel an sie – mehr, als ihm lieb war).

Er überlegte, ob es ihr wohl ebenfalls schwerfiel, sich nach ihrem heimlichen Treffen wieder ans Alltagsleben zu gewöhnen. Ob das Erinnerungssurfen *ihre* Welt genauso verändert hatte wie die seine.

Und natürlich fragte er sich auch, ob sie sich immer noch Gedanken darüber machte, worüber zum Teufel ihr Vater eigentlich mit diesem Mann gesprochen hatte.

Seit jener Nacht hatte Seven das Gefühl, dass sein Leben irgendwie unwirklich geworden war. Alles kam ihm ein wenig fade und farblos vor. Und gleichzeitig war es, als hätte es diese Nacht mit Alba nie gegeben, was in gewisser Weise naheliegender gewesen wäre. Ein Krimineller aus dem Süden und eine hochnäsige Prinzessin aus dem Norden – sie beide würden niemals Freunde werden ...

Oder doch?

»Jetzt machst du es schon wieder.«

Seven fuhr zusammen und blickte auf. Neben ihm kauerte Loe und starrte ihn mit einem wissenden Ausdruck in den Augen an. Sie trug ein zerlumptes T-Shirt und löchrige schwarze Jeans, die eng an ihrem dürren Körper anlagen.

»Was denn?«

»Grinsen.«

Seven verdrehte die Augen. »Bloß weil *du* ständig schlecht gelaunt bist, heißt das noch lange nicht, dass alle anderen es auch sein müssen.«

»Ooh!« Loe feixte. »Da hat wohl jemand seine Tage.«

Ja – du, hätte er fast gesagt, biss sich aber auf die Zunge. Bei Loe musste man aufpassen, wann man sich mit ihr anlegte (was im Grunde bedeutete, dass man sich am besten gar nicht mit ihr anlegte).

»Wo ist Mika?«, fragte er. »Ich hab sie noch gar nicht gesehen.«

»Carpenter bringt ihr bei, wie man richtig stiehlt. Er hat gesagt, sie müsste jetzt damit anfangen, wenn sie je eine DSC-Diebin werden soll.«

Seven zog eine Augenbraue hoch. »Willst du denn, dass sie das wird?«

»Was soll das heißen?« Loe sah ihn scharf an. »Was bleibt ihr sonst anderes übrig?«

Loe hatte natürlich recht. Was für eine Zukunft hatte denn ein Waisenkind aus dem Süden, obendrein ein Mädchen? Seven wusste, dass Mika Glück gehabt hatte, weil Loe sie zu sich genommen hatte. Irgendwie musste sie ja später Geld verdienen und da gab es weit Schlimmeres als DSC-Diebstahl.

Niemand wusste, was mit Mikas Familie passiert war. Warum sie vor zwei Jahren in der Nähe von Loes Unterkunft am Fluss durch die Straßen geirrt war. Damals war sie noch sehr klein gewesen und hatte kaum laufen können. Loe hatte sich nie zu diesem Thema geäußert. Eines Tages war sie einfach mit dem Mädchen auf dem Schwarzmarkt aufgetaucht und hatte jeden, der aussah, als könnte er eine blöde Frage stellen, böse angestarrt.

»Na, wie auch immer.« Loe rammte Seven den Ellbogen in die Rippen. »Was hältst du denn von der Sache mit Murray?«

»Was wohl? Ich bin natürlich vor Freude außer mir.«

»Spar dir deine dämlichen Witze, du Idiot. Glaubst du, Carpenter ist als Nächster dran?«

»Ach Quatsch«, erwiderte Seven. »Er ist cleverer als die anderen Bandenführer. Den erwischen sie nicht. Und er wird auch nicht zulassen, dass sie einen von uns schnappen.«

Loe blickte weg und fuhr sich mit der Zunge über den Ring, der ihre Lippe zierte. Einen Moment lang hatte sie die Maske fallen lassen, sodass Seven merkte, wie besorgt sie war. Plötzlich verspürte er ein Gefühl der Zuneigung für sie, das er jedoch schnell verdrängte.

Offenbar tickte er nicht mehr richtig. Erst Alba und jetzt Loe! Wurde er allmählich zum Softie?

»Glaubst du das wirklich?«, fragte sie leise.

»Ja. Hat Carpenter uns je im Stich gelassen?«

Bevor sie antworten konnte, ertönte eine schrille Stimme, die aufgeregt rief: »Loe! Loe! Loe! Seven! Seven! Seven!«

Loe verdrehte die Augen. »Dieses Mädchen spürt mich aber auch überall auf.« Trotzdem wurde ihr Gesichtsausdruck ganz zärtlich, als Mika auf sie zugerannt kam. Loe stand auf und verwuschelte ihr die Haare. »Was ist denn?«

Mika hüpfte auf und ab. »Carpenter will mit dir sprechen«, sagte sie zu Seven. »Vielleicht will er dir auch beibringen, wie man stiehlt«, fügte sie kichernd hinzu.

Loe seufzte. »Was meinst du eigentlich, was wir alle machen, Mika?«

»Ich weiß, was *du* machst.« Mika versteckte sich hinter Loes Beinen, zeigte auf Seven und krähte: »Ihn anhimmeln …«

»MIKA!«

Loe brüllte so laut, dass sie den Lärm auf dem Markt übertönte.

»Hihihi!«, kreischte Mika und rannte kichernd davon.

Einen Moment lang herrschte gespanntes Schweigen. Dann warf Loe Seven einen mörderischen Blick zu, der besagte *Spar dir jeden Kommentar* und stürmte Mika hinterher. Ihre Wangen waren purpurrot.

»Was hab ich denn jetzt schon wieder verbrochen?«, rief er ihr hinterher.

Er bereute, dass er vorhin Zuneigung für Loe empfunden hatte. Vielleicht wurde er wirklich langsam verrückt, weil er sich über ein hochnäsiges Mädchen wie Alba den Kopf zerbrach. Aber um Loe gegenüber etwas anderes als Frustration und Ärger zu empfinden, hätte Seven schon *völlig* den Verstand verlieren müssen.

Alba

24

Diese Woche war die längste ihres Lebens. Nicht einmal eine Million Unterrichtsstunden bei Professor Nightingale hätten ihr länger vorkommen können (nicht dass sie diese Theorie unbedingt überprüfen wollte). Alba trudelte von Minute zu Minute wie Alice durch das Kaninchenloch – Carrolls Alice-Bücher waren ihre Lieblingsromane – und trieb in einem Zeitstrom, der vom Rest der Welt abgetrennt war. Die Dinge glitten an ihr vorüber, ohne eine Auswirkung auf sie zu haben. Und das Schlimmste daran war: Es war noch nicht vorüber.

Noch ein Tag!

Wie sie den durchstehen sollte, wusste sie nicht.

Immer wenn sie an Seven dachte, sah sie ihn in den Situationen, die sie am letzten Samstag erlebt hatte: wie er in ihrem Garten unter den dunklen Ulmen hervorgetreten und auf sie zugekommen war; wie er, von gelbem Laternenlicht beschienen, in diesem grässlichen Tunnel vor ihr hergegangen war; wie er erstarrt war, als sie ihn gefragt hatte, ob er sie wieder zum Erinnerungssurfen mitnehmen würde, sodass sie für den Bruchteil einer Sekunde angenommen hatte, er werde Nein sagen. Dabei war ein Durcheinander von Gefühlen in ihr aufgestiegen, über das sie sich immer noch nicht ganz schlüssig war.

Seven hatte sie in jener Nacht nur einmal surfen lassen, weil er sie unbedingt in den Norden zurückbringen wollte, bevor es hell wurde. Dieses eine Mal war nicht annähernd genug. Alba wollte mehr, wollte Hunderte von Erinnerungen, wollte seine ganze Sammlung kennenlernen, und selbst das würde ihr nicht ausreichen.

Sie war in einem tropischen Regenwald gewesen und nackt im azurblauen Wasser eines Wasserfalls geschwommen, während ihre Eltern und Dolly und alle anderen im Haus geschlafen hatten. Vielleicht hatten sie geträumt, aber das war nichts im Vergleich zu einer Erinnerung. Diese war viel, viel mehr, war das Nacherleben von Momenten aus einem wunderschönen, glänzenden Leben.

Und genau da lag das Problem. Nachdem Alba eine Kostprobe der Freiheit bekommen hatte, fand sie den Gedanken, darauf verzichten zu müssen, einfach unerträglich.

Dolly machte Alba gerade zum Schlafengehen fertig, als es an der Tür klopfte. Bevor jemand etwas sagen konnte, trat Oxana schon ein, in raschelnde Seide und eine süßliche Parfümwolke gehüllt.

»Mistress White!« Dolly verbeugte sich, ohne die Bürste, mit der sie Albas Haar entwirrt hatte, aus der Hand zu legen.

Alba wurde blass und zog ihren seidenen Morgenmantel fester um sich. Obwohl es eine Woche her war, dass ihre Mutter sie geschlagen hatte, war ihr das Ganze noch gut in Erinnerung. Zu gut. Die ganze Woche über hatte sie es vermieden, ihrer Mutter in die Augen zu sehen, denn immer, wenn sie das tat, war alles wieder da: das Knacken ihres Handgelenks; die Kälte des Marmorfußbodens an ihrer Wange; der nach Wein riechende Atem ihrer Mutter; der hässliche Ausdruck in ihrem Gesicht, als sie gesagt hatte: *Mit dir bin ich fertig.*

In den letzten Tagen hatte Oxana diese Worte wahr gemacht. Abgesehen vom Abendessen und ihrem sonntäglichen Kirchgang hatte Alba ihre Mutter nicht zu Gesicht bekommen, und selbst wenn sie zusammen waren, hatte ihre Mutter sie nie dazu aufgefordert, etwas zu sagen.

Jetzt war sie hier in ihrem Zimmer und Alba konnte nirgendwohin fliehen.

»Dolly«, sagte Oxana lächelnd und faltete die Hände vor der Brust. Sie hatte immer noch die Kleidung an, die sie zum Abendessen getragen hatte. Ihr langes Kleid floss über ihre Kurven wie ein smaragdgrüner Wasserfall und betonte die Farbe ihrer Augen. Ihr blondes Haar war zu einem eleganten Pferdeschwanz gebunden. »Darf ich kurz allein mit meiner Tochter sprechen?«

»Selbstverständlich, Mistress White.« Dolly lächelte Alba ermutigend zu, tätschelte ihr die Schulter und verließ das Zimmer.

Alba starrte nach unten und spielte am Gürtel ihres Morgenmantels herum. Ihr wurde ganz schlecht. Einen Moment lang konnte sie kaum atmen, weil sie annahm, ihre Mutter werde ihr gleich mitteilen, sie wisse genau, was letzte Woche passiert war.

Sie wisse über Seven Bescheid.

Es war seltsam, aber die zwei Nächte, die Alba mit diesem merkwürdigen, unbeholfenen Jungen aus dem Süden verbracht hatte, schienen sie stärker miteinander zu verbinden, als wenn sie zusammen aufgewachsen wären und viele gemeinsame Jahre verbracht hätten. Sie hatte das Gefühl, als bestünde jetzt ein Band zwischen ihnen, das auf den Geheimnissen beruhte, die sie gemeinsam hatten, und auf dem, was sie ihren Vater und Pearson hatten sagen hören – aber auch auf dem Geschenk, das Seven ihr gemacht hatte.

Denn so sah es Alba: als Geschenk. Und sie hatte keine Ahnung, womit sie dieses Geschenk verdient hatte.

Dann sagte ihre Mutter mit sanfter Stimme: »Ich möchte mich für das entschuldigen, was neulich abends passiert ist, Liebling«, und alle Ängste fielen im Nu von Alba ab.

Sie hob den Kopf. Bevor sie etwas erwidern konnte, kam ihre Mutter auf sie zu, nahm sie bei der Hand und führte sie von der Frisierkommode zum Bett.

Oxana atmete tief aus, als sie sich auf die Kante des Bettes setzten. »Was ich getan habe, tut mir wirklich leid. Das war abscheulich von mir. Ich hätte diese Dinge nie sagen und mich nicht so verhalten dürfen.« Sie machte eine Pause, verzog den Mund und streckte die Hand aus, um Alba eine verirrte Haarsträhne hinters Ohr zu schieben. »Das hat mir die ganze Woche auf der Seele gelegen«, fuhr sie fort. »Aber dein Vater und ich wollen, dass du den Süden richtig einschätzt. Das ist ein finsterer Ort, kleine Alba. Finsterer, als du dir vorstellen kannst.«

Alba schluckte und blickte weg. Sie dachte daran, wie Seven gesagt hatte, sie brauche sich keine Sorgen zu machen, als sie vor dem Erinnerungssurfen so nervös gewesen war, dachte an den weichen Ausdruck in seinen Augen.

»Nein«, sagte sie.

Die Hand, mit der ihre Mutter die ihre hielt, versteifte sich. Eine Zeit lang herrschte gespanntes Schweigen.

»Was soll das heißen, Liebling?«, fragte ihre Mutter schließlich in scharfem Ton.

Alba holte tief Luft. »*Nein* soll es heißen.« Plötzlich sprudelten die Worte nur so aus ihr heraus. »Ich weiß, was du mir sagen willst, Mutter. Was ihr beide, du und Vater, mir neulich abends klarmachen wolltet. Aber es ist nicht richtig. Es ist nicht fair. Selbst wenn der Süden tatsächlich ein finsterer Ort ist, heißt das noch lange nicht, dass alle Menschen, die dort leben, schlecht sind. Wir sollten nicht so über sie urteilen, da wir nichts über ihr Leben, ihre Gedanken und Gefühle wissen ...«

Alba biss sich auf die Lippe und verstummte. Fast hätte sie Seven erwähnt. Dass sie wusste, dass das, was er tat, falsch war, aber dass er keine andere Wahl hatte. Weil Erinnerungen das Einzige waren, was ihm ein Gefühl von Freiheit vermittelte (und genau so ging es ihr auch).

Ihre Mutter ließ ihre Hand los. »Aber natürlich wissen wir über die Leute im Süden Bescheid«, sagte sie mit eisiger Stimme. »Sie sind gefährlich.«

»Und die im Norden nicht?«

Albas Ton war schärfer als beabsichtigt. Sie sah, wie der Blick ihrer Mutter zu ihrem linken Handgelenk wanderte, das nicht mehr verbunden war und nicht mehr schmerzte. Nur ein blauer Fleck war noch zu sehen. Sie wusste, dass ihre Mutter an den Abend zurückdachte, an dem sie sie geschlagen hatte.

Sofort stiegen Schuldgefühle in Alba auf, obwohl sie wie immer wusste, dass sie in keiner Weise gerechtfertigt waren. »Ich ... ich hatte nicht die Absicht ...«

Oxana schnalzte mit der Zunge und machte eine abweisende Handbewegung, ohne Alba anzusehen. Alba spürte, dass ihre Mutter sich innerlich wieder verhärtete.

»Es ist spät geworden. Du solltest zu Bett gehen.«

Oxana stand auf und strich sich das Kleid glatt. Sie sah Alba einen Moment lang an, während ein unergründlicher Ausdruck über ihr Gesicht huschte. Dann wandte sie den Blick ab.

»Wir versuchen, dir etwas über die Welt beizubringen«, sagte Oxana. »Damit es dir erspart bleibt, sie selbst kennenzulernen. Es ist wichtig, dass du begreifst, welche Stellung du in dieser Gesellschaft hast.« Sie ging zur Tür, blieb stehen und drehte sich zu Alba zurück. »Wenn die Dinge sich wie geplant entwickeln, Liebling, wird die Welt eines Tages Anleitung und Rat von dir erwarten. Und du musst imstande sein, den Leuten den richtigen Weg zu zeigen.«

Erst nachdem die Tür sich geschlossen hatte, drangen die Worte ihrer Mutter ganz zu Alba durch. Ihr schwirrte der Kopf. Wovon um alles in der Welt redete ihre Mutter denn da?

»Eines Tages wird die Welt von *mir* Anleitung und Rat erwarten?«, murmelte sie vor sich hin. Das hörte sich einfach lächerlich an. Trotzdem lief es ihr kalt über den Rücken.

Was glaubte ihre Mutter eigentlich, wer sie, Alba, werden würde?

SEVEN

25

Das Treffen mit Carpenter fand in einer schlecht beleuchteten Ecke des Borough Markets statt, hinter einer Reihe von verrammelten Ständen, die sie vor den meisten anderen Leuten in der Halle abschirmten. Trotzdem ging ab und zu jemand vorüber, was Seven ganz nervös machte. Jedes Mal, wenn das passierte, blickte er über die Schulter, um festzustellen, ob sie belauscht wurden.

»Entspann dich, S. Hier kann uns niemand hören.«

Carpenter war wie gewöhnlich ruhig und gelassen. Er saß Seven an einem der runden Tische gegenüber und stützte ein Bein auf den Stuhl. Sein khakifarbenes Hemd, dessen Ärmel er hochgekrempelt hatte, war nicht zugeknöpft, sodass man die zahlreichen Tätowierungen auf seiner Brust sehen konnte. Carpenter hatte einmal behauptet, dass eine Säge darunter sei – das Zeichen, das auch Seven und die anderen Bandenmitglieder auf der Brust trugen –, aber Seven hatte es nie geschafft, sie ausfindig zu machen (na ja, vielleicht war sie ja an einer Stelle, wo er lieber nicht nachsehen wollte).

Seven pulte an einem Stück Kaugummi herum, das auf dem Tisch klebte. »Nach dem, was mit Murray passiert ist, fällt es mir nicht gerade leicht, mich zu entspannen.«

»Ich weiß.«

»Jeder befürchtet, er könnte als Nächster dran sein.«

»Ich weiß.«

Seven seufzte und fuhr sich mit der Hand durchs Haar. Man wurde einfach nicht schlau aus Carpenter.

Eine Gruppe lachender Männer schlenderte vorbei. Er folgte ihnen mit dem Blick, bis Carpenter plötzlich etwas sagte und Seven sich zu ihm zurückdrehte.

»S. Hör zu.«

Carpenters Ton hatte sich geändert und war scharf und eindringlich geworden.

»Die DSC, die du bei den Whites gestohlen hast. Hast du die gesurft?«

Sevens Wangen wurden heiß. »Was soll das heißen? Ich –«

»Ich weiß, dass du alle DSCs, die du stiehlst, kopierst«, fiel Carpenter ihm ins Wort, »also streite es gar nicht erst ab, sondern beantworte meine Frage. Hast du sie schon gesurft?«

»Aber –«

»Es ist mir scheißegal, ob du sie kopierst, Seven!«

Er schlug so heftig mit der Faust auf den Tisch, dass dieser ins Wackeln geriet, doch was Seven wirklich aufmerken ließ, war der Umstand, dass Carpenter ihn mit seinem vollen Namen angeredet hatte.

»Das machen alle in meiner Bande«, sagte Carpenter. »Ich selbst auch. Von einem DSC-Dieb würde ich auch gar nichts anderes erwarten. Ich muss einfach wissen, ob du die White-Erinnerungen schon kennst.«

Seven schüttelte den Kopf. »Noch nicht«, antwortete er.

Tatsache war, dass er nach allem, was mit Alba passiert war, Alastair Whites Erinnerungen völlig vergessen hatte. Seven hatte zwar jeden Tag seine Erinnerungsmaschine benutzt, aber nur, um sich die Erinnerungen, die sie sich in jener Nacht ausgesucht hatte, wieder und wieder reinzuziehen. Dabei hatte er jedes Mal das Gefühl gehabt, als könne er sie irgendwie in diesen Erinnerungen spüren, als habe ihr Körper dort eine Art Abdruck hinterlassen. Er hätte zu gern gewusst, was sie in diesem üppigen Regenwald mit seinem Wasserfall empfunden, was sie gedacht hatte, als sie ins Wasser gesprungen war.

Carpenter nickte und wandte den Blick ab. »Ich glaube dir.« Dann fügte er so leise hinzu, dass Seven es fast nicht hören konnte: »Ich dachte, diese DSC würde uns schützen. Dass *ich* uns schützen könnte, wenn ich sie habe. Dass ich sie notfalls verwenden könnte, um White, dieses Schwein, zu erpressen und uns vom Hals zu halten. Und nachdem Murray ... Aber die Sache ist größer, als ich gedacht habe. Ich hätte die Finger davon lassen sollen.«

Seven sah ihn erstaunt an. »Wovon redest du eigentlich, Carpenter?«

Abrupt blickte Carpenter zurück zu Seven, setzte sein Bein auf den Boden und beugte sich über den Tisch. Ein panischer Ausdruck trat in sein Gesicht. In seiner Schläfe zuckte ein Muskel, so hektisch, dass Sevens Herzschlag sich beschleunigte.

»S. Das ist wichtig. Wir reden hier von deinem *Leben.«*

Aus der Halle hinter ihnen war Lärm zu hören. Seven drehte den Kopf und blickte über die Schulter. Irgendetwas schien die Menge in Aufruhr versetzt zu haben. Vom Kuppeldach hallten Schreie wider.

»Was ist denn da los?«, murmelte er.

»S, hör mir gut zu!« Carpenters Stimme ging fast in dem Lärm unter, der immer stärker anschwoll. »Die White-Erinnerung. Die darfst du *nie* surfen.«

Seven wandte sich wieder seinem Bandenchef zu.

»Versprich mir, dass du die DSC vernichtest«, drängte Carpenter. »Damit niemand sie findet oder herausbekommt, dass du sie hattest.«

Der hysterische Unterton in Carpenters Stimme beunruhigte Seven.

Carpenter hatte Angst.

Dabei hatte er doch *nie* Angst.

Ein Grinsen stahl sich auf Sevens Lippen. »Nun hör aber auf, Carpenter ... du willst mir doch bloß einen Schreck einjagen.«

»VERFLUCHT NOCH MAL!«, stieß Carpenter frustriert hervor und baute sich vor Seven auf. »Das ist wichtig! Hör auf, dich wie ein Idiot zu benehmen, und *versprich* mir, verdammt noch mal ...«

Etwas pfiff an Sevens Ohr vorbei. Kurz darauf entwich Carpenter ein zischender Atemstoß und ein überraschter Ausdruck huschte über sein Gesicht. Er hob die Hand und griff sich an den Hals. Als er die Hand sinken ließ, waren seine Finger rot und feucht.

»Scheiße«, murmelte er, während ihm Blutbläschen aus dem Mund quollen.

Und dann sah Seven es ...

... das dunkle Loch in Carpenters Hals.

Carpenters Blick richtete sich auf Seven. »Die Erinnerung, S. Vernichte sie.«

Sein Blick wurde leer. Ein trauriger Ausdruck trat in sein Gesicht, sodass er wie ein Kind aussah, das sich verirrt und jetzt Angst vor der Dunkelheit hatte. Angst vor den Geräuschen der Nacht.

»S...sorry«, presste Carpenter mit undeutlicher, gurgelnder Stimme hervor.

Immer mehr Blut floss ihm aus dem Mund. Seine Zähne waren schon ganz *schwarz* vor Blut.

Seven konnte sich weder rühren noch einen klaren Gedanken fassen. Er konnte nur flüstern: »C...carpenter?«

Doch sein Bandenchef gab keine Antwort. Seine Augen brachen, sein Gesicht erschlaffte, dann kippte er nach hinten und stürzte zu Boden.

Bevor Seven dazu kam, etwas zu tun oder auch nur nachzudenken, schwoll der Lärm noch stärker an. Plötzlich waren überall Leute, strömten aus allen Richtungen heran und drängten ihn zur Seite, während das trockene Knallen von Schüssen zu hören war, gefolgt von Schreien, wenn wieder jemand getroffen wurde.

Alba

26

Alba wurde von Stimmen aus dem Schlaf gerissen.

Zunächst war sie völlig desorientiert. Ihre Daunendecke und das Laken hatten sich so eng um sie gewickelt, dass sie unwillkürlich in Panik geriet, weil sie sich gefangen fühlte – und genau das hatte sie gerade geträumt. Es dauerte einen Moment, bis ihr bewusst wurde, wo sie sich befand.

Die Stimmen kamen aus dem Gang vor ihrem Zimmer und störten die nächtliche Stille. Nachdem sie sich von ihrem Bettzeug befreit hatte, durchquerte sie den Raum und öffnete die Tür.

In einem Zimmer am Ende des Korridors war Licht zu sehen. Dort lagen die Privaträume von Albas Eltern, die sie nicht betreten durfte, es sei denn, sie wurde von einem von ihnen dazu aufgefordert, was selten geschah. Das Licht kam aus dem Büro ihres Vaters und warf seinen gelben Schein in den Korridor. Auf dem Fußboden zeichneten sich die Schatten von Personen ab, die im Zimmer hin und her gingen.

Die Stimmen waren die Stimmen von Männern, barsch und kurz angebunden. Von ihrem Standort aus konnte Alba nicht verstehen, was sie sagten. Dann schnappte sie ein Wort auf, bei dem es ihr kalt über den Rücken lief.

Erinnerungsdieb.

»Seven«, flüsterte sie.

Mit hämmerndem Herzen schlich Alba auf Zehenspitzen den Gang hinunter. Sie hielt sich dicht an der Wand und tastete sich an der samtigen, mit Rankenmustern bedruckten Tapete entlang. Kurz vor der offenen Tür des Büros blieb sie stehen. Jetzt war sie nahe genug, um zumindest Fetzen des Gesprächs hören zu können.

»... Razzia ...«

»... Borough Market ...«

»... zehn Tote, mindestens dreißig Verletzte ...«

»... nicht bestätigt ...«

»... entkommen ...«

Die Männer redeten alle durcheinander. Offenbar hatte die Polizei in einem Schlupfwinkel von Erinnerungsdieben eine Razzia durchgeführt. Alba erinnerte sich, dass Seven ihr von diesen Orten erzählt hatte, wo alle Diebesbanden zusammenkamen, um ihre Geschäfte abzuwickeln.

»Die Polizei ist in höchster Alarmbereitschaft und hält nach Verdächtigen Ausschau, die bei der Razzia entkommen sind«, übertönte ihr Vater das Stimmengewirr.

Sofort verstummten alle anderen. Man hörte, wie Gläser abgestellt wurden, als die Männer Alastair White ihre Aufmerksamkeit zuwandten.

»Die Polizei hat einige der Tätowierungen identifiziert, die die unterschiedlichen Banden kennzeichnen, und wird im Süden wie im Norden nach Leuten suchen, die diese Zeichen tragen. Ohne handfeste Beweise oder Geständnisse sind wir jedoch nicht in der Lage festzustellen, wie viele Erinnerungsdiebe entkommen sind.«

Empörtes Murren war zu hören.

»Geben Sie den Verhörspezialisten ein bisschen Zeit. Die werden in Kürze Geständnisse aus den Leuten herausbekommen.«

»Dieser Süd-Abschaum! Was haben die sich eigentlich gedacht? Dass sie weiterhin ungestraft unsere Erinnerungen stehlen können?«

»Die verdienen alle eine Kugel in den Kopf.«

»Meinen Herren! Bitte mäßigen Sie sich!« Die Stimme ihres Vaters brachte die anderen erneut zum Schweigen. »Immerhin sind *wir* ja noch im Norden.«

Die Anwesenden brachen in Lachen aus.

Alba rannte in ihr Zimmer zurück. Sie hatte genug gehört. Sie schloss die Tür hinter sich, lehnte sich mit dem Rücken dagegen und atmete mehrmals tief durch. Ein paar Minuten später hörte sie die Schritte der Männer, als sie das Haus verließen. Als sie schon längst gegangen waren und die Haustür laut hinter sich zugeschlagen hatten, stand Alba immer noch da, während in ihrem Kopf die Gedanken durcheinanderwirbelten.

Eine Razzia.

Die Polizei.

Erinnerungsdiebe.

Verhöre.

Kugeln ...

Alba presste die Hand gegen den Mund. Ihr war schlecht. Wie brachten diese Männer, wie brachte ihr *Vater* es fertig, so unbekümmert vom Tod anderer Menschen zu reden? Sie hatten sogar gelacht.

Gelacht!

Alba überließ sich ganz ihrer Wut, andernfalls wäre sie bei der Vorstellung, was gerade mit diesen armen DSC-Dieben passierte, und der Angst, Seven könnte einer von ihnen sein, in tiefe Traurigkeit versunken.

SEVEN

27

Er entkam mit knapper Not und schaffte es gerade noch, seinen Hals zu retten.

Die Markthalle war ein einziges chaotisches, auf und ab wogendes Durcheinander von Menschen, die alle versuchten, den Ausgang zu erreichen, wo sie sich in Sicherheit zu bringen hofften – den Ausgang, der nur wenige Meter entfernt und gleichzeitig unendlich weit weg war.

Seven wurde von der Menge mitgerissen. Bei Prügeleien war sein dünner Körper immer ein Nachteil gewesen; heute rettete er ihm das Leben. Unter Einsatz seiner Ellbogen, seiner Hände und Füße kämpfte er sich frei und schaffte es, nicht zu Boden zu gehen. Er schlüpfte durch Lücken im Gedränge und kroch, wenn es nötig war, über andere.

Und es war nötig, denn er wollte überleben.

Unbedingt. Auch wenn er sich oft sagte, dass er im Grunde nicht am Leben hing – in diesem Augenblick, nachdem er erlebt hatte, wie Carpenter von einer Kugel niedergestreckt worden war –, wollte Seven leben, *musste* er am Leben bleiben.

Der Tod griff um sich und Seven bemühte sich mit allen Kräften, ihm zu entkommen.

Er hatte den Eindruck, als renne er stundenlang weiter, immer weiter. Erst als er bemerkte, dass er keine Schüsse mehr hörte und sich allein in einer schlecht beleuchteten Straße befand, blieb er keuchend stehen.

Wie benommen blickte Seven sich um. Er hatte keine Ahnung, wo er war. Er hatte noch nicht einmal darauf geachtet, in welche Richtung er gerannt war, weil er einzig und allein von den Männern mit ihren Waffen wegwollte. Er taumelte in eine dunkle Gasse und ließ sich zu Boden sinken, um sich zum ersten Mal, seit er den Markt verlassen hatte, zu entspannen (nein, das hatte nichts mit Entspannen zu tun, sein Herz hämmerte immer noch und in seinem Kopf herrschte das reinste Chaos).

Die Londoner Polizei, dachte Seven. Natürlich hatte die hinter dem Angriff gesteckt. Wer würde denn sonst auf den Gedanken kommen, nachts eine Markthalle im Süden zu überfallen, wo zufällig DSC-Diebe ihre Geschäfte abwickelten? Wer sonst würde erst schießen und dann Fragen stellen? Wer sonst hätte Carpenter in den Hals geschossen, ihn erschossen ...

Erschossen.

Das konnte nicht sein. Carpenter war so stark, so mutig und clever. Es war einfach nicht möglich, dass er von einer Kugel getroffen worden war. Es hätte Seven nicht sonderlich überrascht, wenn sich sein Bandenchef die Kugel in aller Ruhe aus dem Hals geholt und weitergemacht hätte, als wäre nichts passiert.

Wenn jemand hätte sterben müssen, dann er, Seven. Er konnte sich ja kaum die Schnürsenkel zubinden, ohne dabei umzukippen, Herrgott noch mal. *Er* hätte sterben müssen. *Seine* Leiche müsste jetzt in der Markthalle liegen, zusammen mit den anderen.

Aber so war es nicht.

Er war noch am Leben.

Seven lehnte den Kopf gegen die Mauer hinter ihm und schloss die Augen, die ihm irgendwie feucht vorkamen. Da begriff er, dass er *weinte*. Verflucht noch mal. Heftig rieb er sich die Augen, bis die Tränen versiegten.

Ich bin noch am Leben, dachte er immer und immer wieder. Aber das war kein schönes Gefühl. Das erleichterte ihn nicht.

Aus irgendeinem Grund war es die schlimmste Sache der Welt.

Alba

28

Die Razzia war am nächsten Tag in der Schule Gesprächsthema Nummer eins. Alba vermutete, dass es bei ihren Mitschülerinnen mehr um den Nervenkitzel ging als darum, dass sie sich irgendwie für Londoner Politik interessierten. Schüsse und Leichen – solche Dinge waren weit entfernt vom behüteten Leben dieser Mädchen. Das Ganze war aufregend, weil es aus einer völlig anderen Welt stammte. Es war fast so, als mache man einen Zoobesuch, um die eingesperrten Tiere anzustarren. Einige Mädchen in Albas Klasse gingen manchmal sogar ein Stück die Themsebrücken entlang, um den Süden und seine Bewohner näher in Augenschein zu nehmen.

Für Alba waren die Razzia und ihre Folgen jedoch etwas sehr Konkretes. Sie musste ständig an Seven denken. Was hatte er während der Razzia empfunden? War er überhaupt dabei gewesen?

Sie hoffte inständig, dass es nicht so war.

Nur noch ein paar Stunden, rief sie sich immer wieder in Erinnerung, während der Vormittagsunterricht sich dahinschleppte. *Heute Nacht wird er kommen, dann ist alles in Ordnung. Er wird kommen, denn er ist noch am Leben.*

Er wird *kommen.*

Wie es sein würde, wenn er nicht kam, stellte Alba sich gar nicht erst vor.

Vielleicht bedeutete ihr das alles nur deswegen so viel, weil Seven ihr einziger Weg zum Erinnerungssurfen war. Weil er ihr genau im richtigen Moment geholfen hatte zu entkommen.

Vielleicht war es aber auch mehr als nur das.

Vielleicht lag es ja daran, dass dieser seltsame Junge aus dem Süden ihr ein Geschenk gemacht, ihr eine ganze neue Welt offenbart hatte, ohne zu wissen, wie viel er ihr damit geben würde. Außer Dolly hatte noch nie jemand so etwas für sie getan.

Alba hatte das Gefühl, jetzt mit Seven verbunden zu sein. Sie hatte das Gefühl, ihm etwas schuldig zu sein. Und wie sollte sie sich denn je erkenntlich zeigen, wenn er ... wenn er *tot* war?

Mittags wurde im Fernsehen ein Bericht über die Razzia gebracht, den sich jeder anzusehen hatte. Im Gegensatz zum Süden gab es im Norden keine öffentlichen Bildschirme, auf denen ständig Nachrichten liefen. Deshalb verließen die Schülerinnen, als es Zeit war, ihre Klassenzimmer und versammelten sich in der Aula, wo ein großer Bildschirm über dem Podium hing.

Die Wände der Aula waren mit dunklem Holz verkleidet, von der Decke hing ein kunstvoller Kronleuchter herab, dessen Kristallverzierungen funkelnde Lichtgarben in den Raum warfen. Die Wände schmückten Porträts früherer Rektoren und Rektorinnen, die mit ausdrucksloser Miene aus den prunkvollen Goldrahmen starrten. Als Alba sich setzte, nahm Rosemary Dalton gerade in der Reihe vor ihr Platz.

»Ich hoffe, die Hinrichtung dieser dreckigen Diebe wird live im Fernsehen gezeigt«, sagte Rosemary und warf ihre blonden Haare zurück. »Würde denen ganz recht geschehen. Die denken, sie können Leuten, die sich ihre Position hart erarbeitet haben, einfach ihre Erinnerungen wegnehmen. Und dann verkaufen sie sie auch noch weiter, um Profit daraus zu schlagen.«

Empört beugte Alba sich vor und packte die Rückenlehne von Rosemarys Stuhl. »Ist dir schon mal in den Sinn gekommen, dass sie vielleicht nicht stehlen würden, wenn wir den Leuten im Süden das Leben nicht so schwer machen würden? Möglicherweise sind *wir* diejenigen, die etwas gestohlen haben.«

Unwillkürlich tauchte vor ihrem inneren Auge ein bestimmtes Bild auf: Sie sah vor sich, wie Seven ihr sein kleines Memorium gezeigt hatte, auf das er unverkennbar stolz war, obwohl er in einer schäbigen Wohnung hauste, in einem Wohnblock, der so entsetzlich war, dass Albas Mutter wahrscheinlich lieber sterben würde, als dort einen Fuß hineinzusetzen. Seven brauchte diese Erinnerungen genauso sehr, wie Alba sie jetzt brauchte.

Um der Wirklichkeit zu entkommen. Und seinem Leben.

Seven stahl, um zu *überleben.*

Natürlich hatte er das Alba gegenüber nicht so ausgedrückt, aber sie hatte es daran gemerkt, dass seine Augen immer aufleuchteten, wenn er vom Erinnerungssurfen redete. Dass er seine Erinnerungsmaschine tätschelte, als wäre es ein Lebewesen. Und an seinem aufgeregten Tonfall, als er ihr auf dem Weg in den Süden von seinem Leben als Erinnerungsdieb erzählt hatte.

Rosemary blickte über die Schulter und verzog angewidert ihr Schweinchengesicht. »Na, wer hätte das gedacht? Alba

White ist eine Liberale!« Sie stieß ein gellendes Lachen aus, in das einige Mädchen in der Nähe einstimmten.

Alba sah sie wütend an. »Zumindest verschafft es *mir* keinen Kick, Hinrichtungen im Fernsehen anzusehen.«

»Was verschafft dir denn dann einen Kick?«, höhnte Rosemary. »Schmutzige Männer aus dem Süden? Wie die Mutter, so die Tochter, ja?«

Die Worte waren wie ein Schlag ins Gesicht.

Vor Überraschung klappte Alba der Unterkiefer herunter. Ihre Wangen röteten sich. Alles um sie herum fing an, sich zu drehen.

»Was hast du da eben gesagt?«

Rosemary grinste hämisch. »Das hast du doch gehört.«

Alba bemerkte, dass die Mädchen in der Nähe sie beobachteten. Einige von ihnen blickten ebenso angewidert drein wie Rosemary, andere sahen ängstlich oder schockiert aus.

Niemand redete mit Alastair Whites Tochter so, wie Rosemary es gerade getan hatte.

Bevor Alba zu einer Reaktion fähig war, die nicht darin bestand, sich auf Rosemary zu stürzen und ihr die Haare auszureißen (und ihre Mutter hatte behauptet, nur die Leute im Süden seien gefährlich!), ertönte ein Gong. Erwartungsvolle Stille breitete sich aus. Alle wandten sich dem Podium zu, auf das gerade die Rektorin der Schule stieg.

Rektorin Fortescue war eine große knochige Frau. Das einzig Weiche an ihr waren ihre krausen mausgrauen Haare. Durch die Bluse war ihr scharf hervorstehendes Schlüsselbein zu sehen. Wie bei allen Schulversammlungen trug sie einen weiten schwarzen Talar, der mit weißen Pelzstreifen besetzt war.

»Mädchen«, begann sie mit hoher näselnder Stimme. »Wie

ihr wisst, gibt es im Fernsehen heute einen Bericht über die Razzia, bei der letzte Nacht ein illegaler Ring von Erinnerungshändlern ausgehoben wurde. Es ist von äußerster Wichtigkeit, dass ihr als die zukünftigen Spitzen der Gesellschaft aktives Interesse an der Politik unserer Stadt zeigt. Eine Schülerin der Knightsbridge Academy muss wissen, welche Regeln in unserer Gesellschaft gelten und dass es nötig ist, diese Regeln zum allgemeinen Wohl der Stadt zu befolgen.«

Die Rektorin ließ den Blick durch die Aula schweifen. Jeder, den dieser Blick traf, hatte den Eindruck, als wehe ihm ein kalter Wind ins Gesicht. Als der Gong von Neuem ertönte, nickte sie kurz.

»Gleich fängt die Sendung an. Darf ich euch noch daran erinnern, dass wir uns hier nicht in einem Fußballstadion oder auf einem öffentlichen Platz im Süden befinden. Ihr alle seid junge Damen mit guter Erziehung. Unterlasst es also, während der Sendung zu johlen oder zu schreien, auch wenn euch das, was ihr seht, gut gefällt.«

Alba hätte sie am liebsten geohrfeigt.

Nachdem die Rektorin sich zu den anderen Lehrern gesellt hatte, die auf einer Estrade an der Seite der Aula saßen, erwachte der Bildschirm zum Leben.

Farben und Geräusche prasselten auf die Aula herab. Alba zuckte zusammen, als das vertraute Gesicht ihres Vaters auf dem Bildschirm erschien. Bei solchen öffentlichen Auftritten kam er ihr immer anders vor als sonst. Kälter. Härter. Doch nachdem sie ihn letzte Nacht belauscht hatte, musste sie sich eingestehen, dass sie bisher wohl ein falsches Bild von ihm gehabt hatte. Seine Robe wehte im Wind, als er aus dem Gerichtsgebäude von Old Bailey trat, dessen Türen zwei Angestellte hinter ihm schlossen.

Die Blitzlichter der Kameras zuckten auf. Aus dem Hintergrund waren die lauten Rufe von Reportern zu hören, die Alastair White jedoch ignorierte.

»Wir können bestätigen, dass die Londoner Polizei letzte Nacht eine Razzia durchgeführt hat, um im Borough Market einen illegalen Ring von Erinnerungshändlern auszuheben«, verkündete er mit ausdrucksloser Stimme. »Dabei wurden elf Leute aus dem Süden getötet, neunundzwanzig verletzt. Achtzehn Erinnerungshändler sind in Gewahrsam genommen worden, um verhört zu werden. Gleich werden Aufnahmen vom Schauplatz der Razzia zu sehen sein. Bitte nehmen Sie zur Kenntnis, dass die Aufnahmen drastische Details enthalten.« Der Bildschirm wurde dunkel. Alba versuchte, die Augen zu schließen. Sie wollte das, was jetzt kam, nicht sehen.

Doch ihre Augen weigerten sich strikt, ihr zu gehorchen.

Ihr Herz krampfte sich zusammen, als der Bildschirm wieder hell wurde und in grusligen Bildern die Auswirkungen der Razzia wiedergab. Der Boden der Markthalle war mit blutüberströmten Leichen übersät, die zum Teil halb unter Tischen und Bänken verborgen waren. Bei Nahaufnahmen waren unheimliche weiße Gesichter mit weit aufgerissenen Mündern zu sehen.

Alba war starr vor Angst, weil sie befürchtete, gleich Sevens Gesicht zu sehen, geisterhaft blass und mit leeren Augen.

Als die Aufnahme zu Ende war und ihr Vater wieder auf dem Bildschirm erschien, gelang es Alba endlich, die Augen zu schließen. Doch sosehr es sie auch erleichterte, dass Seven nicht unter den Toten gewesen war – die Bilder gingen ihr nicht mehr aus dem Kopf und schnürten ihr den Hals zu.

Und am schlimmsten war, dass ihr Vater weiterredete, als wäre überhaupt nichts passiert.

SEVEN

29

»Soll das ein beschissener Witz sein?«

»Diese eiskalten Dreckskerle!«

»Veranstalten hier die reinste Leichenschau!«

Zorn und Wut breiteten sich unter der Menge aus, die sich bei Clapham Arches versammelt hatte. Seven, der ganz hinten stand und das Geschehen auf dem Bildschirm verfolgte, den man in einem der Bögen der Clapham Bridge angebracht hatte, wurde ständig angerempelt und zur Seite geschubst, da sich immer wieder Leute durch die Menge drängten. Er konnte den Blick einfach nicht vom Bildschirm lösen und fühlte sich innerlich leer und ausgebrannt. Obwohl er keinen der Toten kannte, die in den Aufnahmen gezeigt worden waren, drängte sich ihm der Gedanke auf, dass er oder Loe oder Mika unter ihnen hätten sein können.

Ihm war speiübel.

Nachdem Alastair White seine Ausführungen beendet hatte, erschien auf dem Bildschirm eine Reporterin, die vor der Markthalle stand. Hinter ihr patrouillierten Polizisten auf und ab, deren rote Uniformjacken in der Sonne leuchteten. Der Eingang der Markthalle war mit einer schwarzen Absperrplane verhängt.

»Die Polizei bittet alle, die Informationen über den Verbleib der entkommenen Erinnerungsdiebe haben, sich umgehend zu melden«, sagte die Reporterin. »Für Informationen, die zu einer Festnahme führen, wurde eine Belohnung ausgesetzt.«

Einige der Leute, die schon dabei waren zu gehen, blieben stehen und schauten zum Bildschirm zurück. Seven merkte, dass alle Anwesenden auf einmal die Ohren spitzten.

So war das im Süden, wenn von einer Belohnung gesprochen wurde.

»Die Polizei hat Abbildungen von Tätowierungen veröffentlicht, die man für die Erkennungszeichen der unterschiedlichen Banden hält«, fuhr die Reporterin fort. »Die Polizei fordert Sie dringend dazu auf, unverzüglich Meldung zu machen, sobald Sie jemand mit einer dieser Tätowierungen sehen. Bitte prägen Sie sich die folgenden Bilder gut ein.«

Auf dem Bildschirm erschien eine Reihe von schwarzen Symbolen. Bei jedem lief es Seven kalt den Rücken runter. Er kannte sie alle.

Der Umriss eines Tennisschlägers – das war Murrays Bande.

Eine Rose – das Erkennungszeichen der Bande von Timothy Rose.

Ein Blitz – Abel Potters Leute.

Eine Säge ...

Seven stand das Herz still.

Das war genau das Bild, das auf seiner Brust prangte. Obwohl die Tätowierung unter seinem grauen Hemd verborgen war, zog er den Kragen fest zusammen, weil er befürchtete, es sei doch etwas davon zu sehen. Woher wusste die Polizei über die Tätowierungen Bescheid? Hatte man sie auf den Leichen der DSC-Diebe, die erschossen worden waren, entdeckt oder bei denen, die man verhaftet hatte?

Was war mit Carpenters Zeichen? Carpenters Oberkörper

war über und über mit Tätowierungen bedeckt, sodass man unmöglich feststellen konnte, welches Symbol das Erkennungszeichen seiner Bande war.

Oder?

»Nein«, sagte Seven laut. Er weigerte sich, auch nur über die *Möglichkeit* nachzudenken, dass jemand aus seiner Bande verhaftet oder getötet worden war. Mika und Loe. Er würde sofort zu ihnen gehen, um sich selbst davon zu überzeugen, dass mit ihnen alles in Ordnung war.

Es musste einfach alles in Ordnung sein.

Während Seven sich durch die Menge drängte, schoss ihm schlagartig ein Gedanke durch den Kopf, bei dem er förmlich ins Taumeln geriet.

Das Mädchen.

Alba.

Alba *White.*

Nein. Das war nicht möglich.

Oder doch?

Ihr hübsches Gesicht fiel ihm ein, ihr dichtes dunkelrotes Haar, dessen weiche Locken ihre rosigen Wangen einrahmten. Ihre hellgrünen Augen. Er erinnerte sich, wie sie nach dem Erinnerungssurfen ausgesehen hatte – traurig und glücklich zugleich. Sie hatte einen so *dankbaren* Eindruck gemacht, als hätte Seven ihr etwas Kostbares gegeben, das mehr wert war als all die teuren Dinge, mit denen sie zu Hause überschüttet wurde.

Er hatte angenommen, dieses Geschenk bestehe darin, dass sie zum ersten Mal in ihrem Leben Erinnerungen surfen konnte. Schließlich konnte er sich noch genau erinnern, welche Freude *er* nach dem ersten Mal empfunden hatte. Aber was, wenn er sich irrte? Was, wenn er Alba ein ganz anderes Geschenk gemacht und sie sich nur darüber gefreut hatte, dass sie es an ihren Vater weitergeben konnte?

Nämlich Informationen.

Seven hatte ihr bestimmte Dinge über sein Leben als DSC-Dieb erzählt, Dinge, die jemand aus dem Süden niemals jemand aus dem Norden erzählen würde. Er war ganz offen gewesen, hatte ehrlich auf ihre Fragen geantwortet, weil ... weil er das Gefühl hatte, ihr vertrauen zu können.

Du verdammter Idiot!, dachte Seven und presste die Zähne zusammen, um nicht laut aufzuschreien. Er war so wütend auf sich selbst, dass er sich hätte ohrfeigen können. Dieser hochnäsigen Zicke aus dem Norden zu vertrauen, war einfach bescheuert von ihm gewesen.

Seven ballte die Hände zu Fäusten und schob sich durch die lärmende Menge.

Er hatte Alba also ein Geschenk gemacht, ja? Hatte alle Einzelheiten über das Leben von DSC-Dieben hübsch verpackt und ihr mit einer netten kleinen Verbeugung überreicht? Nun, da war es jetzt wohl an der Zeit, sich auch etwas von ihr zu holen.

Auge um Auge hieß doch die Regel, nicht wahr? Alba hatte sein Leben ruiniert. Jetzt würde Seven das ihre ruinieren.

Alba

30 Dollys Stimme übertönte das Plätschern des Wassers, als es aus den Hähnen schoss. »Dein Bad ist fertig! Beeil dich, sonst wird das Wasser kalt!«

Alba seufzte. Sie hatte überhaupt keine Lust auf ein Bad, doch Dolly hatte darauf bestanden, weil sie meinte, Alba sei den ganzen Tag unruhig gewesen und müsse sich entspannen (zweifellos hatte sie allerlei Kräuter ins Wasser getan, die eine beruhigende Wirkung hatten).

Nachdem sie ihre Haare zu einem Knoten geschlungen hatte, ging Alba ins Badezimmer, das voller Wasserdampf war. Es roch nach Sandelholz und Salbei. Das Bad war fast so groß wie ihr Zimmer, der Fußboden mit weißen und goldenen Fliesen ausgelegt. In der Mitte stand eine große Badewanne mit vergoldetem Rand, deren Füße die Form von Klauen hatten. Kerzen tauchten den Raum in schummriges Licht.

Die Wasserhähne quietschten, als Dolly sie zudrehte. Stille breitete sich aus. Nur das Platzen der Seifenschaumblasen in der Wanne und der Regen, der gegen das Fenster trommelte, waren zu hören.

»Na, nun komm.« Dolly zog Alba den Bademantel aus und legte ihn zusammengefaltet auf einen Stuhl. »Nach einer Stunde im Wasser wirst du dich besser fühlen.«

Alba kletterte über den Rand der Wanne und ließ sich langsam ins Wasser gleiten, das perfekt temperiert war. Ihr Körper verschwand unter dem Seifenschaum. Sofort fühlte sie sich ruhiger. Sie lehnte den Kopf gegen den Wannenrand und lächelte Dolly an.

»Ich fühl mich schon jetzt ein bisschen besser.«

Doch kaum hatte sie das gesagt, da dachte sie an Seven und wurde von Schuldgefühlen befallen. Sie dachte an die DSC-Diebe, die tot auf dem Boden der Markthalle gelegen hatten. Und an diejenigen, die von der Polizei verhaftet worden waren und jetzt beim Verhör wer weiß was erleiden mussten.

Wie konnte sie sich nach allem, was passiert war, entspannen? Wo sie doch noch nicht einmal wusste, ob Seven noch am Leben war!

Offenbar merkte man ihrem Gesicht etwas an, denn Dolly trat zu ihr und hockte sich neben die Wanne. »Was ist denn los? Ich seh dir doch an, dass irgendetwas nicht stimmt. Du verheimlichst mir etwas und ich mache mir Sorgen. Wenn du es nicht mal mir verraten kannst, muss es etwas Schlimmes sein.«

Alba senkte den Blick. »Es ist alles in Ordnung«, murmelte sie.

»Alba ... verschweigst du mir etwas?«

»Nein, ich ...«

»Geht es um deine Mutter?«, fragte Dolly in scharfem Ton und kniff die Augen zusammen. »Hat sie dich wieder geschlagen?«

Alba biss sich auf die Lippe und nickte, obwohl sie sich selbst hasste, als sie das tat. »Ich glaub nicht, dass ich das noch länger ertrage, Dolly.«

»Alba Philippa Darcy White«, sagte Dolly in strengem Ton.

Als sie ihren vollen Namen hörte, blickte Alba unverzüglich auf.

Dolly nahm Albas Gesicht in beide Hände. »Nun hör mir mal gut zu. Deine Mutter schafft es vielleicht nicht immer, dich merken zu lassen, dass du etwas Besonderes bist, aber *ich* weiß es. Du bist stark und tapfer und ehrlich und gut. Streng dich in der Schule an und mach deine Abschlussprüfung, um deinen Eltern zu beweisen, dass du mehr verdienst als eine arrangierte Heirat, und in zwei Jahren wirst du dann auf eine Universität gehen, die weit von London entfernt ist, so wie wir es uns immer ausgemalt haben. Ich komme natürlich mit dir und dann kannst du deine Zukunft endlich selbst gestalten, hörst du?«

Dolly verstummte. Alba traten Tränen in die Augen. Voller Dankbarkeit sah sie ihre Zofe an, ohne ein Wort herauszubringen.

»Wenn du *meine* Tochter wärst«, fuhr Dolly leise fort, »würde ich der ganzen Welt ständig sagen, wie stolz ich auf dich bin.«

Alba schlang die Arme um Dollys Hals. Tränen rannen ihr über die Wangen. Sie klammerten sich aneinander, ohne sich darum zu kümmern, dass Dollys Kleidung immer nasser wurde und dass Badewasser über den Rand der Wanne geschwappt war. In dem Moment wurde Alba klar, dass sie doch eine Familie hatte, die sie liebte und der sie am Herzen lag, und dass Dolly diese Familie war.

»In einer Stunde komme ich wieder, um dich bettfertig zu machen«, sagte Dolly, als sie sich voneinander lösten. Lächelnd stand sie auf, strich sich über ihre Dienstbotenuniform und verließ das Bad, dessen Tür sie hinter sich zuzog.

Alba wischte sich die Tränen aus dem Gesicht. War es möglich, dass die Zukunft so werden konnte, wie Dolly es prophezeite? Alba wagte nicht, daran zu glauben. Alles Gute in ihrem Leben ging am Ende in die Brüche. Warum sollte es in diesem Fall anders sein?

Gerade als sie die Augen schloss und sich in das duftende Wasser zurücksinken ließ, ging die Tür auf.

»Dolly?«, murmelte sie und setzte sich auf, weil sie erwartete, ihre Zofe zu sehen.

Doch es war nicht Dolly ...

Es war *Seven.*

SEVEN

31

Heilige Scheiße, sie ist nackt!

Alba

32

Oh mein Gott, ich bin nackt!

SEVEN

33

Albas Gesicht wurde so rot, dass man es mit einer Tomate hätte verwechseln können. Das war selbst in dem Dunst des Badezimmers deutlich zu sehen. Schnell ließ sie sich tiefer in die Wanne gleiten, sodass an verschiedenen Stellen Wasser überschwappte. Als ihr Körper – ihr *nackter* Körper – über die glatte Keramikfläche der Wanne rutschte, war ein quietschendes Geräusch zu hören. Sie tauchte so weit ab, dass nur noch ihr Kopf aus dem Wasser herausragte. Aus ihrem Haarknoten hatten sich etliche Strähnen gelöst, die ihr wirr ins Gesicht hingen.

»Was um alles in der Welt machst du denn hier?«, stieß sie hervor. Ihr Blick wanderte über seine Haare und seine Kleidung, die vom Unwetter draußen triefnass waren. »Wie bist du überhaupt reingekommen?«

Sevens Wut hatte sich beim Anblick von Alba verflüchtigt. (Die Vorstellung, dass sie nackt war, hatte alle anderen Gedanken verdrängt.) Jetzt kehrte sie langsam zurück.

Wen interessiert's, wie sie aussieht? Dieses Miststück ist schuld an Carpenters Tod.

»Na wie wohl?«, fuhr er sie an. »Ich breche in Häuser ein, um mir meinen Lebensunterhalt zu verdienen, schon vergessen?«

Seven versuchte, ruhig zu bleiben, und den Grund, warum

er gekommen war – um sich zu rächen –, nicht aus den Augen zu verlieren. Trotzdem stahl sich ein Grinsen auf seine Lippen, während seine Wangen vor Wut und Verlegenheit brannten. Er fuhr sich mit der Hand durch das klatschnasse Haar, was als coole, lässige Geste gedacht war. Leider blieben seine Finger dabei hängen und er brauchte eine ganze Weile, um sie von den Haaren zu befreien.

»Du solltest nicht hier sein«, flüsterte Alba.

Er funkelte sie an. Klar, dass sie das so sah. Für sie war er ja nur ein Typ aus dem Süden. Wie kam er denn auf die Idee, er könne einfach so in den Norden spazieren?

»Keine Sorge«, erwiderte er. »Ich verschwinde gleich wieder.«

Sie schüttelte so heftig den Kopf, dass abermals Wasser über den Rand der Wanne schwappte. *»Natürlich* solltest du nach dem, was letzte Nacht passiert ist, nicht hier sein! Wenn man dich entdeckt ...«

»Ich weiß genau, was dann los wäre. Ich bin ja kein Idiot.«

»Hab ich auch nicht behauptet.«

»Aber gedacht.«

»Nein!«

»Hör auf, mich anzulügen, ja? Ich weiß, was du getan hast!«, schrie er.

Alba riss die Augen auf. Als Seven auf sie zutrat, presste sie sich gegen die andere Seite der Wanne.

»Keine Ahnung, warum ich je gedacht hab, ich könne dir vertrauen«, sagte er. Er ließ den Blick durch das Badezimmer schweifen und lachte höhnisch. »Wenn ich mir das hier so ansehe ...! Du hast doch noch nie in deinem Leben um irgendetwas kämpfen müssen. Du hast keinen Schimmer, wie das ist. Ich hasse euch Leute aus dem Norden. Ihr sitzt faul in euren schicken Häusern herum, werft mit Geld um euch und schießt Leute aus dem Süden ab, als ob sie *Ratten* wären ...«

»Kleine Alba!«

Es klopfte an der Schlafzimmertür. Dann hörte man, wie jemand hereintrat.

Seven blieb nur eine Sekunde Zeit, um zu reagieren. Eine einzige Sekunde.

Er sprang nach vorn, schlitterte durch die Wasserpfützen und hechtete hinter die Badewanne, gegen die er sich so eng wie möglich presste.

Das Klacken von Absätzen verriet, dass jemand ins Bad kam.

»Ich dachte, ich hätte Stimmen gehört.«

Die Stimme war die einer Frau, die mit osteuropäischem Akzent sprach.

»Ich ... ich bin allein hier, Mutter.«

Seven riss die Augen auf. Er hatte Albas Mutter schon gesehen, bei der Observation des Hauses. Sie war blond und von eisiger Schönheit, ihr Gesicht wirkte so, als wäre es aus Stein gemeißelt. Seltsam, dass Alba die Tochter dieser Frau war. Er hielt den Atem an, während ihm das Herz bis zum Hals klopfte.

»Wolltest du etwas, Mutter?«

Alba klang, als hätte sie Angst. Ihre Stimme zitterte.

Wieso fürchtet sie sich jetzt?, überlegte Seven. *Sie müsste sich doch freuen, dass ich in der Falle sitze. Warum verrät sich mich nicht?*

»Bitte, Liebling. Wie oft muss ich dir noch sagen, dass du mich nicht so nennen sollst?«

Das Klacken der Absätze kam näher. Seven presste sich so eng mit dem Rücken an die Wanne, dass ihm die Wirbelsäule wehtat.

»Was ist denn das für ein grässlicher Geruch?«

Im ersten Moment dachte Seven, Albas Mutter meine *ihn.*

»Der kommt von den Kräutern, die Dolly ins Badewasser getan hat«, murmelte Alba. »Sie sollen angenehm duften.«

»Das finde ich nicht. Was für ein Mittel braut sie denn gerade zusammen? Vielleicht eins, das dir hilft, bis zum Winterball abzunehmen?« Sie machte eine Pause. »Wäre keine schlechte Idee.«

»Ja.«

Albas Stimme klang so kläglich, dass Seven schlagartig klar wurde, wie sehr er sich getäuscht hatte. Sie hatte ihren Eltern nichts von ihm erzählt und ihnen auch nicht die Informationen gegeben, die zur Razzia in der Markthalle geführt hatten. Andernfalls hätte sie ihrer Mutter schon längst verraten, dass er im Zimmer war.

Ihm fiel ein, wie Alba vor seiner Wohnung gesagt hatte: *Du hast ziemlich Glück.*

Das war kein Ausdruck, den Seven mit sich in Verbindung bringen würde. Er hatte angenommen, dass Alba etwas Tröstliches sagen wollte, weil er in solch einer Bruchbude wohnte. Doch jetzt begriff er, dass sie es ernst gemeint hatte. Sie beneidete ihn, weil sie wünschte, weit weg von ihren Eltern zu sein.

Alba beneidete *ihn.*

Er hätte nie gedacht, dass jemand aus dem Norden jemand aus dem Süden beneiden könnte.

»Es ist schon spät«, sagte Albas Mutter, das gespannte Schweigen brechend. »Bleib nicht zu lange auf. Ich möchte nicht, dass du morgen beim Gottesdienst müde bist.«

»Ja, Mutter.«

»Und noch eins. Vielleicht solltest du tatsächlich versuchen, bis zum Winterball abzunehmen. An dem Abend wollen wir nämlich etwas Wichtiges bekanntgeben und ich möchte, dass meine Tochter da so gut wie möglich aussieht.«

Die Badezimmertür schloss sich. Die Schritte ihrer Mutter verklangen und im Raum herrschte wieder Stille.

Alba

34

Alba wünschte sich, die Stille würde ewig anhalten. Dann könnte sie sich vielleicht einreden, dass das, was eben geschehen war, nie stattgefunden hatte. Aber natürlich konnte Seven nicht den Mund halten.

»Tjaa …«, sagte er gedehnt.

Sie hörte, wie er aufstand und hinter der Badewanne hervorkam.

»Jetzt versteh ich, wo du deine zauberhafte Persönlichkeit herhast. Deine Mum ist ja ein echter Schatz.«

Alba schloss die Augen. »Hör auf.«

Sie konnte ihn einfach nicht ansehen, weil sie sich so gedemütigt fühlte. Ihre Mutter war zwar schon öfter in Gegenwart von Dolly und den Dienstboten gemein zu ihr gewesen, aber das jetzt war viel schlimmer.

Seven war ein Junge aus dem Süden, der kaum über Besitz verfügte. Und jetzt hatte er mitbekommen, dass *sie* es war, die mit leeren Händen dastand.

»War nur ein Witz, Alba«, sagte Seven.

»Mir ist jetzt nicht nach Witzen.«

»Na, das ist ja was ganz Neues.«

»Seven! Würdest du *bitte* verschwinden und mich in Ruhe lassen!«

Das sagte sie lauter als beabsichtigt, aber das war Alba egal. Innerlich bebte sie vor Zorn und Scham. Sie wartete darauf, dass er endlich ging. Ihre Schultern und der obere Teil ihres Rückens ragten aus dem Schaum heraus und sie stellte sich vor, wie sein Blick über ihre blasse Haut wanderte. Ob er wohl die Sommersprossen bemerkt hatte, mit denen ihr Rücken übersät war? *Ganz sicher!*, dachte sie bei sich. *Die würde man auch aus dem Weltall sehen.*

Der Umstand, dass sie das alles nackt über sich hatte ergehen lassen müssen, war unbeschreiblich demütigend.

Und Seven war *immer noch* da.

»Warum gehst du nicht endlich?«, rief Alba und drehte sich ihm so plötzlich zu, dass wieder Wasser über den Rand der Wanne schwappte. Sie umklammerte ihre Knie mit den Armen, um ihren Körper zu verbergen. »Eben hast du noch gesagt, dass du mich hasst. Wenn meine Gegenwart dich so sehr anwidert, dann geh doch!«

In Sevens Gesicht zuckte es. Er stand wie angewurzelt da. Völlig versteinert, in regennasser Kleidung und mit klatschnassen Haaren, und sah sowohl verletzt und wütend als auch verwirrt und frustriert aus.

Da begriff Alba, dass sie ihn jetzt zum letzten Mal sehen würde, und sie fand es entsetzlich, dass sie einander so in Erinnerung behalten, dass sie im Zorn auseinandergehen würden. Abgesehen von Dolly war er der einzige Freund, den sie je gehabt hatte.

Zumindest glaubte sie, dass sie sich angefreundet hatten.

Nachdem ein unergründlicher Ausdruck über Sevens Gesicht gehuscht war, drehte er sich plötzlich um und verließ eilig das Badezimmer, ohne zurückzublicken.

Alba konnte noch nicht einmal weinen. Sie lehnte sich in

der Wanne zurück, starrte zur Decke hoch und versuchte, alle Erinnerungen an Seven, ans Erinnerungssurfen und an ihre gescheiterte Freundschaft zu verdrängen.

Es müsste Maschinen geben, dachte Alba, *die die Vergangenheit nicht bewahren, sondern sie* löschen.

Manche Erinnerungen waren einfach unerträglich.

Als Dolly kam, um sie fürs Bett zurechtzumachen, setzte Alba ihre fröhlichste Miene auf. Sie wollte nicht, dass Dolly merkte, dass das Bad nicht den gewünschten Effekt gehabt hatte und sie sich noch viel schlechter fühlte als vorher.

Nachdem Dolly Alba das Nachthemd angezogen und ihr die Haare getrocknet hatte, setzte sie sich mit ihr auf die Bettkante.

Der Regen war heftiger geworden und rauschte so laut, dass Alba an den Wasserfall denken musste, den sie in der Erinnerung gesehen hatte. Sie hatte so sehr gehofft, heute Nacht noch einmal dorthin zurückzukehren.

Nein, ermahnte sie sich. *Gar nicht dran denken.*

»Was ich vorhin gesagt habe, war ernst gemeint«, sagte Dolly. »Wir werden schon einen Weg finden, um das alles zu verwirklichen. Du brauchst deine Träume nicht aufzugeben. Ich hol dich hier raus, das verspreche ich dir.«

Alba wollte ihr so gern glauben. Sie schmiegte die Wange an die Schulter ihrer Zofe. So blieben sie eine Weile reglos sitzen, bis Dolly schließlich aufstand.

»Und jetzt ins Bett mit dir. Es ist fast Mitternacht.«

Alba zuckte zusammen. Mitternacht. Zu der Zeit hatte sie sich mit Seven treffen wollen, um zum Erinnerungssurfen zu gehen.

Nein, dachte sie. *Nicht dran denken.*

Als Dolly weg war, ging Alba noch nicht ins Bett. Sie stand im Dunkeln am Fenster und sah dem Unwetter draußen zu. Der Regen strömte über das Fenster, der Wind peitschte auf die Äste der Bäume ein.

Jetzt hätte sie sich fertig machen müssen, um nach draußen zu Seven zu schleichen. Das Unwetter hätte ihr nichts ausgemacht. Sie wäre nur aufgeregt gewesen, weil sie ihn wiedersehen würde, und hätte sich aufs Erinnerungssurfen gefreut.

Nein.

Nicht. Dran. Denken.

Alba ging zu ihrem Bett hinüber und schlüpfte unter die Decke. Die Matratze war warm, weil Dolly eine Wärmflasche ins Bett gelegt hatte. Gähnend schob Alba den Arm unters Kopfkissen ...

... und erstarrte.

Da lag etwas unter dem Kissen.

Sie richtete sich auf, schob das Kopfkissen zur Seite und entdeckte ein Stück Papier, das in der Mitte zusammengefaltet war. Auf die Oberseite war ihr Name gekritzelt:

Alber

Ihr wurde ganz anders.

»Du hast den Namen falsch geschrieben, du Idiot ...«, flüsterte sie und stieß dabei ein ungläubiges Lachen aus. Sie schnappte sich den Zettel und faltete ihn auseinander.

Wir haben gesagt, gleiche Zeit, gleiche Stelle, stimmt's?

Alba lächelte. Sofort war alles, was vorhin zwischen ihnen vorgefallen war, vergessen. Sie wusste genau, was Seven ihr sagen wollte, auch wenn er es so unbeholfen ausgedrückt hatte. Beinahe konnte sie seine Stimme hören, als sie den Rest seiner Nachricht überflog:

Mitternacht. Draußen.
Ich warte im Regen auf dich, also beeil dich, du blödes Ding.
(Sorry.)

SEVEN

35

Der Regen war so heftig, die Dunkelheit so undurchdringlich – nur ab und zu wurde sie von Blitzen zerrissen, die alles in gespenstisches silbriges Licht tauchten –, dass Seven weder sah noch hörte, wie Alba sich näherte. Während er noch in Richtung Haus starrte, erschien plötzlich eine Gestalt vor ihm, packte ihn beim Kragen seines Hemds und zog ihn fest an sich.

Seven erstarrte und ließ die Arme hängen.

Nicht schon wieder!, dachte er und stöhnte innerlich. Er wünschte wirklich, Alba würde aufhören, ihn so impulsiv zu umarmen. Sie presste sich gegen ihn und wie beim letzten Mal hatte Seven keine Ahnung, was er tun sollte.

Als sie sich endlich von ihm löste, grinste Seven unsicher. »Du hast also meine Nachricht bekommen«, sagte er und fuhr sich mit der Hand durch sein regennasses Haar.

Sie standen unter den Ulmen in der Nähe des Hauses, doch selbst deren dichtes Blätterdach vermochte sie nicht vor dem Regen zu schützen. Alba war bereits klatschnass. Ihr normalerweise volles, üppiges Haar klebte ihr am Kopf. Auf ihren Lippen waren Regentropfen zu sehen. Nur ihre Kleidung war noch trocken, da sie einen bis zum Kragen zugeknöpften Regenmantel trug.

»Ja«, erwiderte sie. »Obwohl ich sie kaum entziffern konnte. Deine Handschrift ist grauenhaft.«

Seven warf ihr einen unbeeindruckten Blick zu. »Glaub's oder nicht, aber mir hat nie jemand das Schönschreiben beigebracht. Und auf die Etepetete-Stinkvornehm-Schule für Prinzessinnen aus dem Norden bin ich auch nicht gegangen.«

»Oh, stimmt. Daran habe ich nicht gedacht.«

»Ja, denken ist so eine Glückssache.«

Alba lachte, doch gleich darauf wurde ihr Gesicht wieder ernst. »Die Razzia letzte Nacht ... ich dachte ...«, stammelte sie. »Ich hab mir solche Sorgen gemacht. Was ist passiert?«

Seven sah wieder vor sich, wie Carpenter mit leeren Augen zu Boden ging.

Er sah das Blut, das auf die Tische und den Boden spritzte.

Hörte die Schreie, die die Nacht zerrissen.

Und die Schüsse, die Schüsse, die von allen Seiten kamen.

Seven schluckte die Übelkeit, die in ihm aufstieg, runter. »Sie haben meinen Bandenchef erwischt. Von den anderen DSC-Dieben, die ich kenne, haben es ein paar geschafft zu entkommen.«

Vor dem Besuch bei Alba war er zu Loes Unterkunft gegangen, um nach ihr und Mika zu sehen. Erst als er sie lebendig vor sich sah, wurde ihm klar, wie besorgt er gewesen war. Mika stürzte sich sofort auf ihn und hätte ihn fast umgerissen. Loe hatte ihn nur böse angeschaut und gebrummt, dass er sich ganz schön lange Zeit gelassen habe. Genau genommen war das für sie eine geradezu liebenswürdige Äußerung.

Vielleicht hatte Seven doch mehr Freunde, als er annahm.

Alba schüttelte den Kopf. »All diese Menschen, die sie getötet haben. Ich dachte ...« Am Himmel flammte ein Blitz auf und spiegelte sich in ihren Augen wider. »Ich dachte, dass man dich vielleicht auch umgebracht hat.«

Er grinste. »Ach Quatsch, die kriegen mich nie. Ich bin viel zu schnell für diese Idioten von der Polizei.«

»Seven …«

»Na gut«, gab er widerwillig zu. »Es war entsetzlich. Wolltest du *das* hören?«

Alba presste die Lippen aufeinander. Dann griff sie zögernd nach seiner Hand.

Als sie ihn berührte, zuckte Seven innerlich zusammen. Ihre Hände waren feucht, aber warm und er spürte, wie ihr Puls gegen seine Hand klopfte, als wäre zwischen ihnen ein Schmetterling gefangen.

»Wenn du nicht willst, musst du nicht darüber reden«, sagte sie.

Natürlich will ich nicht darüber reden, dachte er. Und selbst wenn er gewollt hätte – es gab einfach keine Worte, um das alles zu schildern.

Wie hätte er das Entsetzen ausdrücken sollen, das er in diesem Moment empfunden hatte? Das er empfunden hatte, als Carpenter vor seinen Augen niedergeschossen worden war und mit gurgelnder Stimme versucht hatte, etwas zu sagen; als die in Panik geratene Menge angestürmt gekommen war. Oder – was am allerschlimmsten war – wie hätte er die Schuldgefühle beschreiben sollen, die ihn befallen hatten, als er auf seiner Flucht schließlich in einer einsamen Straße haltgemacht und begriffen hatte, dass *er* noch am Leben war, während so viele andere tot in der Markthalle lagen.

Das Unwetter wurde immer schlimmer. Wenn Seven an all das dachte, was er in nur einer Nacht verloren hatte, hätte er am liebsten in das Heulen des Sturms eingestimmt.

Alba beobachtete ihn mit besorgtem Blick. Ihre Hand zitterte. Er hatte fast schon vergessen, dass sie einander festhielten. Er schwankte zwischen dem Wunsch, seine Hand loszureißen, und dem, ihre Hand nie wieder loszulassen. Wenn er sie berührte, fühlte er sich auf merkwürdige Weise stärker; als gebe sie ihm Halt in dieser Welt, die um ihn herum in die Brüche zu gehen schien.

Das ist es, ging es Seven durch den Kopf. *Das ist deine Chance. Akzeptier ihre Freundschaft.*

Denn Freunde kannst du weiß Gott gut gebrauchen.

Doch die Ereignisse der letzten Nacht lagen ihm immer noch wie ein Stein auf der Seele. Alba war ein Mädchen aus dem Norden – ein Mädchen, dessen Vater höchstwahrscheinlich zu denjenigen gehörte, die für die Razzia verantwortlich waren. Wenn Seven sie anschaute, sah er alles, was er in der letzten Nacht verloren hatte.

Doch wenn er ehrlich war, sah er auch ein Mädchen, das er zu seinem Verdruss äußerst attraktiv fand – ein Gedanke, den er schnellstens verdrängte. Alba konnte nie seine Freundin werden, geschweige denn mehr. Und außerdem – was hatte er ihr denn anderes zu bieten als gestohlene Erinnerungen? Welchen Sinn hatte es, ihr einen Platz in seinem Leben einzuräumen? Zum Schluss würde zwangsläufig irgendein hochnäsiger Typ aus dem Norden daherkommen, der ihr die ganze Welt zu Füßen legen konnte. Welches Mädchen würde so etwas denn für ein paar gestohlene DSCs aufgeben?

Seven räusperte sich. »Pass mal auf. Du und ich – wir können keine Freunde werden.«

Alba starrte ihn eine Weile an, bis sie schließlich leise fragte: »Und warum nicht?«

Er gab ein ersticktes Lachen von sich. »Ach, komm schon! Du bist aus dem Norden, ich aus dem Süden.«

»Na und? Was spielt das denn für eine Rolle?«

»Natürlich spielt es eine Rolle. Sei doch nicht so dumm.«

»Ich bin nicht dumm.«

»Ich wollte –«

»Das mit Norden oder Süden ist mir egal, Seven.«

»Sieh mal ...«

»Ich habe gesagt, es ist mir *egal*. Warum können wir nicht Freunde werden, wenn wir das wollen?«

»Sei doch nicht so verdammt naiv, Alba!«, schrie er, doch seine Worte wurden fast vollständig vom tosenden Sturm verschluckt. Er ließ ihre Hand los und trat zurück.

»Wir beide wissen doch, worum es hier geht, richtig?«, sagte er in barschem Ton. »Du willst Erinnerungen surfen. Ich will nicht der Polizei ausgeliefert werden. Du benutzt mich, ich benutze dich. So ist das nun mal im Leben.«

Alba sah ihn wütend an. Sie stand wie erstarrt da. Erneut blitzte es und das Licht verwandelte ihre Augen in zwei glänzende Scheiben. Aus irgendeinem Grund zog sich Sevens Inneres bei dem Anblick fast schmerzhaft zusammen.

Er hatte sie verletzt. Sie versuchte, freundlich zu sein, und er ließ sie kalt abblitzen.

»Ich hatte nie vor, meinen Eltern zu erzählen, dass du ihnen Erinnerungen gestohlen hast«, sagte Alba leise. »Nur damit du es weißt.«

Sevens Gesicht verzerrte sich. »Was spielt denn das für eine Rolle? Du kannst es ihnen ruhig erzählen. Ich hab sowieso nichts mehr zu verlieren.«

(Das war eine Lüge ... und gleichzeitig die Wahrheit.)

Er hustete und wandte den Blick ab. »Dann komm mit zum

Surfen, Prinzessin. Danach sehen wir uns dann nie wieder. Gott sei Dank.«

Seven packte Alba beim Arm und zog sie mit sich. Dabei zwang er sich, sie nicht anzusehen oder darüber nachzudenken, was er vielleicht gerade kaputtgemacht hatte.

Alba

36

Als sie in Sevens Wohnung ankamen, hatte das Unwetter ein wenig nachgelassen. Der Regen war nur noch ein Rauschen, das von draußen an ihr Ohr drang.

Unterwegs hatten sie kein Wort miteinander gesprochen – zum Teil deswegen, weil es andauernd gedonnert hatte und der Regen in wahren Sturzbächen niedergegangen war, zum Teil aber auch wegen der Dinge, die sie gerade zueinander gesagt hatten. Diese Worte standen wie eine Mauer zwischen ihnen und hielten sie voneinander fern.

Jetzt, in der Stille des Memoriums, spürte Alba die Kälte zwischen ihr und Seven noch mehr. Sie war gekränkt, aber auch wütend auf ihn, denn einige der Dinge, die er gesagt hatte, waren unnötig grausam gewesen. Sie konnte es kaum erwarten, von hier wegzukommen und in fremde Erinnerungen abzutauchen. Und sie spürte bereits – wenn auch mit einem gewissen Schuldgefühl –, wie die unzähligen Erinnerungen in den blauen Aktenschränken sie lockten und nach ihr riefen.

Wenn dies das letzte Mal ist, dass ich Erinnerungen surfen kann, dachte sie, *werde ich das Beste daraus machen.*

Alba knöpfte ihren Regenmantel auf und legte ihn auf einen der Aktenschränke. Ihr pflaumenfarbener Pullover, ihre schwarzen Hosen und ihre Boots waren durchnässt, denn selbst der angeblich wasserdichte Mantel hatte vor der Gewalt des Unwetters kapitulieren müssen. Als sie den Saum ihres Pullovers auswrang, spritzte Wasser auf den Fußboden.

Seven lehnte sich gegen die Tür und vergrub die Hände in den Hosentaschen.

»Dann leg mal los, Prinzessin«, sagte er seufzend und zeigte auf die Aktenschränke.

Das brauchte er Alba nicht zweimal zu sagen. Sie drehte sich um sich selbst, ließ den Blick über die Schränke schweifen und versuchte, sich darüber klar zu werden, nach welcher Art von Erinnerungen ihr heute Abend der Sinn stand (das Problem war, dass sie am liebsten alle gesurft hätte). Dann fiel ihr Blick auf einen kaputten Becher, der auf einem der Schränke stand und einige der kleinen Metallscheiben enthielt, auf denen man Erinnerungen aufzeichnete.

»Was ist das hier?«, fragte sie und streckte die Hand aus.

Doch bevor sie den Becher in die Hand nehmen konnte, war Seven schon zum Schrank gestürzt und hatte sich den Becher geschnappt. Seine Ohren hatten sich rosarot gefärbt.

»Das ist ... das ist etwas Privates«, sagte er, ohne sie anzusehen.

Alba trat einen Schritt zurück. »Oh, das tut mir leid.« Verlegen senkte sie den Kopf und bemerkte dabei, dass eine der Metallscheiben auf dem Boden lag. Sie hob sie auf. »Hier. Die muss rausgefallen sein.«

Als sie ihm die Scheibe hinhielt, las sie die Aufschrift auf dem Etikett:

24.10.2128, A. W., Haus der Whites (Hyde-Park-Anwesen)

»Sind das … sind das die Erinnerungen meines *Vaters?*«, fragte sie im Flüsterton.

Ihr lief ein Kribbeln über den Rücken – weil sie gespannt war? Oder Angst hatte? Bevor sie Seven kennengelernt hatte, war es Alba nie in den Sinn gekommen, ihr Vater könne Geheimnisse haben. Natürlich wusste sie, dass sein Job schwierig war und schwierige Dinge mit sich brachte, doch nachdem sie sein geheimes Gespräch mit Pearson belauscht und seine Äußerungen in der Nacht der Razzia gehört hatte, war ihr klar geworden, dass es viele Dinge gab, die sie über ihren Vater nicht wusste.

Bei der Vorstellung, dass sie jetzt eine seiner Erinnerungen in der Hand hielt, wurde ihr ganz schlecht. Welche düsteren Dinge waren in seiner Vergangenheit verborgen?

Wollte sie das *wirklich* wissen?

Alba blickte auf. »Hast du die schon angeschaut?«, fragte sie Seven.

Er schüttelte den Kopf. »Ich hab die DSC in den Becher getan, damit ich später dran denke, aber dann hab ich sie vergessen, weil so viel passiert ist, nachdem …«

Er verstummte schlagartig. Einen Moment lang war sein Gesicht völlig ausdruckslos. Dann riss er die Augen auf und starrte den Gegenstand in Albas Hand an, als wäre er eine Bombe, die jederzeit explodieren konnte.

Alba runzelte die Stirn. »Was ist denn los?«

»Diese DSC«, krächzte Seven. Er trat einen Schritt zurück und fuhr sich mit zitternder Hand durch die Haare. »Vor der hat Carpenter mich gewarnt, bevor er … bevor er erschossen wurde.«

SEVEN

37

Die Erinnerung an Carpenters schrecklichen Tod und der Wunsch, Alba zur Rede zu stellen, hatten derart von Seven Besitz ergriffen, dass er Alastair Whites DSC und Carpenters Warnung völlig vergessen hatte.

Mit ungutem Gefühl starrte er auf den Metallchip in Albas Hand. Was war an dieser Erinnerung so furchtbar, dass Carpenter – der nie vor etwas Angst hatte – ihm einschärfen wollte, sie zu zerstören?

Ich dachte, diese DSC würde uns schützen. Dass ich *uns schützen könnte, wenn ich sie habe. Dass ich sie notfalls verwenden könnte, um White, dieses Schwein, zu erpressen und uns vom Hals zu halten. Und nachdem Murray ... Aber die Sache ist größer, als ich gedacht habe. Ich hätte die Finger davon lassen sollen.*

»Was ist los?«, fragte Alba und trat näher an ihn heran. Vor Sorge waren ihre Augen ganz groß geworden.

Doch Seven registrierte kaum, was sie sagte. In Gedanken war er wieder in der Markthalle, hörte den Lärm der in Panik geratenen Menge, roch den Gestank von Fisch und verfaultem Gemüse, der so stark war, dass ihm fast schlecht wurde, und dann der Schuss ...

Der Schuss, der das Gefüge der Welt zu zerfetzen schien.

Die Erinnerung, S. Vernichte sie.

Aus Carpenters Mund floss Blut.

S...sorry.

Ruckartig fand Seven in die Gegenwart zurück. Ohne über die Folgen, die sein Tun haben könnte, nachzudenken, stürzte er zum Memory Butler und stellte ihn an. Er ließ sich auf den Hocker plumpsen, der prompt ein Stück über den Fußboden schlitterte. Mit zitternden Händen legte er die Manschetten um seine Handgelenke und setzte die Metallkappe auf.

»Seven!«, rief Alba. »Was hast du vor?« Doch ihre Stimme klang weit entfernt, als komme sie aus einer anderen Welt.

Kurz bevor die DSC heruntergeladen war und Seven auf AKTIVIEREN drückte, überlegte er, ob er einen Fehler machte. Er hatte Carpenter versichert, dass er diese Erinnerung nicht surfen werde. Er hatte einem sterbenden Mann etwas versprochen. Was dachte er sich eigentlich dabei, ein solches Versprechen zu brechen?

Doch schon im nächsten Moment war es zu spät, einen Rückzieher zu machen, weil die Maschine einen schrillen, kreischenden Ton von sich gab und ein grelles Licht aufblitzte.

»ERINNERUNG AKTIVIERT. DAUER: NEUNUNDVIERZIG MINUTEN, ZWEI SEKUNDEN.«

Seven schluckte nervös und öffnete die Augen.

Er befand sich in einem kleinen, spärlich eingerichteten Zimmer. Von oben strahlten Neonröhren herab. Ein elektrisches Summen erfüllte den Raum. Seven spürte ein Kältegefühl auf der Haut. Offenbar blies irgendwo eine Klimaanlage kalte Luft ins Zimmer.

»Mr White?«

Er drehte sich um.

Ein kleiner Mann mit ergrauendem Haar, sanften braunen Augen und Bartstoppeln im Gesicht kam auf ihn zu. Er trug einen weißen Laborkittel, darunter einen braunen Anzug und ein kariertes Hemd. Am Kittel war ein Namensschild befestigt: *Dr. Merriweather. Wiss. Leiter, EH-Projekt.*

Sevens Herzschlag beschleunigte sich. EH-Projekt! Darüber hatte Albas Vater in der Nacht damals mit Pearson gesprochen.

»Merriweather.«

Seven zuckte zusammen, als Alastair Whites kalte Stimme aus seinem Mund kam: Es war ihm nach wie vor unheimlich, wenn er beim Erinnerungssurfen mit der Stimme eines anderen sprach. Doch er musste die Abwehrhaltung, die sich jedes Mal einstellte, unterdrücken. Wenn er alles genauso erleben wollte wie White, musste er sich ganz dem Sog der Erinnerung überlassen.

Merriweather spielte nervös an seinen Fingern herum. »Tut mir leid, dass sich alles verzögert hat. Eine technische Störung. Aber jetzt ist das Team so weit. Hier entlang, bitte.«

»Eine technische Störung?«, fragte Seven mit Whites Stimme, während sie einen schmalen Korridor entlanggingen und an mehreren gleich aussehenden Türen vorbeikamen. »Ich erwarte von Ihnen, dass es keine technischen Störungen gibt, Merriweather. Insbesondere nach dem, was mit der letzten Gruppe passiert ist.«

»Natürlich, Sir, natürlich. Es ist nur so, dass die Nerven der Hirnrinde sehr empfindlich sind. Vor allem bei, äh, Kandidaten, die so jung sind wie unsere. Und wenn man dann einen Fremdkörper einführt ... muss man immer damit rechnen, dass sie Schaden davontragen.«

»Gewiss. Aber das ist schon die neunzehnte Gruppe, seit das

Projekt ins Leben gerufen wurde. Ich hätte erwartet, dass Ihr Team diese Probleme mittlerweile gelöst hat.«

»Ja, Sir. Wir hoffen, dass uns das bei dieser Gruppe gelungen ist.«

Merriweather blieb vor der Tür am Ende des Korridors stehen, über der eine rote Lampe leuchtete. Auf einem Schild darunter stand: LABOR 32.

Als der Doktor sich vorbeugte, um nach der Klinke zu greifen, bemerkte Seven ein weiteres Schild, das in der Mitte der Tür angebracht war. Es gelang ihm jedoch nur, einen Teil der Aufschrift zu lesen, bevor sie eintraten:

HÜTER

Hüter?, überlegte er. *Hüter* wovon?

Im ersten Moment konnte er gar nichts sehen, weil es im Labor dunkel war. Das Einzige, was er ausmachen konnte, waren grelle, über die Decke verteilte Lichtpunkte. Als seine Augen sich an die Dunkelheit gewöhnt hatten, stellte Seven fest, dass sie sich in einem verglasten Vorraum befanden, von dem aus man in einen fast völlig dunklen Saal hinunterblickte. Hier und da blinkten Lampen, die offenbar zu verschiedenen Geräten gehörten.

Merriweather huschte an ihm vorbei und ging auf eine Tür am rechten Ende des Vorraums zu. »Hier entlang, Sir.«

Von der Tür führte eine Metalltreppe in den Saal, wo es so kalt war, dass Seven eine Gänsehaut bekam. Um ihn herum summte, klickte und piepte es. Ungefähr zwanzig Brutkästen waren gleichmäßig im Raum verteilt. An jedem Kasten stand jemand in einem Laborkittel, um etwas an den Geräten zu regulieren oder Notizen in einen Tablet-PC einzugeben.

Merriweather führte Seven zum ersten Brutkasten, der inmitten von diversen Maschinen stand, die durch Kabel mit dem Kasten verbunden waren. Auf blinkenden Displays waren Zahlen und komplizierte Diagramme zu sehen. Über dem Brutkasten hing eine runde Lampe, die ein angenehm blaues Licht abgab.

Als sie näher kamen, richtete die über den Brutkasten gebeugte Frau sich auf, zog ihren Laborkittel zurecht und verbeugte sich lächelnd.

»Das ist Misaki«, erklärte Merriweather. »Sie betreut Kandidatin eins …«

Sevens Gedanken schossen wie elektrisiert durcheinander. *Hatte Merriweather gerade Kandidatin* eins *gesagt?*

»… die sich recht gut macht. Sehr gut sogar. Misaki?«

»Oh ja, sie ist eine ausgesprochene Kämpfernatur.« Die Frau strich liebevoll über den Brutkasten. »Insgesamt ist es bei ihr zu fünfzehn Blutungen gekommen, weil sich das Kontrollimplantat nach der Einsetzung verlagert hat, doch sie hat all diese Blutungen überlebt. Gegenwärtig befindet sie sich in Phase drei, denn das Implantat ist gut einen Monat an Ort und Stelle geblieben. Ihre Körperfunktionen sind seit dreizehn Tagen unauffällig, obwohl ihr Blutdruck für unseren Geschmack immer noch ein wenig zu hoch ist. Ihre Hirnrinde scheint sich gut an das Implantat zu gewöhnen. Wir rechnen damit, dass sie bald Phase vier erreicht, dann werden wir mit kognitiven Tests beginnen.«

Seven hätte gern nach unten geblickt, um festzustellen, was sich in dem Brutkasten befand, doch diesen Wunsch schien White, auf dessen Perspektive er angewiesen war, nicht zu haben.

»Danke«, sagte er brüsk. »Dann lassen Sie uns zum nächsten Kandidaten gehen, Merriweather.«

Nachdem sie fünf weitere Brutkästen besichtigt hatten, kam der Moment, auf den Seven gewartet hatte.

»Und nun zu Kandidat sieben, Sir.«

Seven gefror das Blut in den Adern. Trotzdem hielt er durch.

»Von dem habe ich schon gehört«, sagte er mit Whites kalter Stimme und blieb stehen, bevor sie den Brutkasten erreichten.

Merriweather, dem offenbar unbehaglich zumute war, nickte. »Ah ja, natürlich. Sie meinen den Vorfall letzte Woche.«

»Sie müssen mir versprechen, dass so etwas nicht wieder vorkommt.«

»Ganz gewiss nicht, Sir.«

»Denn wenn über unser Projekt etwas durchsickern würde ...«

Der Doktor nestelte nervös am Kragen seines Laborkittels herum. Trotz der Dunkelheit, die im Labor herrschte, konnte Seven die Angst im Gesicht des Mannes sehen; der drohende Unterton in Whites Stimme war ihm nicht entgangen.

»Selbstverständlich, Sir. Und jetzt, äh, hier bitte: Kandidat sieben.«

Als der Mann, der für den Brutkasten verantwortlich war, ihre Schritte hörte, drehte er sich um und nickte ihnen zur Begrüßung zu.

»Meine Herren. Nach einem Schlaganfall vor achtzehn Tagen und einem längeren Austritt von Hirnflüssigkeit ist der Zustand von Kandidat sieben jetzt wieder stabil. Das Kontrollimplantat sitzt seit zwei Tagen fest an Ort und Stelle. Die Körperfunktionen sind zufriedenstellend. Wir rechnen damit, dass er ohne Probleme Phase drei erreichen wird.«

White nickte. »Gut«, sagte er. Dann beugte er sich über den Brutkasten, sodass Seven endlich sehen konnte, was sich darin befand.

Ihm stockte der Atem.

Im Brutkasten lag ein Baby.

Kandidat sieben konnte nicht viel älter als sechs Monate sein. Sein Kopf war immer noch unverhältnismäßig groß. Er hatte graue Augen und leicht abstehende Ohren. Sein ganzer Körper war verkabelt, auf dem Kopf hatte er eine Kappe, die ebenfalls mit Drähten verbunden war. An seiner Fußsohle war ein Muttermal in Form eines kleinen Herzens zu sehen.

Als das Baby seinem Blick begegnete, lächelte es und Seven hatte zum ersten Mal das Gefühl, als hätte jemand durchschaut, dass hinter der äußeren Erscheinung von Alastair White er selbst steckte.

Doch White erwiderte das Lächeln des Babys natürlich nicht.

»Sehr schön«, sagte er und richtete sich auf. »Dann weiter zum nächsten.«

Sie brauchten eine knappe halbe Stunde, um sich die restlichen Brutkästen anzusehen. Als sie fertig waren, führte Merriweather ihn wieder in den Vorraum hinauf. Am Ausgang blieb der Doktor kurz stehen.

»Ich hoffe, Sie sind zufrieden, Sir. Sechzehn von zwanzig Kandidaten, deren Zustand stabil ist. Das ist bisher unsere beste Quote.«

»Das ist recht vielversprechend«, erwiderte Seven mit Whites Stimme. »Aber so weit sind wir schon einmal gewesen. Ich möchte, dass endlich Phase fünf eingeleitet wird, Merriweather. Bisher haben nur sechs Kandidaten erfolgreich Phase vier absolviert. Ich brauche den Beweis, dass das Kontrollimplantat wirklich leistungsfähig ist und wir mit dem EH-Projekt nicht bloß Mittel verschwenden.«

»Natürlich, Sir. Bei dieser Gruppe habe ich große Hoffnungen.«

»Ihre Hoffnungen interessieren mich nicht. Mich interessieren Ergebnisse«, entgegnete White mit schneidender Stimme. »In einem Monat komme ich wieder zu Ihnen, dann will ich Fortschritte sehen.«

White sagte noch mehr, doch seine Worte gingen in einem plötzlich einsetzenden, immer lauter werdenden schrillen Ton unter. Ein grelles Licht blitzte auf ...

... und Seven hatte das Gefühl zu fallen.

Als er die Augen öffnete, sah er die blauen Aktenschränke vor sich und hörte von draußen das Rauschen des Regens. Er blinzelte verwirrt. Nach der Dunkelheit des Labors brauchten seine Augen eine Weile, um sich auf die neuen Lichtverhältnisse einzustellen. Alba saß gegen einen Schrank gelehnt mit geschlossenen Augen auf dem Fußboden. Offenbar war sie eingeschlafen, während er Whites Erinnerungen nacherlebt hatte.

Mit zitternden Fingern schnallte Seven sich von der Erinnerungsmaschine ab. Nachdem er tief Luft geholt hatte, zog er seinen rechten Schuh und seine Socke aus, traute sich jedoch nicht, den Fuß umzudrehen.

»Nun mach schon, du Weichei«, murmelte er.

Er nahm all seinen Mut zusammen, packte seinen Fuß und drehte ihn so, dass er die Sohle inspizieren konnte.

Ihm stockte der Atem.

Da war es – ein kleines herzförmiges Muttermal, nicht größer als ein Daumenabdruck und nicht dunkler als Lippenstiftspuren, die am Rand eines Glases zurückblieben.

Alba

38

Nachdem Seven ihr von den Erinnerungen ihres Vaters erzählt hatte, schwieg Alba eine Weile. Von draußen war das Rauschen des Regens zu hören und irgendwo plätscherte Wasser aus einer Dachrinne. Doch das alles kam ihr so weit weg vor, als wäre Sevens Memorium eine andere Welt. Eine Welt, wo der Norden und der Süden aufeinanderprallten. Eine Welt, wo Vergangenes enthüllt wurde und Geheimnisse sich offenbarten, die wie dornige Ranken bedrohlich aus der Dunkelheit hervorwuchsen.

Alba spürte, dass Seven eine Reaktion von ihr erwartete. Sie stieß langsam die Luft aus.

»Deshalb heißt du also Seven.«

Endlich hörte er auf, hin und her zu laufen – was sie erleichterte, denn ihr war schon ganz schwindlig davon geworden. »Ist das alles, was du dazu zu sagen hast?«

»Na ja, ich hatte mich schon gefragt, warum du so einen seltsamen Namen hast …«

Seven gab einen undefinierbaren Laut von sich. »Unglaublich«, murmelte er, wandte den Blick von ihr ab und fing wieder an, hin und her zu laufen.

»Ich weiß einfach nicht, was ich sagen soll.« Alba setzte sich in den Schneidersitz und spielte am Saum ihres einen

Hosenbeins herum, der noch ganz feucht war. »Was du da erlebt hast, tut mir wirklich leid. Wer weiß, was das alles zu bedeuten hat.«

»Du hast nichts damit zu tun.«

»Aber mein Vater ...«

Er schnaubte verächtlich. »Ja, auf den kannst du echt stolz sein.«

Alba zuckte zusammen.

»Entschuldige«, schob Seven rasch hinterher. »Ich wollte dich nicht ...«

Sie schüttelte den Kopf. »Ist schon okay. Du bist wütend. Das kann ich dir nicht verdenken, nach dem, was du gerade gesehen hast.« Sie wandte den Blick ab. »*Was* mich überrascht, ist, dass du es mir erzählt hast«, fügte sie mit leiser Stimme hinzu.

Nach allem, was Seven ihr vor ihrem Haus an den Kopf geworfen hatte, hätte Alba nicht erwartet, dass er ihr etwas derart Persönliches mitteilen würde. *Vielleicht möchte er* doch *mein Freund werden,* dachte sie.

Aber dann sagte er: »Tja, ich dachte, du möchtest es vielleicht wissen. Und mit irgendwem musste ich einfach darüber sprechen.« Da wurde ihr klar, dass sie sich geirrt hatte.

Natürlich hatte sie das. Es war doch völlig undenkbar, dass er sich ausgerechnet mit der Tochter des Mannes, der die Macht hatte, ihm das Leben zu nehmen, anfreunden wollte.

»Darf ich die Erinnerung auch surfen?«, fragte Alba, nachdem lange Zeit gespanntes Schweigen geherrscht hatte. »Ich würde gern selbst sehen, was da vor sich geht.«

Seven zeigte auf seine Erinnerungsmaschine. »Dann würde Butler den Geist aufgeben. Wie du siehst, ist er schon kurz davor.«

Seven hatte recht. Die Maschine vibrierte immer noch und gab Geräusche von sich, die an das Winseln eines Hundes erinnerten.

»In Ordnung«, sagte Alba, setzte sich aufrecht hin und schob sich eine Haarsträhne hinter das Ohr. »Dann geh das Ganze noch mal mit mir durch. Da war ein Labor mit Brutkästen, in denen Babys lagen, mit denen man Versuche anstellte. Und dieser Dr. Merriweather hat meinen Vater herumgeführt und ihn über die Babys informiert, die er als ... Kandidaten bezeichnete, ist das richtig?«

»Ja«, erwiderte Seven. Er stieß ein bitteres Lachen aus und zeigte auf sich. »Und einer davon steht vor Ihnen, meine Damen und Herren.«

Sie ignorierte ihn und fuhr mit gerunzelter Stirn fort: »Kandidaten ... genau darüber haben neulich auch Vater und Pearson gesprochen. Kannst du dich noch erinnern, was sie gesagt haben? Irgendwie ging es darum, dass bei diesen Kandidaten Probleme auftreten, die dazu führen, dass sie während des Erinnerungssurfens an Hirnblutungen sterben.« Sie nickte und blickte auf. »Hast du sonst noch etwas bemerkt?«

»Nur das, was ich dir schon erzählt habe – dass dein Dad und der Doktor ständig vom EH-Projekt gesprochen haben«, antwortete Seven.

Alba biss sich auf die Lippe. »Weißt du, was diese Abkürzung zu bedeuten hat?«

Seven zog die Augenbrauen in die Höhe. »Ich habe keinen Schimmer, was das *alles* zu bedeuten hat, Alba.« Geistesabwesend versetzte er einem der Schränke einen Tritt. »Ach ja, an der Tür zum Labor war ein Schild. Von der Aufschrift konnte ich aber nur den letzten Teil lesen: HÜTER.«

»Hüter? Hüter wovon?«

»Keine Ahnung.« Seven schob die Hände in die Hosentaschen. »Aber was ich echt nicht begreife, ist, dass die Kandidaten nur Erinnerungen surfen. Weißt du noch, was dieser Typ zu deinem Vater gesagt hat? Dass die Kandidaten sich in verschiedenen Ausbildungsphasen befinden – aber es hörte sich so an, als ginge es nur ums Erinnerungssurfen. Was ist denn daran so besonders? Warum all die Geheimhaltung?«

»Und warum sterben sie daran?«, fuhr Alba fort. »Das passiert beim Erinnerungssurfen doch sonst nicht.«

Seven blieb stehen. »Vielleicht ... vielleicht *surfen* sie nicht nur.«

»Wie meinst du das?«

»Na ja, wenn sie während des Surfens sterben«, erklärte er, »dann liegt das vielleicht daran, dass sie mit den DSCs noch etwas anderes machen.«

Alba holte tief Luft und riss die Augen auf. »Ist das denn möglich?«

Seven zuckte die Achseln. »Weiß ich nicht. Ich surfe auf meine Art und du auf deine. Wir können uns nicht zusammen ein und dieselbe Erinnerung reinziehen, um festzustellen, ob meine Art sich von deiner unterscheidet.«

Daraufhin schwiegen sie eine Weile.

»Seven ...«, sagte Alba plötzlich. »Wenn du tatsächlich ein Kandidat bist, wie kommt es dann, dass du hier bist? Wie kommt es, dass du frei bist? Das EH-Projekt ist streng geheim und nach dem, was wir neulich nachts gehört haben, herrscht Mangel an Kandidaten. Wenn du also wirklich einer bist, warum haben sie dich dann gehen lassen?«

»Das weiß ich nicht«, erwiderte Seven und rieb sich den Nacken. »Aber du hast recht. Das ist merkwürdig. Sie versuchen unter allen Umständen, die Sache geheim zu halten – dein Dad hat Merriweather praktisch mit dem Tod gedroht, falls etwas durchsickern sollte.«

»Und es passt überhaupt nicht zu meinem Vater, jemanden einfach laufen zu lassen«, fügte Alba leise hinzu.

Sie erinnerte sich, wie kalt ihr Vater in der Nacht zuvor gelacht, mit welchem Hohn er von der Razzia gesprochen hatte. Und ihr fiel ein, wie er vom Tod der Kandidaten geredet hatte, als habe so etwas keine Bedeutung und kümmere ihn nicht im Geringsten.

Jeden Tag verurteilte er Menschen zum Tode, doch das hatte sie ihm nie zur Last gelegt, weil sie dachte, es ginge um Gerechtigkeit und darum, London – und auch sie – vor Verbrechern zu schützen.

Jetzt wusste Alba nicht mehr, wer die eigentlichen Verbrecher waren.

Ein Angstschauder lief ihr über den Rücken. Warum war Seven hier, obwohl er Teil eines derart geheimen Projekts gewesen war?

Ob er irgendwie entkommen war?

Und falls ja ...

... suchte ihr Vater dann nach ihm?

»Hey«, sagte Seven. »Wie spät ist es eigentlich? Diese Erinnerung war ziemlich lang.«

Alba warf einen Blick auf ihre Armbanduhr und sprang auf. »Halb vier!«, stöhnte sie. »Ich muss zurück.« Sie schnappte sich ihren Regenmantel, zog ihn schnell an und knöpfte ihn zu, hielt jedoch plötzlich inne.

Seven sah so verloren aus, wie er da in seinen zerknitterten, feuchten Sachen mitten im Zimmer stand und seine dunklen Haare ihm in seine merkwürdig attraktiven Augen fielen. Obwohl er gesagt hatte, sie seien keine Freunde, hatte sie Gewissensbisse, ihn so zurückzulassen.

»Mach dir keine Sorgen um mich«, sagte er, als hätte er ihre Gedanken gelesen. Er grinste, was allerdings etwas gezwungen wirkte. »Ich bin ja bisher auch ohne dich zurechtgekommen, nicht wahr? Das wird auch in Zukunft so sein.«

Alba versuchte zu ignorieren, wie sehr sie diese Äußerung verletzte. »Aber willst du denn gar nicht herausfinden, worum es bei dieser ganzen Geschichte geht?«, fragte sie.

Seven verdrehte die Augen. »Na klar. Warum gehst du denn nicht einfach zu deinem lieben *Daddy* und fragst ihn, was um alles in der Welt EH-Projekt zu bedeuten hat und warum ständig all diese Kandidaten sterben und ob er dir bitte, bitte erklären könnte, warum ich nicht mehr in einem Labor eingesperrt bin, um dort zu surfen, bis mir das Gehirn verbrutzelt?« Seine Stimme war hart und kalt. »So laufen die Dinge doch in deiner Welt, oder? Du brauchst nur um etwas zu bitten und schon bekommst du es auf einem silbernen Tablett serviert.«

Alba presste die Lippen aufeinander und sah ihn wütend an. *Kein Wunder, dass er keine Freunde hat,* dachte sie. *Jedes Mal, wenn ich versuche, nett zu ihm zu sein, wirft er mir solche Sachen an den Kopf. Mal sehen, ob er nicht nur austeilen, sondern auch einstecken kann.*

»Ja«, erwiderte sie und warf die Haare zurück. »*Genau so* geht es vor sich, Seven. *Deshalb* darf ich nie Erinnerungen surfen, Freundschaften schließen oder etwas machen, das meine Eltern vorher nicht abgesegnet haben. *Deshalb* werde ich mit jemandem verheiratet, den sie ausgesucht haben, und *deshalb* werde ich wahrscheinlich den Rest meines Lebens im Norden verbringen, an der Seite irgendeines grässlichen Mannes, und so tun, als wäre ich glücklich, obwohl ich innerlich tot bin. *Deshalb* war ich so froh, endlich jemanden kennenzulernen, der tatsächlich mal etwas Nettes für mich tut und vielleicht sogar mein Freund werden wollte. Natürlich sehe ich jetzt ein, wie sehr ich mich geirrt habe«, schloss sie in eisigem Ton.

Stille senkte sich herab. Albas Gesicht hatte sich gerötet, ihre Hände, die sie zu Fäusten geballt hatte, zitterten.

Seven sah sie erstaunt an. »Du wirst *heiraten?*«

Alba seufzte frustriert.

»Ist ja eine tolle Neuigkeit!« Er schnaubte. »Gratuliere!«

»*Seven!*«

»Okay, okay!«, rief er und streckte die Hände vor. »Was soll ich deiner Meinung nach denn sagen? *Tut mir leid, das zu hören? Komm, lass uns Händchen halten und bei einer Tasse Tee über deine Gefühle reden?* Darin bin ich nicht gut – in solchen Sachen zwischen *Freunden.*«

Alba spürte, wie ein warmes Gefühl in ihr aufstieg.

Er hatte *Freunde* gesagt.

»Sieh mal, dieser EH-Mist hat mich einfach umgeworfen«, fuhr Seven fort. »Nach letzter Nacht dachte ich, es könnte eigentlich nicht mehr schlimmer werden. Und dann das!«

Er senkte den Blick. Ausnahmsweise war in seinem Gesicht keine Spur von Sarkasmus zu entdecken, auch der spöttische Zug um den Mund fehlte. Stattdessen wirkten seine Gesichtszüge weich und offen.

Alba wusste genau, was er empfand, weil es ihr genauso ging: Sie hatten die Kontrolle über ihr Leben verloren. Obwohl wahrscheinlich keiner von ihnen je wirklich Kontrolle gehabt hatte.

Aber vielleicht konnten sie sie jetzt zurückgewinnen.

»Wir müssen herausfinden, was EH-Projekt bedeutet«, sagte sie entschlossen.

Seven blickte auf. »Und wie?«

»Du bist doch DSC-Dieb, oder?« Albas Augen blitzten auf. »Vielleicht solltest du noch andere Erinnerungen stehlen.«

SEVEN

39 Es würde nicht leicht sein. Normalerweise dauerte es Wochen, um einen Diebstahl zu planen, selbst unter Carpenters Anleitung (Seven kam immer noch nicht darüber hinweg, dass sein Bandenchef nicht mehr da war). Und nach der Razzia war die Londoner Polizei wachsamer denn je, was bedeutete, dass das Ganze noch gefährlicher sein würde als sonst. Aber andererseits fiel Seven auch nichts Besseres ein, und was Alba vorgeschlagen hatte, war durchaus einleuchtend. Erinnerungen zu stehlen, war Sevens »Beruf«. Und so ziemlich das Einzige, worin er gut war.

Es gab nur ein großes Problem ...

Wie sollte man bestimmte Erinnerungen finden, wenn man gar nicht wusste, ob sie überhaupt existierten?

Seven und Alba machten aus, sich in einer Woche wieder zu treffen, damit er genug Zeit hatte, um eine DSC über das EH-Projekt aufzuspüren.

Bisher hatte er allerdings nur einen ganzen Tag damit vergeudet, in Panik zu geraten und vor sich hin zu schimpfen, weil er einfach nicht wusste, wo er anfangen sollte. Einen weiteren Tag hatte er damit vergeudet, Schlaf nachzuholen (das heißt, er war vor Erschöpfung zusammengebrochen und vierundzwanzig Stunden nicht ansprechbar gewesen). Doch nachdem er sich ausgeruht hatte, war er in der Lage, einen Plan auszuhecken.

Obwohl Carpenter derjenige gewesen war, der sich um die Planung der Einbrüche und den Verkauf der gestohlenen DSCs gekümmert hatte, hatte Seven als Bandenmitglied im Laufe der Jahre auch eigene Kontakte geknüpft. Nach zwei Tagen gelang es ihm, Mac ausfindig zu machen, einen DSC-Dieb aus einer anderen Bande, mit dem er sich ein paar Mal unterhalten hatte und der ihm ziemlich freundlich und hilfsbereit vorgekommen war. Macs Bandenchef Finch erklärte sich bereit, sich mit Seven zu treffen. Für fünf DCSs arrangierte Finch ein Gespräch mit dem »Bibliothekar«, das am nächsten Tag stattfinden sollte.

Seven war dem Bibliothekar nie begegnet, hatte ihn noch nicht einmal flüchtig zu sehen bekommen. Er war eine Art Mythos, eine gottgleiche Figur. Die Bandenchefs waren normalerweise die Einzigen, die Kontakt mit dem Bibliothekar hatten, und ihre Beziehungen zu ihm waren für ihre Tätigkeit enorm wichtig. Seven hatte es schon erlebt, dass Banden auseinanderbrachen, weil der Anführer sich die Gunst des Bibliothekars verscherzt hatte.

Seven wusste nicht, wie der Bibliothekar arbeitete oder wie er es so lange geschafft hatte, nicht erwischt zu werden. (Carpenter hatte einmal erwähnt, er sei ein derart geschickter Hacker, dass er Zugriff auf die Daten aller Erinnerungsmaschinen der Welt habe.) Er wusste lediglich, dass der Bibliothekar genau das war, was sein Name versprach: ein Katalog, ein Verzeichnis jeder DSC, die je aufgenommen worden war.

Wenn es irgendwo noch Erinnerungen zum EH-Projekt gab, wäre er derjenige, der sie ausfindig machen konnte.

Seven trat in den dämmrigen grauen Morgen hinaus. Gerade ging die Sonne hinter einer dichten Wolkenbank auf. Der Regen der vergangenen Nacht hatte in den Straßen des Südens riesige Pfützen hinterlassen, in denen Dreck und Abfall schwammen. Die beißend kalte Luft kündigte den Winter an. Zitternd rollte Seven die Ärmel seines Hemds nach unten und eilte in Richtung Fluss. Da er eine lange Strecke vor sich hatte, wollte er unterwegs wenigstens den Anblick des Nordens genießen.

Finch hatte Seven erklärt, wie er zur Behausung des Bibliothekars in Richmond gelangen konnte. So weit nach Westen war Seven noch nie gekommen. Dort draußen gab es hauptsächlich Stadtfarmen und Kraftwerke, und als er drei Stunden später sein Ziel erreicht hatte, ein verwildertes Marschland in der Nähe des Flusses, und ihm klar wurde, wo er sich befand, fragte er sich, wieso der Bibliothekar in einer Gegend wohnte, die so streng von der Polizei überwacht wurde.

Wie das Kraftwerk von Battersea war Kew Gardens ein Instandsetzungsprojekt, das man nach den Überschwemmungen aufgegeben hatte. Da das Gelände zu nahe am Fluss lag, um nutzbares Land daraus zu machen, hatte man es sich selbst überlassen. Jetzt breitete sich dort eine sumpfige Wildnis aus. Inmitten der üppigen Vegetation standen, von Pflanzen überrankt, verfallene Gebäude. Hier und da hatten Wurzeln schon das Mauerwerk gesprengt.

Finchs Anweisungen folgend, durchquerte Seven das Gelände und steuerte auf ein großes Gebäude aus Glas zu. Inzwischen war es Vormittag geworden. Ab und zu tauchte die Sonne zwischen den dahinziehenden Wolken auf und spiegelte sich glitzernd in den zerbrochenen Scheiben des Gewächshauses wider. Am Himmel flogen Vögel hin und her, deren durchdringende Schreie sich mit dem Summen der Insekten aus dem Garten mischten.

»Verdammte Mistviecher«, murmelte Seven, während er einen Schwarm Mücken verscheuchte (die es alle auf sein Gesicht abgesehen hatten ... und wahrscheinlich war das die größte Chance auf einen Kuss, die er je haben würde).

Als er das Gewächshaus erreichte, juckte sein ganzer Körper. Seine Boots waren völlig durchweicht, seine Hose, bis zu den Knien mit Schlamm beschmiert. Über ihm ragten Bäume auf, die durch das Dach des Gebäudes gewachsen waren. Seven spähte durch eine der zerbrochenen Glasscheiben in das dunstige (und extrem übel riechende) Gewächshaus, das vor Pflanzen fast aus allen Nähten platzte: Farne mit riesigen Blättern, duftende Lilien, Ranken, die sich wie Seile um die Stahlträger des Gebäudes wanden.

»Äh ... hallo?«, rief er.

Keine Antwort.

Obwohl er sich ziemlich blöd vorkam, klopfte Seven an eine Glasscheibe, doch auch diesmal tat sich nichts.

Aufgebracht – er hatte einen langen Weg zurückgelegt, war müde und hatte es satt, ein wandelndes Mittagessen für die Insekten zu sein – bahnte er sich einen Weg durch die Pflanzen und ging ins Gewächshaus, wo ihm schwüle Hitze entgegenschlug.

»Ich bin hier, um mit dem Bibliothekar zu sprechen!«, schrie Seven. »Wir sind verabredet ...«

Plötzlich gab der Boden unter ihm nach. Er stieß einen erstickten Schrei aus.

Seven plumpste mit dem Gesicht zuerst in einen Teich. Stinkendes Wasser drang ihm in Nase und Mund, als er nach Luft schnappte. Während er hin und her zappelte und wild mit den

Armen ruderte, spürte er, wie er sich zwischen Ranken und Wurzeln verfing, die in der Tiefe des trüben Wassers verborgen waren. Je stärker er zappelte, desto fester schlangen sie sich um ihn, bis Seven klar wurde, dass er in diesem fauligen Teich sterben würde (war ja logisch, dass er auf so eine verflucht unwürdige Art und Weise draufgehen würde). Aus irgendeinem verrückten Grund sah er auf einmal Albas Gesicht vor sich und fragte sich, ob sie ihn wohl vermissen würde, ob sie überhaupt bemerken würde, dass er nicht mehr da war ...

Plötzlich hakte sich etwas um seine Taille und riss ihn hoch. Sekunden später tauchte er keuchend und prustend aus dem Wasser auf und wurde auf den schlammigen Boden gehievt.

»Du scheinst eine Vorliebe für dramatische Auftritte zu haben«, sagte eine barsche, kurzatmig klingende Stimme.

Nachdem Seven sich das schlammige Wasser aus den Augen gewischt hatte, schaute er hoch und blickte in ein blasses, zerfurchtes Gesicht mit aufgesprungenen Lippen und langem weißen Bart, in den farbige Bänder geflochten waren. Der Mann war groß und hager und trug ein schmutziges braunes Hemd, das ihm mindestens fünf Nummern zu groß war. Seine dicken Brillengläser ließen seine blauen Augen überdimensional groß wirken.

Das war also der Bibliothekar. Seven fragte sich, warum ihn der Gedanke, dem Mann zu begegnen, so eingeschüchtert hatte. Der Typ sah ja noch abgerissener aus als er.

»Hast du mich denn nicht klopfen gehört?«, grummelte Seven mit finsterem Gesicht. Er rappelte sich hoch und befreite sich von dem Metallhaken an seiner Taille.

Der Bibliothekar grinste breit. »Natürlich hab ich das. Aber das hier war viel spaßiger. Und jetzt zeig mir mal dein Erkennungszeichen.«

Obwohl die Tätowierung schon durch den feuchten Stoff zu sehen war, knöpfte Seven sich das Hemd auf und zeigte dem Mann die Säge auf seiner Brust. Der Bibliothekar grinste noch breiter und streckte die Hand aus, um mit einem seiner langen schmutzigen Fingernägel über den Umriss der Säge zu fahren.

»Du gehörst also zu Carpenter.«

Seven zuckte zurück, weil die Berührung ihm unangenehm war. »Ja«, erwiderte er und knüpfte sein Hemd wieder zu.

»Traurige Sache. Den mochte ich immer besonders gern. Er hatte so schöne Arme.« Der Bibliothekar stieß die Luft aus und musterte Seven mit glänzenden Augen. »Also, mein Junge. Finch hat gesagt, du seist hinter einer bestimmten DSC her. Mal sehen, ob wir sie finden.«

Für einen alten Mann bewegte er sich erstaunlich schnell. Seven stolperte ihm durch das dichte Blätterwerk hinterher. Er schlug die Wedel eines Farns zur Seite, die jedoch zurückschnellten und ihm ins Gesicht klatschten.

»Und wie geht das vor sich?«, rief er, um das unablässige Summen der Moskitos zu übertönen.

»Du sagst mir, welche DSC du haben willst, und ich mache sie für dich ausfindig. Natürlich will ich als Gegenleistung auch etwas haben.«

»Was denn?«

»Das weiß ich noch nicht.«

Inzwischen hatten sie die andere Seite des Gewächshauses erreicht und blieben bei einer Gruppe riesiger Palmen stehen.

Seven beugte sich nach vorn, um eine Fliege auszuspucken, die ihm in den Mund geflogen war. »Irgendwie hab ich erwartet, dass es hier Computer oder so was gibt«, sagte er. Als er sich wieder aufrichtete, sah er den Bibliothekar grinsend neben einer offenen Falltür hocken, von der eine Treppe nach unten führte.

»Meinst du die, die da unten sind?« Er stieß ein krächzendes Lachen aus. »Ich hätte gedacht, dass ein DSC-Dieb weiß, wie trügerisch der äußere Anschein sein kann. Und jetzt steig runter und mach deinen hübschen Mund zu, bevor sich noch eine Fliege eingeladen fühlt.«

Seven warf dem Bibliothekar einen genervten Blick zu, kletterte aber schließlich die Treppe hinunter. Kurz darauf hörte er, wie die Falltür zufiel. Sofort verstummte das Brummen und Surren aus dem Gewächshaus. Stattdessen drang ein leises elektrisches Summen an sein Ohr. Hier unten war die Luft kühl und alles war in blaues Licht getaucht. Die Treppe war steil und sie brauchten eine Weile, bis sie ganz unten ankamen. Seven biss sich auf die Lippe, um sich nicht anmerken zu lassen, wie beeindruckt er war. Das brauchte der Bibliothekar ja nicht zu wissen.

Sie befanden sich in einem großen unterirdischen Raum, in dem unzählige Computer und andere Geräte standen. Blaue Textzeilen liefen mit schwindelerregender Schnelligkeit über die schwarzen Bildschirme, was ein Flackern hervorrief, als wären sie unter Wasser. Über den Fußboden und die Wände zogen sich zahllose Drähte und Kabel. Auf einer Seite des Raums war eine kleine Küche samt Bett untergebracht – der einzige unordentliche Teil des Zimmers. An der gegenüberliegenden Wand waren mehrere Erinnerungsmaschinen aufgereiht.

Allein bei ihrem Anblick fing Sevens Herz an, aufgeregt zu schlagen.

»Na, mein Junge? Du kannst es ruhig zugeben. Toll, was?«

Kichernd ging der Bibliothekar zu einem lederbezogenen Bürostuhl und rollte ihn zu einem der Computer.

Seven zuckte die Achseln. »Ganz okay.«

Der Mann feixte. »Störrisch wie ein Esel, was? Genau wie Carpenter. Nun sag mir mal, wonach wir suchen.« Er fuhr mit seinen langen Fingernägeln über die Tastatur.

Seven zögerte einen Moment. Konnte er diesem durchgeknallten Typ wirklich vertrauen? Doch dann dachte er an Carpenter, die einzige Person, der er je durch und durch vertraut hatte (das heißt, außer Alba, obwohl er sich bei ihr immer noch nicht hundertprozentig sicher war, auch wenn er ihr gern vertrauen *wollte)*. Wenn Carpenter dem Bibliothekar vertraut hatte, dann konnte er das auch.

»Es gibt da eine Sache, über die wir ...« Seven verstummte abrupt. »... über die *ich* etwas herausgefunden habe. Viel weiß ich nicht, nur dass sie EH-Projekt heißt und etwas mit sogenannten Kandidaten zu tun hat.«

Forschend blickte er dem Bibliothekar ins Gesicht, um zu sehen, ob diese Dinge ihm etwas sagten, doch der Mann verzog keine Miene.

»Du gibst nicht gern zu viel auf einmal preis, nicht wahr?«, sagte der Bibliothekar. »Du bist wirklich genau wie Carpenter. Aber das macht nichts. Ich brauche nicht viele Anhaltspunkte.« Er strich sich über den Bart und zwinkerte Seven zu. »Weil ich nämlich sehr gut bin.«

Er drehte sich zum Computer zurück und fing an, auf die Tastatur einzuhämmern. Seven sah ihm mit unguten Gefühlen zu. *Wenn er nichts herausfindet,* dachte er, *bin ich aufgeschmissen. Dann können wir nichts mehr tun.*

Bei dem Pech, das er immer hatte, war er nicht sehr optimistisch.

Alba würde zweifellos sorglos weiterleben, auch wenn sie nie die Wahrheit über das EH-Projekt erfuhr – sie fühlte sich ja nur deshalb betroffen, weil ihr Vater darin verwickelt war –, doch Seven wusste nicht, wie er mit dem Bewusstsein, ein Kandidat zu sein, ohne jemals zu verstehen, was das zu bedeuten hatte, fertigwerden sollte. Er hatte das Gefühl, als hätte man ihm sein ganzes Leben gestohlen. Die Vergangenheit, die Gegenwart, die Zukunft – all das hatte man ihm innerhalb weniger Wochen genommen. Eine Welt, die er zu kennen meinte (auch wenn er sie nicht mochte), hatte sich in nichts aufgelöst.

Plötzlich hörte das Klappern der Tastatur auf. Der Bibliothekar drehte sich um und lächelte Seven an.

»Freu dich, mein Junge«, sagte er. »Ich hab was gefunden.«

Alba

40

Sobald sie ihn erblickte, wusste sie, dass er Erfolg gehabt hatte. Obwohl es stockfinster war, der Regen gegen die Bäume peitschte und Blätter durch die Luft wirbelten, war einfach nicht zu übersehen, dass Sven wie ein Honigkuchenpferd grinste.

»Du hast es geschafft!«, rief Alba und stieß ein Lachen aus, teils vor Erleichterung, teils weil sie glücklich war, ihn wiederzusehen. Sie war die kurze Strecke vom Haus zu den Ulmen, wo er auf sie wartete, gerannt. Trotzdem waren ihr Regenmantel und ihre schwarze Hose schon völlig durchnässt. Sie wischte sich das feuchte Haar aus den Augen. »Du hast *tatsächlich* andere Erinnerungen über das EH-Projekt entdeckt!«

Seven legte den Kopf auf die Seite. »Na hör mal, Prinzessin. Daran hast du doch wohl keine Sekunde gezweifelt, oder?«

Alba lächelte. Sie verschwieg ihm, dass sie sich die ganze Woche entsetzliche Sorgen um ihn gemacht hatte. Erinnerungen über das EH-Projekt zu stehlen, kam ihr unglaublich gefährlich vor, besonders nach der Razzia, und obwohl das Entwenden von Erinnerungen sein »Beruf« war, fiel es ihr immer noch schwer, sich diesen unbeholfenen, schlaksigen Jungen als geschickten Dieb vorzustellen. Jeden Abend hatte sie ihren

Vater beim Essen gefragt, ob die Polizei weitere Verhaftungen vorgenommen habe.

Ihre Eltern waren natürlich entzückt gewesen. Sicherlich nahmen sie an, dass sie endlich begriffen habe, was für schwerwiegende Verbrechen Erinnerungsdiebe begingen. Wenn die gewusst hätten, dass sie mit einem Jungen befreundet war, dem sie *half,* Erinnerungen zu stehlen ...

»Wie hast du sie gefunden?«

Als Alba Seven durch das dunkle Gelände des Hyde-Park-Anwesens folgte, musste sie fast schreien, um den Wind und das Prasseln des Regens zu übertönen. Der matschige Boden schmatzte unter ihren Füßen. Sie gingen so dicht nebeneinander her, dass sie aneinanderprallten, wenn einer von ihnen stolperte, was Alba jedes Mal derart elektrisierte, dass sie nach Atem rang.

»Es gibt da diesen Mann.« Seven lachte kurz auf. »Den Bibliothekar.«

»Was ist daran so komisch?«

»Nichts. Oder eigentlich alles. Das ist ein total durchgeknallter Typ. Jedenfalls kann er in alle Computersysteme eindringen und kommt an alle Daten ran. Er hat zwei DSCs über das EH-Projekt gefunden. Eine war die deines Vaters, die wir ja schon kennen.«

Alba leckte sich über die Lippen, die vom Regen ganz feucht waren. »Und die andere?«

»Befand sich in einer Wohnung im Süden. Wenn man schon aus den schicksten Häusern im Norden DSCs gestohlen hat, ist ein Diebstahl im Süden das reinste Kinderspiel«, stellte Seven voller Stolz fest.

»Hast du sie schon gesurft?«, fragte Alba gespannt.

Er schwieg einen Moment. »Äh ... na ja, ich dachte, dass du

vielleicht dabei sein möchtest«, sagte er schließlich in merkwürdigem Ton und irgendwie gab ihr das mehr als alles andere das Gefühl, dass Seven sie *endlich* akzeptierte.

Alba lächelte in sich hinein.

Als sie kurz vor dem Zaun waren, schoss ihr ein Gedanke durch den Kopf.

»Seven?«

»Ja?«

»Was hat der Bibliothekar für seine Hilfe verlangt?«

»Tja, weißt du, das war seltsam. Er hat gesagt, ich könne die Information umsonst haben«, erwiderte Seven, »sofern ich sie dazu verwende, die Wahrheit über das EH-Projekt herauszufinden.«

Als sie in Sevens Memorium waren, wrangen sie ihre nasse Kleidung aus, bis sich auf dem Fußboden Pfützen bildeten. Vor Kälte klapperte Alba mit den Zähnen. Sie schlang die Arme um sich. Ihr Pullover war so durchweicht, dass der moosgrüne Stoff fast schwarz wirkte. Ohne ein Wort zu sagen, schob Seven seine Erinnerungsmaschine in die Mitte des Zimmers und schaltete sie ein.

»Was meinst du, worum es in der Erinnerung geht?«, fragte Alba, während er sich die Manschetten anlegte.

Seven zuckte die Achseln. »Dazu wollte der Bibliothekar nichts weiter sagen. Vielleicht wusste er aber tatsächlich nichts.«

»Das hört sich so an, als sei das EH-Projekt eine große Sache«, meinte Alba.

Er grinste sie breit an. »Damit werd ich schon fertig, Prinzessin«, sagte er, doch kurz bevor er in die fremde Erinnerung abtauchte, sah Alba in seinen Augen Angst aufblitzen.

Sie wartete ein paar Minuten. Als sie sicher war, dass Seven sich in einer anderen Welt befand, griff sie nach seiner Hand und verschränkte ihre Finger mit seinen.

»Ja«, flüsterte sie. »Ich hab auch Angst.«

SEVEN

41

»ERINNERUNG AKTIVIERT. DAUER: SECHS MINUTEN, EINUNDVIERZIG SEKUNDEN.«

Als Seven in die Erinnerung eintauchte, rannte er.

Er war bereits außer Atem. Seine Brust schmerzte und er hatte Seitenstechen. Um ihn herum war alles dunkel, nur hier und da waren grelle weiße Lichtpunkte zu sehen. Das Heulen einer Sirene zerriss die Luft. Er raste endlose schmale Korridore entlang; die Person, deren Erinnerung er durchlebte, schien sich gut in dem Gebäude auszukennen und hastete, ohne zu stocken, weiter.

»Schhh, ist ja alles in Ordnung«, rief er mit einer Stimme, die älter und tiefer klang als seine eigene.

Seven fragte sich, warum um alles in der Welt der Mann mit der Sirene sprach. Dann wurde ihm schlagartig klar ...

... dass er mit etwas anderem sprach.

Mit *jemand* anderem.

Als er nach unten blickte, sah er, dass er ein Baby in den Armen hielt.

Es weinte. Im gleißenden Neonlicht wirkte sein kleines Gesicht ganz weiß. Sein Körper war in eine Decke gehüllt. Eine seiner Hände hatte sich jedoch von der Decke befreit und fuchtelte in der Luft herum.

Seven konzentrierte sich wieder auf seinen Weg, während in

seinem Kopf die Gedanken durcheinanderwirbelten. Was ging hier bloß vor sich?

Der Korridor endete an einer Tür. Er hielt das Baby mit einer Hand fest und streckte die andere aus, um mit einer Karte die Tür zu öffnen. Dann stürmte er in ein Treppenhaus und eilte, zwei Stufen auf einmal nehmend, hinauf.

»Eddie!«

Ein Stück weiter oben wurde eine Tür aufgerissen. Seven reckte den Hals. Eine Frau lehnte sich über das Geländer und winkte ihn aufgeregt zu sich.

»Beeil dich! Sie sind da. Sie –«

In dem Moment ertönte ein Schuss und die Frau war nicht mehr zu sehen.

Von weiter oben war das Trampeln von Stiefeln zu hören. Seven nahm an, die Frau hatte es erwischt. Sofort fiel ihm wieder ein, wie Carpenter während der Razzia erschossen worden war. *Nein, nicht schon wieder, bitte nicht,* dachte er. Doch dann tauchte die Frau wieder auf, zückte eine Pistole und erwiderte das Feuer.

Seven stolperte die restlichen Stufen hoch, bis er zu ihr gelangte. Sie hörte auf zu schießen und kickte die Tür hinter ihr auf. Ein Schwall kalter Nachtluft strömte ihm entgegen.

»Bring das Baby von hier weg!«, schrie sie.

Weitere Schüsse fielen.

Nachdem Seven der Frau dankend zugenickt hatte, duckte er sich und rannte in die regnerische Nacht hinaus.

Er befand sich in einer breiten Straße des Nordens. Wie ein Wald aus Stahl und Glas ragten um ihn herum Hochhäuser auf. Auf dem Bürgersteig standen etliche Gruppen von Menschen, die ihn mit großen Augen anstarrten. Aus dem Gebäude hinter ihm drang das Heulen der Sirene.

»Eddie! Steig ein!«

Auf dem Bürgersteig stand ein Auto, mit laufendem Motor und eingeschalteten Scheinwerfern. Ein Mann beugte sich zur weit aufgerissenen Tür hinaus. Als Seven auf ihn zusteuerte, schlug plötzlich von hinten etwas gegen sein Bein.

Er stürzte zu Boden, rollte aber so geschickt ab, dass er das Baby mit seinem Körper schützte. Ein brennender Schmerz durchzuckte ihn. Als er versuchte aufzustehen, stieß er einen Schrei aus. Man hatte ihm direkt durch die Kniescheibe geschossen. Auf dem Bürgersteig bildete sich bereits eine Blutlache. Er biss die Zähne zusammen und mühte sich hoch ...

... als jemand gegen ihn prallte.

Seven ging erneut zu Boden. Als er sich umdrehte, sah er, wie sich ein Mann in der roten Uniform der Londoner Polizei auf ihn kniete und eine Pistole auf sein Gesicht richtete.

»Halt!«, schrie Seven mit Eddies tiefer Stimme.

Er riss das Baby in die Höhe. Da der Polizist zögerte, gewann Seven genug Zeit, um sich aufzubäumen und den Mann abzuwerfen. Er rappelte sich hoch, wankte zum Auto und ließ sich hineinfallen.

Kugeln schlugen in die Karosserie ein, als das Auto davonraste. Jemand nahm Seven das Baby ab. Keuchend ließ er sich in den Ledersitz sinken und presste die Hand gegen sein blutendes Bein.

»Wir haben ihn«, stieß die Frau neben ihm heraus und wiegte das Baby in den Armen. »Kandidat sieben. Verdammt noch mal, *wir haben ihn.*«

Alba

42

Alba hatte nicht damit gerechnet, dass die DSC so kurz sein würde. Als Sevens Augenlider zu flattern begannen, ließ sie rasch seine Hand los. Sie spielte mit den Fingern in ihren Haaren herum und lächelte unsicher.

»Willkommen zu Hause.«

Er schaute sie an, sagte aber kein Wort. Seine Augen hatten einen irgendwie harten und gleichzeitig verstörten Ausdruck. Keuchend schnallte er sich von seiner Erinnerungsmaschine los. Dann erhob er sich schwankend und presste den Kopf zwischen die Hände.

Alba runzelte die Stirn. »Seven? Was ist denn passiert? Was hast du gesehen?«

»Mich«, krächzte er.

Sie biss sich auf die Lippe und beobachtete beunruhigt, wie er im Zimmer auf und ab ging.

»Das Ganze fand wieder in diesem Labor oder an einem ähnlichen Ort statt«, stieß er atemlos hervor. Das Geräusch seiner Schritte mischte sich mit dem Klang des Regens, der draußen immer noch niederprasselte. »Ich bin gerannt, mit einem Baby in den Armen, und hab versucht zu entkommen. Polizisten haben mich verfolgt und auf mich geschossen, aber ich konnte trotzdem fliehen. Draußen hat ein Auto auf mich gewartet, in das ich eingestiegen bin. Jemand hat mir das Baby abgenommen und gesagt ... und gesagt, das sei Kandidat sieben.«

»Das Baby warst *du?«*, flüsterte Alba.

»Es war wichtig, das Baby wegzubringen«, fuhr Seven fort. »Das wusste ich. Das war der Zweck dieser Aktion. Da ich eine Karte hatte, mit der ich die Tür öffnen konnte, muss ich in dem Labor gearbeitet haben. Die ganze Sache war geplant, Alba.«

Sie schüttelte verwirrt den Kopf. »Von wem?«

»Keine Ahnung. Ich hatte ja keine Zeit, jemanden um seine Visitenkarte zu bitten.«

»Aber hat denn niemand gesagt, was das alles sollte?«

»Nein, *verdammt noch mal!«*, schrie Seven und stürzte so plötzlich zu seiner Erinnerungsmaschine, dass Alba zusammenzuckte. Er riss die DSC vom Kabel ab, warf sie auf den Boden und zertrat sie.

»Seven!«, rief sie und rannte zu ihm, doch er streckte abwehrend die Arme aus und sah sie zornig an.

»Verstehst du denn nicht, Alba? Ich *will* es nicht wissen. Das war eine absolut blöde Idee. Wen interessiert's denn, was in der Vergangenheit mit mir passiert ist? Offenbar war ich diesen Leuten nicht wichtig genug, sonst wären sie doch noch hier!« Er stieß ein bitteres Lachen aus. »Wo sind sie denn jetzt, hm? Wo sind all diese Leute, die so hart gekämpft haben, um mich aus dem Labor zu befreien? Am Ende haben sie mich auch nur wie ein Stück Dreck behandelt. Und vielleicht bin ich das auch.«

Seven verstummte schwer atmend. Schockiert stellte Alba fest, dass seine Augen feucht waren.

Auch sie war den Tränen nahe. Als er den Kopf senkte und die Arme schlaff herabhängen ließ, ging sie zögernd auf ihn zu. Sobald sie sicher war, dass er sie nicht wieder zurückweisen würde, streckte sie die Hand aus und fasste ihn am Arm.

Er zuckte zusammen, doch sie ließ ihre Hand, wo sie war.

»Das bist du nicht, auf gar keinen Fall«, sagte Alba. »Ich weiß nicht, was aus diesen Leuten geworden ist, aber ich bin mir sicher, dass sie dich nicht einfach im Stich gelassen hätten, nachdem sie dich unter so großen Schwierigkeiten befreit hatten.«

»Warum bin ich dann allein?«

Sevens Stimme klang so schwach, dass Alba das Herz brach.

»Ich bin doch da«, flüsterte sie.

Zum ersten Mal, seit sie sich kannten, war es Seven, der die Arme ausbreitete und Alba an sich zog. Als sie den Kopf an seine Brust schmiegte, hörte sie, wie schnell sein Herz schlug. Der Minzduft seiner Haut und der seltsame, wunderschöne Geruch nach Junge streiften sie wie ein zarter Kuss.

SEVEN

43

Wie üblich verabschiedeten sie sich unter den Ulmen voneinander. Das Licht der Sterne beschien ihre Gesichter. Das Unwetter hatte endlich aufgehört. Sie waren beide völlig durchnässt und Seven gab sich alle Mühe, nicht auf die Stellen zu blicken, wo Alba die Kleidung am Körper klebte – was schwierig war, da sie seinen Blick magisch anzogen.

Alba lächelte ihn an. »Bis morgen dann«, sagte sie.

Es gefiel Seven, dass das keine Frage, sondern eine Feststellung war.

So war das also, wenn man Freunde hatte.

Er grinste. »Kann's kaum erwarten.«

Alba

44

Der Sonntagsgottesdienst in St. Paul's war eher ein gesellschaftliches als ein religiöses Ereignis, obwohl das natürlich keiner der Anwesenden zugeben würde.

Das atemberaubende Innere der Kathedrale mit seiner vergoldeten Kuppel, den verzierten Säulen und den weißen, mit Samtbehängen drapierten Wänden war nichts als eine Kulisse, vor der die prominentesten Familien des Nordens ihren Sonntagsstaat präsentieren konnten.

»Was um Gottes willen hat sich Hilary Goodwin eigentlich gedacht, als sie sich heute Morgen angezogen hat?«

»Weiß der Himmel. Jedenfalls sieht sie aus wie ein überdimensionaler Kürbis. Dieser Orangeton würde gut zu einem Halloweenkostüm für Kinder passen.«

»So sieht das Kleid auch aus.«

Alba riss sich zusammen, um nicht die Augen zu verdrehen, als sie an den Reihen tratschender Frauen vorbeiging und auf die Kirchenbank im vorderen Teil des Mittelschiffs zusteuerte. Irgendwie fand sie die ganze Gehässigkeit und Angeberei heute besonders unerträglich. Ihr Leben im Norden kam ihr immer mehr wie ein schlechter Traum vor, aus dem sie erst dann erwachte, wenn sie in den mondbeschienenen Garten des Anwesens hinaustrat und Seven erblickte, der unter den Ulmen auf sie wartete.

»Achte auf dein Kleid«, murmelte ihre Mutter, als sie Platz nahmen. Oxana schlüpfte aus ihrem Pelzmantel und strich behutsam ihr dunkelrotes Chiffonkleid glatt. Ihr Haar war zu einem eleganten Knoten geschlungen. Ein schwarzer Lidstrich betonte ihre Augen. Sie sah Alba scharf an. »Dieser Stoff knittert so leicht und ich will nicht, dass die Leute glauben, wir hätten unfähige Dienstboten. Obwohl man oft den Eindruck haben könnte.«

Da Alba ihre Mutter nicht verärgern wollte, setzte sie sich vorsichtig hin. Sie unterdrückte ein Gähnen. Heute Morgen – nur wenige Stunden nachdem sie aus dem Süden zurückgekehrt war – hatte Dolly ein wunderschönes gelbes Kleid für sie herausgesucht, das sich eng um die Taille schmiegte und einen Glockenrock hatte, der bis knapp über die Knie reichte. In den Stoff waren kleine Juwelen eingenäht, die wie Tautropfen auf einer Sonnenblume wirkten.

Trotz allem, wofür das Kleid stand, kam Alba sich sehr hübsch darin vor. Es schmiegte sich um ihre Kurven und ließ sie größer aussehen. Ihr gefiel auch, wie Dolly ihr das Haar zurechtgemacht hatte, das jetzt in einem geflochtenen Zopf um ihren Kopf lag. Ein paar Locken fielen frei nach unten und rahmten ihre Wangen ein.

Ob ich Seven so gefallen würde?, überlegte sie. Dann seufzte sie und schüttelte den Kopf. Was sollte denn das? Seven würde es wahrscheinlich noch nicht einmal bemerken, wenn sie mit einem Müllsack bekleidet wäre. Seine ganze Welt ging schließlich gerade in die Brüche, alles, was ihm bisher vertraut gewesen war, löste sich in nichts auf.

Alba warf einen verstohlenen Blick zu ihrem Vater, der auf

der anderen Seite ihrer Mutter saß und sich mit der Person neben ihm unterhielt. Trotz des Lärms in der Kirche war seine tiefe Stimme deutlich zu hören. Sein Ton wirkte irgendwie bedrohlich auf sie, schien etwas Lauerndes zu haben, das jederzeit hervorbrechen konnte.

Womit befasst du dich?, überlegte sie. *Welches Geheimnis verbirgt sich in Labor 32? Was ist das EH-Projekt?*

Und welche Rolle spielt Seven *bei alldem?*

Alba war so in Gedanken versunken, dass sie den Jungen, der sich neben sie gesetzt hatte, erst bemerkte, als er etwas sagte.

»Total langweilig hier, finden Sie nicht auch? Wenn's nach mir ginge, würde ich jetzt noch schlafen. Aber ich nehme an, wir müssen den Schein wahren.«

Sie schaute zur Seite. Als sie sah, wer es war, klappte ihr der Unterkiefer runter.

Thierry Burton-Lyon.

Der Sohn von Premierminister Christian Burton-Lyon, der seit zwölf Jahren über London herrschte.

Thierry sah seinem Vater ziemlich ähnlich. Auch er hatte ein rundes, unattraktives Gesicht, dunkle kleine Augen und eine große platte Nase. Der glänzende olivfarbene Anzug, den er trug, verlieh seinem rötlichen Teint etwas Kränkliches. Seine braunen Haare waren nach hinten gekämmt. Im Gegensatz zu seinem Vater war er jedoch groß und kräftig und unter seinem Anzug, der offenbar eine Nummer zu klein war, zeichneten sich deutlich Muskeln ab.

Als sich ihre Blicke begegneten, lächelte Thierry sie lässig an.

»Miss White«, sagte er mit französischem Akzent. Er streckte den Arm aus und strich ihr mit dem Handrücken über die Wange. »Ich freue mich, Sie endlich kennenzulernen.«

Endlich?

Eine merkwürdige Formulierung. Alba wusste nicht, was sie darauf entgegnen sollte.

»Oh, äh ...« Sie zwang sich zu einem Lächeln. »Danke. Ich ... ich habe Sie noch nie bei einem Sonntagsgottesdienst gesehen ...«

Er schnalzte mit der Zunge. Ein Geräusch, das sie an ihre Mutter erinnerte und ihn ihr nicht gerade sympathischer machte.

»Ich habe nichts für Religion übrig. Das ist etwas für Leute, die so arm und rückgratlos sind, dass ihnen jedes Selbstbewusstsein fehlt.« Er zuckte die Achseln und ließ den Blick durch den Raum schweifen. »Meine Eltern wollten darauf aufmerksam machen, dass ich nach London zurückgekehrt bin, und anscheinend ist diese Kirche der Ort, wo die High Society ihre Kinder vorführt.« Er lächelte und drehte ihr wieder den Kopf zu. »Wie es ja wohl auch bei Ihnen der Fall ist.«

Thierry ließ den Blick über ihren Oberkörper wandern – so lange, dass es schon nicht mehr anständig war. Es kam ihr vor, als hätte sein Blick irgendwie den Stoff ihres Kleides beiseitegeschoben und als würde er sie jetzt mit seinen Fingern betatschen.

»Zurückgekehrt?«, hakte Alba nach, während sie gegen den Drang ankämpfte, ihm ins Gesicht zu schlagen (was sich für eine junge Dame aus dem Norden nicht gehörte, am allerwenigsten in einer Kirche). »Wo waren Sie denn?«

»In Frankreich. In einem Pariser Internat, der alten Schule meines Vaters. Aber jetzt, da ich neunzehn bin, bin ich zurückgekehrt, um für meinen Vater zu arbeiten. Und natürlich auch, um mir eine Frau zu suchen.«

Gott stehe dem armen Mädchen bei, dachte Alba.

Trotzdem schenkte sie ihm ein freundliches Lächeln (sie hoffte zumindest, dass es freundlich war) und fragte: »Haben Sie denn schon jemand gefunden?«

Thierry zog die Augenbrauen hoch und stieß ein Kichern aus. »Meine Eltern haben jemand für mich gefunden. Jemand, der offenbar Sinn für Humor hat.«

Alba brauchte einen Moment, um den Sinn seiner Worte zu begreifen. Inzwischen war der Pfarrer vor den Altar getreten, das Orgelspiel setzte ein, der Chor begann zu singen, sodass glücklicherweise niemand auf Alba achtete, die mit bleichem Gesicht dasaß, nachdem ihr klar geworden war, dass sie Thierry Burton-Lyon heiraten sollte.

Die Worte ihrer Mutter kamen ihr wieder in den Sinn, deren entsetzliche Bedeutung sie jetzt nur allzu gut begriff.

Wenn die Dinge sich wie geplant entwickeln, Liebling, wird die Welt eines Tages Anleitung und Rat von dir erwarten.

Alba sollte die Frau vom zukünftigen Premierminister werden.

Während des gesamten Gottesdienstes lag Thierrys Hand neben ihr auf der Kirchenbank. Von Zeit zu Zeit streifte er ihre Hüfte oder ihre Beine, als habe er bereits Anspruch auf sie. Er warf ihr verstohlene Blicke zu und lächelte sie auf eine Weise an, bei der Alba eine Gänsehaut bekam. Sobald seine Hand ihr Kleid berührte, hätte sie sich am liebsten übergeben. Und wenn er sie ansah, wäre sie am liebsten laut schreiend aufgesprungen und aus der Kathedrale gerannt.

Aus ihrem Leben gerannt.

Eines wusste Alba mit Sicherheit: Es war völlig ausgeschlossen, dass sie den Rest ihres Lebens mit diesem Typ verbringen würde.

Als der Gottesdienst zu Ende war, drehte Oxana sich ihr zu, ein listiger Ausdruck in ihren kalten blauen Augen.

»Wie ich sehe, hast du Master Burton-Lyon kennengelernt, Liebling«, sagte sie mit leiser Stimme, damit Thierry nichts hörte. »Wir sind mit ihm und seinen Eltern zum Lunch verabredet. Wir dachten, das wäre eine wundervolle Gelegenheit, damit ihr beide euch besser kennenlernt. Wir hoffen ja so sehr, dass ihr gut miteinander auskommt.«

Oxana lächelte Alba an, als wäre Thierry irgendeine Köstlichkeit, die sie ihr unbedingt spendieren wollte. Ihre Mutter glaubte wohl ernsthaft, dass Alba über die geplante Heirat erfreut sein würde.

Das war so absurd, dass Alba am liebsten laut aufgelacht hätte.

»Mrs White.«

Thierry beugte sich zur Seite und streckte ihrer Mutter die Hand entgegen. Dann führte er ihre Finger an seine Lippen. »Sie sehen so schön wie immer aus.«

Oxana strahlte über das ganze Gesicht. »Und Sie sehen noch attraktiver aus als bei unserer letzten Begegnung. Sie müssen mir alles über Ihre Abenteuer in Paris erzählen, Thierry. Ach, wie ich diese Stadt vermisse. Die abgespeicherten Erinnerungen werden ihr einfach nicht gerecht.«

Sie stand auf. Thierry erhob sich ebenfalls und steuerte mit ihr auf den Mittelgang zu, wo die Kirchenbesucher bereits in Richtung Ausgang drängten. Ihre Mutter warf einen Blick über die Schulter, um sich zu vergewissern, dass Alba ihnen folgte. Dann verschwand sie in der bunt gekleideten Menge. Der Platz ihres Vaters war bereits leer. Er brach immer auf, sobald der Gottesdienst beendet war.

Alba spielte mit dem Gedanken, ihnen nicht zu folgen. Doch

das kam letztlich Endes nicht infrage. So ungern sie es auch zugab – sie würde es nie wagen, sich ihrer Mutter derart offen zu widersetzen.

Bei allem Mut, den sie nachts unter Beweis stellte – tagsüber schmolz er dahin wie Schnee in der Sonne.

Nachdem sie ihr Kleid glatt gestrichen und sich den Mantel um die Schultern gelegt hatte, folgte Alba den anderen und verließ die Kirche. Als sie sich vorstellte, was Seven wohl von Thierry halten würde, lächelte sie traurig.

SEVEN

45

Trotz allem, was geschehen war, fühlte Seven sich seltsam glücklich, als er am nächsten Morgen erwachte.

Er kam gar nicht erst auf den Gedanken, dass die letzte Nacht nur ein Traum gewesen war. Ebenso wenig ließ ihn die Vorstellung, Alba wiedersehen zu müssen, innerlich aufstöhnen. Er rappelte sich aus dem Bett hoch, den Kopf noch benebelt vor Müdigkeit, zog sein zerlumptes graues Hemd und seine blaue Hose an. Als er die Wohnung verließ, umspielte noch immer ein Lächeln seine Lippen.

Ja, sein Leben war ein einziger Schlamassel. Doch zum ersten Mal hatte er jemanden, mit dem er diesen Schlamassel teilen konnte.

Seven durchquerte Vauxhall, bis er zur Clapham Road gelangte, wo schon jetzt jede Menge Verkehr herrschte. Die Metallkarosserien der Autos und Lastwagen schimmerten matt im grauen Tageslicht, während die nebelverhangene Luft die Geräusche der Hupen und Motoren dämpfte.

Seven kramte in seiner Hosentasche und holte die wenigen Münzen, die er besaß, heraus. Er unterdrückte einen Fluch. Wie immer war es weniger, als er angenommen hatte. Obwohl er sein ganzes Leben lang arm gewesen war, hatte er immer noch die vage Hoffnung, dass ein Wunder geschehen und er plötzlich einen Beutel voller Gold in seiner Hosentasche entdecken würde. Doch das Geld, das er von Carpenter für den Diebstahl der White-DSC erhalten hatte, war fast völlig für die Miete draufgegangen, sodass kaum etwas übrig war.

Sevens Magen knurrte.

»Ich weiß, ich weiß«, sagte er traurig und klopfte sich auf den Bauch. »Das kannst du mir glauben.«

Er folgte der Straße bis zum Bahngelände in Clapham North. Die meisten der alten Gleise hatten Gebäuden weichen müssen, doch wie an so vielen Stellen im Süden hatte man auch hier die Sanierungsarbeiten von heute auf morgen eingestellt, weil der Regierung das Geld fehlte. Dagegen hatte Seven jedoch nichts einzuwenden. Wie beim Kraftwerk von Battersea nutzten die Leute im Süden das Gelände für ihre eigenen Zwecke. Seven mochte den Markt, der längs der nicht mehr benutzten Gleise entstanden war. Dort ging es immer laut und geschäftig zu – perfekte Bedingungen für Diebe.

An der Brücke, die über die Schienen führte, sprang Seven über die niedrige Ziegelsteinmauer und kletterte die grasbewachsene Böschung hinunter. Inmitten des Unkrauts, das die Gleise überwuchert hatte, waren unzählige Verkaufsstände mit farbenfrohen Markisen und bunten Schildern errichtet worden. Als ihm von den tragbaren Herden diverse Essensdüfte entgegenwehten, knurrte sein Magen noch lauter.

»Zwei Stück ein Pfund«, rief eine Standbesitzerin, als sie bemerkte, dass Seven ihre Melonen begutachtete (die Früchte, nichts anderes).

Er senkte den Kopf und schob sich weiter durch die Menge.

Das Problem beim Bestehlen von Leuten aus dem Süden war, dass sie damit *rechneten.* Deshalb nahm Seven oft aus den Häusern, in die er im Norden einbrach, Essen mit. Die Leute ließen dort ihr Essen einfach so herumstehen, während man im Süden sofort als reich betrachtet wurde, wenn man sich Essen für später aufheben konnte.

Als er sich ein paar Minuten umgesehen hatte, entdeckte Seven, wonach er suchte. Neben einer alten knorrigen Eiche befand sich ein Stand, wo Gebäck und Brot verkauft wurde.

Seven mischte sich unter die Menge und arbeitete sich zu dem Backstand vor. Trotz des Gestanks der Leute um ihn herum stieg ihm der Duft frisch gebackenen Brots in die Nase. Ihm lief das Wasser im Mund zusammen.

Als er den Stand erreichte, warf er einen raschen Blick auf die Auslage. Alles sah köstlich aus. Dann streckte er blitzschnell die Hand aus.

Sofort hatte er sich ein Stück Gebäck geschnappt und machte sich davon. Während er sich immer weiter vom Stand entfernte, zählte er leise vor sich hin und wartete voller Spannung darauf, ob ihm jemand hinterherrief oder empört aufschrie.

Eins.

Nichts.

Zwei.

Nichts.

Drei.

Immer noch nichts.

Als er sicher war, dass niemand etwas bemerkt hatte, sah er sich an, was er gestohlen hatte – einen kleinen runden, klebrigen Kuchen, der mit einer dicken Schicht Ahornsirup überzogen und mit Rosinen bestreut war.

Gut gemacht, ihr zwei, lobte Seven im Stillen seine Hände und hob den Kuchen zum Mund. Doch bevor er hineinbeißen konnte ...

... prallte plötzlich etwas gegen ihn.

Die Menge stob schreiend auseinander, als Seven zu Boden stürzte und mit dem Hinterkopf in das zertrampelte Gras knallte, was so schmerzhaft war, dass er automatisch die Augen zukniff. Als er sie wieder öffnete, blickte er in das Gesicht eines schwarzen Hundes.

Eines riesigen Köters.

Der die Vorderpfoten auf Sevens Bauch gestemmt hatte und den Kopf senkte, um an den Kuchen heranzukommen, den Seven fest umklammerte. Mit seiner rauen Zunge leckte er über Sevens Hände.

»Hey!«, rief Seven. »Das ist meiner!«

Er packte den Hund bei der Schnauze und schob ihn weg.

Der Hund knurrte, legte die Ohren an und fletschte die Zähne. Dann fiel er über Sevens Hemd her. Seven spürte, wie die Zähne des Tiers sich in sein Fleisch gruben. Der Hund schüttelte den Kopf hin und her, bis der Stoff nachgab. Als er endlich von Seven abließ, hing ihm ein Stück von Sevens Hemd aus der Schnauze.

Seven rappelte sich auf und überlegte, ob er die zerdrückten Überreste des Kuchens noch essen sollte oder nicht. *Der Hund hat ihn ein bisschen besabbert,* dachte er. *Na und?* In dem Moment kam ihm zu Bewusstsein, dass die Menge um ihn herum verstummt war und alle ihn anstarrten.

Er wurde knallrot.

»Was ist denn?«, schrie Seven und sah die Umstehenden wütend an.

Erst da begriff er, worauf sie starrten.

Sein zerfetztes Hemd klaffte auf, sodass die Tätowierung auf seiner Brust deutlich zu sehen war – die Säge, eines der Bandenzeichen, die nach der Razzia im Fernsehen gezeigt worden waren.

Ach du Scheiße, dachte Seven.

Dann drehte er sich um und rannte davon.

Alba

46

Im Goldman's Grill, einem teuren Restaurant im Brasserie-Stil am Paternoster Square, war ein Tisch für sie reserviert worden. Das Restaurant lag in der obersten Etage eines Gebäudes, in dem vor dem wirtschaftlichen Zusammenbruch Amerikas gegen Ende des einundzwanzigsten Jahrhunderts eine der führenden Investmentbanken der Welt untergebracht gewesen war. Eine Wand des Raums bestand völlig aus Glas. Niedrig hängende Kronleuchter tauchten alles in helles klares Licht. Kellner mit schwarzen Westen und silbernen Schürzen balancierten vorsichtig Tabletts zwischen den Tischen hindurch.

Alba saß mit dem Rücken zum Fenster, obwohl sie es vorgezogen hätte, andersherum zu sitzen. Der Blick auf den Paternoster Square mit der Kuppel von St. Paul's wäre weit angenehmer gewesen als der Anblick Thierrys, seiner Mutter und seines Vaters sowie ihrer Eltern.

Es hatte Alba überrascht, dass sie solch ein gut besuchtes Restaurant ausgesucht hatten. Da die Burton-Lyons die bekannteste Familie Londons waren, hatte ihre Sicherheit zweifellos höchste Priorität. Erst gegen Ende der Mahlzeit bemerkte Alba zwei Männer mit schwarzen Anzügen und Sonnenbrillen, die vor dem Eingang des Restaurants standen und den Raum nicht aus den Augen ließen. Höchstwahrscheinlich waren das ihre Leibwächter.

»Keine Bange«, sagte Thierry, als er ihren Blick zur Tür bemerkte, und beugte sich zu ihr. »Wenn ich es ihnen sage, verschwinden sie.«

»Wundervoll«, murmelte Alba.

Seit fast zwei Stunden saßen sie beim Lunch. Gerade hatten die Kellner den Nachtisch gebracht: Crème brûlée und kleine Gläser mit Dessertwein. Obwohl bisher noch niemand das Thema Heirat angeschnitten hatte, wusste Alba, dass genau das bevorstand. Die Whites und die Burton-Lyons hatten sich noch nie privat zum Essen getroffen. Für die heutige Verabredung gab es also einen Grund.

Thierrys Hand befand sich in bedenklicher Nähe ihres Oberschenkels und sie überlegte gerade, ob sie ihm eins auf die Finger geben oder das Ganze einfach ignorieren sollte, als plötzlich ein leises Summen zu hören war, das unter dem Tisch hervorzukommen schien.

Thierry zog ein kleines Tablet aus seiner Hosentasche, das Alba wider Willen faszinierte. Ihre Eltern erlaubten ihr nämlich nicht, solch ein Gerät zu haben.

Auf dem Bildschirm erschien das Gesicht eines Mädchens, offenbar diejenige, die anrief.

»Eine Freundin von Ihnen?«, fragte Alba in möglichst uninteressiertem Ton.

Thierry fuhr mit dem Finger über den Bildschirm, um den Anruf wegzuklicken. »Nur ein Mädchen, das ich kennengelernt habe und das mir jetzt nicht mehr von der Pelle rückt«, erwiderte er achselzuckend. »Wirklich bedauerlich, dass manche Mädchen meinen, ein paar gemeinsame Nächte hätten was zu bedeuten. Die müssen einfach begreifen, dass man keine Zeit für Liebe hat, wenn man sich darauf vorbereitet, ein Land zu regieren.« Nachdem er das Tablet in die Tasche zurückgesteckt hatte, legte er Alba, bevor sie ihn daran hindern konnte, die Hand auf den Schenkel. »Finden Sie nicht auch?«

Alba wurde knallrot und wandte angewidert den Blick ab. Thierry hatte ihr praktisch gerade erzählt, dass er schon mit etlichen Mädchen geschlafen hatte ... und er hatte es ihr so beiläufig mitgeteilt, als hätte es keinerlei Bedeutung. Und mit diesem Mann sollte sie den Rest ihres Lebens verbringen?

Und was Liebe anging, so interessierte es Alba nicht im Geringsten, wie Thierry darüber dachte. *Sie* hatte ganz gewiss etwas dafür übrig (natürlich mit einem anderen Partner als ihm). Sie wollte Romantik und Leidenschaft. Sie wollte die Art Liebe, bei der man Schmetterlinge im Bauch spürte und wie auf Wolken schwebte. Die Art Liebe, von der sie in Romanen gelesen hatte, wo der Held und die Heldin eher sterben würden, als voneinander zu lassen.

Sie wollte ...

»Seven.«

Fast wäre Alba vom Stuhl aufgesprungen.

»Was?«, stotterte sie und sah Thierry verwirrt an. Hatte sie sich verhört?

»Ich weiß«, sagte er nickend. »Sieben Familien haben bereits bei meinen Eltern angefragt, ob ich ihre Tochter heiraten will. Und das werden noch mehr tun, da bin ich mir ganz sicher.«

Alba riss erstaunt die Augen auf.

Seine Hand packte ihren Schenkel noch fester. »Deshalb haben meine Eltern es so eilig, *unsere* Verbindung bekannt zu geben ...«

»Plauderst du da unsere Geheimnisse aus, Thierry?«

Thierrys Vater, Christian Burton-Lyon, lächelte sie von der anderen Seite des Tisches an. Seine ganze Erscheinung wirkte ziemlich lächerlich: Das Haar klebte ihm in öligen schwarzen Locken am Kopf, die Oberlippe zierte ein gezwirbelter Schnurrbart. Sein Hals war so fett wie sein Bauch.

»Dabei bist du noch nicht mal eine Woche in London«, fuhr Burton-Lyon mit starkem französischen Akzent fort. Er drehte ein Glas in der Hand hin und her. »Wenn du so weitermachst, wird bald die ganze Stadt über unsere intimsten Angelegenheiten Bescheid wissen.«

Thierry lachte auf. »Entschuldige, Vater. Aber wie soll ein Mann denn den Mund halten, wenn er neben solch einer schönen Frau sitzt?«

»Wie wahr, mein lieber Junge«, entgegnete Burton-Lyon lächelnd. »Wie wahr.«

»Also könntet ihr Jungs euch bitte mal benehmen!«

Thierrys Mutter Julia schüttelte lächelnd den Kopf. Sie war eine schöne Frau, groß und schlank mit kurz geschnittenem braunen Haar. Im Gegensatz zu ihrem Mann und ihrem Sohn sprach sie mit einem Akzent, der verriet, dass sie aus der Oberschicht des Nordens stammte.

»Deine Mutter hat recht«, meinte Burton-Lyon, nachdem er seine Frau im Scherz geknufft hatte. »Sosehr wir auch darauf brennen, die Neuigkeit bekannt zu geben – vor dem Winterball darf das nicht geschehen.«

»Meine Lippen sind versiegelt, Vater.«

»*Merveilleux*. Wo waren wir gerade stehen geblieben ...«

Während die Erwachsenen ihr Gespräch wieder aufnahmen,

beugte Thierry sich zu Alba und redete weiter auf sie ein. Sie bekam kein Wort von dem, was er sagte, mit, da sie immer noch völlig benommen war. Beim Winterball sollte ihre Verlobung bekannt gegeben werden! Das war ja nur noch ein paar Wochen hin!

Dolly hatte versprochen, einen Weg zu finden, um Alba vor dieser Heirat zu bewahren. Aber was konnte sie in so kurzer Zeit denn ausrichten? Und wenn die Verlobung erst einmal publik gemacht worden war, würde Alba es nicht mehr schaffen, sich der Sache zu entziehen. Dann wäre ihr Name für immer mit dem von Thierry verbunden.

»Was ist denn jetzt schon wieder?«, knurrte Thierry. Er nahm seine Hand von ihrem Knie und holte erneut sein Tablet aus der Tasche.

»Noch eine zudringliche Exfreundin?«, erkundigte sich Alba.

Er gab keine Antwort und hielt den PC so, dass sie den Bildschirm nicht sehen konnte. Als er plötzlich dröhnend lachte, zuckte sie zusammen.

»Wunderbare Neuigkeiten«, sagte Thierry laut, worauf das Gespräch am Tisch verstummte. »Die Polizei hat gerade noch einen der DSC-Diebe identifiziert, die bei der Razzia im Borough Market entkommen sind. Anscheinend ist er vor einer Stunde im Süden gesichtet worden. Die Tätowierung auf seiner Brust wies ihn ganz klar als Mitglied einer Diebesbande aus. Da man jetzt weiß, wie er aussieht, wird man den Dreckskerl im Handumdrehen fassen.«

Thierry legte das Tablet auf den Tisch und schob es in die Mitte, damit jeder den Jungen auf dem Bildschirm sehen konnte.

Alba blieb fast das Herz stehen.

Noch bevor sie hinschaute, wusste sie, wessen Gesicht sie

erblicken würde. Trotzdem war der Schock so groß, dass sie nach Atem rang. Da war er, da waren seine grauen Augen, seine zerzausten Haare und sein wunderschönes, schiefes Grinsen. Unter dem Bild stand:

DRINGEND GESUCHT

SEVEN

47

»Mann, siehst du furchtbar aus.«

Seven hatte vergessen, dass Kola sonntags freihatte. Als er keuchend in die Wohnung stürmte – er war den ganzen Weg vom Markt gerannt –, prallte er überrascht zurück, weil er Kola auf dem Sofa sitzen sah.

Die Wohnung lag im Halbdunkel, denn der Himmel draußen war mit dichten Wolken überzogen. An der Decke summte eine einzelne Glühbirne. Kola trug ein braunes Hemd und schwarze Hosen. Er hatte gerade eine Zeitung gelesen, die aufgeschlagen auf seinen Knien lag, dem Aussehen nach ein im Süden erscheinendes Untergrundblatt, dessen Schlagzeile lautete: BLUTBAD AUF DEM BOROUGH MARKET. Kola legte die Zeitung auf den Tisch, ohne Sevens blutbeschmierte Brust und sein zerfetztes Hemd aus den Augen zu lassen.

»Du siehst *wirklich* furchtbar aus.«

Seven stieß aufgebracht den Atem aus. »Danke für das Kompliment«, presste er zwischen den Zähnen hervor. Er schob die Tür hinter sich zu und ließ sich gegen sie sacken. »War mir gar nicht aufgefallen.«

Kola stand auf. Nachdem seine Augen kurz auf Sevens Tätowierung verweilt hatten, wanderte sein Blick zu der Verletzung, wo Seven von dem Hund gebissen worden war.

»Was ist passiert?«

Seven blickte düster drein. »Ein dämlicher Köter ist passiert, das ist alles.«

»Lass mich mal einen Blick darauf werfen.«

»Ist schon okay.«

»Du bist verwundet«, sagte Kola. »Auf den Docks hab ich mich schon oft um Verletzungen von Arbeitskollegen gekümmert, die sich keinen Arzt leisten konnten. Vielleicht kann ich dir ja helfen.«

Seven ließ die Hand sinken, die er auf die Wunde gelegt hatte. Seine Finger waren voller Blut. Sofort nahm der Schmerz zu und Seven spürte ein unangenehmes Pochen. Zuerst hatte er gar nicht bemerkt, wie schlimm der Biss war. Er hatte sich einzig und allein darauf konzentriert, so schnell wie möglich vom Markt wegzukommen. Jetzt, da der Adrenalinstoß verebbt war, blühte der Schmerz in seiner Brust voll auf.

Kola zeigte aufs Sofa. »Zieh dein Hemd aus, damit ich besser an die Wunde rankomme. Und press deine Hand drauf.«

Während Kola in die Küche verschwand, ließ Seven sich aufs Sofa fallen. Er riss sich die Überreste seines Hemds vom Körper und warf die blutgetränkten Fetzen auf den Boden. Normalerweise würde er sich jetzt darum Sorgen machen, dass eines seiner wenigen Hemden ruiniert war, aber nicht mal den Gedanken konnte er gerade aufbringen.

Was sollte er jetzt tun? Einige der Leute auf dem Markt würden ihn sicher bei der Polizei anzeigen. Vielleicht hatten sie es inzwischen sogar schon getan. Die Polizei würde herausfinden, wer er war und wo er wohnte, und dann ...

Seven wurde von Panik befallen. Diese Wohnung war sein Zuhause. Das Memorium war sein Lebenswerk. Nur wegen eines Kuchens und eines blöden Köters konnte er das doch nicht alles verlieren.

»So.« Kola kam mit diversen Erste-Hilfe-Utensilien ins Zimmer zurück. »Dann wollen wir uns die Wunde mal ansehen.«

Seven riss erstaunt die Augen auf. »Wo zum Teufel hast du denn das ganze Zeug her?« Kola hatte mehrere Mullbinden, Verbandsmaterial, antiseptische Salbe, eine Flasche mit Reinigungsflüssigkeit und sogar ein Paar sterile Handschuhe mitgebracht.

Er legte alles auf den Tisch. »Ich dachte, es wäre gut, für Notfälle ein paar Dinge parat zu haben«, erwiderte er. »Ich glaube nicht, dass die Ärzte, die sich ab und zu auf den Docks sehen lassen, es merken, wenn ihnen ein bisschen was von ihrem Material fehlt.«

Seven musste unwillkürlich grinsen. Er war also nicht der einzige Dieb in der Wohnung. Sein Grinsen verflüchtigte sich jedoch sehr schnell, als er sah, dass sich unter den Utensilien auch eine Nadel befand.

Kola folgte Sevens Blick. »Wenn ich die Wunde gereinigt habe, muss ich sie nähen«, erklärte er. »Leider hab ich kein Betäubungsmittel.«

Seven schloss die Augen. »*Natürlich* nicht.«

Vielleicht lag es am Blutverlust, vielleicht am Anblick der Nadel oder einfach an dem, was er in den letzten Stunden durchgemacht hatte – jedenfalls fühlte er sich auf einmal sehr matt. Er sank aufs Sofa zurück und stieß zischend die Luft aus. Es fühlte sich an, als würde in seiner Brust gerade ein kleiner Stern explodieren.

»Seven?«

Kola sah ihn mit einem Gesichtsausdruck an, der irgendwie weich und zugleich entschlossen wirkte.

Seine schmalen Lippen verzogen sich zu einem Lächeln. »Keine Angst. Es wird nicht so wehtun, wie du erwartest.«

Wie an jenem Nachmittag auf dem Dach, als Kola ihm angeboten hatte, ihm gegen die Typen aus dem Hof beizustehen, war Seven seinem Mitbewohner, den er kaum kannte, auch jetzt unendlich dankbar. Kola war Alba sehr ähnlich, fand Seven: Auch Kola war bereit, anderen aus freien Stücken zu helfen (obwohl man gerechterweise sagen musste, dass *Alba* ihn zuerst mal knallhart erpresst hatte).

Freundlichkeit war etwas, das Seven nicht gewöhnt war. Nachdem er verlegen weggeguckt hatte, drehte er sich Kola wieder zu und nickte.

»Ich bin bereit«, sagte er.

Kola nickte ebenfalls. Und ehe Seven sich's versah, holte Kola mit der Faust aus und versetzte ihm einen Kinnhaken. Um Seven herum wurde alles schwarz.

Alba

48

Obwohl sie von Stimmengewirr umgeben war, fühlte Alba sich total allein.

Sie starrte Sevens Gesicht an, das auf Thierrys Tablet zu sehen war. Wie gern hätte sie nicht geglaubt, was sie dort sah, doch im Grunde ihres Herzens wusste sie, dass es die entsetzliche Wahrheit war. Tausend Fragen wirbelten ihr durch den Kopf. Was war aus Seven geworden? War er zu Hause? War er in Sicherheit? Oder hatte die Polizei ihn bereits gefunden?

Panische Angst stieg in ihr auf.

»Diese abscheulichen Leute im Süden meinen, sie könnten sich alles erlauben.«

»Und am schlimmsten ist, wie undankbar sie sind.«

»Da kann ich Ihnen nur zustimmen, Oxana«, sagte Thierrys Vater. »Wir verschaffen ihnen Jobs und Wohnungen und sie danken es uns, indem sie unsere Erinnerungen stehlen – diese Verräter. Das Privateste, was ein Mensch hat, verkaufen sie auf dem Schwarzmarkt, als wäre es nicht mehr wert als ein Pfund Tabak.«

Es war diese Äußerung, die schließlich dazu führte, dass Alba ausrastete.

»Die Leute im Norden handeln auch mit Erinnerungen«, sagte sie und funkelte die anderen zornig an. »Bloß dass wir es zum Zeitvertreib tun. Aus Gier. Aus Neugier. Die Leute im Süden tun es, um ab und zu mal zu erleben, wie ihr Leben sein könnte, wenn sie nicht so erbärmlich arm wären. Sie tun es, um zu *leben.*«

Es war, als hätte sie alle Anwesenden geohrfeigt. Die Gesichter ihrer Eltern waren wie versteinert. Thierry zog scharf die Luft ein. Seiner Mutter Julia klappte der Unterkiefer herunter, sodass man sehen konnte, dass ihr noch ein paar Klumpen Crème brûlée auf der Zunge klebten. Christian Burton-Lyons Blick wurde eiskalt.

»Sehen Sie sich doch unsere Stadt an«, fuhr Alba fort, deren Stimme vor Wut immer lauter wurde. »Sehen Sie sich all die Dinge an, die wir im Norden haben und die wir für uns behalten. Sehen Sie sich an, wie die Polizei die Menschen im Süden einschüchtert und wir ihnen mit der öffentlichen Hinrichtung von Verbrechern Angst einjagen, damit sie gar nicht erst auf den Gedanken kommen, sich zu wehren. Wir haben es nur uns selbst zuzuschreiben, wenn diese Leute ein kleines bisschen von dem, was wir ihnen genommen haben, zurückbekommen möchten. Keiner von uns würde auch nur einen einzigen Tag überleben, wenn wir mit dem wenigen, das sie haben, auskommen müssten.«

Alba dachte an Seven und sein kleines Memorium, dachte daran, wie sehr er diese gestohlenen Erinnerungen brauchte, um seinem Leben zu entfliehen. Sie dachte an die Angst und die Wut, die sie in seinen Augen gesehen hatte, nachdem die Razzia seine ganze Welt zerstört hatte.

»Was haben sie denn getan, um ein solches Leben zu verdienen?«, fuhr sie fort. »Abgesehen davon, dass sie auf der falschen Seite des Flusses geboren sind.«

»Kleine Alba.«

Die Stimme ihrer Mutter war ruhig und gelassen, hatte jedoch einen eisigen Unterton. Sie legte die Hände auf den Tisch. »Liebling, ich glaube, das Fieber, das du vor ein paar Tagen gehabt hast, ist zurückgekehrt. Du klingst überhaupt nicht mehr wie du selbst.«

»Mir geht es bestens, Mutter.«

Oxana achtete nicht auf sie, sondern kam zu ihr und legte ihr den Handrücken auf die Stirn. »Du glühst ja förmlich, mein Liebling.«

»Sie sehen wirklich ein bisschen blass aus«, meinte Thierrys Mutter.

Alba öffnete den Mund, um zu widersprechen, was Oxana jedoch verhinderte, indem sie ihren Handrücken so fest gegen Albas Stirn presste, dass sich die Diamantspitzen ihres Eherings in ihre Haut bohrten.

»Du musst sofort nach Hause.« Oxana wandte sich an ihren Mann. »Sie kann doch unseren Wagen nehmen, Alastair. Wir rufen uns dann später ein Taxi.«

Thierry schüttelte den Kopf. »Aber Mrs White – wir bringen Sie selbstverständlich nach Hause.«

Christian Burton-Lyon lächelte. »Ja, natürlich.« Er trank einen Schluck Wein, den Stiel des Glases fest umklammernd. »Schließlich sind wir bald miteinander verwandt.«

Bei diesen Worten bekam Alba eine Gänsehaut.

»Außerdem könnten wir dann vorher noch ein Tässchen Tee bei uns trinken«, fügte seine Frau in begeistertem Ton hinzu. »Letzten Sommer haben wir das Haus renovieren lassen. Noch nie hat Nummer zehn so schön ausgesehen.«

Oxana strahlte übers ganze Gesicht. »Wunderbar«, erwiderte sie. Offenbar erleichterte es sie ungemein, dass die Burton-Lyons einfach über den Ausbruch ihrer Tochter hinweggingen.

Sie packte Alba beim Arm und zog sie hoch. »Dann ab mit dir nach Hause, Liebling.«

Alba hütete sich, erneut zu widersprechen. Auf diese Weise brauchte sie wenigstens keine Sekunde länger in Thierrys Gesellschaft zu verbringen.

Alle am Tisch standen auf und neigten den Kopf.

»Ich freue mich darauf, Sie beim Ball wiederzusehen«, murmelte Thierry und küsste Alba die Hand. »Ich hoffe, bis dahin sind Sie völlig wiederhergestellt, denn wir werden eine Menge zu feiern haben.«

Zu feiern.

Bei dem Ausdruck drehte sich ihr der Magen um. Was gab es denn an ihrer Verbindung mit diesem Widerling zu feiern? Da hätte sie ja bei einem Begräbnis mehr Spaß.

Und *genau* das würde der Winterball sein, auf dem ihre Verlobung mit Thierry bekannt gegeben werden sollte: das Begräbnis ihrer Zukunft und ihrer Träume.

Sie rang sich ein Lächeln ab. »Ich freue mich auch darauf«, erwiderte sie so freundlich, wie es ging.

Sobald Alba im Auto saß und Hans, der Chauffeur, losfuhr, kam ihr eine Idee. Zugegebenermaßen eine riskante. Aber anders konnte sie nicht herausfinden, ob Seven in Sicherheit war.

Sie beugte sich vor und klopfte gegen die dunkle Trennscheibe hinter den Vordersitzen. Kurz darauf wurde die Scheibe durchsichtig. Hans drehte leicht den Kopf zur Seite und sah sie im Rückspiegel an.

»Mistress Alba?«

»Hans«, sagte sie lächelnd, »wissen Sie, ich hab solch einen Appetit auf Honig-Madeleines. In South Pimlico gibt es ein

Café, wo man die besten Madeleines der Stadt bekommt. In der Grosvenor Road. Könnten Sie mich da wohl hinfahren?«

»Ihre Mutter hat gesagt, ich soll Sie sofort nach Hause bringen«, erwiderte er. »Weil Sie sich nicht wohlfühlen.«

»Meine Eltern wollen mit den Burton-Lyons noch in die Downing Street fahren, um dort Tee zu trinken. Sie werden also erst in ein paar Stunden wieder nach Hause kommen«, beschwichtigte sie ihn. »Es ist doch nur ein kleiner Umweg … Und es wird niemand etwas davon erfahren.«

Hans seufzte. »Na gut, Miss«, meinte er. »Wenn's schnell geht. An einem kleinen Umweg ist ja nichts Schlimmes.«

SEVEN

49

Als Seven wieder zu sich kam, spürte er schon, bevor er die Augen öffnete, dass er einen Verband um die Brust hatte. Benommen strich er mit den Fingern über den glatten weißen Stoff, der seine Wunde bedeckte.

Kurz bevor Kolas Faust ihn getroffen hatte, war Seven durch den Kopf geschossen, dass er ihn der Polizei ausliefern wolle. Obwohl ihn gar nichts mit Kola verband, hatte er sich in dem Moment verraten gefühlt. Jetzt begriff er, dass Kola ihm nur die Schmerzen beim Nähen der Wunde hatte ersparen wollen.

Seven hatte keine Ahnung, wie lange er bewusstlos gewesen war. Er lag in eine Decke gehüllt auf dem Sofa. Die Wohnung war voller Schatten, aber Abend konnte es noch nicht sein, dafür war es nicht dunkel genug. Die Glühbirne an der Decke summte lautstark vor sich hin und tauchte den Raum in flackerndes Licht.

Als Seven versuchte, sich auf den Ellbogen hochzustemmen, schoss ein derart heftiger Schmerz durch seinen Oberkörper, dass er fluchend aufs Sofa zurückfiel.

»Hey, du bist ja wieder wach.«

Kola kam von der Küche ins Wohnzimmer. Er stellte ein Glas Wasser auf den Tisch und daneben ein in Zeitung eingewickeltes Päckchen, das von Fett ganz durchweicht war. Dann schob er Seven den Arm unter die Schultern und half ihm, sich aufzusetzen.

»Entschuldige, dass ich dich ausgeknockt habe. Ich dachte, das wäre besser, als alles bei vollem Bewusstsein über sich ergehen zu lassen.«

Er reichte Seven das Glas, das er sofort dankbar austrank. Das Wasser hatte einen bitteren Nachgeschmack.

»Schmerzmittel?«, fragte Seven, als er Kola das leere Glas zurückgab.

Kola nickte. »Das ist leider alles, was ich habe. Hier.« Er gab ihm das Päckchen das sich ganz warm anfühlte. »Du musst etwas essen. Was anderes hab ich nicht auftreiben können.«

Seven öffnete das Päckchen und es war so fettig, dass seine Finger sofort ganz ölig wurden. Das Zeitungspapier enthielt ein zerdrücktes Würstchen. Bei dem Bratgeruch lief ihm das Wasser im Mund zusammen.

»Das Geld dafür gebe ich dir wieder«, sagte er etwas zerknirscht. »Ehrlich. Und das Verbandszeug und so bezahl ich dir auch.«

Kola lächelte ihn an. »Mach dir deswegen keine Gedanken. Du warst verletzt. Das war das wenigste, was ich für dich tun konnte.«

Das stimmt nicht, dachte Seven. Kola hätte ihn auch einfach ignorieren können, wie sein anderer Mitbewohner Sid es sicher getan hätte. Oder er hätte ihn – was noch schlimmer gewesen wäre – bei der Polizei anzeigen können. Inzwischen musste Kola die Tätowierung auf seiner Brust erkannt haben und zweifellos wusste er, dass er eine Belohnung bekommen würde, wenn er Seven an die Polizei auslieferte.

Als hätte er seine Gedanken gelesen, sagte Kola: »Ich werde

der Polizei nicht verraten, dass du hier bist. Aber du solltest aufessen und dir überlegen, was du jetzt machen willst, bevor Sid nach Hause kommt. Für den würde ich nämlich nicht garantieren.«

Seven nickte und machte sich über die Wurst her. Mit jedem Bissen erwachten seine Lebensgeister ein wenig mehr. Als er aufgegessen hatte, fühlte er sich zwar immer noch scheußlich – das Mittel hatte die Schmerzen in seiner Brust nur ein wenig gedämpft –, aber zumindest war er nicht mehr so schlaff und energielos wie zuvor.

»Meinst du, du schaffst es, dich anzuziehen?«, fragte Kola.

Seven schnitt eine Grimasse. »Denke schon.«

Kola wartete vor Sevens Zimmer, während dieser sich umzog, was sich als schwierig herausstellte. Die Schmerzen in seiner Brust strahlten in seinen ganzen Körper aus und verwandelten seine Muskeln in Blei. Jede Bewegung rief einen starken Brechreiz hervor.

Nachdem er sich bis auf die Unterhose ausgezogen hatte, stellte er fest, dass das Blut, mit dem er beschmiert gewesen war, verschwunden war. Offenbar hatte Kola ihn gewaschen, während er bewusstlos gewesen war. Wie peinlich. Sich den Schmerz verbeißend, zog Seven eine enge schwarze Jeans an – die einzige Hose, die er außer der blauen besaß, die der Hund ruiniert hatte – sowie einen dünnen kastanienbraunen Pullover, der sich perfekt um seine verbundene Brust schmiegte.

Als er fertig war, setzte er sich auf die Bettkante und rief Kola herein.

»Na, wie sehe ich aus?«, fragte Seven grinsend.

Ein Lächeln spielte um Kolas Mund. »Gut. Jedenfalls besser als vorher.«

Seven wandte den Blick ab. Er spürte, wie seine Ohren sich rosa färbten. »Hör mal, Kola«, murmelte er. »Ich bin dir wirklich für deine Hilfe dankbar. Ich ... ich versteh bloß nicht, warum du das machst.« Er schaute auf und stieß ein bitteres Lachen aus. »Die meisten Leute im Süden hätten mich einfach angezeigt und die Belohnung kassiert.«

Kola schob die Hände in die Hosentaschen und schwieg eine Zeit lang.

»Vor vielen Jahren hab ich Malaysia verlassen, um dem Tod zu entkommen«, sagte er schließlich. »In meinem Land herrschte Bürgerkrieg. Die Leute hatten vergessen, was uns alles miteinander verbindet. Stattdessen brachten sie sich gegenseitig um, weil sie unterschiedlichen Bevölkerungsgruppen oder unterschiedlichen Religionen angehörten ... weil sie dachten, dass solche Dinge sie voneinander trennten. Ich hatte gehofft, in ein Land zu kommen, wo das alles keine Rolle spielt, doch selbst hier, in London, wo die Straßen angeblich mit Gold gepflastert sind, gibt es einerseits Leute, die über dieses goldene Pflaster laufen, und andererseits Leute, die darauf knien und es schrubben. Was man aber nicht vergessen darf, ist, dass diejenigen, die das Pflaster schrubben, auch diejenigen sind, die ihm Glanz verleihen.«

Kola verstummte. Seven hatte den Eindruck, als versuche sein Mitbewohner, ihm etwas Wichtiges mitzuteilen (obwohl Seven offen gestanden keinen Schimmer hatte, worauf Kola hinauswollte).

»Wir werden auf unsere Weise gewinnen«, fuhr Kola in leisem, entschlossenem Ton fort. »Egal, wie oft diese Leute mit schmutzigen Schuhen über die Straße trampeln, ich werde sie weiterhin schrubben. Ich werde nicht aufhören, die Stelle, die mir zugeteilt worden ist, so glänzend wie möglich zu polieren.«

Seven starrte Kola verwirrt an. Doch bevor er dazu kam, etwas zu sagen, klopfte es an der Wohnungstür.

Seven erstarrte.

Das Klopfen wiederholte sich, laut und fordernd.

Kola runzelte die Stirn und spähte zur Tür von Sevens Zimmer hinaus. »Soll ich aufmachen?«

Seven schüttelte heftig den Kopf. »Was, wenn *sie* es sind?«, krächzte er. Sein Herz schlug ihm bis zum Hals. »Was, wenn es die Polizei ist, die mich verhaften will?«, stieß er voller Panik hervor. »Die werden mich ins Gefängnis werfen und ...«

Das Klopfen hörte auf.

Seven kniff die Augen fest zusammen und stellte sich darauf ein, dass die Polizei gleich die Tür eintreten und in die Wohnung stürmen würde.

So geht also alles zu Ende, dachte er voller Verzweiflung.

Dann hörte er, wie hinter der Tür jemand mit gedämpfter Stimme rief: »Seven! Wenn du da bist, lass mich rein, bevor ich in dem verdammten Gestank hier draußen umkomme!«

Alba

50

Sobald die Tür sich öffnete, stürmte sie in die Wohnung. Ohne weiter auf den Jungen zu achten, der ihr aufgemacht hatte, stürzte sie auf Seven zu, bebend vor Erleichterung, weil er in Sicherheit und noch am Leben war. Er lehnte am Rücken des Sofas und hatte einen Arm gegen die Brust gepresst. Sein Gesicht war angespannt und bleicher als sonst.

Dann grinste er sie breit an. Alba schmolz dahin und vergaß bei diesem Anblick sofort alles andere.

»Du solltest auf deine Ausdrucksweise achten, Prinzessin. So redet doch keine Dame.«

Alba verdrehte die Augen und schaffte es gerade noch, ein Grinsen zu unterdrücken. »Wo ich solche Ausdrücke wohl gelernt habe?« Sie trat näher an ihn heran und runzelte die Stirn. »Ich hab mir wirklich Sorgen gemacht, Seven. Ich wusste nicht, ob du noch hier sein würdest. Im Bericht wurde gesagt ...«

»Im Bericht?«, sagte eine Stimme hinter ihr. Sie fuhr zusammen und drehte sich blitzschnell um. Erst jetzt nahm sie den Jungen, der sie in die Wohnung gelassen hatte, richtig wahr. Er war groß und attraktiv, hatte ein ernstes Gesicht und glatte mahagonifarbene Haut. Sein schwarzes Haar war kurz geschnitten. Sein schlanker Körper war mit einem schlichten Hemd und einer Hose bekleidet.

»In welchem Bericht?«, hakte er nach und trat einen Schritt auf sie zu.

Sein aufgeregter Ton beunruhigte sie.

»Keine Bange«, sagte Seven, der ihr Unbehagen zu spüren schien. »Das ist mein Mitbewohner Kola. Dem können wir vertrauen. Kola, das ist Alba.«

Kola lächelte. »Du bist also Sevens Freundin.«

Seven zog scharf die Luft ein. Alba spürte, wie ihre Wangen rot wurden, allerdings mehr aus Ärger. War diese Vorstellung denn wirklich so unangenehm?

»Nein!«, sagte sie rasch. »Wir sind nur befreundet.«

Kolas Augen funkelten amüsiert. »Aha«, meinte er. »Sorry.« Dann wurde sein Gesicht wieder ernst. »Du hast etwas von einem Bericht gesagt?«

»Oh. Ja«, erwiderte Alba und drehte sich zu Seven, um nach seinem Arm zu greifen. »Deshalb bin ich gekommen. Die Polizei hat eine Meldung durchgegeben, in der es hieß, man hätte dich im Süden gesichtet. Sie wissen über die Tätowierung Bescheid und haben ein Bild von dir veröffentlicht, sodass jetzt jeder weiß, wer du bist, wie du aussiehst und was du getan hast ...«

Sein Gesicht wurde so bleich, dass sie dachte, er müsste sich übergeben.

»Das tut mir schrecklich leid«, fuhr Alba fort. »Ich bin so schnell wie möglich gekommen. Hans sollte mich eigentlich direkt nach Hause fahren, aber ich hab ihn überredet, mich an einem Café abzusetzen. Dort wartet er auf mich. Ich hab mich davongemacht, als vor dem Café gerade großes Gedränge war. Dann bin ich über die Vauxhall Bridge gegangen. Die Polizei hat mich natürlich durchgelassen. Die Leute aus dem Norden brauchen ja keinen Passierschein, wenn sie in den Süden wollen. Ich hoffe bloß, die Polizisten haben nicht gemerkt, wer ich bin …«

Sie verstummte, weil ihr plötzlich voller Angst der Gedanke durch den Kopf schoss, was ihre Eltern wohl tun würden, wenn sie erführen, dass ihre Tochter in den Süden gegangen war.

Seven starrte sie an. »Du bist allein durch den Süden gegangen?«

»Na ja, von der Brücke war es ja nicht sehr weit bis hierher …«

»Alba! Du hättest umgebracht werden können! Oder etwas noch Schlimmeres …«

Er hielt abrupt inne und schloss die Augen. Als er sie wieder öffnete, sah er sie derart durchdringend an, dass Alba Kolas Anwesenheit völlig vergaß. Die Welt bestand nur noch aus ihr und Seven, bestand nur noch aus dem Raum, den ihre wenige Zentimeter voneinander entfernten Körper einnahmen. Der Ausdruck in seinen Augen ließ sie erstarren.

»Ich kann dich da nicht mit reinziehen«, flüsterte Seven. »Das kann ich einfach nicht.«

»Das tust du auch nicht«, entgegnete sie mit fester Stimme. »Ich bin aus freien Stücken hier. Du hast mich um nichts gebeten. Das ging alles von mir aus. *Ich* habe dich überredet, mich zum Erinnerungssurfen mitzunehmen. *Ich* wollte dich wiedersehen. Du hast mir alles gegeben, worum ich dich gebeten habe, Seven, und jetzt möchte ich etwas für dich tun.«

»Nein«, sagte er. »Das ist zu gefährlich. Sie werden mich abholen und mich im Schnellverfahren verurteilen. Und sobald sie mich schuldig gesprochen haben, werde ich, ehe du dich's versiehst, tot sein.«

Alba schüttelte den Kopf. »Das wird nicht passieren. Das werde ich nicht zulassen. Es muss doch etwas geben, das wir tun können.«

Seven trat an sie heran, nahm ihre Hand und verschränkte seine Finger mit den ihren.

»Alba ...«

Plötzlich hallte ein lauter Knall durch das ganze Haus.

Alba runzelte die Stirn. »Was um Himmels willen ...?«

In Sevens Augen blitzte Angst auf. Er drehte sich um und sah Kola an. Die zwei verständigten sich mit einem einzigen Blick. Dann stürmte Seven in Richtung Wohnungstür. Erst jetzt bemerkte Alba, wie steif seine Bewegungen waren. Bei jedem Schritt zuckte er zusammen.

»Was ist denn los?«, fragte sie. Offenbar tat ihm irgendetwas weh.

Er wich ihrem Blick aus. »Ein Hund hat mich ein bisschen angeknabbert. Aber mach dir keine Sorgen. Kola hat mich wieder zusammengeflickt.«

Alba wurde blass. »Du bist von einem *Hund* angegriffen worden?«, hakte sie in ungläubigem Ton nach. »Hättest du mir das nicht schon früher sagen können? Du musst sofort ins Krankenhaus!«

»Ah ja? Könntest du mir dann vorher bitte die Tätowierung weglasern und mir ein neues Gesicht verpassen?«

Kola war inzwischen zur Tür gegangen. »Bleibt hier«, sagt er. »Ich seh mal nach, was los ist.«

Seven nickte. Kola öffnete die Wohnungstür und trat in den Hausflur. Von draußen waren schwere Schritte zu hören. Irgendetwas wurde zertrümmert, Leute schrien, ein Hund bellte.

Seven schob Alba hinter die Tür, damit niemand sie sehen konnte.

»Was geht denn da vor sich?«, flüsterte sie. Eigentlich wollte sie fragen: *Sind* sie *es?* Doch die Worte blieben ihr im Hals stecken, weil sie einfach zu entsetzlich waren.

Bevor Seven etwas erwidern konnte, kam Kola wieder in die Wohnung und knallte die Tür zu. Schon der Ausdruck in seinem Gesicht verriet Alba, was er gleich sagen würde. Sie klammerte sich an Sevens Arm fest, weil sie das Gefühl hatte, dass die ganze Welt ihr für immer entgleiten würde, wenn sie ihn losließe.

»Die Polizei ist da«, verkündete Kola mit grimmigem Gesicht.

SEVEN

51

Sein erster Gedanke war: *Jetzt sind wir echt erledigt.*

Genauer gesagt war sein erster Gedanke: *Verdammte Scheiße. Als ob der Tag nicht schon schlimm genug gewesen wäre. Irgendein Dreckskerl von Gott erlaubt sich da oben wirklich einen Spaß mit mir. Sollte ich jemals in den Himmel kommen, werde ich es ihm heimzahlen.*

Sein zweiter Gedanke war davonzulaufen.

Aber wohin? Er konnte ja nicht einfach die Treppe hinunterschlendern und das Haus verlassen. Und falls Alba nicht zufällig einen Fallschirm dabeihatte, konnte er auch nicht vom Dach springen. Jedenfalls nicht, ohne eine äußerst unsanfte Landung in Kauf zu nehmen.

»Jetzt könntest du eigentlich sagen, dass du einen Fallschirm dabeihast«, wandte er sich an Alba.

Sie starrte ihn mit weit aufgerissenen Augen und offenem Mund an. »Was?«, krächzte sie.

»Vergiss es.« Er stieß ein zittriges Lachen aus und trat von ihr zurück. Vor Angst war er wie benommen. »Tja, war schön, euch beide zu kennen.«

Sevens Stimme war fest, doch trotz seines breiten Grinsens war ihm das Herz schwer.

Warum musste das alles jetzt passieren, wo er gerade dabei war, Freunde zu gewinnen? Wo er gerade dabei war, die Geheimnisse seiner Vergangenheit aufzudecken? Warum hatte die blöde Londoner Polizei ihn nicht schon vor Jahren geschnappt, lange bevor es in seinem Leben etwas gab, für das es sich zu kämpfen lohnte?

»Hör zu!« Kola packte Seven am Arm und riss ihn aus seinen Gedanken. »Der Fahrstuhl geht nicht. Die Polizisten werden ein paar Minuten brauchen, um herauszufinden, auf welcher Etage du wohnst, und bis sie oben sind, werden noch ein paar Minuten vergehen. Dir bleibt also ein bisschen Zeit. Geh aufs Dach«, instruierte er ihn. »Auf der Nordseite sind Bauarbeiten im Gange. Klettere über das Gerüst nach unten. Ich werde den Polizisten erzählen, dass ich dich den ganzen Tag nicht gesehen habe. Das wird sie hoffentlich von deiner Spur abbringen, während du dich inzwischen irgendwo verstecken kannst. Wir treffen uns morgen unter der Waterloo Bridge. Um Mitternacht. Dann erzähl ich dir, was passiert ist.«

Die Schritte, das Geschrei und die Geräusche krachend auffliegender Türen kamen näher.

Kola kniff die Augen zusammen. »Los jetzt!«, sagte er.

Und bevor Seven sich darüber Gedanken machen konnte, ob er es schaffen würde, trotz seiner Verletzung das Gerüst hinunterzuklettern, bevor er ausführlich über all die DSCs in seinem Memorium nachdenken konnte – verflucht noch mal, die würde er *alle* verlieren, sein ganzes Lebenswerk, alles, was er besaß –, nickte er, packte Alba bei der Hand und zog sie zur Tür.

Als sie die Wohnung verließen, schallte ihnen das Getrampel schwerer Stiefel entgegen. Im Treppenhaus war es ziemlich dunkel. Nur ein paar flackernde Neonlampen spendeten spärliches Licht. Hier und da fiel plötzlich Licht auf den Treppenabsatz, weil die Leute die Wohnungstür öffneten, um nachzusehen, was der ganze Lärm zu bedeuten hatte.

Seven drehte sich zurück, um Kola zu danken, der jedoch gerade die Tür zumachte.

Er starrte auf die abblätternde rote Farbe und das kaputte Nummernschild. Es war zwar blöd, doch erst jetzt, als ihm klar wurde, dass er die Wohnung wahrscheinlich nie wiedersehen würde, merkte er, dass er eigentlich an ihr hing. Am liebsten hätte er sich jeden Riss in der Tür, jede kleine Stelle, wo Holz abgesplittert war, genauestens eingeprägt, bevor ihm auch das genommen wurde – wie alles andere im Leben.

»Seven?«, flüsterte Alba. Er hörte die Angst in ihrer Stimme. Ihre Hand zitterte (oder war es seine Hand, die zitterte?). »Wir müssen von hier weg.«

Seven riss seinen Blick von der Tür los und steuerte auf die Treppe zu. Dann rannten er und Alba Hand in Hand zum Dach hoch.

Alba

52

Kalter Wind schlug ihnen entgegen, als sie aufs Dach hinaustraten. Mit dumpfem Knall schlug hinter ihnen die Metalltür zu. Obwohl erst früher Nachmittag war, lag die Stadt wegen der niedrig hängenden Wolken, die den Himmel bedeckten, in trübem Zwielicht.

»Wahrscheinlich sollte ich dir nicht gerade jetzt sagen, dass ich Höhenangst habe«, stieß Alba hervor.

Nach all den Stufen, die sie gerade hochgerannt waren, war sie völlig außer Atem. Ein Glück, dass sie für den Kirchgang Schuhe mit flachen Absätzen angezogen hatte. Mit hochhackigen Schuhen hätte sie es nicht geschafft, so Hals über Kopf zu fliehen.

Seven stieß ein ersticktes Lachen aus. »Eigentlich nicht.« Beruhigend drückte er ihre Hand, als er sie zum Nordrand des Daches führte, wo die Hauswand eingerüstet war.

Vor ihnen breitete sich der Norden aus – Gebäude, Grünanlagen und breite Straßen, auf denen winzige, wie Spielzeug aussehende Autos entlangfuhren. Die Abdeckplanen, mit denen das Gerüst verkleidet war, flatterten im Wind. Die Metallstangen des Gerüsts reichten bis über den Rand des Dachs.

»Ladies first«, sagte Seven mit mattem Grinsen.

Vorsichtig näherte sich Alba dem Rand des Dachs. Unter ihr lag ein hölzerner Steg, auf den sie sich hinablassen konnte, der jedoch sehr schmal war. Wenn sie da ausrutschte ...

Nein, dachte sie voller Entschlossenheit. Sie würde *nicht* ausrutschen.

Mit heftig klopfendem Herzen ging sie in die Hocke. Nachdem sie der schwindelerregenden Tiefe den Rücken zugekehrt hatte, ließ sie sich mit zitternden Gliedmaßen in Richtung Steg hinab. Der Wind fuhr ihr unter den Rock, sodass sich ihr Kleid um ihre Schenkel bauschte (wie anmutig das aussehen musste!).

Seven kniete sich hin und packte ihre Hände, um ihr mehr Halt zu geben. Eine Böe zerzauste ihm die Haare und wehte ihm Strähnen in die Augen.

»Sicher wünschst du dir jetzt, du hättest heute Morgen kein Kleid angezogen«, meinte er. Obwohl er dabei grinste, merkte Alba, dass er starke Schmerzen hatte.

Sie streckte die Beine noch weiter nach unten, bis ihre Zehenspitzen die Holzplanken berührten. Nachdem sie sich mit einem Arm an eine Gerüststange geklammert hatte, ließ sie sich unbeholfen nach unten sacken.

Sie plumpste auf den Holzsteg. Ohne die Stange loszulassen, schob sie sich ein Stück weiter, bis sie sich sicherer fühlte.

Seven kam ihr so schnell und mit solchem Schwung hinterher, dass die Holzplanken sich unter ihren Füßen durchbogen, als er landete. Sie stieß einen Schrei aus. Sofort verschloss er ihr mit der Hand den Mund und drückte sie gegen die kalte Hauswand.

»Sie sind da«, flüsterte er ihr ins Ohr. Sie erstarrte vor Schreck.

Von oben war das Zuschlagen der zum Dach führenden Tür zu hören. Schwere Polizeistiefel trampelten über den Beton.

»Sucht das ganze Dach ab!«, rief jemand.

Albas Magen krampfte sich zusammen.

Gleich werden sie uns entdecken!, dachte sie.

Als hätte er ihre Gedanken gelesen, ließ Seven sie los und zeigte zum Ende des Gerüsts, wo eine Leiter nach unten führte. So leise wie möglich bewegte sich Alba, gefolgt von Seven, auf die Leiter zu. Das Gerüst war ziemlich wacklig und knarrte und ächzte unter ihnen, was glücklicherweise jedoch vom Heulen des Windes übertönt wurde.

»Was ist mit dem Gerüst?«, fragte eine Stimme, als Alba gerade die Leiter erreicht hatte. »Vielleicht ist er da runtergeklettert.«

Alba geriet in Panik, packte die Leiter und stieg hastig hinunter. Seven befand sich direkt hinter ihr. Sein Gesicht war vor Schmerz verzerrt, seine Haut bleich und mit Schweiß bedeckt. Trotzdem schaffte er es. Sofort drängte er sie unter den Holzsteg über ihnen, damit sie beide außer Sicht waren. Kurz darauf …

Plumps.

Jemand war von oben auf das Gerüst gesprungen.

Albas Herz schlug so heftig, dass sie am ganzen Körper zitterte. Sie hielt die Luft an, weil sie befürchtete, ihre Atemzüge würden sie verraten. Sie tastete umher, bis sie Sevens Hand fand. Ihre ganze Welt schien nur noch aus dem Hier und Jetzt zu bestehen, aus diesem wackligen Ort hoch oben auf dem Gerüst, wo sie aneinandergepresst und mit hämmerndem Herzen standen.

Das Holz knarrte, als jemand den Steg über ihnen entlanglief.

»Seh niemand.«

»Der müsste sich ganz schön anstrengen, wenn er hier schnell runterwollte.«

»Offenbar hat sein Mitbewohner die Wahrheit gesagt. Hier ist der DSC-Dieb jedenfalls nicht.«

»Für den Fall, dass er zurückkommt, sollten wir ein paar Männer in der Wohnung postieren.«

Die Holzplanken ächzten ein letztes Mal, als der Polizist über ihnen aufs Dach zurückkletterte. Alba stieß den Atem, den sie angehalten hatte, jedoch erst dann wieder aus, als die Schritte der Männer schon lange verklungen waren.

Eng gegen Seven geschmiegt, nahm sie wieder seinen schwachen Minzgeruch wahr. »Warum riechst du eigentlich so?«, fragte sie plötzlich. »Nach Minze, meine ich.«

Alba spürte, wie er tief Luft holte.

»Ich ... ich kann mir weder Zahnpasta noch Seife leisten.« Seine Stimme war so leise, dass sie sich fast im Wind verlor. »Ich hab einen Topf Minze in der Wohnung. Die Blätter kaue ich, um meinen Mund zu säubern, und um mich zu waschen, leg ich sie in Wasser und reib mir die Haut damit ab.«

Irgendwie hatte sie das Gefühl, als sei dies das Konkreteste, was Seven ihr je mitgeteilt hatte. Als hätte er ihr ein kleines Stück seines Herzens gegeben.

»Oh«, flüsterte Alba.

Als er sich von ihr löste, fröstelte sie plötzlich, weil sein Körper ihr nicht mehr nahe war. Sie drückte die Hände gegen die Wand hinter ihr, damit ihr nicht schwindlig wurde, als vor ihr auf einmal die Tiefe gähnte.

»Und was machen wir jetzt?«, fragte sie.

Seven rieb sich den Nacken. »*Du* musst zurück in den Norden und versuchen zu erklären, warum du *so* aussiehst ...«

Er zeigte auf ihr Kleid, das verschmutzt und zerrissen war. »… und ich muss mir ein Versteck suchen, wo ich eine Weile bleiben kann.«

»Aber wo willst du denn hin?«

Er zögerte kurz. »Ich glaube, ich kenne jemand, dem ich vertrauen kann.«

Vierzig Minuten später kam Alba zum Auto zurück, mit zerzausten Haaren, zerrissenem Kleid und völlig außer Atem.

»Danke«, sagte sie zu Hans, als wäre überhaupt nichts passiert. »Diese Honig-Madeleines waren köstlich. Jetzt fühl ich mich viel besser.«

Ihre Blicke begegneten sich, als der Chauffeur sie einen Moment lang im Rückspiegel anstarrte. Dann richtete er seine Augen wieder auf die Straße und warf den Motor an. Die Trennscheibe wurde undurchsichtig, sodass sie Hans' Gesicht nicht mehr sehen konnte.

»Bei allem Respekt, Mistress Alba«, erklang seine Stimme über die Sprechanlage, »mit dieser ganzen Sache möchte ich nichts zu tun haben. Worum auch immer es dabei geht. Ich habe Sie direkt nach Hause gefahren, Miss«, fügte er hinzu.

Seine Worte machten Alba wütend. *Für die Dienstboten bin ich nur die kleine Mistress Alba,* dachte sie. Das Mädchen, das ständig dafür sorgte, dass ihre Mutter schlechte Laune bekam. Das Mädchen, das sie ignorierten, wenn sie gedemütigt auf dem Fußboden lag, weil sie zu viel Angst um den eigenen Hintern hatten.

Normalerweise fand Alba, dass sie diese Behandlung irgendwie verdiente. Aber heute, nach allem, was sie durchgemacht hatte, war das einfach nicht fair. Hans hatte keine Ahnung, was ihr passiert war. So, wie ihr Kleid zerrissen war, konnte er nicht mal wirklich ausschließen, dass man sie angegriffen oder sogar vergewaltigt hatte. Aber er war so damit beschäftigt, in nichts hineingezogen zu werden, dass er es noch nicht mal fertigbrachte, sie zu fragen, ob alles mit ihr in Ordnung war.

»Oh, das ist meine Sache, Hans«, sagte Alba mit leiser, vor Wut zitternder Stimme. »Ganz allein meine.«

SEVEN

53

Loe und Mika wohnten in Bankside, auf einem überfluteten Gelände in der Nähe der Blackfriars Bridge. Auf allen möglichen aufblasbaren Objekten war dort eine Art schwimmendes Dorf aus niedrigen Bretterbuden entstanden, zwischen denen Holzstege verliefen und die mit Tauen aneinander befestigt waren.

Als Seven in Bankside ankam, dämmerte es bereits. Die untergehende Sonne sprenkelte die Wasserfläche mit goldenen und silbernen Lichtreflexen. Unterwegs hatte Seven sich zweimal übergeben müssen – nicht dass viel in seinem Magen gewesen wäre. Und seine Brust schmerzte so, dass er den Eindruck hatte, sein gesamter Körper sei von einem Hund zerfleischt worden.

Als er über die ramponierte Seilbrücke ging, die das Ufer und Loes Zuhause miteinander verband, lächelte er in sich hinein. Wie Alba wohl auf das, was er vor sich sah, reagieren würde?

»Aber das ist ja ein *Bus!*«, hörte Seven sie förmlich ausrufen.

Und in der Tat stand da einer von Londons alten roten Doppeldeckern im seichten Wasser. An vielen Stellen war die Farbe abgeblättert und das Metall darunter verrostet. Vor die kaputten Fenster waren Planen gespannt, die die Tauben schon reichlich bekleckert hatten. Um den Bus waren Reifen geschichtet, die verhinderten, dass das Fahrzeug zur Seite kippte.

Seven klopfte an die improvisierte Tür an der Seite des Busses. Während er wartete, warf er einen Blick über die Schulter. Die Mütze, die er einem schlafenden Betrunkenen gestohlen hatte, hatte er sich tief in die Stirn gezogen. Obwohl er niemand entdecken konnte, der ihn beobachtete, hatte er trotzdem das Gefühl, als richteten sich unzählige Augen auf ihn. Als lauerten Leute im Verborgenen und warteten nur auf eine günstige Gelegenheit, um sich auf ihn zu stürzen.

»Seven! Seven! Seven!«, rief plötzlich eine fröhliche Stimme von oben. Als er sich zurücklehnte, sah er Mika, die ihm strahlend aus einem der Oberdeckfenster zuwinkte. Bevor sie noch etwas sagen konnte, war aus dem Bus ein wütender Schrei zu hören.

Erschrocken hielt sie sich die Hand vor den Mund und verschwand vom Fenster.

Kurz darauf ging die Tür auf. Ohne ein Wort zu sagen, packte Loe Seven beim Arm und zog ihn hinein. Nachdem sie die Tür zugeknallt hatte, rannte sie zu einem der Fenster.

»Was machst du denn hier?«, zischte sie, während sie vorsichtig eine der Planen zur Seite schob und nach draußen spähte. »Die ganze Londoner Polizei ist hinter dir her!«

»Könntest du nicht einfach mal Hallo sagen, Loe?«, erwiderte Seven seufzend und presste die Hand gegen seine schmerzende Brust.

Blitzschnell drehte sie sich zu ihm um. »Was zum Teufel hast du dir dabei gedacht, hierherzukommen, Seven? Du wirst uns noch die Polizei auf den Hals hetzen!«

»Ich hab aufgepasst. Mir ist niemand gefolgt.«

»Hoffen wir's.« Erst jetzt schien Loe zu bemerken, dass er sich vor Schmerzen krümmte. »Was ist los mit dir?«

»Ich bin von einem Hund angegriffen worden.«

Ihr Gesichtsausdruck wurde eine Spur weicher. »Scheiße. Wieso das? Was ist passiert?«

»Seven! Seven! Seven!«

Mika kam in einem knallroten Kleid die Treppe heruntergesprungen. Wenn Loe sich die Kleine nicht rechtzeitig geschnappt hätte, wäre sie voll gegen Seven geprallt.

»Herrgott noch mal, Mika!«, schnauzte Loe. Sie ließ die Kleine los und gab ihr einen Klaps. »Ich hab dir doch gesagt, du sollst nicht so schreien. Wenn du seinen Namen so laut rufst, wird bald ganz Bankside wissen, dass er hier ist!«

Mika spielte am Saum ihres Kleids herum. »Entschuldige, Loe.«

»Und jetzt geh nach oben und komm uns nicht wieder in die Quere.«

»Aber ...«

»Mika!«

Das Mädchen streckte Seven die Zunge raus, winkte ihm kurz zu und rannte die Treppe hoch.

Loe zeigte zum hinteren Teil des Busses. »Setz dich, du Idiot – bevor du in Ohnmacht fällst oder mir den Fußboden vollkotzt.«

Seven folgte ihr und ließ sich erleichtert auf einen Sitz fallen. Im hinteren Teil des Busses hatte Loe eine Art Wohnzimmer eingerichtet, in dem sie einige der Originalsitze L-förmig aufgestellt hatte. Seven lehnte sich zurück und fuhr sich mit der Hand durch die zerzausten Haare.

»Danke, Loe«, murmelte er.

»Ich hab doch gar nichts gemacht.«

»Eben.«

Schweigend saßen sie eine Weile da. Draußen fing es an zu regnen. Laut prasselten die Tropfen gegen den Bus, während das Wasser gegen seine Seiten schwappte. Der Regen wurde nach und nach heftiger, die Dunkelheit nahm zu. Loe stand auf, um die Laternen anzuzünden, die an den Haltestangen hingen. Im Bus breitete sich bernsteinfarbenes Licht aus.

Das Ganze wäre richtig gemütlich gewesen, wenn Seven nicht das Gefühl gehabt hätte, als wäre sein Körper in Stücke gerissen und von einem betrunkenen Chirurgen mit einer rostigen Stricknadel wieder zusammengeflickt worden.

»Tja«, sagte Loe schließlich. Sie hockte auf der Kante des Sitzes und hatte die Knie bis zur Brust hochgezogen. »Carpenters Tod ist wirklich ein schwerer Schlag.«

Wieder sah Seven vor sich, wie Blut aus Carpenters Mund quoll und seine Augen brachen. Wieder sah er das Einschussloch in seinem Hals vor sich.

Seven schluckte. »Kann man wohl sagen.«

»Und unsere Jobs sind auch flöten gegangen.«

»Stimmt.«

»Außerdem sucht die Polizei nach uns.«

»Stimmt.«

»Und es sieht so aus, als hättest du kein Zuhause mehr, weil die herausgefunden haben, wo du wohnst. Richtig?«

»Loe«, stöhnte er, »du hast wirklich ein unglaubliches Talent, einen aufzuheitern.«

Sie schnitt ihm eine Grimasse und wandte den Blick ab. Nachdem sie sich durch ihr unordentliches Haar gefahren war, holte sie tief Luft.

»Was soll ich bloß tun?«, fragte sie in einem Ton, den er

noch nie von ihr gehört hatte und der kläglich und hoffnungslos klang.

»Ich muss doch Mika irgendwie durchbringen«, fuhr Loe fort. »Sie ist zwar noch klein, futtert aber wie ein übergewichtiger Banker aus dem Norden, der gerade sein Gehalt bekommen hat.« Sie stieß ein ersticktes Lachen aus.

Seven wusste genau, warum sie versuchte, die Sache ins Scherzhafte zu ziehen – um sich nicht anmerken zu lassen, wie viel Angst sie hatte.

Das hatte er selbst jahrelang so gemacht.

»Du wirst schon einen Weg finden«, sagte er.

Loe vermied es nach wie vor, ihn anzusehen. Der Regen prasselte immer heftiger gegen den Bus.

»Genau davor fürchte ich mich«, erwiderte sie schließlich.

Alba

54 Als Alba nach Hause kam und in ihr Zimmer rannte, wartete Dolly dort auf sie.

Sie saß auf der Bettkante und hatte die Hände im Schoß gefaltet. Es schien Dolly gar nicht zu überraschen, wie Alba aussah. Sie neigte nur den Kopf zur Seite und sagte mit leiser Stimme: »Vor drei Stunden hat deine Mutter angerufen, um mir zu sagen, dass du früher nach Hause kommst.«

»Wir sind in einen Stau geraten«, erwiderte Alba, nachdem sie die Tür hinter sich geschlossen hatte.

Dolly sah sie an. »Alba, was verheimlichst du mir?«

Alba biss sich auf die Lippe. »Nichts ...«

»Ich kenne dich und das ist völlig untypisch für dich. Was ist los?«

Jede Menge!, hätte Alba am liebsten entgegnet. *Ich soll ein Schwein von einem Mann heiraten, um die First Lady des Nordens zu werden, und mein Freund aus dem Süden könnte jeden Moment von der Polizei geschnappt und vor meinen Augen hingerichtet werden.*

Stattdessen brachte sie nur mit gebrochener Stimme heraus: »Dolly ... ich habe Angst.«

Dolly stand auf und schloss Alba so fest in die Arme, dass sie sich sofort geborgen fühlte.

»Ich weiß nicht, was ich tun soll!«, schluchzte Alba, während ihr die Tränen über die Wangen rannen. Ihre Stimme schraubte sich höher und höher und sie merkte, wie sie bei jedem Wort immer mehr die Kontrolle über sich verlor. »Mein Leben ist ein einziges Chaos!«

Dolly strich ihr übers Haar. »Erzähl mir, was passiert ist.«

Alba lehnte sich ein Stück zurück, ohne dass ihre Zofe sie losließ. Nachdem sie ihre Tränen weggeblinzelt hatte, blickte sie Dolly ins Gesicht. Als sie den gütigen, aber auch entschlossenen Ausdruck in ihren Augen sah, wusste sie, dass sie ihr endlich die Wahrheit sagen musste.

»Es ... es gibt da einen Jungen«, sagte Alba.

Dolly riss erstaunt die Augen auf.

»Er kommt aus dem Süden«, fuhr Alba fort. »Er ist mein Freund und er ist verletzt und wird von der Polizei gesucht.« Ihre Stimme zitterte. »Er ... er hat jede Menge Probleme.«

Dolly schwieg und sah sie mit ihren sanften blauen Augen an. Stunden schienen zu vergehen, bis sie endlich etwas sagte, doch mit welcher Antwort auch immer Alba gerechnet haben mochte – die Frage, die Dolly stellte, hatte sie ganz gewiss nicht erwartet. Es war eine Frage, die Alba das Herz brach und es gleichzeitig wieder kittete.

»Wie kann ich dir helfen?«

SEVEN

55

»Wer zum Teufel sind Sie?«

»Ich bin eine Freundin von Seven ...«

»Seven hat keine Freundinnen.«

»Und wer sind dann Sie?«

»Seine gute Fee. Und jetzt verschwinden Sie, sonst ruf ich die Polizei.«

»Das werden Sie sicher nicht tun.«

»Ach ja?«

»Weil Sie nämlich auch wegen Erinnerungsdiebstahls gesucht werden, Loe. Da möchten Sie wohl kaum, dass die Polizei bei Ihnen aufkreuzt.«

Eine Zeit lang herrschte gespanntes Schweigen.

»Woher, verdammt noch mal, kennen Sie meinen Namen?«

»Wie ich schon sagte, Loe, ich bin eine Freundin von Seven.«

Als Stimmen an sein Ohr drangen, kam Seven zu sich. Verschlafen rieb er sich die Augen und setzte sich im Bett auf. Besser gesagt: Er versuchte es, doch der Schmerz in seiner Brust ließ ihn fluchend zurücksinken.

Er lag im Oberdeck des Busses, auf der dünnen Matratze, die Loe und Mika als Bett diente. Die zwei weiblichen Stimmen waren so laut, dass sie trotz des Regens zu hören waren. Seven spähte in der Dunkelheit umher. Im Laternenlicht konnte er die Umrisse einer kleinen Gestalt ausmachen, die sich über das Geländer der Treppe beugte.

»Mika?«, rief Seven.

Sie drehte sich um und presste den Finger gegen die Lippen. »Pssst!«

Die Stimmen von unten wurden noch lauter.

»Ich weiß nicht, wer Sie sind oder woher Sie meinen Namen kennen, aber falls Sie nicht verschwunden sind, wenn ich bis zehn gezählt habe, breche ich Ihnen das Genick.«

»Bitte beruhigen Sie sich, Loe. Ich bin hier, um Seven zu *helfen.«*

»Eins!«

»Seine Wunde muss versorgt werden ...«

»Zwei!«

»Könnten Sie ihm wenigstens sagen, dass seine Freundin mich geschickt hat?«

»Dr... Moment mal! Was haben Sie gerade gesagt?«

»Seine Freundin Alba hat mich geschickt.«

»Seine *Freundin?«*

Seven klatschte sich mit der Hand gegen die Stirn und stöhnte leise auf. *Das darf doch nicht wahr sein!,* dachte er. Er warf die Decke von sich und wankte zur Treppe. Die Schmerzen in seinem Oberkörper waren so höllisch, dass er bei jedem Schritt zusammenzuckte.

Was zum Geier soll denn das? Wieso schickt Alba jemand zu mir?, dachte er wütend. *Und weshalb behauptet sie, sie sei meine* Freundin?

»Alles in Ordnung, Loe«, rief Seven und machte sich daran, die Treppe hinunterzusteigen. Im nächsten Moment schrie er auf, weil er das Gleichgewicht verlor und nach unten fiel.

Bevor sein Gesicht auf dem Fußboden aufschlug, packte ihn jemand. Genauer gesagt: *Er* packte jemand und riss den Betreffenden um. Dem empörten Schnauben nach zu urteilen, war es Loe.

»Seven!«, zischte sie, als sie sich unter ihm hervorwälzte.

»Darf ich Ihnen helfen?«

Eine Frau, die er noch nie zuvor gesehen hatte, trat auf ihn zu. Das Licht der Laternen fiel auf ein freundliches Gesicht mit großen runden Augen. Sie trug einen langen Regenmantel, der bis zum Hals zugeknöpft und dessen Kapuze zurückgeschlagen war. Sie hatte purpurrote, oben zu zwei Knoten geschlungene Haare.

Lächelnd streckte sie ihm die Hand entgegen, doch er zuckte zurück.

»Alba hat gesagt, Sie lassen sich nicht gern von anderen helfen«, stellte sie mit bedauerndem Ton fest.

»Alba weiß einen Dreck«, fuhr er sie an.

Die Frau lächelte. »Sie hat auch gesagt, dass Sie ganz schön unhöflich sein können.«

»Diese *verdammte …«*

»Und dass Sie gern fluchen.«

Seven funkelte sie wütend an. »Na, die hat's nötig, so was zu sagen! Als sie das letzte Mal gegen meine Tür gehämmert hat, hat sie sich auch nicht gerade fein ausgedrückt.«

Die Frau kniff die Augen zusammen und stieß ein glockenhelles Lachen aus, worauf Seven irgendwie sofort das Gefühl hatte, er könne ihr vertrauen.

»Ich kann mir *gar* nicht vorstellen, wo sie solche Ausdrücke gelernt hat.« Ihr Gesicht wurde wieder ernst. »Jetzt gehen Sie erst mal wieder ins Bett. Mal sehen, was ich für Sie tun kann. Alba hat mir von Ihrer Verletzung erzählt. Sie haben eine

Menge Blut verloren und möglicherweise hat sich die Wunde entzündet. Außerdem brauchen Sie eine Tetanusspritze.«

Seven verzog das Gesicht. »Hört sich ja toll an. Aber Sie haben mir immer noch nicht gesagt, wer Sie sind.«

»Ich bin Dolly«, erwiderte die Frau. »Albas Zofe.«

Ohne auf eine Antwort zu warten, beugte sie sich nach unten und schob ihre Arme unter die von Seven, um ihm beim Aufstehen zu helfen.

»Oh, fühlen Sie sich ganz wie zu Hause«, grummelte Loe, als Dolly Seven zur Treppe bugsierte.

Schweigend ging Dolly ans Werk, säuberte Sevens Wunde und verpasste ihm verschiedene Spritzen. Obwohl das alles wehtat, gab Seven keinen Laut von sich und fluchte nicht ein einziges Mal. Er saß mit nacktem Oberkörper auf der Matratze im Oberdeck. Dolly hatte neben ihm Platz genommen. Von unten war trotz des lauten Regens das Gemurmel von Loes und Mikas Stimmen zu hören.

»Machen Sie so was öfter?«, fragte Seven schließlich. »Ich meine, eilen Sie allen armen Jungs aus dem Süden zu Hilfe, mit denen Alba sich angefreundet hat?«

Dolly strich gerade eine Art Gel auf seine Wunde. Sie blickte auf und zog die Augenbrauen hoch. »Was meinen *Sie* denn?« Als sie das Gel aufgetragen hatte, holte sie ein Stück Mull aus ihrem Erste-Hilfe-Kasten und klebte es mit Pflaster auf seine Wunde. »Das hat Ihr Freund sehr gut vernäht«, sagte sie. »Sie haben großes Glück gehabt, dass er da war. Wenn Sie noch mehr Blut verloren hätten, hätten Sie es vielleicht nicht geschafft. Nicht in Ihrem Zustand.«

»In meinem Zustand? Was soll das denn heißen?«, empörte sich Seven.

»Das ist nichts, wofür Sie sich schämen müssten, Seven.«

»Wer sagt, dass ich das tue?«

»Ich hab früher außerhalb von London gelebt«, fuhr Dolly fort. »Auf dem Land südlich der Stadt. Ich weiß, wie es ist, Hunger zu haben.«

Seven sah misstrauisch zu, wie sie ein Stück Verband abwickelte und ihm um den Oberkörper band.

»Sie haben außerhalb der Stadt gelebt?«, hakte er nach.

Dolly nickte. »Meine Familie besitzt eine kleine Farm in Sussex. Das Leben dort war hart. Im Winter ist fast alles erfroren.« Sie machte eine Pause. »Wie gesagt, ich weiß, wie es ist, Hunger zu haben. Wie es ist, jeden Tag ums Überleben zu kämpfen.«

»Und warum sind Sie nach London gekommen?«

»Aus demselben Grund, aus dem auch alle anderen in die Stadt kommen. Um nach einem besseren Leben zu suchen.«

»Und das haben Sie dann bei den *Whites* gefunden?«, sagte Seven und schnaubte verächtlich.

Sie warf ihm einen strengen Blick zu. »Es gibt schlimmere Arbeitsplätze.« Nachdem sie ihn verbunden hatte, packte sie all ihre Utensilien wieder in den Erste-Hilfe-Kasten. »Die Whites haben viel für mich getan.«

»So wie für Alba?«, fragte Seven in sarkastischem Ton. Er wusste nicht, warum er plötzlich so wütend war. Er blickte Dolly nur starr an, während er innerlich kochte.

Dolly machte ihren Erste-Hilfe-Kasten zu, nahm ihn an sich und stand auf. Ihr Gesicht war hart und unfreundlich geworden.

»Seven«, sagte sie, »ich weiß nicht, was Alba Ihnen über ihr Leben im Norden erzählt hat, aber ob Sie es nun glauben oder nicht: Ihre Eltern lieben sie tatsächlich. Mag sein, dass sie ihr das manchmal auf ziemlich merkwürdige Weise zeigen, und ich bin weiß Gott nicht mit allem, was sie tun, einverstanden, aber sie tun es, weil sie glauben, es sei das Beste für sie. Können Sie das auch von sich behaupten?«

Seven hatte das Gefühl, als hätte man ihm ins Gesicht geschlagen.

»Ich weiß, dass ich es von *mir* behaupten kann«, fuhr Dolly fort. »Und deshalb bitte ich Sie, Alba in Ruhe zu lassen.« Ihre Augen blitzten entschlossen auf. »Ich habe volles Verständnis für Albas Bedürfnis zu rebellieren und ich werde alles, was in meinen Kräften steht, tun, damit ihr diese arrangierte Ehe erspart bleibt. Damit sie ihre Träume verwirklichen kann. Und darum müssen Sie sie gehen lassen. Was auch immer Sie beide in puncto EH-Projekt vorhaben – es ist viel zu gefährlich. Da darf sie nicht reingezogen werden.«

»Sie wissen etwas darüber, nicht wahr?«, presste er zwischen den Zähnen hervor. »Sie wissen etwas über das EH-Projekt.«

Dolly wandte den Blick ab. »Nicht wirklich. Aber Albas Vater hat oft Besprechungen zu Hause, da habe ich im Laufe der Jahre das eine oder andere aufgeschnappt … Und deshalb weiß ich, dass *niemand* von uns in diese Sache reingezogen werden sollte. Alba hat mir erklärt, was es mit Ihrer Vergangenheit auf sich hat, Seven«, fuhr sie in freundlicherem Ton fort. »Wenn Sie dieser Sache weiterhin nachgehen wollen, kann ich das verstehen. Aber ich bin für Alba verantwortlich. Deshalb bitte ich Sie, Alba aus dem Spiel zu lassen, falls Ihnen etwas an ihr liegt.«

Sie verstummte. Der Regen draußen schien noch stärker zu werden und trommelte derart laut aufs Busdach, als versuche er, Dollys Worte wegzuspülen. Seven wünschte, sie könnten auch so leicht aus seinem Kopf gelöscht werden.

Ohne dass Seven es gewollt hatte, war Alba für ihn wichtig geworden. Er hatte sie akzeptiert. Jetzt waren sie Freunde. Er konnte sich einfach nicht vorstellen, sie nie wiederzusehen. Noch vor Kurzem hatte er ihre Hand gehalten, als sie gemeinsam vor der Polizei davongerannt waren.

Wie konnte er sie nach alldem einfach gehen lassen?

Doch was am schlimmsten war: Seven wusste, dass Dolly recht hatte, auch wenn er es nicht gern zugab.

Er blickte weg. »In Ordnung. Ich werde sie nicht wiedersehen.«

»Danke«, flüsterte Dolly, die erleichtert klang. »Übrigens verstehe ich, warum Alba sich zu Ihnen hingezogen fühlt.« Sie beugte sich nach unten, küsste ihn auf die Wange und legte etwas neben ihn. »Das soll ich Ihnen von Alba geben«, sagte sie. Dann drehte sie sich um und ging die Treppe hinunter.

Seven warf einen Blick nach unten. Neben ihm lag ein Päckchen, das in Goldpapier eingewickelt und um das eine Schleife gebunden war. Er rührte es nicht an. Weshalb sollte er es auspacken? Schließlich würde er Alba nicht wiedersehen und keine Gelegenheit haben, sich dafür zu bedanken.

Mit einem wütenden Schrei griff er nach dem Päckchen und schleuderte es durch den Bus. Ihm wurde speiübel, weil er plötzlich erkannte, was für ein Idiot er gewesen war.

Wie hatte er sich ihre Beziehung eigentlich vorgestellt? Hatte er gedacht, dass Alba und er sich für den Rest ihres Lebens nachts heimlich treffen würden? Dass alles andere keine Rolle spielte, wenn ihre Freundschaft nur stark genug war?

Nun, sie *konnten* sich nicht für den Rest ihres Lebens nachts heimlich treffen und ihre Freundschaft *war* nicht so stark, dass alles andere keine Rolle spielte. Seven würde nie in Albas Haus oder ihrem Leben oder ihrer Familie willkommen sein, geschweige denn in ihrem *Herzen.* Bei Letzterem krampfte sich sein Magen zusammen. Wie hatte er nur so dumm sein können zu hoffen, dass sie zwei die Ausnahme waren?

Manche Grenzen konnten nie überschritten werden. Manche Dinge waren für immer voneinander getrennt.

Norden und Süden.

Alba und Seven.

Was er wollte und was er bekam.

Alba

56

Als Dolly zurückkehrte, war Alba trotz der Sorgen, die sie sich um Seven machte, vor Erschöpfung eingeschlafen. Das Nächste, was ihr zu Bewusstsein kam, war, dass jemand sie wach rüttelte.

»Beeil dich, Alba«, rief Dollys helle Stimme. »Es ist Montag. Du musst dich für die Schule fertig machen.«

Stöhnend rieb Alba sich die Augen und strich sich die Haare aus dem Gesicht. Draußen war es noch gar nicht richtig hell. Jetzt, da der Winter nahte, ging die Sonne morgens immer später auf. Mattes bernsteinfarbenes Licht erfüllte Albas Zimmer. Durch die geschlossenen Fenster drang Vogelgezwitscher herein. Alles war so friedlich ...

»Moment mal.« Schlagartig fiel Alba ein, wo Dolly in der Nacht gewesen war. Sie setzte sich kerzengerade im Bett auf.

»Was ist passiert? Ist mit Seven alles in Ordnung?«

Dolly schüttelte den Kopf. »Dafür haben wir jetzt keine Zeit. Wir müssen dich für die Schule fertig machen.«

»Natürlich haben wir Zeit! Er ist von einem Hund gebissen worden, Dolly, und die Polizei war ihm auf den Fersen ...«

»Alba! Das reicht jetzt!«

Dolly hatte sie noch nie angeschrien. Fassungslos starrte

Alba ihre Zofe an, die sie mit einem unergründlichen Ausdruck in den Augen ansah.

Albas Herz hämmerte wie wild. »Was ist passiert, Dolly?«

Seufzend trat Dolly einen Schritt zurück und strich sich ihre Uniform glatt. »Seven geht es gut«, antwortete sie. »Du brauchst dir keine Sorgen um ihn zu machen. Aber ich glaube nicht, dass du ihn wiedersehen wirst.«

Alba riss erstaunt die Augen auf. »Was soll das heißen?«

»Ich habe ihm gesagt ... ich habe ihm gesagt, dass er dich in Ruhe lassen soll.«

Alba hatte das Gefühl, als hätte sie gerade einen Schlag in den Bauch erhalten. Sie krümmte sich zusammen und schnappte nach Luft.

»*Was* hast du ihm gesagt?«

Dolly schüttelte den Kopf. »Ich werde nicht zulassen, dass du ihn wiedersiehst«, erwiderte sie mit einem harten, entschlossenen Ausdruck in ihren sonst so sanften blauen Augen. »Das ist zu gefährlich! Abgesehen davon, dass du nachts in den Süden gehst und dich mit einem Jungen triffst, den du kaum kennst – was alles schon riskant genug ist –, steckt ihr eure Nase in Dinge, in die ihr sie auf keinen Fall stecken solltet. Ich weiß zwar nicht genau, was es mit dem Erinnerungshüter-Projekt auf sich hat, Alba, und was dein Vater und die Polizei damit zu tun haben, aber ich habe immerhin so viel darüber gehört, dass ich es nicht genau wissen *will*. Wenn die eine Sache derart geheim halten, sollte man besser nicht daran rühren. Seven kann gern weiterhin seine Nachforschungen anstellen, aber ich werde nicht zulassen, dass du da mit reingezogen wirst.«

Alba zitterte am ganzen Leib. Sie ließ die Bettdecke los – sie hatte gar nicht bemerkt, dass sie sie gepackt hatte – und versuchte, sich zu beruhigen. Das konnte doch alles nicht wahr sein. Sicher war das bloß ein entsetzlicher Albtraum, aus dem sie gleich erwachen würde.

»Erinnerungshüter«, flüsterte sie.

Dolly presste die Lippen aufeinander. »Ja. Genau das bedeutet EH-Projekt. Und das ist schon viel mehr, als du wissen solltest.« Sie streckte die Hand aus. »Und nun beeil dich. Sonst kommst du zu spät zur Schule.«

Doch Alba wich zurück, bevor Dolly sie anfassen konnte.

»Von meinen Eltern hab ich es nie anders erwartet«, sagte sie leise. »Sie haben mir immer vorgeschrieben, was ich zu tun und zu lassen habe, und mir nie erlaubt, eigene Entscheidungen zu treffen. Aber du, Dolly ...« Ihre Stimme brach. »Von dir hätte ich das nie erwartet.«

In Dollys Gesicht zuckte es. »Bitte, Alba. Ich will dich doch nur *beschützen.«*

»Den Spruch kenne ich«, flüsterte Alba. Sie stand auf und ging an Dolly vorbei ins Badezimmer, wo sie ihren Tränen freien Lauf ließ.

In der Nacht wartete Alba, bis im Haus alles still war. Dann stahl sie sich aus ihrem Zimmer und schlich die Dienstbotentreppe hinunter. Was Dolly davon halten würde, war ihr egal. Seven brauchte sie. Er hatte alles verloren – sein Zuhause, seine DSCs, das bisschen Sicherheit, das er gehabt hatte. Sie konnte ihn jetzt nicht im Stich lassen.

So etwas machten Freunde nicht.

Als sie aus der Tür nach draußen trat, schlug ihr kalter Wind entgegen und zerzauste ihr die Haare. Sie knöpfte ihren Mantel zu und zog sich die mit Pelz gefütterte Kapuze über den Kopf.

Es überraschte Alba immer wieder, wie schnell das Wetter

sich änderte. Früher hatte es auf den Britischen Inseln vier Jahreszeiten gegeben, die allmählich ineinander übergegangen waren. Jetzt gab es nur noch zwei: Sommer und Winter, die schlagartig aufeinanderfolgten und grundverschieden waren. Die Londoner High Society feierte den Beginn aller Jahreszeiten mit einem Ball (diese Leute nutzten absolut jede Gelegenheit, um eine Party zu feiern).

Mit gesenktem Kopf gegen den Wind ankämpfend, steuerte Alba auf den Abschnitt des Zauns zu, wo sie und Seven immer auf die andere Seite geklettert waren. Als sie sich der Stelle näherte, entdeckte sie plötzlich einen Lichtstrahl, der langsam durch die Dunkelheit glitt. Rasch versteckte sie sich hinter einem Strauch. Als sie sicher war, dass man sie nicht gesehen hatte, hob sie den Kopf und spähte über die raschelnden Zweige.

Einer der Wächter des Hyde-Park-Anwesens patrouillierte am Zaun entlang.

»Verdammter Mist«, murmelte sie.

Alba konnte versuchen, über den Zaun zu klettern, bevor der Wächter zurückkam. Doch ohne Sevens Hilfe würde sie eine Ewigkeit dafür brauchen und der Gedanke, entdeckt zu werden, wenn sie gerade wie ein Sack am Zaun hing, gefiel ihr ganz und gar nicht.

Doch die einzige andere Möglichkeit, die es gab, war, ins Haus zurückzukehren. Alba wusste nicht, wie lange Seven noch bei Loe bleiben würde. Er hatte gesagt, dass er ihr vertrauen könne, dass sie aber auch sehr, sehr reizbar sei, was Alba das Schlimmste befürchten ließ, weil Seven ständig alle um sich herum beleidigte. Was, wenn er Loe so verärgerte, dass sie ihn rausschmiss? Wenn Alba nicht in dieser Nacht zu ihm ging, fand sie ihn vielleicht nie wieder.

Okay, dachte Alba. *Dann mal los. Und Gott steh dem armen Wächter bei, der plötzlich meinen Hintern am Zaun hängen sieht.*

Doch gerade als sie hinter dem Gebüsch hervortrat und auf den Zaun zurennen wollte, kam jemand aus der Dunkelheit auf sie zu.

»Alba?«, sagte eine vertraute Stimme. »Was machst du denn hier?«

Entsetzt sah sie, wie ihr Vater vor ihr auftauchte.

SEVEN

57

Seven lehnte mit dem Rücken an einem der Granitpfeiler der Waterloo Bridge und wartete auf Kola. Die Nacht war stockdunkel und kalt. Das Rumpeln der Lastwagen, die über ihm entlangfuhren, hallte von den Brückenbögen wider. Am Kiesufer strömte gurgelnd die Themse vorbei. Von der Uferpromenade auf der anderen Seite des Flusses – wo auch zu dieser Zeit noch einiges los war – fielen gelbe und goldene Lichtmuster auf das Wasser.

Seven war nicht allein unter der Brücke. Dort hatten viele Obdachlose ihr Quartier, die unter Pappkartons schliefen oder den ans Ufer gespülten Abfall nach etwas Brauchbarem durchsuchten. Der Ort war auch ein beliebter Treffpunkt der U-Bahn-Gangs und der Drogendealer, mit denen sie Geschäfte machten. Sie wussten, dass sie von der Polizei in Ruhe gelassen wurden, weil diese als Gegenleistung von den Dealern Stoff zum Sonderpreis bekam.

Ein paar Gangmitglieder waren auch heute Nacht aus dem Tunnellabyrinth unter der Stadt zur Brücke gekommen. Die Gangs hatten schon vor Jahren die nicht mehr benutzte U-Bahn-Anlage übernommen, nachdem die meisten Tunnel durch Überschwemmungen unbrauchbar geworden waren. Für die Polizei war es ohnehin leichter, den Verkehr zwischen

Norden und Süden zu überwachen, wenn er ausschließlich über die Docks und die Straßen abgewickelt wurde. Seven wusste, dass jede Gang eine eigene Tätowierung hatte, genau wie die Banden von DSC-Dieben. Eine der Gangs, Takeshis Bakerloo Boys, trug einen roten Totenschädel auf dem Arm, während die Piccadilly Pythons sich mit einer Schlange schmückten, die sich um das Fußgelenk wand.

Seven beobachtete, wie die Gangmitglieder und die Dealer im Mondlicht ihre Geschäfte machten. Von Zeit zu Zeit glommen im Halbdunkel ihre brennenden Zigaretten auf.

Er zog sich seine Mütze noch tiefer ins Gesicht. Die Gangs waren selbst nach Maßstäben des Südens skrupellos und brutal. Wenn sie ihn erkannten, nachdem sein Bild veröffentlicht worden war ...

»Seven.«

Er fuhr zusammen. Blitzschnell drehte er sich um und versuchte, den, der gesprochen hatte, mit seinem Fuß zu treffen. Doch der Betreffende drückte Sevens Bein lässig mit der Hand zur Seite und trat näher.

»Ich bin's«, sagte Kola, dessen Gesicht jetzt deutlich zu erkennen war.

Seven wurde rot. »War mir klar. Ich hatte nur gerade einen ... einen Krampf im Bein.«

Kola sah nicht so aus, als höre er ihm zu. Sein Gesicht wirkte angespannt. Das Weiß seiner Augen schimmerte in der Dunkelheit wie Silber.

»Pass auf«, sagte er, nachdem er einen Blick über die Schulter geworfen hatte. »Ich kann nicht lange bleiben. Die Polizei lässt mich beschatten. Ich glaube zwar, dass ich den Typ unterwegs abgeschüttelt habe, bin mir aber nicht sicher.«

Mit klopfendem Herzen sah Seven sich um. Als er etwas sagen wollte, schnitt Kola ihm das Wort ab.

»Seven ... sie haben alles mitgenommen.«

Seven erstarrte.

»Sie haben den Raum im hinteren Teil der Wohnung aufgebrochen und die ganzen DSCs gefunden«, fuhr Kola fort. »Ich konnte nichts dagegen tun. Sie haben alles mitgenommen«, wiederholte er. »Na ja, *fast* alles«, fügte er hinzu.

»Wie meinst du das?«, fragte Seven mit erstickter Stimme.

Kola kramte in der Hosentasche herum. Dann griff er nach Sevens Hand und drückte einen kleinen Metallgegenstand hinein: eine DSC.

»Die haben sie übersehen«, flüsterte Seven und schloss die Finger so vorsichtig um die DSC, als wäre sie ein kleiner Vogel (was in gewisser Weise zutraf, schließlich verliehen ihm DSCs Flügel).

Kola spähte umher. »Tut mir leid, aber ich muss gehen, bevor sie mich entdecken. Meinst du, du kommst zurecht?«

»Was soll denn diese Frage?«

Seven rang sich ein Grinsen ab und versuchte, so cool und zuversichtlich wie möglich dreinzublicken, obwohl er kurz davor war, innerlich zusammenzubrechen.

Eine DSC.

Mehr war ihm nicht geblieben.

Eine einzige beschissene DSC.

Seven nickte. Von dem verkrampften Grinsen taten ihm schon die Kiefermuskeln weh. »Natürlich.«

Kola sah ihn durchdringend an. Seven spürte, dass sein Mitbewohner ihm das nicht abnahm.

»Vergiss nicht«, sagte Kola nach einer Weile, »dass wir letzten Endes nur unser eigenes Fleckchen der Welt schrubben können, damit es so hell wie möglich glänzt.« Dann drehte er sich um und ging mit schnellen Schritten davon.

Seven wartete, bis Kola aus seinem Blickfeld verschwunden war. Dann trat er unter der Brücke hervor ins Mondlicht. Nachdem er tief Luft geholt hatte, um sich zu beruhigen, öffnete er die Hand.

04.10.2144, H. M., Herrenhaus, Grovewood Close

Ewig lang starrte er auf die Buchstaben, mit denen das Etikett bekritzelt war.

»Verdammte Scheiße«, flüsterte er schließlich.

Er unterdrückte einen Schrei, riss sich die Mütze vom Kopf und schleuderte sie zu Boden. Dann fiel er auf die Knie. Seine Finger umklammerten die DSC so fest, dass sich die harten Kanten in seine Handfläche gruben.

Seven konnte sich noch nicht einmal daran erinnern, dass er die DSC gestohlen, geschweige denn, dass er sie gesurft hatte. Ebendas tat so weh. Das war ihm von seiner ganzen Sammlung, von seinem Leben als Dieb geblieben ... nur eine einzige DSC und er konnte sich noch nicht einmal daran erinnern, dass er sie gestohlen hatte.

Lange Zeit rührte er sich nicht vom Fleck. Die Wirkung der Mittel, die Albas Zofe ihm verpasst hatte, ließ allmählich nach, sodass die Schmerzen in seiner Brust wieder einsetzten. Boote und Wassertaxis flitzten in der Nähe des Ufers entlang und bespritzten ihn mit Wasser.

Okay, dachte Seven schließlich. *Noch ein Versuch.*

Er öffnete die Hand und hielt die DSC ins Mondlicht. Er wusste eigentlich nicht, was er erwartete. Aber wenn er sich die DSC noch einmal ansah, entdeckte er vielleicht etwas, das seinem Gedächtnis auf die Sprünge half. Sein Blick wanderte erneut über das Etikett ...

Plötzlich richtete er sich so kerzengerade auf, als hätte ihn jemand an einer Schnur hochgerissen.

Vor lauter Aufregung bekam Seven Herzrasen. Jetzt war ihm klar, warum er sich nicht daran erinnern konnte, die DSC gestohlen zu haben. Er hatte sie nämlich nicht gestohlen.

Das wäre gar nicht möglich gewesen, weil auf dem Etikett das Datum von morgen stand.

Alba

58

»V…vater«, stammelte Alba. »Ich … ich hätte nicht gedacht …«

»Was *machst* du hier?«, wiederholte er, während er auf sie zutrat und sie bei der Schulter packte. Er zog sie an sich und spähte über sie hinweg in die Dunkelheit. »Es ist gefährlich, so spät allein draußen zu sein, Alba. Selbst auf dem Anwesen. Ich bringe dich ins Haus zurück.«

Da Alba ihm keinen Anlass geben wollte, sie weiter auszufragen, ließ sie sich von ihm in Richtung Haus führen. Sein Arm ruhte schwer auf ihren Schultern. Früher hatte es ihr immer ein Gefühl von Sicherheit gegeben, wenn sie seinen Arm spürte. Es war wie ein Versprechen gewesen, dass ihr Vater stets für sie da sein und sie vor den Gefahren der Welt beschützen würde.

Jetzt fühlte es sich an, als stelle *er* die Gefahr dar.

»Ich konnte nicht schlafen und brauchte ein bisschen frische Luft«, log Alba. »Ich dachte, wenn ich auf dem Anwesen bleibe, ist das nicht gefährlich. Aber das hätte ich nicht tun sollen. Tut mir leid.«

Ihre Schritte gingen im Pfeifen des Winds unter, der durch das Gras fegte. Um sie herum raschelte Laub in der Dunkelheit.

Ihr Vater seufzte. »Stimmt, meine Liebe, das hättest du wirklich nicht tun sollen. Aber ich verstehe, was du meinst. Ich kann seit einiger Zeit auch nicht gut schlafen.«

»Wegen deiner Arbeit?«

»Ja.«

Seine knappe Antwort verriet ihr, dass es besser war, keine weiteren Fragen zu stellen.

Schweigend setzten sie ihren Weg fort. Alba hatte das Gefühl, als gingen all die Geheimnisse, die ihr Vater hatte, neben ihnen her und beobachteten sie aus der Dunkelheit. Es gab so viele Fragen, die sie ihm stellen wollte – wer die Erinnerungshüter waren, warum er in dieses Projekt verwickelt war und warum es ihm nichts auszumachen schien, dass deswegen Menschen starben.

Vor allem Letzteres wollte sie fragen, damit er die Möglichkeit hatte, ihr zu sagen, dass ihm das durchaus etwas ausmache. Damit er ihr eine Erklärung geben konnte, die ihn wieder zu ihrem Vater machte statt zu einem Fremden.

»Was hältst du von Christians Sohn Thierry?«, fragte ihr Vater ganz unvermittelt, als sie am Haus ankamen.

Als sie über den Kies der Auffahrt schritten, ging an der Haustür eine Lampe an, die die Umgebung in grelles Licht tauchte. Alba kniff die Augen zusammen. Kurz vor der Haustür blieb ihr Vater stehen. Er trug nach wie vor seine Staatsanwaltsrobe. Offenbar hatte er wieder einmal bis spät in die Nacht gearbeitet.

»Oh.« Sie biss sich auf die Lippe und wandte den Blick ab. »Vermutlich ist er ganz in Ordnung.«

»Du magst ihn nicht?«

»Nein«, erwiderte Alba. »Ich ... ich verstehe einfach nicht, warum ich ihn heiraten soll.«

Ihr Vater fasste sie am Kinn und drückte ihren Kopf nach oben. Seine normalerweise kalten Augen nahmen einen weichen Ausdruck an. »Das ist der beste Weg für dich, meine Liebe. Wenn deine Mutter und ich das nicht so sehen würden, hätten wir die Sache nicht arrangiert. Du wirst an Thierrys Seite sehr glücklich werden und brauchst dir keine Gedanken mehr über deine Zukunft zu machen, weil du alles haben wirst, was du dir nur wünschst.«

Blitzartig sah Alba Sevens Gesicht vor sich – sein schiefes Grinsen, seine grauen Augen.

Was du dir nur wünschst, schoss ihr durch den Kopf.

Ihr Vater seufzte erneut. »Ich weiß, dass ich nicht immer ein guter Vater gewesen bin«, fuhr er in einem Ton fort, der so sanft und warm war, wie sie es noch nie bei ihm gehört hatte. »Es war oft sehr schwierig für mich, überhaupt herauszufinden, wie ich dir ein guter Vater sein kann. Aber ich habe es versucht und versuche es nach wie vor. Du bist meine über alles geliebte Tochter und ich will natürlich nur dein Bestes.«

Mit angehaltenem Atem starrte Alba ihren Vater an, der noch immer ihr Kinn in der Hand hielt.

Genau das hatte sie all die Jahre von ihm hören wollen.

Sie schwebte wie auf Wolken.

Mehr wollte sie doch nicht.

Doch dann dachte sie wieder an das EH-Projekt. An das spöttische Lachen ihres Vaters, nachdem bei der Razzia so viele Erinnerungsdiebe getötet worden waren. An die Kälte in seiner Stimme, als er über die Kandidaten gesprochen hatte, die bei den Experimenten zu Tode gekommen waren. Daran, dass er Alba nach den Ausbrüchen ihrer Mutter nie tröstete, seiner Frau nie befahl, damit aufzuhören, obwohl er doch sicher darüber Bescheid wusste. Und falls nicht, dann machte das die Sache nur noch schlimmer.

Sie dachte an all die Geheimnisse, die im Laufe der Jahre zwischen sie getreten waren, sich wie eine hohe Mauer zwischen ihnen aufgetürmt hatten, und da wurde ihr schmerzlich bewusst, dass seine Worte zu spät gekommen waren. Sie glaubte ihm zwar, doch das spielte jetzt keine Rolle mehr.

Alba liebte ihren Vater und er liebte sie. Doch die Dinge, die sie dachten, fühlten und an die sie glaubten, waren so grundverschieden, als wären sie Fremde.

»Ich weiß, Vater«, erwiderte sie. Dann stellte sie sich auf die Zehenspitzen und küsste ihn auf die Wange.

Er lächelte sie kurz an. »Gut. Und jetzt geh wieder ins Bett, meine Liebe. Vielleicht kannst du nun besser schlafen.«

SEVEN

59

Am nächsten Morgen hatte Loe noch schlechtere Laune als sonst. Sie, Seven und Mika frühstückten frische Krabben, die in einem an der Unterseite des Busses angebrachten Netz gefangen worden waren. Es war kurz nach Tagesanbruch. Das milde rosafarbene Licht der aufgehenden Sonne fiel durch die Fenster und über dem Wasser draußen kreisten laut krächzend Vögel.

Seven hielt nicht viel von Meeresfrüchten, war aber dankbar, dass er überhaupt etwas zu essen bekam. Er pulte das stinkige weiße Fleisch mit den Fingern aus der Schale und vermied jeden Blickkontakt mit Loe, die ihn vom gegenüberliegenden Sitz finster anstarrte.

»Sag mal, Seven …«

Widerwillig blickte er auf. Das hatte er erwartet. Gestern war er kaum ansprechbar gewesen, teils aus Erschöpfung, teils weil die Medikamente, die Albas Zofe ihm gegeben hatte, ihn so ruhiggestellt hatten, dass er sozusagen zum Zombie geworden war. Dann war er losgezogen, um sich mit Kola zu treffen. Und jetzt war er ganz und gar Loes durchdringendem Blick ausgesetzt.

Mit einer ruckartigen Kopfbewegung schüttelte sie sich die Ponyfransen aus den Augen und rang sich ein Lächeln ab, was irgendwie viel erschreckender wirkte als ihr üblicher zorniger Gesichtsausdruck. »Diese Frau vorgestern ... Brolly oder Welly ...«

»Dolly.«

»Ja, die. Wer war die noch mal?«

Als Seven zu Loe gekommen war, hatte er ihr nichts von Alba erzählt. Er hatte nur erzählt, was seit der Razzia auf dem Bourough Market passiert war, Alba, die DSC ihres Vaters oder das EH-Projekt jedoch mit keinem Wort erwähnt. Das lag nicht nur daran, dass er ihr solche Informationen nicht anvertrauen wollte, sondern auch an dem, was Mika in der Nacht der Razzia gesagt hatte ... dass Loe ihn *anhimmle*. Wenn das wahr wäre, würde Loe wahrscheinlich nicht gerade erfreut sein, wenn sie erfuhr, dass ein wunderschönes Mädchen aus dem Norden mit im Spiel war.

Nicht dass das von Bedeutung gewesen wäre. Seven dachte an Albas hübsches, sanftes Gesicht zurück und sah wieder ihren mit Sommersprossen übersäten Rücken vor sich, als sie nackt in der Badewanne gesessen hatte. Jedes Mal, wenn sie ihn angelächelt hatte, war ihm ganz anders geworden. Ihm war fast zum Heulen zumute. Warum hatte er sich ausgerechnet in ein Mädchen verliebt, das er nie wiedersehen würde?

In ein Mädchen, bei dem er von vornherein keine Chance gehabt hatte.

»Diese Frau war aus dem Norden, Seven«, fuhr Loe fort. »Was hat jemand aus dem Norden mit dir zu tun? Und wer ist Halber?«

»Alba.«

»Wie auch immer. Diese Frau hat gesagt, Alba sei deine *Freundin.«*

»Wieso interessiert dich das überhaupt?«, fuhr Seven sie an.

Loe wurde rot. »Tut's ja gar nicht. Ich kann mir bloß nicht vorstellen, dass ein Mädchen aus dem Norden sich mit jemand wie *dir* einlassen würde.«

Seven sah Loe wütend an. Dabei bemerkte er, dass Mika, die auf ihrem Sitz kauerte, sie beide mit weit aufgerissenen Augen beobachtete und sich kein Wort entgehen ließ.

»Tja, die *hat* sich aber mit mir eingelassen«, entgegnete Seven.

Das hatte er eigentlich nicht sagen wollen. Er hatte überhaupt nicht die Absicht gehabt, sich zu Alba zu äußern. Wozu auch? Sie gehörte nicht mehr zu seinem Leben. Aber er konnte es einfach nicht ertragen, dass Loe dachte, er hätte Alba nicht verdient (das dachte er selbst schon oft genug).

Loe stand auf und reckte sich wie eine Katze. »Und wie lange, meinst du, wird das dauern?«, fragte sie mit bissigem Ton. »Wahrscheinlich bist du nur ein Abenteuer für sie – der gefährliche Junge aus dem Süden, von dem sie all ihren Freundinnen erzählen kann, um zu beweisen, wie *cool* und *mutig* sie ist. Und sobald sie dann feststellt, dass du ihr eigentlich nichts zu bieten hast, wird sie dich schneller, als man *hochnäsiges Miststück aus dem Norden* sagen kann, fallen lassen ...«

Zack!

Sevens Arm bewegte sich wie von selbst. Entsetzt starrte er auf seine Hand, in der er eben noch die Krabbenschale gehalten hatte – die Krabbenschale, die er Loe mitten ins Gesicht geschleudert hatte.

Mikas Augen waren inzwischen so groß, dass man sie vom Mond aus hätte sehen können. »Oooooh!«, flüsterte sie entzückt.

Seven schluckte.

Loes Gesicht erstarrte zu einer kalten, ausdruckslosen Maske. »Eigentlich müsste ich dich jetzt rausschmeißen«, zischte sie, »aber ich weiß, dass du nirgendwo sonst unterkommen kannst. Deine großartige Freundin aus dem Norden und ihre Familie würden dich ja wohl kaum mit offenen Armen willkommen heißen, oder?« Nachdem sie ihm noch einen verächtlichen Blick zugeworfen hatte, ging sie zur Tür des Busses. »Komm, Mika«, rief sie. »Mal sehen, was wir in Greenwich auf der Müllhalde finden. Zumindest wird der Gestank dort nicht so schlimm sein wie der, den *er* verbreitet.«

»Das war total *cool!«*, flüsterte Mika Seven zu und grinste ihn an, ohne dass er zurückgrinste.

Als Loe und Mika weg waren, kletterte Seven, wütend vor sich hin murmelnd, die Treppe zum Oberdeck hoch. Dolly hatte ihm ja schon vorgestern klargemacht, dass er nicht zu Alba passte. Da konnte er darauf verzichten, dass die verdammte Loe ihm das heute auch noch unter die Nase rieb.

Als Seven das Ende der Treppe erreichte, fiel sein Blick auf ein Päckchen, das auf dem Boden lag. Ihm stockte der Atem. Albas Geschenk.

Er bückte sich, hob das Päckchen auf und drehte es in den Händen hin und her. Es enthielt irgendetwas Hartes.

Es wäre unhöflich, es nicht zu öffnen, dachte er und riss, bevor er es sich anders überlegen konnte, das Päckchen auf.

Ein kleiner Plastikgegenstand fiel heraus. Sein Herz setzte einen Moment aus, als er sah, was es war: eine Zahnbürste.

Alba

60

Schweigend gingen Dolly und Alba über das Hyde-Park-Anwesen. Es war ein kalter, klarer Morgen, obwohl am Horizont allmählich Wolken heraufzogen. Ihre Schuhe knirschten über den Kies, mit dem der Pfad bestreut war. Der Wind riss die Blätter von den Bäumen und wirbelte goldbraunes Laub durch die Luft, ein Tanz winterlicher Farben.

»Was hast du denn heute in der Schule?«

Alba schielte zu Dolly hinüber, die sie mit demselben zaghaften Gesichtsausdruck betrachtete, wie sie es seit ihrem Streit um Seven tat. Mit verschlossener Miene vergrub Alba den Kopf noch tiefer in ihrer warmen Pelzkapuze, die sie zusätzlich zum Mantel ihrer Schuluniform trug, und setzte schweigend ihren Weg fort. Der Atem quoll den beiden in weißen Wölkchen aus dem Mund.

»Du kannst mich nicht ständig ignorieren, weißt du«, fuhr Dolly fort.

Wetten, dass?, dachte Alba.

»Ich weiß, dass du über das, was ich gemacht habe, nicht glücklich bist«, sagte Dolly, »aber ich hoffe, du wirst einsehen, dass es das Beste war.«

Nein, werde ich nicht.

»Jetzt kannst du dich ganz auf die Schule und die Abschlussprüfung konzentrieren, die du machen musst, wenn du auf die Universität willst.«

Wozu denn? Ich werde ja doch nicht auf die Universität gehen.

»Vielleicht überlegen deine Eltern sich das mit der Heirat noch mal, wenn sie sehen, wie gut du in der Schule bist.«

Genau. Weil meine Eltern ja so oft ihre Meinung ändern.

»Bald wirst du Seven vergessen haben ...«

»Nein, werde ich nicht!«, schrie Alba so laut, dass Dolly vor Schreck verstummte. Alba hatte eigentlich nicht vorgehabt, etwas zu sagen, konnte es aber nicht länger ertragen, sich den Unsinn ihrer Zofe anzuhören.

»Er war mein Freund«, sagte Alba. »Der einzige, den ich außer dir je gehabt habe. Und du hast ihn vertrieben.«

Dollys Gesicht wurde hart. »Es ging dabei um deine Sicherheit ...«

»Meine Sicherheit! Für etwas anderes scheint sich hier niemand zu interessieren. Was nutzt einem denn Sicherheit, wenn man nicht *frei* ist?«

Dolly öffnete den Mund, um etwas zu entgegnen, doch in dem Moment wurde ihr Blick abgelenkt. Ein überraschter Ausdruck huschte über ihr Gesicht.

»Seven«, flüsterte sie.

Alba verdrehte die Augen. »Was soll das denn jetzt wieder?«

»Seven«, wiederholte Dolly. »Er ist hier.«

Blitzschnell drehte Alba sich um und zog hörbar die Luft ein, als sie die schlaksige Gestalt erkannte, die auf sie zugelaufen kam. Wie bei ihrer letzten Begegnung trug er einen kastanienbraunen Pullover und ausgeblichene schwarze

Jeans. Außerdem hatte er eine Mütze auf, die er sich tief in die Stirn gezogen hatte.

Als Seven näher kam und den Kopf hob, trafen sich ihre Blicke. Sofort fing Albas Herz an, heftig zu klopfen.

»Was um alles in der Welt ...?«, flüsterte sie.

Dolly ging ihm entgegen, packte ihn beim Arm und zog ihn zu einer Schwarzdornhecke am Rande des Pfads.

»Was machen Sie hier?«, wollte sie wissen. »Ich habe Ihnen doch gesagt, dass Sie nicht mehr hierherkommen sollen.«

Sevens Lippen verzogen sich zu einem Grinsen. Er schüttelte Dollys Hand ab. »Tja, es ist mir schon immer schwergefallen, Befehle zu befolgen.« Er sah an Dolly vorbei zu Alba hinüber, die wie angewurzelt dastand. Sein Blick wanderte über ihren blauen Mantel und die seidenen Strumpfhosen. Er zog eine Augenbraue hoch. »Hallo, Prinzessin. Gut siehst du aus.«

Alba wurde knallrot. Trotzdem musste sie unwillkürlich lächeln und sie spürte, wie ihr vor Freude innerlich ganz warm wurde. Sie trat auf Seven zu, doch sofort streckte Dolly abwehrend den Arm aus.

»Seven, es ist extrem gefährlich, am helllichten Tag hier aufzukreuzen, wo jeder Sie sehen kann.«

Er verzog das Gesicht. »Das weiß ich, das können Sie mir glauben. Aber es ist etwas passiert und ich brauche Albas Hilfe.«

Etwas an der Art, wie er das sagte, versetzte Alba in Aufregung.

»Ich habe Ihnen doch schon gesagt, dass sie Ihnen nicht mehr helfen kann.«

»Doch, das kann ich«, warf Alba rasch ein. Sie wusste, dass etwas Schlimmes passiert sein musste, wenn Seven es wagte, tagsüber in den Norden zu kommen. Sie sah ihn stirnrunzelnd an. »Was ist los?«

Seven kramte in seiner Hosentasche herum und holte etwas heraus. Wie sie sah, war es eine der DSCs, auf denen er Erinnerungen speicherte. Sie nahm sie an sich und las die Aufschrift auf dem Etikett.

»Das ist die einzige DSC, die die Polizei in meinem Memorium zurückgelassen hat«, erklärte Seven. »Kola hat sie mir letzte Nacht gebracht. Zuerst habe ich nicht weiter darauf geachtet, aber dann habe ich das Datum gesehen und gedacht ...«

»... dass es eine Botschaft ist«, beendete Alba den Satz im Flüsterton.

»Wieso eine Botschaft?«, fragte Dolly.

Alba zeigte ihr das Etikett, um sich dann wieder Seven zuzuwenden. »Vielleicht gibt es bei der Polizei einen Spion«, stieß sie atemlos hervor. »Jemand, der für die Leute arbeitet, die versuchen, das Erinnerungshüter-Projekt aufzudecken!«

Seven starrte sie mit offenem Mund an. »Das *was?*«

»Oh.« Albas Blick huschte kurz zu Dolly. »Genau das bedeutet EH-Projekt. Erinnerungshüter. Und diese DSC ... muss jemand heimlich in deiner Wohnung deponiert haben. Vielleicht hatte sogar *Kola* was damit zu tun! Das Datum und die Ortsangabe auf dem Etikett sagen uns, dass wir heute dorthin kommen sollen!«

Er nickte. »So hab ich das auch verstanden. Deshalb wollte ich dich fragen, ob du mitkommen möchtest.«

»Auf gar keinen Fall«, mischte sich Dolly ein, bevor Alba etwas erwidern konnte. »Das ist zu gefährlich. Ihr zwei steckt schon viel zu tief in dieser Sache. Was, wenn diese Botschaft eine Falle ist?«

Ein bisschen verdächtig war das alles schon, doch Alba versuchte, den Gedanken zu verdrängen. Was blieb ihnen denn anderes übrig, als der Person, die ihnen die Botschaft geschickt hatte, zu vertrauen, wenn sie mehr über das EH-Projekt herausfinden wollten?

»Dolly«, sagte sie, »bitte! Jetzt, wo Seven hier ist, müssen wir ihm helfen.« Sie biss sich auf die Lippe und senkte die Stimme. »Es geht nicht darum, dass wir neugierig sind. Hier geht es darum, die Wahrheit über Sevens Leben herauszufinden – und über meins. Ich habe all diese Geheimnisse satt. Wir müssen einfach herausfinden, was da vor sich geht.«

Dolly zögerte. Obwohl sie immer noch besorgt aussah, schien sie über Albas Worte nachzudenken. Nach einer Weile seufzte sie und sagte: »Na gut. Dann begleiten wir ihn.«

Alba schlang Dolly die Arme um den Hals. »Danke!«, rief sie.

»Dank mir nicht zu früh«, erwiderte Dolly und machte sich von Alba los. »Denn danach ist endgültig Schluss. Dann gibt es keine nächtlichen Treffen oder Trips in den Süden mehr. Und das meine ich ernst. Nach dieser Sache werdet ihr zwei euch für immer voneinander verabschieden und getrennte Wege gehen.«

SEVEN

61

Sie schlichen durch den Dienstboteneingang ins Haus und durchquerten die leeren Schlafsäle, bis sie zu den Zimmern der Zofen gelangten. Zum Glück waren alle Angestellten irgendwo im Haus beschäftigt, sodass sie niemandem begegneten.

Dollys Zimmer war klein, aber wunderschön ausgestattet. An den Fenstern hingen seidene Vorhänge. Das Bett war mit gemusterter Bettwäsche bezogen. Auf dem hellen Holzfußboden lag ein flauschiger Teppich und an der Wand hinter dem Bett waren Lampen angebracht, die wie Rosenblätter geformt waren.

»Wartet kurz hier«, sagte Dolly, nachdem sie die zwei hereingelassen und die Vorhänge zugezogen hatte, damit von draußen niemand hereinsehen konnte. »Ich werde die Schule anrufen und denen mitteilen, dass du heute nicht kommen kannst, weil du krank bist, Alba. Bevor wir aufbrechen, muss ich etwas auftreiben, das Seven anziehen kann. Und was zu essen. Sicher haben Sie Hunger«, fügte sie, an Seven gewandt, in freundlichem Ton hinzu.

Wie auf Bestellung gab sein Magen ein Knurren von sich.

»Das heißt zweifellos Ja«, meinte Dolly und ging zur Tür, wo sie noch einmal stehen blieb und zurückblickte. »Ich hoffe, ich muss euch nicht extra darauf hinweisen«, sagte sie leicht errötend, »aber ich erwarte, dass ihr beide noch vollständig angezogen seid, wenn ich zurückkomme.«

»Dolly!«

Als Dolly Albas entsetzten Gesichtsausdruck sah, lachte sie kurz auf. Dann verließ sie das Zimmer und machte die Tür zu.

Sobald sie allein waren, breitete sich im Raum gespanntes Schweigen aus. Die Luft schien förmlich zu knistern.

Seven setzte sich auf die Bettkante, rieb sich den Nacken und vermied es, Alba anzuschauen. Warum musste er bloß ständig daran denken, wie schön sie heute aussah? Das Haar fiel ihr in dunkelroten Locken bis auf die Schultern, ihr seidenes Schulkleid schmiegte sich eng an ihren Körper.

»Ich bin froh, dass du gekommen bist«, sagte Alba, die es ebenfalls vermied, ihn anzusehen.

Seven räusperte sich. »Na ja, schließlich haben wir ja all diese Sachen über das EH-Projekt zusammen herausgefunden ...« Er holte tief Luft, dann stieß er hervor: »Ich ... ich hab dein Geschenk bekommen.«

»Ich hoffe, ich bin dir damit nicht zu nahe getreten«, erwiderte sie rasch. »Es war nur, weil du gesagt hast, du hättest keine Zahnbürste, deshalb ...«

»So etwas Nettes hat noch niemand für mich getan«, fiel Seven ihr ins Wort.

Lächelnd kam Alba näher und hockte sich ebenfalls auf die Bettkante, so dicht neben ihn, dass er ihre Körperwärme spüren und den blumigen Duft ihrer Haut riechen konnte.

»Dieses Mädchen ... ich meine die, bei der du gerade wohnst.« Als ihre Blicke sich begegneten, wurde Alba rot und schaute sofort weg. »Seid ihr zwei, äh ... mehr als Freunde?«

»Loe und ich?« Seven schnaubte. »Auf keinen Fall! Selbst

dass wir *Freunde* sind, wäre ziemlich übertrieben. Wir haben einfach miteinander zu tun, weil wir beide DSC-Diebe sind, verstehst du?«

»Wie war das eigentlich?«, fragte Alba nach einer Weile. »So zu leben, meine ich.«

Er zuckte die Achseln. »Beschissen. Obwohl das Stehlen an sich gar nicht mal so übel ist. Macht sogar irgendwie Spaß. Wenn man in Häuser im Norden einbricht, lernt man eine völlig andere Welt kennen.«

»Ich weiß nicht, ob ich noch zu dieser Welt gehören möchte«, flüsterte Alba und rückte näher an ihn heran. Ihre Fingerspitzen schoben sich so dicht an seine heran, dass er sich fragte, ob sie darauf wartete, dass er sie berührte und ihre Hand nahm.

Sie senkte den Blick. »Glaubst du ... glaubst du, wir könnten ...?«

Mit wild klopfendem Herzen neigte Seven ihr den Kopf zu. »Was?«, krächzte er.

Sie hob den Kopf und sah ihn an, was wie ein Stromschlag auf ihn wirkte.

Ihre Gesichter kamen sich immer näher.

Verdammt noch mal, sie ist wunderschön, dachte Seven. Und wie sie ihn ansah ... es fühlte sich an, als würden sie am Anfang von etwas Großem stehen – von etwas Unvorstellbarem.

Er biss sich auf die Lippe und streckte seine zitternde Hand nach ihrer Wange aus.

In dem Moment ging die Tür auf.

»Ich hab die Ersatzuniform von einem der Diener und außerdem ... oh!«

Seven und Alba fuhren auseinander, als Dolly ins Zimmer

kam. Sie trug ein Tablett mit Brötchen, Marmelade, Butter und einer Tasse Tee. Unter einen Arm hatte sie sich einige Kleidungsstücke geklemmt.

»Oh!«, wiederholte sie und kniff die Augen zusammen.

Alba sprang auf. »Danke!«, sagte sie, strich sich ihr Kleid glatt und eilte zur Tür. »Ich ... äh ... werde in meinem Zimmer auf euch warten. Holt mich ab, wenn ihr fertig seid.«

Sie war knallrot geworden. Seven merkte, dass auch seine Wangen brannten (obwohl das bei ihm zweifellos nicht so hübsch aussah, da war er sich ziemlich sicher). Er rieb sich den Nacken und vermied es, Dolly anzusehen, die ihn vorwurfsvoll anstarrte.

Als niemand etwas sagte, rief Alba: »Dann bis gleich!« Nachdem sie Seven noch einen Blick zugeworfen hatte, bei dem ihm wieder ganz anders wurde, huschte sie aus dem Zimmer und zog die Tür hinter sich zu.

Dolly reichte Seven das Tablett mit Essen. »Sie haben doch gesagt, dass Sie Hunger haben.«

»Äh ... ja ... hab ich.«

»Fragt sich nur, *worauf*«, murmelte sie, während sie sich abwandte.

Alba

62

Nachdem Alba Dollys Zimmer verlassen hatte, blieb sie stehen, um tief durchzuatmen und sich die Hand gegen die Brust zu pressen. Ihr Herz schlug so heftig, dass sie befürchtete, es würde ihr gleich aus dem Leib springen und davonfliegen.

Fast wäre es passiert.

Fast hätten sie sich geküsst.

Alba wusste nicht, ob sie dazu schon bereit war. Nein, eigentlich war sie sich ganz sicher, dass sie es nicht war. (Wie um alles in der Welt küsste man denn jemanden? Wessen Lippen bewegten sich und wann? Und was – sie erbebte – in Gottes Namen machte man mit seiner Zunge?)

Und trotzdem ... sie hatte immer, wenn Seven sie ansah, ein gutes Gefühl, so als würde ein Puzzleteil an der richtigen Stelle eingefügt.

Aber das lag doch sicher nur daran, dass sie Freunde waren ... oder?

Verwirrt rannte sie in ihr Zimmer.

Es war auch nicht gerade hilfreich, dass Dolly die einzige andere Person war, für die sie Gefühle hegte. Wie sollte sie da vergleichen? Alba liebte Dolly zwar sehr, aber *küssen* wollte sie sie ganz gewiss nicht.

SEVEN

63 In dem Anzug kam er sich völlig deplatziert vor. Sein normalerweise verstrubbeltes Haar war ordentlich zurückgekämmt und auf dem Kopf trug er eine tief in die Stirn gezogene Schirmmütze. Die Dienstbotenuniform, die er anhatte, bestand aus einem weißen Hemd und weißen Hosen, beides makellos sauber. Auf die Brusttasche des Hemds war das Emblem der Familie White gestickt. Auf seinem langen schwarzen Mantel prangte ebenfalls ein Emblem.

Und alles davon kratzte. Das Hemd war zu hoch zugeknöpft, der Blazer zu eng an den Schultern. Und alles war *weiß!* Wie sollte er es denn bloß schaffen, nichts schmutzig zu machen? Egal. Die Sachen waren eine sichere Tarnung, also würde er sich damit abfinden.

Sie waren mit einem Taxi nach Holborn Hill gefahren, eine vornehme Wohngegend, die an das Geschäftszentrum der Stadt angrenzte. Auf beiden Seiten der steilen, von Bäumen gesäumten Straßen ragten moderne Gebäude auf.

»Gleich sind wir da«, stellte Dolly fest, während sie die abschüssige Straße hinuntergingen.

Jedes Mal, wenn jemand an ihnen vorbeikam, neigte Seven den Kopf nach unten, damit man sein Gesicht nicht sah. Seine Nerven waren zum Zerreißen gespannt und er rechnete jeden

Augenblick damit, dass ihn jemand erkennen und die Polizei rufen würde.

»Alles in Ordnung«, sagte Alba, die seine Nervosität zu spüren schien. Bevor sie aufgebrochen waren, hatte sie sich umgezogen. Statt der Schuluniform trug sie jetzt einen grauen Pullover und einen dicken Mantel. »In dieser Uniform merkt niemand, wer du bist.«

»Tja, vermutlich ist das billiger als Schönheitschirurgie«, erwiderte er, worauf sie lachte.

»Hier ist es.«

Dolly bog um die Ecke und führte sie in eine stille Nebenstraße am Fuße des Bergs. Auf einem verrosteten Straßenschild stand: GROVEWOOD CLOSE.

»Noch könnt ihr umkehren«, sagte Dolly in einem Ton, der ausdrückte: *Und ich wünschte, ihr würdet es tun.*

Alba straffte die Schultern, warf Dolly einen trotzigen Blick zu und setzte ihren Weg fort. Dolly sah Seven fragend an.

»Es ist besser, ihr ihren Willen zu lassen«, murmelte er und zuckte entschuldigend die Achseln. »Wenn sie wütend ist, ist sie der reinste Albtraum.« Dann eilte er Alba nach, die gerade hinter einer Biegung der Straße verschwand.

Nach einer Weile kam ein großes Haus in Sicht, das auf einem verwilderten Grundstück stand. Die bröckligen Ziegelmauern waren mit Efeu überwachsen, die Fensterrahmen rissig. Das eiserne Tor stand auf, als würden sie erwartet.

»Das Herrenhaus«, sagte Alba, als Seven zu ihr aufschloss.

Auch Dolly stellte sich neben sie. »Das gefällt mir nicht. Irgendwie ist mir das alles nicht geheuer«, meinte sie stirnrunzelnd.

Obwohl auch Seven ein ungutes Gefühl hatte, ging er nicht auf Dollys Bemerkung ein. Jetzt, da sie so weit gekommen waren, wollte er keinen Rückzieher machen. Er führte die zwei durch das Tor.

Kurz vor dem Haus endete die Auffahrt. Sie traten auf den Kiespfad, dessen Steine unter ihren Füßen knirschten. Ringsum war alles so still, dass man den Eindruck hatte, die Stadt sei Tausende von Kilometern entfernt. Im Haus brannte nirgendwo Licht. Vor die meisten Fenster waren Vorhänge gezogen, und wo das nicht der Fall war, blickte man in unbeleuchtete Räume voller Schatten.

Seven bekam eine Gänsehaut, doch richtige Angst befiel ihn erst, als sie zur Haustür gelangten.

Die einen Spalt offen stand.

»Irgendetwas stimmt hier nicht«, flüsterte Alba.

»Ich weiß.«

Vorsichtig trat Seven näher und spähte in die dunkle Eingangshalle. Dann schob er die knarrende Tür langsam weiter auf. Als er über die abgenutzten Holzdielen der Halle schlich, spürte er ein Prickeln im Nacken. Seine jahrelangen Erfahrungen als Dieb sagten ihm, dass er schleunigst von hier verschwinden sollte.

Im Haus war kein Laut zu hören. Alba und Dolly folgten ihm in die Halle. Seven war gerade im Begriff, sich zu ihnen umzudrehen, als ...

... er plötzlich etwas hörte.

Es klang, als klopfe jemand auf Holz. Dann – ein Schrei, so undeutlich, dass Seven sich fragte, ob er ihn sich vielleicht nur eingebildet hatte.

»Hier ist jemand«, flüsterte Alba. »Meinst du, das ist der *H. M.* von dem DSC-Etikett?«

Dolly trat dicht hinter Alba und Seven. »Lasst uns sofort von hier verschwinden«, sagte sie in eindringlichem Ton.

Wieder war das Klopfen zu hören, das von oben zu kommen schien. Seven sprintete auf die Treppe am Ende der Halle zu.

»Seven!«, rief Dolly ihm hinterher, was er jedoch ignorierte. Die Stufen ächzten unter seinem Gewicht. Bei jedem Knarren beschleunigte sich sein Herzschlag. Der erste Stock des Hauses war ein Labyrinth von hohen, schmalen Korridoren. Verwirrt überlegte Seven, welche Richtung er einschlagen sollte.

»Hilfe!«, rief jemand mit schwacher Stimme.

»Ich komme!«, schrie Seven.

Er raste in die Richtung, aus der der Hilferuf gekommen war, den Korridor rechts entlang, der an die Außenmauer des Hauses grenzte. Vor den Fenstern hingen mottenzerfressene Vorhänge, die hier und da etwas Licht hereinließen. Am Ende des Korridors lag eine gegen die Wand gesunkene Gestalt. Um sie herum sah Seven einen dunklen Fleck, der sich immer weiter über die Dielen ausbreitete.

Sein Magen krampfte sich zusammen.

Blut.

Seven rannte zum Ende des Flurs, kauerte sich hin und half dem anderen, sich aufzusetzen. Es war ein alter grauhaariger Mann mit dicken Brillengläsern. Und überall – einfach überall – war Blut, auf seinem karierten Anzug, auf seiner fleckigen Haut, auf dem Fußboden ...

Seven stützte den Kopf des Mannes und wischte ihm das Blut von den Lippen. Der Mann sah ihn mit glasigen Augen an. Er war so schwach, dass Seven ihn bei den Schultern packen musste, damit er aufrecht sitzen blieb.

»Bist du es?«, fragte der Mann mit entsetzlich krächzender Stimme. Als er hustete, spritzte Blut auf Sevens weiße Uniform.

»Wer denn?«, erwiderte Seven.

»Kandidat sieben«, keuchte der Mann.

Alba

64

So viel Blut hatte Alba noch nie gesehen. Selbst vom anderen Ende des Korridors sah es so aus, als könne ein einzelner Mensch gar nicht so viel Blut haben. Ob überhaupt noch welches in seinem Körper war? Vorsichtig ging sie näher und kauerte sich neben Seven, der vor dem verletzten Mann kniete und ihn stützte.

Die Augen des Mannes waren geschlossen. Sein Gesicht war so bleich, dass es wie eine weiße Maske wirkte. Seine Stirn und seine Schläfen waren mit Schweiß überströmt.

»Sie haben eben Kandidat sieben zu mir gesagt«, redete Seven den Mann an. »Woher wissen Sie, wer ich bin?«

Der Mann öffnete die Augen. »Ich war dabei ... als du ...« Er bekam einen Hustenanfall.

Alba durchzuckte es eisig. Der Mann lag im Sterben. Sie hatte noch nie jemanden sterben sehen. Es war schrecklicher, als sie es sich vorgestellt hatte. Ihr war nicht klar gewesen, dass man wirklich und wahrhaftig *sehen* konnte, wie das Leben aus dem Körper eines Menschen wich.

»Geht zur Seite!«

Dolly schob Seven mit dem Arm beiseite und kniete sich vor den Mann, um am Hals nach seinem Puls zu fühlen.

»Wer hat auf Sie geschossen?«, fragte sie.

Alba wurde übel. Das Herz klopfte ihr bis zum Hals. Obwohl der Mann nichts sagte, kannte sie die Antwort.

Die Londoner Polizei.

Dolly erhob sich. »Hier muss es doch etwas geben, dass ich benutzen kann.« Als sie schon ein Stück den Korridor hinuntergegangen war, rief sie über die Schulter: »Wickeln Sie ihn in Ihren Mantel, Seven – um das Blut zu stillen. Alba, rede mit ihm.«

»Sir?« Alba beugte sich vor und berührte die Wange des Mannes, während Seven seinen Mantel auszog und den Verletzten darin einwickelte. »Sind Sie H. M.? Haben Sie Seven diese DSC zukommen lassen?«

Der Blick des Mannes richtete sich auf Alba. »Dr. Harold ... Harold Merriweather«, krächzte er.

Der Name kam Alba irgendwie bekannt vor, aber sie wusste nicht, woher.

Merriweather bewegte sich und ein wenig Energie schien in seinen Körper zurückzukommen. Seine Stimme wurde kräftiger, sein Blick konzentrierte sich auf Seven. »Die DSC ... Nihail hat sie heimlich in deiner Wohnung deponiert, als die Polizei dort war. Du bist der Kandidat.«

»Ein Kandidat«, korrigierte ihn Seven.

»Nein.« Der Mann wurde von einem Hustenanfall geschüttelt. Aus seinem Mund quollen Blutbläschen. *»Der* Kandidat. Der, den wir befreit haben.«

Alba riss die Augen auf. Sie warf Seven einen Blick zu, doch der starrte nach wie vor nur Merriweather an.

»Das wissen wir«, sagte Seven. »Ich hab eine DSC darüber gefunden. Aber warum? Warum ausgerechnet *ich?«*

Merriweather atmete rasselnd ein. »Ich war damals wissenschaftlicher Leiter des Projekts. Einige von uns waren mit dem, was da gemacht wurde, nicht einverstanden. Deshalb haben wir beschlossen, einen von euch zu befreien, und unsere Wahl ist auf dich gefallen. So etwas hatten wir schon einmal versucht, aber ... aber ohne Erfolg.«

Alba keuchte und griff nach Sevens Arm. »Dieser Vorfall, als du noch ein Baby warst! Darüber redet mein Vater in seinen Erinnerungen mit diesem Arzt!« Jetzt fiel ihr alles wieder ein. »Dr. Merriweather! Das waren Sie!«

Merriweathers Augenlider flatterten. »Beim zweiten Mal hatten wir mehr Glück. Aber unsere Mitverschworene, die Frau, die sich um dich gekümmert hat ... wurde enttarnt und ermordet. Auf diese Weise haben wir dich aus den Augen verloren. Wir dachten, dass du vielleicht auch ...«

Seine Augen fielen zu, öffneten sich aber plötzlich wieder und richteten sich auf Alba, die meinte, etwas Dunkles, etwas wie einen Schatten in ihnen zu sehen.

»Seven«, flüsterte sie, »ich glaube, wir haben nicht mehr viel Zeit.«

Er nickte. »Warum haben Sie mich hierherbestellt?« Er beugte sich näher zu Merriweather. »Was ist so wichtig?«

Der trübe Blick des Mannes richtete sich wieder auf Seven. Seine Lungen pfiffen bei jedem Atemzug. Alba sah, wie ihm immer mehr die Kräfte schwanden, und hörte die Leere in seiner Stimme, als er kaum hörbar flüsterte: »Du, Kandidat sieben. Du.«

Dann sank er zurück und rührte sich nicht mehr.

Tränen verschleierten Albas Blick. Ihr Herz hämmerte so wild, dass sie kaum noch zu atmen vermochte. Merriweathers Augen starrten leer und kalt ins Nichts.

»Nein!«, schrie Alba.

Seven versuchte, den Arm um sie zu legen, doch sie schüttelte ihn ab. Mit zitternden Beinen sprang sie auf. Ihr Atem ging stoßweise. Sie trat einen Schritt zurück, doch im selben Moment verschloss ihr eine Hand den Mund.

So schnell, dass sie nicht einmal Zeit hatte, an Flucht zu denken, wurde sie von zwei Armen umklammert. Alba sah, wie Seven die Augen aufriss, sah, wie er sich hochrappelte und von zwei Männern gepackt wurde. Aus den Augenwinkeln nahm sie eine Frau wahr, die mit Dolly den Korridor entlangkam und ihr eine Pistole gegen die Schläfe presste.

Der Mann, der Alba festhielt, knurrte ihr ins Ohr: »Sie kommen jetzt erst mal mit.«

Kurz darauf spürte sie einen Stich am Hals. Dann wurde alles schwarz.

SEVEN

65

Als Seven wieder zu sich kam, war er völlig benommen. Im ersten Moment dachte er, er sei bei Loe und Mika und stünde noch unter den Nachwirkungen der Medikamente, die Dolly ihm gegeben hatte.

Doch dann fiel ihm schlagartig alles wieder ein.

Mit einem Aufschrei setzte er sich kerzengerade hin.

»Kein Grund zur Aufregung. Es dauert noch ein paar Stunden, bis die Wirkung des Beruhigungsmittels nachlässt.«

Diese Stimme kannte Seven. Er drehte sich zur Seite und sah Kola, der mit ausgestreckten Beinen an der gegenüberliegenden Wand saß. Auf seinen Knien lag eine aufgeschlagene Zeitung. Er legte sie zur Seite und verzog den Mund zu einem freudlosen Grinsen.

Seven war so überrascht, dass er kein Wort herausbekam. Er ließ sich auf die Kissen zurücksinken. Als er sich umsah, stellte er fest, dass fast der gesamte Boden des großen Raums mit Kissen und Decken ausgelegt war. Offenbar war das hier eine Art Schlafquartier.

Erleichtert bemerkte er, dass Alba und Dolly schlafend in der Nähe lagen. Beide schienen unversehrt zu sein. Sie hatten sich aneinandergepresst und Dolly hatte schützend den Arm um Alba gelegt.

Seven drehte sich zu Kola zurück. »Wo sind wir?«, fragte er und rieb sich die Stirn. Er war immer noch wie benebelt.

Der Raum sah aus wie ein Stück eines Tunnels. Die niedrigen Betonwände liefen in eine gewölbte Decke zusammen und waren mit verblichenen Postern beklebt. Ungefähr dreißig Zentimeter oberhalb des grabenartigen Teils, in dem Seven lag, befand sich ein Bahnsteig. An seiner Kante verlief ein gelber Streifen. Wellblech und Bretter trennten den Raum an beiden Enden vom Rest des Tunnels ab. Von der Decke hingen Laternen, die die Umgebung in schwaches flackerndes Licht tauchten.

Da wurde Seven klar, wo sie waren.

»In der U-Bahn«, sagten Kola und er gleichzeitig.

Kola nickte. »Wir sind im Revier der Bakerloo Boys.«

»Takeshis Bakerloo Boys?«, rief Seven so laut, dass seine Worte von den Wänden widerhallten. Er rappelte sich hoch, bis er aufrecht stand. Dabei schwankte er, als bewege sich der Boden unter seinen Füßen auf und ab.

»Bist du verrückt geworden?«, setzte Seven nach. »Takeshi ist doch völlig durchgeknallt! Alle Typen von den U-Bahn-Gangs sind völlig durchgeknallt!«

Kola blieb gelassen. »Wir können Takeshi vertrauen, Seven. Er hilft uns. Und jetzt setz dich bitte hin, bevor du in Ohnmacht fällst.«

Seven gab einen erstickten Laut von sich. Ungläubig den Kopf schüttelnd, ließ er sich zu Boden plumpsen. »Ich hab keinen blassen Schimmer, was hier vor sich geht«, murmelte er.

»Das wirst du bald erfahren, das verspreche ich dir«, erwiderte Kola. »Aber jetzt musst du dich erst mal ausruhen, bis die Wirkung des Beruhigungsmittels nachlässt. Mach dir keine Sorgen – hier bist du sicher. Wenn du wieder aufwachst, erkläre ich dir alles.«

Seven funkelte ihn wütend an. »Kann's kaum erwarten.«

Er schloss die Augen und legte sich auf die Kissen zurück. Innerhalb weniger Sekunden fiel er in einen unruhigen Schlaf und träumte von Blumen, aus denen Blut tropfte, und von Alba, die lachend vor ihm in die Dunkelheit entwich, während er vergeblich versuchte, sie einzuholen.

Ein paar Stunden später wurde er von Stimmen geweckt.

»Harold ist tot?«

»Ja.«

»Scheiße. Und das so kurz vor dem Ziel.«

»Ich weiß. Aber die Polizei hatte ihn schon lange in Verdacht. Und nach dem Einbruch ins Labor war es nur noch eine Frage der Zeit, bis sie ihm auf die Schliche kommen würde.«

Das Gespräch stockte. Jemand seufzte.

»Und *das* ist also Kandidat sieben.«

»Ja.«

»Sieht eigentlich nach nichts aus.«

»Was spielt es denn für eine Rolle, wie er aussieht, Nihail?«

»Na ja, wenn er das Aushängeschild dieser ganzen Farce werden soll ...«

»Das wird schon klappen.«

Erneut stockte das Gespräch.

»Er hat wirklich keine Ahnung?«

»Nein.«

»Scheiße, Kola, wenigstens einen Hinweis hättest du ihm doch in all den Jahren, die du mit ihm zusammengelebt hast, geben können.«

»Hast du vergessen, dass ich ihm nichts sagen sollte? Ich sollte ihn nur im Auge behalten. Für seine Sicherheit sorgen. Wir wollten, dass er die Wahrheit über das EH-Projekt selbst herausfindet. Das war nur fair. Und jetzt muss er selbst entscheiden, ob er bei der ganzen Sache mitmachen will.«

Seven rieb sich die Augen und stemmte sich auf dem Ellbogen hoch. »Wobei mitmachen, Kola?«, fragte er laut.

Die beiden drehten sich zu ihm um.

»Er kann ja sprechen«, sagte der Mann, den Kola Nihail genannt hatte, grinsend.

Nihail war kräftig gebaut, hatte massive Schultern und Arme und ein kantiges Kinn, das mit Bartstoppeln bedeckt war. Seine Haut war von dunklem Mahagonibraun. Obwohl die rote Uniformjacke fehlte, trug er den grauen Overall der Londoner Polizei, und Seven fiel ein, dass Dr. Merriweather jemanden namens Nihail erwähnt hatte, der bei der Polizei war. Er musste derjenige sein, der die DSC in Sevens Wohnung deponiert hatte.

Kola stand auf. »Seven, das ist Nihail. Er ist bei der Polizei, steht aber auf unserer Seite.«

Seven verdrehte die Augen. »Da geht's mir ja gleich viel besser.«

Nihail grinste breit. »Weißt du, wenn er bei Bewusstsein ist, gefällt er mir ganz gut.« Seufzend stand er ebenfalls auf und wischte sich den Schmutz vom Overall. »Tja, die Arbeit ruft. Viel Glück mit Takeshi. Hoffen wir, dass er Kandidat sieben nicht gleich den Kopf abreißt.« Er kletterte auf den Bahnsteig und verschwand in einer Tunnelöffnung.

»Seven? Kola? Was ist denn los?«, erklang plötzlich Albas Stimme.

Seven drehte sich zu ihr um.

Sie und Dolly saßen noch immer in dem Wust von Decken und Kissen. Albas Haar war vom Liegen völlig zerzaust, an ihren geröteten Wangen klebten Strähnen. Als ihre Blicke sich trafen, lächelte sie Seven an.

Seven wurde ganz anders. Er überlegte, ob er immer so reagieren würde, wenn sie ihn anlächelte, ganz gleich, wo sie waren und was gerade passierte. Würde ihr Lächeln selbst mitten in einem Hurrikan, selbst wenn die Welt um sie herum in die Brüche ging, den Wunsch in ihm auslösen, über alle Hindernisse hinweg zu ihr zu eilen und sie fest in die Arme zu schließen?

Seven rappelte sich auf und lief zu ihr. »Bist du okay?«, fragte er, während er sich neben sie hockte.

Alba nickte.

»Schön, dich wiederzusehen, Alba«, sagte Kola, als er zu ihnen trat.

Sie runzelte die Stirn und sah Kola mit eisigem Blick an. Dann öffnete sie den Mund, um etwas zu sagen, doch Dolly kam ihr zuvor.

»Machen Sie das immer so, dass Sie die Leute, mit denen Sie sprechen möchten, betäuben und entführen?«

»Das tut mir sehr leid«, erwiderte Kola. »Aber wir mussten euch drei schnellstens von dort wegschaffen, weil die Situation zu gefährlich war.« Er sah Seven an. »Du weißt, wer Harold Merriweather erschossen hat, oder?«

»Die Polizei.«

Kola nickte. »Dann weißt du auch, was die gemacht hätten, wenn sie euch dort entdeckt hätten. Vor allem mit dir, Seven. Du darfst ihnen unter keinen Umständen in die Hände fallen.« Kola setzte sich zu den anderen. »Warum, werde ich euch gleich erklären.«

Alba rückte näher an Seven heran und ließ ihre Hand in seine gleiten. Dankbar drückte er ihre Hand.

Jetzt kommt der große Moment, dachte er. *Endlich werde ich die Wahrheit erfahren.*

Er wusste nicht recht, ob er dazu bereit war. Er fing gerade erst an, den Jungen, den Alba aus ihm machte, zu mögen. Was, wenn die Dinge, die er gleich erfahren würde, das alles zerstörten?

»Seit über dreißig Jahren«, begann Kola seine Ausführungen, »hütet die Londoner Polizei ein Geheimnis. Unter dem damaligen Premierminister Elson Haverstock wurde ein Projekt ins Leben gerufen, das sie das Erinnerungshüter-Projekt nannten. Ein Team von ausgesuchten Wissenschaftlern wurde zusammengestellt, an dessen Spitze Harold Merriweather stand. Diese Wissenschaftler bekamen extrem hohe Gehälter und wurden mit Privilegien überhäuft – ihr habt ja gesehen, in was für einem Haus Harold wohnte. Doch dafür mussten sie sich auch zu absolutem Stillschweigen verpflichten. Ihnen war klar, dass sie keinen Job hatten, bei dem sie einfach so kündigen konnten. Weil das, was sie machten, gegen unzählige Gesetze verstieß.«

Seven hörte gespannt zu.

»Sie experimentierten mit Babys«, fuhr Kola fort. »Gestohlenen Babys, die sie sich aus Krankenhäusern und Adoptionsstationen geholt hatten. Diese Experimente ergaben, dass die Kinder, wenn man ihnen ein sogenanntes Kontrollimplantat in die Hirnrinde einsetzt, die Fähigkeit entwickeln ... Erinnerungen zu manipulieren.«

Irgendjemand schnappte nach Luft. Dolly? Alba? Seven hingegen war wie benommen.

»Die Babys, deren Gehirn das Kontrollimplantat akzeptiert,

das heißt, es nicht abstößt«, erklärte Kola weiter, »entwickeln die Fähigkeit, während des Surfens Erinnerungen zu verändern. Ihre Gedanken formen die Erinnerungen um und übertragen diese neue Fassung auf die ursprüngliche DSC.«

»Oh Gott«, flüsterte Dolly mit weit aufgerissenen Augen. »Ich hatte nur gehört, dass sie mit gestohlenen Babys experimentieren. Aber dass es *darum* ging, wusste ich nicht.«

Kolas Blick war immer noch auf Seven gerichtet. »Hast du je eine DSC gesurft, die leer zu sein schien?«, fragte er. »Wo du nichts als Schwärze gesehen hast, möglicherweise Stimmen hören konntest, ohne zu verstehen, was sie sagten?«

Seven war wie vor den Kopf geschlagen.

»R. L. S.«, flüsterte er.

Deutlich erinnerte er sich an die DSC, die er vor einiger Zeit gesurft hatte, eine DSC, die aus der Abteilung *Angst, Verzweiflung und Sachen, bei denen man sich in die Hosen macht* stammte. Er wusste noch, wie enttäuscht er nach dem Surfen gewesen war, weil er nichts als Schwärze wahrgenommen und unverständliches Stimmengemurmel gehört hatte.

»Das tritt ein, wenn Erinnerungen völlig gelöscht worden sind«, erläuterte Kola. »Das ist eine weitere Verwendungsmöglichkeit des Kontrollimplantats. Wenn die Polizei eine komplette Aufnahme löschen möchte, entstellen die Kandidaten die Erinnerungen bis zur Unkenntlichkeit. Aber vor allem werden sie dazu benutzt, bestimmte Erinnerungsdetails zu verändern und die Erinnerungen somit zu verfälschen.«

Alba schüttelte den Kopf. »Aber ... aber *warum* denn?«

Kola drehte sich zu ihr. »Was macht dein Vater beruflich, Alba?«

»Er ist der Oberstaatsanwalt der Stadt.«

»Und was für Beweise legt er vor Gericht vor?«

Bleierne Stille senkte sich herab.

Als Seven klar wurde, was Kola meinte, riss er entsetzt die Augen auf.

»Nein«, presste er hervor. »Das kann doch nicht wahr sein.«

»Leider doch«, erwiderte Kola. »Alastair White, die Polizei, der Premierminister – sie alle zwingen die Kandidaten, Erinnerungen zu manipulieren, damit sie Kriminelle, die sie nicht bestrafen wollen, freilassen und diejenigen, die sie bestrafen wollen, schuldig sprechen können.«

Alba

66

Einen ausgedehnten Moment lang sagte niemand ein Wort. Dann ...

»Verdammte Scheiße!«

»Nein.«

»Nein.«

Seven sprang auf.

»Seven, bitte ...«

»Halt die Klappe, Kola! Es ist mir scheißegal, was du sagen willst. Du wusstest, was für eine Fähigkeit ich habe. Was ich *bin!«*

»Wir wollten dich zu nichts zwingen! Du solltest alles selbst herausfinden.«

»Ich hatte das Recht, es zu erfahren!«

»Das hast du jetzt ja auch.«

»Du *gottverdammter ...«*

»Seven, bitte beruhigen Sie sich.« Dolly stand rasch auf und legte ihm die Hand auf den Arm. »Warum erzählen Sie uns das jetzt?«, wandte sie sich an Kola. »Was wollen Sie von Seven?«

»Seine Hilfe«, erwiderte Kola.

»Leck mich doch am Arsch!«

»Seven!«

»Ja was denn?!«, brüllte er Dolly an. »Sie sind doch nicht

meine Mutter! Sie sind noch nicht mal *Albas* Mutter! Was kümmert es Sie denn, was ich sage oder mache? Nie hat sich jemand für mich interessiert und jetzt werde ich auf einmal gebraucht?«

Alba blickte zu Seven hoch, der zum Fürchten aussah. Seine Augen loderten vor Wut. Zum ersten Mal, seit sie sich kannten, hatte sie Angst vor ihm. Die hatte sie noch nicht einmal gehabt, als er sie im Memorium ihrer Eltern überrascht hatte. Damals hatte er so hoffnungslos unbeholfen gewirkt, dass sie überhaupt keine Furcht gespürt hatte.

Seven trat einen Schritt zurück. »Ich will euch mal was sagen! Ich bin lange genug allein zurechtgekommen. Ich brauche keinen von euch.«

Alba sprang auf. »Seven«, flüsterte sie mit zitternder Stimme und streckte die Hand nach ihm aus, doch er wich sofort zurück.

»Ich hab gesagt, ich brauche *keinen* von euch!«, rief er so laut, dass seine Worte von der gewölbten Decke widerhallten.

Die Worte taten Alba weh, *körperlich* weh – wie sollte sie sich sonst den brennenden Schmerz im Herzen erklären, wie die Tatsache, dass ihr Tränen in die Augen traten? Deshalb ließ sie Seven gehen und rannte ihm nicht hinterher, als er sich umdrehte, auf den Bahnsteig kletterte und in einem der Nebentunnel verschwand. Noch nie im Leben hatte Alba sich so niedergeschmettert, so unsagbar traurig gefühlt.

Dolly hatte recht, das wurde Alba in dem Moment klar. *Wir hätten von alldem die Finger lassen sollen. Wir hätten nie versuchen dürfen, mehr herauszufinden.*

»Lass ihn«, sagte Dolly und nahm Alba in den Arm. »Er braucht ein bisschen Zeit, um das alles zu verdauen. Bist *du* in Ordnung?«, fügte sie in sanftem Ton hinzu.

Alba wischte sich die Tränen von den Wangen. »Oh, mir geht's bestens. Ich bin ja nur die Tochter von einem *Mörder.*«

Hatte sie das im Grunde nicht schon immer gewusst? Schließlich ließ ihr Vater ständig Leute hinrichten, ohne sich groß darum zu kümmern, ob sie schuldig oder unschuldig waren. Warum hatte er diese Macht – die Macht, jemandem das Leben zu nehmen?

»Ich werd mal mit Seven reden«, sagte Kola. Alba war froh zu sehen, dass er wenigstens den Anstand besaß, schuldbewusst dreinzublicken. »Wenn er den Schock überwunden hat, ist er vielleicht bereit, sich anzuhören, worum wir ihn bitten wollen ...«

»Kola!«, rief plötzlich jemand aus dem Tunnel, in den Seven verschwunden war.

Die drei blickten auf. Am Eingang des Tunnels erschien ein Mann, der Seven bei den Schultern gepackt hatte und ihn vor sich herstieß. Seven versuchte, ihn abzuschütteln, doch der Mann trat ihm so heftig in den Hintern, dass er sich zusammenkrümmte.

»Takeshi ist bereit«, rief der Mann, während er Seven lachend einen weiteren Tritt verpasste. »Und kann es gar nicht erwarten, sein Geschenk auszupacken.«

SEVEN

67

Takeshis Quartier lag am Ende von einem der alten U-Bahn-Tunnel und sah aus wie das Innere eines verfallenen Palasts. Jede verfügbare Fläche wurde von glänzenden goldenen Vasen und ramponierten Gemälden eingenommen, während der Fußboden halb unter Teppichen und Seidentüchern verschwand – und das alles vor dem verdreckten Hintergrund des Tunnels mit seinen verrußten, von frei liegenden Kabeln überzogenen Wänden. Von der Decke hingen Ketten, die mit Edelsteinen bestückt waren. Alles war in flackerndes Laternenlicht getaucht und in der Ecke gab ein altes Grammofon knisternd und kratzend Musik von sich. Im hinteren Teil des Raums befand sich ein Podest, auf dem ein mit Samt überzogener Thron stand. Und dort saß, auf dem schwarzen Haar eine Krone, die offenbar aus Rattenknochen bestand ...

... Myomato Takeshi höchstpersönlich.

»Willkommen«, sagte Takeshi, als der Mann, der Seven immer noch festhielt, ihn vorwärtsschubste. »Haben meine Jungs dich gut behandelt?«

Außer Takeshi waren ungefähr zehn Gangmitglieder im Raum, die an der Tunnelwand lehnten oder auf dem Boden hockten. Bei Takeshis Worten brachen sie in höhnisches Gelächter aus.

Kola trat neben Seven. »Takeshi, bitte vergiss unsere Abmachung nicht. Seven ist nicht verpflichtet, irgendetwas für dich zu tun.«

Takeshi grinste breit. Er hatte kleine glitzernde Augen. Seine schwarzen Haare reichten ihm bis zu den Schultern. Er trug ein offenes weißes, ärmelloses Hemd und enge schwarze Hosen. Als er sich aufrecht hinsetzte und den Kopf auf die Faust stützte, sah man den roten Totenschädel, der auf einen seiner Arme tätowiert war.

»Aber du *wirst* mir helfen«, säuselte er, »nicht wahr, Kandidat sieben?«

Sevens Miene verdüsterte sich. »Wie heißt das Zauberwort?«, entfuhr es ihm unwillkürlich.

Takeshi starrte ihn verblüfft an. Dann warf er den Kopf zurück und brach in brüllendes Gelächter aus, in das seine Bakerloo Boys lauthals einstimmten.

»Der gefällt mir!«, meinte Takeshi. »Das ist eine Kämpfernatur – das merke ich. Was gut ist, Jungs, denn schließlich steht uns ein Kampf mit dem Norden bevor.«

»Ein Kampf mit dem Norden?«, schaltete sich Alba ein.

Seven rutschte das Herz in die Hose. Verdammt noch mal! War ihr denn nicht klar, dass sie hier auf keinen Fall Aufmerksamkeit erregen durfte? Er spürte, wie die Jungs sie förmlich mit Blicken verschlangen. Ein Glück, dass sie einen Mantel anhatte.

Takeshi drehte sich ihr mit funkelnden Augen zu. »Oh, was für eine Schönheit. Du hast mir noch ein Geschenk mitgebracht«, sagte er zu Kola. »Zu freundlich von dir.«

Seven stieß einen wütenden Laut aus und trat mit geballten Fäusten auf Takeshi zu. »Denk nicht mal eine Sekunde daran, sie auch nur anzufassen ...«

Zwei der Jungs packten ihn. Eine Faust knallte gegen sein Kinn, ein Tritt zwang ihn in die Knie.

»Jungs, Jungs«, beschwichtigte Takeshi sie. »Die sind ein bisschen übereifrig … obwohl ich ihnen das nicht verdenken kann.«

Er stieg von seinem Thron und ging zu Alba hinüber. Als er sich zu ihr beugte, roch Seven seinen Atem, der nach Zigaretten und Alkohol stank. Takeshi strich ihr mit zwei Fingern über die Wange.

Alba erstarrte, wandte den Blick aber nicht ab. Dafür hätte Seven sie am liebsten geküsst (er hätte sie auch aus vielen anderen Gründen gern geküsst. Wenn er es doch bloß getan hätte! War es jetzt zu spät dafür?).

»Wunderschön«, säuselte Takeshi. »So was verdient der Norden gar nicht.«

»Lassen Sie sie in Ruhe.«

Diesmal war es Dolly, die gesprochen hatte. Als Seven sich umdrehte, sah er, wie ihr einer aus der Gang auf den Mund schlug und sie zu Boden stieß.

»Halt die Fresse, du Miststück«, knurrte der Typ.

Lässig grinsend ging Takeshi zu Dolly hinüber und hockte sich neben sie. Er fasste sie beim Kinn und fuhr ihr mit dem Daumen über die Lippen. »Auch sehr hübsch«, murmelte er.

Seven versuchte, sich von den Typen, die ihn festhielten, loszureißen. »Lasst sie in Ruhe.«

Takeshi kniff amüsiert die Augen zusammen. »Und warum sollte ich?«

»Weil ich dir helfen werde«, erwiderte Seven. »Ich werde tun, was du verlangst.«

Lachend ließ Takeshi Dolly los und richtete sich auf. »Hab ich's doch gewusst. Jungs!«, rief er. »Holt es her!«

Zwei der Bakerloo Boys gingen in die hinterste Ecke des Raums und zogen eine Samtdecke von einem großen Gegenstand, der sich als Erinnerungsmaschine entpuppte. Am Logo erkannte Seven, dass es sich um ein Apple iMemory der sechsten Generation handelte. Im gedämpften Licht des Raums schimmerte es silbrig weiß.

»Du willst, dass ich eine DSC surfe?«, fragte Seven stirnrunzelnd.

»Du kannst doch Erinnerungen verändern, oder? Und genau das will ich von dir.«

Kola trat einen Schritt vor. »Moment mal. Das hat Seven noch nie gemacht. Er weiß gar nicht, wie ...«

»Er wird schon rausfinden, wie es funktioniert«, unterbrach Takeshi ihn. »Stimmt's, Kandidat sieben?«

Seven dachte daran, dass er während des Surfens immer das Gefühl hatte, als könne er sich von den fremden Impulsen, die ihn antrieben, losreißen. Als könne er die Luft der jeweiligen Erinnerung mit Händen greifen und wie Knete modellieren. Bisher hatte er angenommen, dass es beim Surfen jedem so ging, doch jetzt begriff er, dass er sich geirrt hatte. Es lag daran, dass er ein Erinnerungshüter war.

»Ja«, erwiderte Seven.

Obwohl er es noch nie zuvor gemacht hatte, wusste er, dass er es versuchen musste. Wenn er wollte, dass Alba und Dolly nichts zustieß, blieb ihm gar nichts anderes übrig.

Alba

68

Die Männer zerrten Seven auf den Sitz der Erinnerungsmaschine, rissen ihm seine Dienstbotenmütze herunter und drückten seinen Kopf in die Vertiefung an der Rückenlehne. Dann schnallten sie ihn an. Als sie die Maschine einschalteten, leuchteten die gekrümmten Metallstäbe blau auf und der Apparat gab ein leises Summen von sich.

Takeshi hockte sich vor Seven. »In dieser DSC wirst du einem bekannten Gesicht begegnen. Ich möchte, dass du es durch dieses ersetzt.«

Alba reckte den Hals und versuchte, einen Blick auf das Bild zu werfen, das Takeshi aus der Hosentasche gezogen hatte, doch einer der Bakerloo Boys zog sie sofort zurück.

»Setz dich lieber zu mir, meine Schöne«, sagte er.

Er zog sie mit sich quer durch den Raum und drängte sie dann unsanft zu Boden. Alba fing Dollys Blick auf, die im hinteren Teil des Raums auf dem Boden kniete. Sie nickte Alba beruhigend zu, obwohl ihre Augen verrieten, dass sie starr vor Angst war.

Das brach Alba das Herz. All das war ihre Schuld.

»Sei nicht so schüchtern.« Der Junge drängte sich so dicht an sie heran, dass sie seinen nach Zigaretten stinkenden Atem riechen konnte. »Du bist hier unter Freunden«, fuhr er fort, während er ihr den Arm streichelte.

Einige der anderen Männer johlten.

»Ruhe!«, befahl Takeshi. Sofort verstummten alle. Er hielt Seven das Bild noch einmal hin. »Das ist Aro Black, der Anführer der Jubilee Junkers, der mir ein bisschen zu oft auf die Füße getreten ist. Ursprünglich hatte ich vor, ihn einfach umzubringen oder zu Tode foltern zu lassen. Aber auf diese Weise – mit einer DSC als Beweis – wird Aro in aller Öffentlichkeit erniedrigt. Wenn man seine Hinrichtung im Fernsehen überträgt, ruiniert das den Ruf der ganzen Gang. Verstehst du, was ich von dir verlange?«

Alba sah, wie Seven schluckte.

»Ja.«

Takeshi erhob sich. »Wunderbar!«, sagte er grinsend. »Du lernst schnell, Kandidat sieben. Sicher ist dir klar, dass ich die Erinnerungen hinterher surfen werde, um zu prüfen, ob du meine Anweisungen befolgt hast.«

Seven starrte ihn lediglich finster an.

»Fantastisch!« Takeshi drehte sich um und breitete die Arme aus. »Dann legt mal los, Jungs!«

Während einige der Gangmitglieder auf dem Touchscreen Befehle eingaben, kauerte Kola sich neben Alba. Er machte einen nervösen Eindruck.

»Meinst du, er schafft es?«, fragte er leise.

Ohne zu zögern, nickte Alba. Tatsache war, dass sie fest an Seven glaubte. Er hatte so lange ohne fremde Hilfe überlebt. Er hatte die DSC über das EH-Projekt gefunden und war in die Häuser der prominentesten Familien des Nordens eingebrochen, ohne je erwischt zu werden (abgesehen vom letzten Mal, als sie sich kennengelernt hatten).

Alba glaubte so fest an Seven, das sie ihn für fähig hielt, *Planeten* zu verschieben, wenn er es nur wollte.

»Gut«, sagte Kola. »Denn wenn nicht, dürfte wohl keiner von uns lebend hier rauskommen.«

SEVEN

69

Als Seven die Augen öffnete, war um ihn herum alles dunkel. Von allen Seiten waren Geräusche zu hören: barsche Männerstimmen, die leise aufeinander einredeten; schlurfende Schritte, irgendetwas wurde über den Boden geschleift. Wo er sich befand, war es sehr warm und es roch nach Schweiß und Alkohol. Auch er selbst spürte, dass er zu viel getrunken hatte, doch obwohl die Erinnerungen, in die er eingetaucht war, ihm vorschrieben zu schwanken, wehrte er sich dagegen und zwang sich, gerade zu stehen und genauestens auf alles zu achten.

Dazu bin ich also in der Lage, dachte Seven und genoss das Machtgefühl, das jedoch schnell von Abscheu verdrängt wurde.

Er wollte das alles nicht. Er wollte nichts, das er der Londoner Polizei und Typen wie Albas Vater und dem Premierminister zu verdanken hatte. Das sie ihm aufgezwungen hatten, als er zu klein gewesen war, um sich dagegen zu wehren.

»Lasst uns hierbleiben.«

»Mach das Licht an.«

»Ja, ich will die Tusse sehen. Stimmt es, dass sie super aussieht?«

»Oh ja, tut sie.«

Weiteres Schlurfen war zu hören, dann ging Licht an.

Seven kniff die Augen zusammen. Sie befanden sich in einem verdreckten Tunnel. Die freiliegenden Kabel, die sich über die Decke und die Wände zogen, erinnerten an den verlassenen U-Bahn-Schacht, in dem er eben noch gewesen war. Ratten huschten in die Dunkelheit jenseits des Neonlichts davon.

Dann bemerkte Seven die sich windende Gestalt, die vor ihm auf dem Boden lag. Sein Herz krampfte sich zusammen.

Es war eine sehr schöne junge Frau. An ihrer Schönheit änderte auch die angeschwollene rechte Wange und der schmutzige Lappen nichts, den man ihr in den Mund gestopft hatte. Ihre Hände und Füße waren so fest mit Plastikschnur gefesselt, dass ihr das Blut abgeschnürt wurde. Ihr Kleid und ihre Jacke waren beschmutzt und zerrissen.

Sie versuchte so angestrengt, sich von ihren Fesseln zu befreien, dass ihr die Adern am Hals hervortraten. Ihre hellblonden Haare fielen ihr ins Gesicht. Als sie den Kopf drehte und Seven mit ihren blauen Augen ansah, hatte er das Gefühl, als tue sich die Erde unter ihm auf.

Diese Frau kannte er.

Die anderen Männer unterhielten sich noch.

»Wo hast du sie denn aufgegabelt?«

»An den Docks. Ist gerade von einem der Immigrantenschiffe gekommen.«

»Sie ist Ausländerin?«

»Ja. Tschechin oder so was. Jedenfalls aus Osteuropa. Du solltest mal ihren schnurrenden Akzent hören.«

»Ich bring sie auch gleich zum Schnurren.«

Bei dem wiehernden Gelächter der Männer bekam Seven eine Gänsehaut. Die Typen sahen aus wie Mitglieder einer U-Bahn-

Gang. Sie trugen Hosen voller Flecken und hatten ziemlich ordinäre Tätowierungen auf dem nackten Oberkörper. Ihre Gesichter konnte Seven jedoch nicht erkennen, weil sie zu verschwommen waren. Offenbar hatte sich der Mann, dessen Erinnerungen Seven gerade nacherlebte, vor allem auf die Frau konzentriert.

Die Frau, die niemand anders war als ...

... Oxana White.

Albas Mutter war zwar jünger als heute, aber ihre auffälligen Gesichtszüge waren unverkennbar. Zum ersten Mal meinte Seven, eine Ähnlichkeit mit Alba zu entdecken. Das also war Oxana, bevor sie kalt und hart geworden war.

Das war Oxana, die gerade dabei war, kalt und hart zu werden.

Die Männer um ihn herum johlten.

»Wer ist als Erster dran?«

»Ich hab sie gefunden. Du kennst die Regeln.«

Seven wurde speiübel und ihm brach der Schweiß aus. So etwas hatte er schon mehrmals erlebt, wenn er Erinnerungen gesurft hatte, die ihm zu sehr gegen den Strich gegangen waren. Im Moment kämpfte er mit all seiner Energie gegen die Gefühle des Mannes an, aus dessen Perspektive er alles erlebte.

Abermals schaute Oxana ihn an. Seven merkte, dass sie entsetzliche Angst hatte – sie zitterte am ganzen Körper –, sah aber auch den wilden Trotz in ihren Augen, der ihm verriet, dass sie erbitterten Widerstand leisten würde.

In dem Augenblick hallten Schritte durch den Tunnel und jemand lachte laut.

»Was ist denn das, Jungs? Habt ihr mir ein Geschenk mitgebracht?«

Seven drehte sich um – und da stand er.

Myomato Takeshi.

Auch Takeshi war jünger, sah aber so aus wie heute: schulterlange schwarze Haare, glitzernde Augen, lässiges Grinsen. Auf seiner muskulösen nackten Brust schimmerte Schweiß. Er steckte eine Hand in die Hosentasche, legte den Kopf schief und wartete auf eine Erklärung.

Einer der Männer hüstelte verlegen. »Wir dachten, sie ist nicht dein Typ.«

»Tatsächlich?« Takeshis Grinsen wurde noch breiter. Er hockte sich neben Oxana und strich ihr die Haare aus dem Gesicht.

Sie fauchte ihn an.

Er warf den Kopf zurück und brach in Lachen aus. »Das ist eine Kämpfernatur. Die ist *absolut* mein Typ.«

Als Takeshi sich den Gürtel seiner Hose aufschnallte, nahm Sevens Widerstand zu, und er versuchte mit allen Kräften, aus dieser Erinnerung aufzutauchen.

Die Bilder, die er sah, wurden immer dunkler, nur hin und wieder zuckten Lichter vor seinen Augen auf. Die Stimmen der Männer drangen nur noch verzerrt an sein Ohr. Obwohl er das Gefühl hatte, gleich vor Anstrengung zu platzen, kämpfte er verbissen gegen die Erinnerung an, bis plötzlich etwas aufblitzte und er den Eindruck hatte zu fallen ...

Als Seven die Augen öffnete, sah er Takeshis Quartier vor sich.

»Na, hat's Spaß gemacht?«, fragt der Bandenchef grinsend.

Seven spuckte nach ihm. »Du *Dreckskerl.*«

Einige der Jungs sprangen auf, doch Takeshi hielt sie mit einer Handbewegung zurück. »Nicht doch, Jungs. Kandidat sieben ist nach dem, was er gerade erlebt hat, sicher nur ein bisschen durcheinander.«

Als Seven den Blick durch den Raum schweifen ließ, stellte er erleichtert fest, dass Alba und Dolly unversehrt waren. Sie saßen in einer Ecke und hatten sich bei den Händen gefasst.

Als ihre Blicke sich begegneten, sah Alba ihn hoffnungsvoll an.

Er wandte den Kopf ab. *Sie hat keinen Schimmer, was ich gerade gesehen habe,* dachte er.

»Na?« Takeshi trat auf ihn zu. »Hast du alles erledigt?«, fragte er mit schneidender Stimme.

»Du verdammter Dreckskerl«, knurrte Seven von Neuem.

Takeshi legte den Kopf schief. »Tut mir leid, aber du scheinst mich mit Aro Black zu verwechseln. War *er* nicht derjenige, der die Tat begangen hat?« Seine Stimme wurde immer schärfer. »Als Erster, meine ich. Denn nach ihm kamen noch *viele* andere. Und deinen Freundinnen wird es genauso ergehen, wenn du nicht machst, was ich verlange. Hast du kapiert, Kandidat sieben?«

Seven zwang sich, nicht zu Alba und Dolly hinüberzublicken. Sie durften nicht sehen, dass er Angst hatte.

Takeshi lächelte. »Gut. Und jetzt tauch wieder in die Erinnerung ab und tu, was ich gesagt hab.«

Alba

70

Nachdem man ihnen die Augen verbunden hatte, führte eine Gruppe von Takeshis Jungs sie durch die unterirdischen Tunnel. Einen Teil der Strecke legten sie in einem alten U-Bahn-Wagen zurück, der so schnell fuhr, dass er in den Kurven gewaltig ins Schaukeln geriet. Als die Fahrt zu Ende war, mussten sie eine steile Treppe hochsteigen und kurz darauf spürte Alba einen kalten Luftzug und Regentropfen klatschten ihr ins Gesicht. Sie wurden in ein Auto verfrachtet, und erst nachdem sie zehn Minuten unterwegs gewesen waren, nahm Kola ihnen die Augenbinden ab.

»Wo fahren wir hin?«, fragte Dolly sofort.

Alba saß in der Mitte, Dolly rechts von ihr. Als das Auto scharf um eine Ecke bog, prallten ihre Schultern aneinander.

»Zur Kensington High Street. Hier.« Kola reichte Dolly ein Tablet. »Damit können Sie ein Taxi rufen, das Sie nach Hause bringt.«

Während Dolly sich mit dem Tablet befasste, drehte Alba sich nach links und schmiegte sich an Seven. »Hey«, sagte sie leise. »Bist du okay?«

Seven starrte, die Mütze tief ins Gesicht gezogen, aus dem Autofenster. Alba strich ihm über den Handrücken.

Er zuckte zusammen und zog seine Hand weg. »Mir geht's bestens.«

»Was war denn auf dieser DSC? Wieso bist du so bedrückt?«

»Hör auf zu fragen, ja?«

Alba rückte von Seven ab. Sie hatte keine Ahnung, was Seven in dieser Erinnerung erlebt hatte, aber das Ganze schien ihn total erschüttert zu haben. Selbst als Takeshi ihm auf den Rücken geklopft, ihm seine Dienstbotenmütze wieder aufgesetzt und verkündet hatte, was für gute Arbeit Kandidat sieben geleistet habe, hatte Seven todunglücklich ausgesehen.

Er hatte ausgesehen, als habe er versagt, fand Alba. Aber sie wusste nicht, wieso.

»Gleich sind wir da«, sagte Kola, der ihnen auf einem Klappsitz gegenübersaß. »Wenn ihr Fragen habt, dann legt los.«

Alba drehte sich zu Seven, der gar nicht zuzuhören schien, sondern immer noch so teilnahmslos aus dem Fenster starrte, dass Alba ganz beklommen zumute wurde.

»Du machst das alles doch sicher nicht allein«, wandte sie sich an Kola. »Mit wem arbeitest du zusammen?«

»Mit einer Gruppe von Leuten, die das EH-Projekt unterbinden wollen«, erwiderte er. »Unsere Bewegung heißt *Freie Erinnerung.* Die Gruppe wurde von Harold Merriweather und anderen ins Leben gerufen, die an dem EH-Projekt beteiligt waren. Dass wir Insider in unserer Gruppe haben, war eine große Hilfe für uns. Auf diese Weise haben wir im Laufe der Jahre so viele Informationen und Beweise gesammelt, dass wir jetzt gegen die Verantwortlichen vorgehen können.«

»Und wie wollen Sie das anstellen?«, erkundigte sich Dolly.

»Indem wir die Sache an die Öffentlichkeit bringen. An diesem Wochenende findet ein Event statt, an dem alle nationalen und internationalen Führungskräfte teilnehmen werden. Unsere Bewegung wird diese Gelegenheit nutzen, um die Wahrheit über das EH-Projekt zu enthüllen. Gleichzeitig werden wir die Ergebnisse unserer Nachforschungen ins Internet stellen. Und außerdem können wir jetzt ja einen Erinnerungshüter vorweisen.«

Dolly beugte sich vor. »Moment mal. Meinen Sie mit Event etwa den Winterball?«

Kola nickte.

»Nein«, sagte Dolly voller Entschiedenheit und schüttelte den Kopf. »Nein. An dem Ball nimmt auch Alba teil. Das ist zu gefährlich. Ich werde nicht zulassen, dass sie noch weiter in diese Sache verwickelt wird.« Ihre Augen blitzten entschlossen auf. »Wie will sich die Bewegung den Ball denn zunutze machen? Ich kann mir nicht vorstellen, dass die Polizei, der Premierminister und Albas Vater – ganz zu schweigen von ihren Leibwächtern und den Securityleuten – ruhig zuhören werden, wenn Sie Ihre Geheimnisse ausposaunen.«

Kola strich sich mit der Hand über die Hose. »Wir haben auch Securityleute. Die werden die anderen in Schach halten.«

Dolly schnaubte entrüstet. »Takeshi und seine Bakerloo Boys? Ihnen ist doch wohl klar, dass die …« Sie verstummte abrupt und warf einen besorgten Blick in Albas Richtung. »Die haben uns nur gehen lassen, weil Seven diese Erinnerung verändert hat. Ich weiß nicht, was für eine Abmachung die Bewegung mit Takeshi getroffen hat, um sich seine Hilfe zu sichern, aber Sie können davon ausgehen, dass *er* diese Abmachung nicht einhalten wird.«

»Dann gehen Sie doch einfach nicht auf den Ball, wenn Sie Angst haben«, entgegnete Kola.

Alba gab ein bitteres Lachen von sich. »Also ich werde auf

jeden Fall hingehen, weil ich nämlich viel mehr Angst vor meiner *Mutter* hätte, wenn ich es nicht täte.«

Aus irgendeinem Grund drehte Seven sich bei diesen Worten ruckartig zu ihr und sah sie an – sah sie zum ersten Mal, seit er für Takeshi die Erinnerungen gesurft hatte, *richtig* an. Sein Blick hatte etwas Beunruhigendes.

»Seven?«, flüsterte Alba.

Wortlos griff er nach ihrer Hand und strich ihr mit dem Daumen über den Handrücken.

»Ich werde es tun«, sagte er, ohne den Blick von ihr zu wenden.

»Was denn?«, fragte Alba, die von der Art, wie er sie ansah, etwas verwirrt war.

Seven wandte sich Kola zu. »Ich werde euch helfen. Ich werde euer lebender Beweis sein, damit diese Dreckskerle ins Gefängnis kommen und aufhören, Erinnerungen zu verfälschen.«

In dem Moment hielt das Auto an. Der Fahrer – Alba nahm an, dass er ebenfalls zur Bewegung gehörte – drehte sich um und flüsterte Kola etwas ins Ohr.

Kola nickte. Seine Augen leuchteten auf eine Weise, wie Alba es noch nie gesehen hatte.

»Du willst uns also helfen?«, fragte er Seven. »Das ist dein voller Ernst?«

Seven nickte. »Ich möchte, dass nie wieder jemand imstande ist, Erinnerungen zu verändern.«

Kola lehnte sich merklich erleichtert auf seinem Sitz zurück. »Da hast du die richtige Entscheidung getroffen. Echt, Mann.« Er griff in die Tasche und holte ein kleines Tablet heraus, das er Seven gab. »Das solltest du nur in Notfällen benutzen. Ich würde dir raten, von jetzt an bei Alba und Dolly zu bleiben –

in Alastair Whites Haus werden sie ganz bestimmt nicht nach dir suchen. Wenn ich vorher nichts von dir höre, treffen wir uns am Abend vor dem Ball. Dann erkläre ich dir in allen Einzelheiten, was wir vorhaben. Bis dahin sieh zu, dass du nicht in Schwierigkeiten gerätst.«

Seven zog die Augenbrauen hoch und diesmal wusste Alba genau, was er gerade dachte.

Da stehen die Chancen aber verdammt schlecht.

SEVEN

71

Als sie zum Haus der Whites zurückkehrten, war es später Nachmittag. Die Luft war kühl und neblig und die tief am Himmel hängenden dunklen Wolken ließen darauf schließen, dass sich ein Unwetter zusammenbraute. Nachdem sie aus dem Taxi gestiegen waren, führte Dolly Seven und Alba eilig zum Dienstboteneingang und von dort zu ihrem Zimmer im Westflügel.

»Du musst schnellstens wieder auf dein Zimmer«, sagte Dolly zu Alba, sobald sie eingetreten waren. »Für den Fall, dass deine Mutter dich sucht. Seven«, fügte sie hinzu, »Sie müssen hierbleiben.«

Seven grinste freudlos. »Mist. Ich hatte gehofft, Alba noch mal beim Baden überraschen zu können.«

Dollys Augenbrauen schossen in die Höhe. *»Noch mal?«*

Alba wurde knallrot und warf Seven einen düsteren Blick zu. »Hör gar nicht auf ihn, er redet wie immer Unsinn.«

Sevens Grinsen verflüchtigte sich. Er ging zum Bett hinüber, setzte sich und machte die Augen zu. Nachdem er seine Dienstbotenmütze abgenommen hatte, stützte er den Kopf in die Hände und fuhr sich mit zitternden Fingern durchs Haar. Obwohl er die Augen geschlossen hatte, spürte er, wie Alba ihn fragend ansah.

Seven ertrug es einfach nicht, sie anzuschauen. Sobald er sie anblickte, sah er wieder ihre Mutter Oxana vor sich, wie er sie in der Erinnerung erlebt hatte – mit zerfetzter Kleidung, weit aufgerissenen Augen und Plastikschnur um Fuß- und Handgelenke, die tief in ihre Haut schnitt.

Er hörte, wie Alba zu ihm kam, und spürte, wie sie ihre Hände auf seine legte, die immer noch seinen Kopf stützten.

»Sobald ich kann, komme ich heute Abend wieder her«, sagte sie. Sie beugte sich zu ihm – so nahe, dass er jeden ihrer Atemzüge hören konnte, so nahe, dass er einen Moment lang vergaß, dass Dolly noch im Zimmer war. »Du schuldest niemandem etwas«, flüsterte sie. »Was auch immer du unternimmst – ich stehe auf deiner Seite und werde für dich da sein.«

Dann gab sie ihm einen Kuss auf die Stirn und verschwand.

Nachdem die Tür sich hinter Alba und Dolly geschlossen hatte, ließ Seven sich vom Bett auf den Fußboden gleiten, wo er zusammengekrümmt liegen blieb und sich so heftig die Augen rieb, dass farbige Flecken vor seinem Sichtfeld tanzten. Doch sosehr er sich auch bemühte, er schaffte es nicht, das Bild des grinsenden Takeshi loszuwerden, der sich vor Albas Mutter kniete und seinen Gürtel aufschnallte.

Obwohl Seven die Erinnerung manipuliert und Takeshi durch Aro Black ersetzt hatte, war es nach wie vor Takeshis Gesicht, das er sah, wenn er die Augen schloss – sein Gesicht und sein selbstsicheres Grinsen.

Seven wünschte inständig, auch seine eigenen Erinnerungen verändern zu können. Was hatten seine Fähigkeiten denn für einen Sinn, wenn er nicht einmal das zustande brachte?

Alba

72

Dolly drehte Albas Haare zu Locken, die sie im Nacken mit blattförmigen goldenen Nadeln, in die jeweils ein Kristall eingearbeitet war, feststeckte. Während ihre Zofe sich mit ihrem Haar befasste, saß Alba schweigend da. Sie wusste einfach nicht, was sie zu allem, das sie heute erfahren hatte, sagen sollte. Zu dem, was geschehen war. Das Ganze war so überwältigend, dass sie keine Ahnung hatte, wo sie überhaupt anfangen sollte.

Als Alba fünf gewesen war, hatte Dolly ihr auf dem Sommerjahrmarkt in Hampstead Heath einen dieser riesigen runden Bonbons gekauft, an dem Alba fast erstickt war. Und genau dieses Gefühl hatte sie auch jetzt – als blockiere irgendein großer Kloß ihre Kehle.

Nach einer Weile trat Dolly einen Schritt zurück. »So, fertig.«

Alba warf einen Blick in den Spiegel.

Es war, als betrachte sie ein Gemälde. Ihre glatte Haut, das pinkfarbene Rouge auf ihren Wangen, ihre kunstvoll gezwirbelten Haare ... das alles wirkte so unecht. Es kam ihr völlig daneben vor, sich zum Abendessen mit ihren Eltern zurechtmachen zu lassen, wo sie doch noch vor ein paar Stunden lädiert und verschmutzt tief unter der Erde gewesen war. Alba hatte sich in teuren Kleidern und mit Schmuck behangen nie wohlgefühlt, aber jetzt war es noch schlimmer. Jetzt empfand sie ihr ganzes Leben im Norden als Lüge.

»Deine Eltern scheinen nicht zu wissen, dass du heute nicht zur Schule gegangen bist«, sagte Dolly, während sie Alba auf die Schulter tippte. »Wenn sie Fragen stellen, dann tu einfach so, als wärst du in der Schule gewesen.«

Alba zog eine Augenbraue hoch. »Schade, dabei habe mich schon *so* darauf gefreut, ihnen von Takeshis Bakerloo Boys und Dr. Merriweather zu erzählen.«

Als sie Merriweathers Namen sagte, brach ihr die Stimme. Sie sah sein geisterhaft blasses Gesicht wieder vor sich, seinen glasigen Blick.

Er war vor ihren Augen gestorben.

Alba schluchzte auf. Sofort hockte Dolly sich neben sie und drehte sie zu sich.

»Du schaffst das, Alba«, sagte sie. »Du brauchst keine Angst vor ihnen zu haben.«

Das war zwar nicht das, woran Alba gerade gedacht hatte, doch diese Anspielung auf ihre Eltern ließ sie innerlich hart werden.

Ob Mutter wohl weiß, was Vater getan hat?, überlegte sie. *Ob sie weiß, dass sie jede Nacht mit einem Mörder zu Bett geht?*

Sie stellte sich ihren selbstgefälligen Vater vor, dessen kalte schwarze Augen all die Toten, für die er verantwortlich war, heraufzubeschwören schienen. Wenn Seven nicht gerettet worden wäre, hätte ihr Vater dann auch ihn gezwungen, Erinnerung um Erinnerung zu verändern, bis sein Gehirn ausgeblutet wäre?

Alba biss sich auf die Lippe, um nicht in Tränen auszubrechen. Die Vorstellung, sie hätte Seven nie kennengelernt, hätte nie erfahren, dass es ihn irgendwo da draußen gab, rief einen geradezu körperlichen Schmerz in ihr hervor.

Sein Grinsen fiel ihr wieder ein, seine grauen Augen, in denen immer irgendein Scherz zu lauern schien. Sie dachte an den Minzgeruch seines Atems und seiner Haut. Und daran, wie er an jenem Vormittag in Dollys Zimmer die Hand nach ihr ausgestreckt und sich zu ihr gebeugt hatte, wie ihre Gesichter sich immer näher gekommen waren.

Jedes Mal, wenn Alba an Seven dachte, dachte sie an ein Leben, wie sie es sich nie gewünscht oder vorgestellt hatte, das ihr jetzt jedoch wie das Kostbarste auf der Welt vorkam.

Fühlte es sich so an, verliebt zu sein?

»Bist du bereit?«, fragte Dolly und holte Alba in die Gegenwart zurück.

Alba nahm ihren gesamten Mut zusammen und stand auf. Nachdem sie ihr Kleid glatt gestrichen hatte, straffte sie die Schultern und holte tief Luft.

»Ja«, sagte sie.

Und das entsprach der Wahrheit. Sie war nicht nur bereit, zum Abendessen zu gehen und ihren Eltern entgegenzutreten.

Sie war bereit, sich der ganzen Welt zu stellen.

SEVEN

73 Während Seven vor sich hin döste, ging die Zimmertür auf und jemand kam herein. Leise Schritte näherten sich der Stelle, wo er, in Laken und Decken gewickelt, auf dem Teppich lag. Er roch sie schon von Weitem – nahm den süßen, blumigen, weiblichen Duft wahr, der irgendwie typisch für sie war. Dann berührten ihre warmen Hände sein Gesicht.

»Komm mit.«

»Aber was ist mit Dolly?«

»Die schläft. Nun komm schon.«

Seven befreite sich von den Decken, stand auf und kleidete sich an (glücklicherweise war es im Zimmer dunkel, denn er trug nur ein Paar Boxershorts). Nachdem er den dicken blauen Pullover und die schwarze Hose, die Dolly bei einem der Diener ausgeborgt hatte, angezogen und seine Boots zugeschnürt hatte, folgte er Alba aus dem Zimmer.

Sie nahm ihn bei der Hand und führte ihn durch ein wahres Labyrinth von Korridoren. Als er fragen wollte, wo sie hingingen, bedeutete sie ihm, still zu sein. Im nächtlichen Dunkel sah es so aus, als leuchte ihre Haut.

Das alles kam ihm wie ein Traum vor. Vielleicht träumte er ja wirklich. Davon, nachts von einem schönen Mädchen geweckt und an einen verschwiegenen Ort gebracht zu werden ...

Ganz klar, dachte Seven etwas benommen. *Das kann nur ein Traum sein.*

Alba machte vor einer Tür halt und öffnete sie einen Spalt. Nachdem sie kurz gelauscht hatte, schob sie die Tür weiter auf und führte Seven in einen großen Raum.

Es war eine Art Glashaus voller Pflanzen. Durch die deckenhohen Scheiben konnte man das dunkle Gelände des Hyde-Park-Anwesens sehen. Ringsum roch alles so grün und frisch wie an einem Sommerabend. Der Regen prasselte gegen die Scheiben und erfüllte den Raum mit einer geheimnisvollen, sanften Geräuschkulisse.

»Das ist das Gewächshaus«, erklärte Alba. »Nachts kommt hier niemand her.«

Sie gingen zwischen Pflanzenreihen entlang. Das sanfte Licht des halb hinter Wolken verborgenen Monds fiel auf Alba und hüllte sie in silbrigen Glanz. Sevens Herzschlag beschleunigte sich. Sie war wirklich das schönste Wesen, das er je gesehen hatte.

Nach einer Weile blieb Alba stehen und drehte sich zu ihm. Sie hielt ihn immer noch bei der Hand. Sie blickte nach unten und ließ ihn rasch los, als falle ihr erst jetzt auf, dass sie ihn festgehalten hatte. Selbst im Halbdunkel, das im Raum herrschte, sah er, dass sie rot wurde.

Sevens Blick wanderte über ihren langen weißen Pullover und ihre Leggings. Der Pullover war von einer ihrer Schultern gerutscht. Beim Anblick ihrer blassen nackten Haut wurde ihm ganz anders.

Er wusste, was gleich geschehen würde. Und er wollte, dass es geschah. Trotzdem. Er war immer noch so verwirrt und wütend wegen all der Dinge, die heute passiert waren. Vor allem hatte er Schuldgefühle. Alba verdiente es, über ihre Mutter Bescheid zu wissen. Er wusste bloß nicht, wie er es ihr sagen sollte.

Seven wollte nicht, dass Alba ihn als jemand in Erinnerung behielt, der ihr das Herz gebrochen hatte.

»Alba«, sagte er und holte tief Luft.

Sie schüttelte den Kopf. »Ich will nicht reden. Ich will nicht denken. Ich will *dich.*«

Dann trat sie auf ihn zu, schlang die Arme um seinen Hals und küsste ihn.

Alba

74 *Oh mein Gott, wir* küssen *uns!*

SEVEN

75

Oh verdammt, wir küssen *uns!*

Alba

76

Es war das Natürlichste und gleichzeitig Seltsamste, das sie je erlebt hatte. Aber oh Gott, fühlte sich das *gut* an! Seven schlang ihr die Arme um die Taille und zog sie an sich. Sein Mund brannte wie Feuer. Ihre Lippen öffneten sich, und als ihre Zungen sich streiften, lief Alba ein wohliger Schauder über den Rücken.

Das machte man also mit seiner Zunge.

Alba seufzte. Ihre beiden Herzen rasten, als wollten sie ihnen aus der Brust springen. Alba fuhr ihm mit den Fingern durch das zerzauste Haar und über seinen Rücken, bis sie zum Saum seines Pullovers gelangte. Sie ließ die Hand daruntergleiten und strich ihm mit den Fingerspitzen über die Haut direkt oberhalb des Hosenbunds.

Seven fing sofort an, schwerer zu atmen, und gab ein verzweifelt klingendes Seufzen von sich, bei dem Alba die Knie weich wurden.

Irgendwie landeten sie schließlich auf dem Boden. Ohne mit dem Küssen aufzuhören, lagen sie aneinandergepresst auf der Seite.

Alba bemerkte überhaupt nicht, dass ihre nackte Schulter mit den kalten Steinfliesen in Berührung kam. Ebenso wenig hörte sie den Regen gegen die Glasscheiben trommeln.

Das Einzige, was sie hörte, waren ihr und Sevens Atem, waren die sanften Laute ihrer Küsse.

Das Einzige, was sie spürte, war er.

Seven war schließlich derjenige, der sich von ihr löste.

Sie hatten sich so lange geküsst, dass es ihr wie viele Stunden vorkam. Albas Lippen waren ganz taub, doch sie fühlte sich durch und durch lebendig und vibrierte am ganzen Körper.

Blinzelnd setzte Seven sich auf. Seine Haare standen nach allen Seiten ab. Seine Kleidung war zerknittert. Sie waren auf dem Fußboden immer weitergerutscht, bis zum Rand des Gewächshauses. Schließlich lehnte er sich gegen die Glaswand und rieb sich den Nacken.

»Mannomann, Alba«, murmelte er.

Sie lachte leise, drehte sich und schlüpfte unter seinem Arm hindurch, um sich mit dem Rücken gegen seine Brust zu schmiegen, während ihr Blick auf den Pflanzen ringsum ruhte, ohne dass sie wirklich etwas davon wahrnahm, weil sie das Gefühl hatte, ihre Augen seien immer noch geschlossen – weil sie immer noch ganz von Seven erfüllt war. Warum hatte ihr nie jemand erzählt, dass küssen etwas war, das man am ganzen Körper spürte?

Seven holte tief Luft.

»Alba.«

»Ja, so heiße ich.«

Lächelnd kuschelte sie sich noch enger an ihn. Sie legte den Kopf zurück, um sein Gesicht sehen zu können. Er wirkte total durcheinander.

»Alba …«, wiederholte er.

»Seven.«

»Ach, komm schon, ich geb mir ja alle Mühe, aber ich weiß nicht, was ich sagen soll.«

»Dann lass es.«

Sie reckte sich hoch, um ihn zu küssen.

»Hör auf.«

Seven packte sie bei den Schultern, schob sie ziemlich unsanft von sich und stand auf. Nachdem er eine Weile hin und her gegangen war, stöhnte er plötzlich frustriert auf und blieb kopfschüttelnd stehen.

»Scheiße!«, schrie er. »Scheiße, Scheiße, *Scheiße!*«

Alba sprang auf. »Schrei nicht so laut, Seven! Was ist denn los? Liegt es ... war es das Küssen? War es nicht gut?«

»Es war *perfekt*«, erwiderte er in derart aufrichtigem Ton, dass sie das Gefühl hatte, gleich werde ihr das Herz zerspringen. »Darum geht es nicht. Es geht um vorhin ...«

Alba entspannte sich. »Das vorhin habe ich ernst gemeint. Ich werde zu dir halten, egal, was du beschließt. Du brauchst Kola nicht zu helfen – du schuldest der Bewegung nichts. Stattdessen könnten wir ... könnten wir zusammen weglaufen. Vielleicht würde Dolly auch mitkommen. Vielleicht ...«

»Nein«, fiel Seven ihr ins Wort. Er starrte zu Boden und ballte die Hände zu Fäusten. »Ich werde ihnen helfen. Das muss ich, Alba, weil das EH-Projekt gefährlich ist. Die Dinge, die man damit machen kann ...« Er stieß die Luft aus. »Ich muss dir etwas erzählen.«

Alba wurde ganz flau im Magen. »Was denn?«

»Die DSC, die ich für Takeshi surfen musste«, sagte Seven nach einer längeren Pause. »Da ging es um deine Mum.«

In dem Moment flammte im Gewächshaus Licht auf. Bevor einer von ihnen etwas sagen konnte, stürmten mit lautem Stiefelgetrampel Leute in den Raum. Das Letzte, was Alba mitbekam, war das Aufleuchten roter Uniformjacken und Sevens angstverzerrtes Gesicht. Dann wurde sie von irgendeiner Betäubungswaffe getroffen.

Am ganzen Körper gelähmt, fiel sie auf die Knie und verlor das Bewusstsein.

SEVEN

77

Zum zweiten Mal an diesem Tag kam Seven in einer fremden Umgebung zu sich, diesmal an einen Stuhl gefesselt. Als er versuchte, sich zu bewegen, stellte er fest, dass seine Arme nach hinten gedreht waren, und an seinen Handgelenken spürte er das kühle Metall von Handschellen. Seine Fußgelenke waren mit Plastikschnur an die Beine des Stuhls gebunden, der mit Ketten am Fußboden befestigt war. Er zitterte, denn im Raum war es kalt.

Seven drehte den Kopf, um seine Umgebung näher in Augenschein zu nehmen, doch es gab nicht viel zu sehen. Der fensterlose Raum – eher eine Zelle – war klein und leer, die Wände waren mattgrau gestrichen. An der Decke war eine Neonröhre angebracht. Gegenüber seinem in der Mitte des Raums stehenden Stuhls befand sich eine Tür und als er den Kopf neigte, sah er, dass unter ihm ein Abflussgitter in den Fußboden eingelassen war.

Ein Angstschauder jagte ihm über den Rücken. Wozu brauchten die einen Abfluss?

Natürlich wusste er, wozu. Er wollte es sich bloß nicht eingestehen, denn dann hätte er noch mehr Angst bekommen und das konnte er nicht zulassen, weil er überleben wollte und hier irgendwie rausmusste.

Die Zellentür ging auf.

Alastair White kam mit ausdrucksloser Miene herein. Das grelle Neonlicht ließ seine harten Gesichtszüge noch stärker hervortreten. Er trug einen dunklen Anzug und seine schwarze Robe, die am Hals von einer glitzernden goldenen Spange in Form einer Bulldogge zusammengehalten wurde.

»Na, wenn das nicht unser abhandengekommener Kandidat sieben ist«, sagte White. »Wir suchen schon seit einer ganzen Weile nach Ihnen, wissen Sie.«

Seven stand das Herz still. Bisher hatte er sich an die vage Hoffnung geklammert, dass die, die ihn hierhergeschleppt hatten, nicht wussten, wer er war.

Er räusperte sich. »Woher wissen Sie das?«

»Blut lügt nicht.«

Als Seven den Blick senkte, entdeckte er in seiner Armbeuge einen kleinen Klumpen geronnenen Bluts. Offenbar hatte die Polizei von damals noch seinen genetischen Fingerabdruck.

»Ich will Ihnen mal erklären, wie wir hier verfahren«, sagte White und trat auf ihn zu. »Ich stelle die Fragen und Sie liefern mir die Antworten. Es wäre besser für uns beide, wenn Sie mir prompt und wahrheitsgemäß antworten würden.«

Sevens Miene verhärtete sich. »Ich fürchte, das liegt mir nicht.«

White hielt kurz inne und betrachtete ihn. »Nun, vielleicht ändert das hier Ihre Einstellung.« Er griff in die Anzugtasche und holte einen Zahnstocher heraus.

»Danke, aber meine Zähne sind sauber«, sagte Seven und versuchte zu grinsen, was ihm aber nicht recht gelang, weil ihm einfiel, was für schmerzhafte Dinge man mit einem Zahnstocher anstellen konnte.

Whites Gesicht verdüsterte sich. Er trat hinter den Stuhl, wo Seven ihn nicht mehr sehen konnte. »Warum machen Sie Scherze, wenn Sie Angst haben, Kandidat sieben?«

»Ist so 'ne Masche von mir.«

»Sehen Sie? Genau das meine ich.«

Drückende Stille trat ein.

»Falls es Sie interessiert: Alba ist wohlauf und befindet sich zu Hause«, fuhr White schließlich fort. »Sie weigert sich, uns zu verraten, was Sie in meinem Haus zu suchen hatten. Sie sagt überhaupt nichts. Aber das macht nichts. Am Ende wird sie schon reden.«

»Wagen Sie es ja nicht, sie anzurühren«, knurrte Seven.

»Das wird gar nicht nötig sein«, entgegnete White, »weil wir ja Sie haben.« Er trat so nahe an Seven heran, dass sein Schatten auf ihn fiel. »Außerdem haben wir Albas Zofe, Miss Rose, die behauptet, sie und nicht Alba habe sich mit Ihnen eingelassen. Sie streitet ab, dass Alba irgendetwas mit Ihnen zu tun hat, aber wir wissen, dass sie lügt. Schade. Miss Rose war eine gute Zofe.«

Dolly, dachte Seven und ihm wurde speiübel. Sie hatte ihn und Alba gewarnt und sie hatten nicht auf sie gehört. Jetzt musste Dolly vielleicht mit ihrem Leben dafür bezahlen.

Am liebsten hätte er sich die Handschellen abgerissen, um White mit den Fingern die Augen auszustechen.

»Wenn Dolly irgendetwas passiert ...«

»Oh, wie ich schon sagte: Wir haben ja Sie. Es wird nicht nötig sein, dass sonst jemand zu Schaden kommt. Sie werden uns alles, was wir wissen wollen, sagen ... nicht wahr, Kandidat sieben?«

»Ja«, presste Seven hervor.

Die Sache war die, dass Albas Behauptung, er schulde niemandem etwas, nicht ganz stimmte. Es gab einige Leute, denen er etwas schuldete.

Zum Beispiel Kola. Kola hatte ihnen zur Flucht verholfen, als die Polizei Seven in seiner Wohnung verhaften wollte. Und an jenem warmen Nachmittag auf dem Dach hatte Kola ihm angeboten, ihm gegen die Typen aus dem Hof beizustehen, sodass Seven sich zum ersten Mal in seinem Leben nicht mehr ganz so allein gefühlt hatte.

Auch Dolly war er etwas schuldig. Sie liebte Alba und Alba liebte sie; das war Grund genug, sie zu schützen. Außerdem hatte sie Seven verarztet, nachdem er von dem Hund angegriffen worden war. Und sie hatte Alba und ihm geholfen, mehr über das EH-Projekt herauszufinden, obwohl sie ihnen davon abgeraten hatte.

Und dann war da natürlich Alba.

Sie hatte mehr als sonst jemand für ihn getan. Einfach indem sie da gewesen war, indem sie ihm vertraut hatte. Sie hatte ihm einen Grund – mehr als nur einen Grund – gegeben weiterzukämpfen.

Seven kam zu einem Entschluss. Er würde White gerade so viel verraten, dass er Dolly nichts antat, aber ansonsten lügen.

Kola und die Bewegung brauchten nur noch ein paar Tage, nur noch bis zum Winterball. Und dann wäre White ruiniert.

White kam hinter Seven hervor und blieb vor ihm stehen. Dann bückte er sich langsam und legte den Zahnstocher auf den Boden. Als er sich wieder aufrichtete, spielte ein Lächeln um seine Lippen.

»Bald wird jemand vorbeikommen«, sagte er. Dann ließ er Seven in der kalten, entsetzlichen Zelle zurück, wo es außer dem Zahnstocher auf dem Fußboden nichts zu sehen gab.

Alba

78

»Irgendwann wirst du mit mir reden müssen, Alba.«

»Erzähl mir, was passiert ist. Erklär mir, wie dieser Dieb in unser Haus gekommen ist. Du kannst von Glück sagen, dass dein Vater dich ungeschoren davonkommen lässt, sonst würdest du jetzt nämlich auch in einer Verhörzelle der Polizei sitzen.«

»Herrgott noch mal, Alba. Willst du mich für den Rest deines Lebens ignorieren?«

Alba hielt die Augen fest geschlossen. Sie befürchtete, dass sie anfangen würde zu weinen, falls sie sie öffnete und ihre Mutter erblickte und sah, dass Dolly und Seven nicht mehr da waren.

Doch sie war fest entschlossen, *nicht* vor ihrer Mutter in Tränen auszubrechen.

Oxana redete schon seit geraumer Zeit auf sie ein. Alba hatte den Eindruck, dass ihre Mutter inzwischen eher erschöpft und resigniert als wütend klang. Und in ihrer Stimme schien sogar eine Spur von Angst mitzuschwingen, obwohl Alba das kaum zu glauben wagte. Wovor fürchtete sich ihre Mutter? Dass der gesamte Norden herausfand, dass ihre Tochter sich mit einem Kriminellen aus dem Süden eingelassen hatte? Dass das Heiratsarrangement mit Thierrys Familie platzte?

»Ich werde jetzt einen Anruf machen. Wenn ich zurückkomme, wirst du mit mir reden. Und versuch gar nicht erst zu fliehen – das Haus wird von der Polizei bewacht.«

Alba hörte, wie ihre Mutter mit klackenden Absätzen über die Dielen ging. Nachdem die Tür sich knarrend geöffnet hatte, waren von draußen Stimmen zu hören – ihre Mutter und die Polizisten tauschten Höflichkeitsfloskeln aus. Dann knallte Oxana die Tür hinter sich zu.

Jetzt machte Alba die Augen auf.

Ihre Mutter war wirklich eine ganze Weile bei ihr gewesen, denn draußen ging gerade die Sonne auf. Die Vorhänge waren nur halb zugezogen, sodass das blasse orangefarbene Licht eines Wintermorgens ins Zimmer fiel. Aus der Ferne erklang Vogelgezwitscher. Gelegentlich ertönte ein Husten, ab und zu sagte jemand etwas, ansonsten war im Haus alles ruhig.

Alba rieb sich über die immer noch brennende Stelle an der Seite, wo sie von der Betäubungswaffe getroffen worden war. Als sie ihren Pullover hochzog, sah sie dort einen blauen Fleck.

Mit leicht wackligen Beinen – der Effekt der Betäubung hatte noch nicht ganz nachgelassen – stand sie aus dem Bett auf und ging zum Fenster hinüber. Als sie draußen auf dem Rasen all die Männer in roten Uniformjacken sah, wurde ihr ganz flau im Magen. Die Polizei hielt also tatsächlich Wache. Sie hatte nicht die geringste Chance zu entkommen.

Das war's dann wohl, dachte Alba. Sie saß in der Falle. Seven und Dolly waren verschwunden und sie konnte nichts dagegen tun.

Eine Sekunde lang schien alles hoffnungslos, doch dann fiel ihr plötzlich etwas ein …

Das Tablet, das Kola ihnen gegeben hatte.

Das solltest du nur in Notfällen benutzen.

Aufgeregt rannte Alba zum Bett, hob die Matratze an und holte das Tablet heraus, das sie darunter versteckt hatte. Sie berührte den Touchscreen. Auf dem schwarzen Bildschirm leuchtete ein einzelnes Wort auf: ANRUF. Darunter waren ein Kreuz und ein Häkchen zu sehen.

In der Hoffnung, das Richtige zu machen, tippte Alba auf das Häkchen.

Eine Zeit lang passierte gar nichts. Dann erklang Kolas Stimme, leise und deutlich.

»Seven?«

»Kola! Gott sei Dank! Hier ist Alba.« Sie beugte sich über das Bett und wickelte einen Teil der Decke um den Apparat, um den Ton zu dämpfen. »Das ist ein Notfall«, flüsterte sie. »Wir brauchen deine Hilfe.«

»Was ist passiert?«, fragte er.

»Die Polizei hat Seven geschnappt. Dolly auch. Ich weiß nicht, wo sie sie hingebracht haben.«

»Ich schon«, erwiderte Kola. »Komisch, dass Nihail noch nichts gesagt hat. Er arbeitet doch bei der Verhörabteilung. Offenbar hat er viel zu tun.«

Alba geriet in Panik.

»Heißt das, dass er gerade Seven und Dolly verhört?«

»Er wird ihnen nichts tun«, versicherte Kola ihr. »Jedenfalls nichts, was bleibende Schäden hervorrufen könnte. Um der eigenen Sicherheit willen muss er den Schein wahren. Aber wir werden Seven da rausholen, Alba. Wir werden ihm helfen.«

»Und Dolly«, hakte sie nach.

»Die holen wir auch raus. Aber wir werden bis zum Abend

des Winterballs warten müssen. Wenn wir uns zu früh zeigen, ist unser Plan hinfällig.«

Alba stieß einen erstickten Schrei aus. Sie war so wütend, dass sie überhaupt nicht mehr an die Polizisten vor ihrer Tür dachte. Sie stellte sich vor, wie Seven und Dolly in ihren Zellen gequält wurden, weder Essen noch Wasser hatten ... während sie die ganze Zeit wie eine verwöhnte Prinzessin in ihrem Zimmer saß.

»Aber das ist erst in vier Tagen! Bis dahin könnten sie tot sein.« Alba versagte die Stimme. Sie drückte die Augen fest zusammen, weil sie spürte, dass wieder Tränen in ihr aufstiegen. »Bitte, Kola«, flüsterte sie.

»Tut mir leid, Alba. Früher können wir nichts unternehmen. Die Polizei wird Seven nicht töten, weil man ihn braucht. Zu viele der Kandidaten sterben an Hirnblutungen. Sie brauchen ihn lebendig.«

Alba holte tief Luft. »Seven ist doch kein Spielzeug, das man einfach so benutzt. Er hat was Besseres verdient. Dass du ihn zu Takeshi gebracht hast, war falsch. Du bist genauso schlimm wie die. Du hast ihn gezwungen, Erinnerungen zu verändern, nur weil das für deinen Plan nötig war.«

»Wir hatten keine andere Möglichkeit«, entgegnete Kola nach einer langen Pause. »Wir können nicht zulassen, dass die Polizei weiterhin Hunderte von Unschuldigen ermordet. Diese Macht – die Macht, Erinnerungen zu manipulieren – ist so gefährlich, dass es sie einfach nicht geben darf.«

Alba brauchte eine Weile, bis sie den Sinn seiner Worte begriff. Ihr stockte der Atem.

Wenn es diese Macht nicht geben durfte, was hatte die Bewegung dann mit *Seven* vor?

»Kola?«, fragte sie mit zitternder Stimme. »Was wollt ihr mit

Seven machen, wenn ihr euer Ziel erreicht habt? Was passiert mit den restlichen Kandidaten?«

Doch bevor er antworten konnte, hörte Alba Schritte, die sich ihrer Tür näherten. Sie schaffte es gerade noch, das Tablet unter die Decke zu stopfen, bevor ihre Mutter hereinkam.

»Bist du jetzt bereit, mit mir zu reden?«, erkundigte sich Oxana, die eine Hand in die Hüfte gestemmt hatte. Ihre langen blonden Haare schimmerten im Licht der aufgehenden Sonne. Sie trug eine Schlaghose aus Seide und einen gestreiften Pullover. Wie immer sah sie makellos aus.

Alba stand auf. »Ja, *Mutter«,* erwiderte sie. »Aber dir wird nicht gefallen, was ich zu sagen habe.« Die Worte sprudelten nur so aus ihr hervor. »Ich werde Thierry nicht heiraten und ich werde Dolly und Seven zurückholen. Danach werde ich für immer von hier fortgehen und es gibt nichts, was ihr dagegen tun könntet.«

In den Augen ihrer Mutter blitzte kurz ein überraschter Ausdruck auf. Dann wurde ihr Blick wieder eisig.

»Du *wirst* Thierry heiraten, Alba.«

»Nein, werde ich nicht.«

»Weil du diesen Seven heiraten willst?«

»Ja.« Sofort wurde Alba knallrot. »Na ja«, fügte sie hinzu. »Vielleicht. Das ... das weiß ich noch nicht. Aber was ich weiß, ist, dass ich mir selbst aussuchen möchte, wen ich heirate. Und dass ich keine von diesen Ehefrauen der High Society werden möchte. Ich möchte reisen, auf die Universität gehen, Dinge lernen ... ich möchte die Welt erkunden.«

Sie erinnerte sich, wie es gewesen war, als sie zum ersten Mal Erinnerungen gesurft hatte – wie sie in den Wasserfall gesprungen war, wie die Sonne ihren nackten Körper beschienen und das kühle Wasser sie umspielt hatte. Wie frei sie sich gefühlt hatte. Dann dachte sie daran, wie sie Seven geküsst hatte, dachte an sein schiefes, unbeholfenes, wunderschönes Lächeln und hielt auf einmal alles für möglich.

»Ich will frei sein.«

Oxana starrte sie an. Dann trat ein weicher Ausdruck in ihre Augen. Sie hob die Hand und streckte sie nach Alba aus, die jedoch zurückwich.

Über das Gesicht ihrer Mutter legte sich ein Schatten. »Das ist nichts, was wir uns einfach so aussuchen können«, sagte sie mit einer Stimme, die irgendwie verzagt klang. »Manchmal treffen andere diese Wahl für uns. Dein Vater und ich bieten dir ein gesichertes Leben an, mein Liebling. Findest du das nicht besser, als frei zu sein?«

»Nein«, antwortete Alba, ohne zu zögern.

Ihre Mutter wandte den Blick ab. »Eines Tages wirst du anderer Ansicht sein«, sagte sie leise und ging.

Nachdem die Tür hinter ihr zugefallen war, starrte Alba auf die Stelle, wo ihre Mutter gestanden hatte. Auf einmal empfand sie etwas für sie, das sie noch nie zuvor für sie empfunden hatte.

Mitleid.

Sie tat ihr leid, weil sie sich einfach nicht vorstellen konnte, was geschehen war, um sie in einen derart kalten Menschen zu verwandeln – in jemand, der ein gesichertes, freudloses Leben für besser hielt als ein ungesichertes, aber freies.

Für Alba war klar, wofür sie sich entscheiden würde. Sie würde keine Lüge leben, würde nicht jeden Tag gegen ihr eigenes Herz ankämpfen. Das wäre, als würde ihr eigenes Ich zum Gespenst werden. Und sie war lange genug unsichtbar gewesen.

SEVEN

79

Als die Zellentür das nächste Mal aufging, war Seven so überrascht, dass ihm der Unterkiefer herunterklappte.

Denn Dolly kam – mit Handschellen gefesselt – herein.

Ihr folgte ein Mann. Seven riss erstaunt die Augen auf, als er noch ein bekanntes Gesicht erblickte. Es war Nihail, der dunkelhäutige Mann, den er gestern im U-Bahn-Tunnel kennengelernt hatte und der insgeheim der Bewegung angehörte.

»Kandidat sieben«, sagte er lächelnd. »Freut mich, Sie kennenzulernen. Mein Name ist Nihail.«

Seine Augen huschten zur Decke. Als Seven seinem Blick folgte, entdeckte er in einer Ecke des Raums eine kleine Kamera. Seven nickte Nihail kaum merklich zu, um ihm zu verstehen zu geben, dass er begriffen hatte: Sie wurden beobachtet.

Nihail bückte sich und hob den Zahnstocher auf, den Alastair White zurückgelassen hatte, vermutlich um Seven daran zu erinnern, was passieren würde, wenn er nicht mit ihnen kooperierte. (Die Rechnung war aufgegangen, denn inzwischen hatte Seven sich unzählige Methoden ausgemalt, jemandem mit einem Zahnstocher Schmerzen zuzufügen.)

»Den werde ich wohl kaum brauchen«, sagte Nihail, indem

er den Zahnstocher in die Tasche seiner roten Uniformjacke steckte, »weil Sie ganz brav sein werden, nicht wahr, Kandidat sieben?«

»Ja«, erwiderte Seven mürrisch.

Als er Dollys Blick auffing, lächelte er sie an. Sie lächelte zurück. Zumindest sah es so aus, als ob sie lächelte. Genau ließ sich das nicht feststellen, da ihr Gesicht geschwollen und voller blauer Flecken war und auf ihren aufgeplatzten Lippen geronnenes Blut klebte. Ihre normalerweise zu Knoten gebundenen Haare hatten sich gelöst und hingen ihr wild über die Schultern.

Dafür bin ich verantwortlich, dachte Seven. *Was auch immer mit ihr geschieht – es ist meine Schuld.*

Obwohl Nihail auf ihrer Seite war, wusste Seven, dass er sie nicht würde schonen können. Zweifellos beobachtete Alastair White alles über die Kamera. Nihail würde sich also so verhalten müssen, als wären Seven und Dolly ganz gewöhnliche Kriminelle, die er verhörte.

Nihail schob Dolly weiter in die Zelle. »Ich habe Miss Rose mitgebracht«, sagte er, »nur für den Fall, dass Sie vielleicht vergessen sollten, was passieren wird, wenn Sie unsere Fragen nicht beantworten. Mr White meinte, dass Ihnen das die nötige Motivation geben würde. Er meinte, Abschaum wie Sie hätte so wenig zu verlieren, dass Sie sich entgegenkommender zeigen würden, wenn jemand anders die Konsequenzen Ihres Handelns ausbaden muss.«

Seven schnaubte. »Da hat Mr White ausnahmsweise mal recht.«

Nihail schob Dolly zur Seite und ging zu Seven, um ihm einen kleinen Apparat an einen seiner Finger zu klemmen.

»Das ist ein Lügendetektor«, erklärte Nihail und setzte sich auf einen Stuhl, den er von draußen mitgebracht hatte. Dann zog er ein Tablet aus der Tasche. »Wenn Sie versuchen, mich zu täuschen, werde ich das merken. Um Miss Roses willen hoffe ich jedoch, dass Sie uns das ersparen.«

Seven schluckte. Er versuchte, ruhiger zu werden – sein Herz hämmerte wie wild –, doch schon im nächsten Moment fing Nihail an, ihn mit Fragen zu bombardieren.

»Wie lautet ihr voller Name?«

»Seven.«

»Seven ...?«

»Nur Seven.«

»Wo wohnen Sie?«

»Nirgendwo mehr, dank Ihnen.«

»Wo *haben* Sie gewohnt?«

»Wohnung 23 B, Southrise Residences, Vauxhall.«

»Wo sind all die DSCs in Ihrer Wohnung hergekommen?«

»Die wurden gestohlen.«

»Von wem?«

»Von mir.«

»Weshalb?«

»Um Erinnerungen zu surfen. Um sie auf dem Schwarzmarkt zu verkaufen. Wissen Sie das alles nicht schon längst?«

»Für wen arbeiten Sie?«

»Für Carpenters Bande von DSC-Dieben. Zumindest bevor ihr ihn erschossen habt.«

Seven sah keinen Sinn darin zu lügen. Schließlich prangte die Tätowierung auf seiner Brust. Und Carpenter war tot. Seine Bande gab es nicht mehr (wenn er daran dachte, krampfte sich sein Magen immer noch schmerzhaft zusammen).

»Wer gehört noch zu Carpenters Bande?«

Zum ersten Mal zögerte Seven. »Keine Ahnung. Hab die andern nie kennengelernt.«

Das Tablet in Nihails Hand gab ein Piepen von sich. Nihail achtete jedoch nicht darauf, sondern blickte Seven unverwandt an.

»Ich wusste auch ohne Detektor, dass Sie lügen«, sagte er. Er stand auf und schob das Tablet in seine Tasche. »Ich werde Ihnen zeigen, warum. Kommen Sie mit.«

Er entfernte die Fesseln von Sevens Fußgelenken, zwang ihn aufzustehen und packte ihn im Nacken, um ihn in Richtung Tür zu schieben. Seven stolperte vorwärts. Er hatte so lange gesessen, dass seine Beine wie Gummi waren.

Nachdem Nihail Dolly in der Zelle eingeschlossen hatte, führte er Seven einen langen, weiß getünchten Korridor entlang. Sie kamen an zahlreichen geschlossenen Türen vorbei, jede mit einer Nummer und dem Namen des Gefangenen versehen, der sich in der Zelle befand.

Es war unheimlich still. Am Ende des Korridors blieben sie vor einer Tür stehen, die Nihail mit einem Zahlencode öffnete. Dann stieß er Seven, den er immer noch im Nacken festhielt, in die Zelle.

Seven drehte sich der Magen um.

Das Mädchen in der Zelle hatte nur noch entfernte Ähnlichkeit mit dem Mädchen, das er seit Jahren kannte. Sie saß zusammengesunken auf dem Stuhl, an den sie gefesselt war. Ihr Haar war mit Blut verkrustet. Ein Auge war zugeschwollen, den Ring in ihrer Unterlippe hatte man ihr herausgerissen. Ihr langärmliges Shirt und ihre Jeans waren verschmutzt und zerrissen.

Langsam hob sie den Kopf.

»Loe«, krächzte Seven.

Nihail trat neben ihn und tat so, als packe er ihn noch fester im Nacken. Dabei flüsterte er ihm ins Ohr: »Tut mir leid. Die wollten, dass du Bescheid weißt.« Dann fügte er mit lauter Stimme hinzu: »Besuch für Sie, Loe.«

Sie leckte sich über die Lippen. »Seven.« Ihre Stimme klang heiser und kratzig, als hätte sie viel geschrien. »Es tut mir so leid«, stieß sie voller Verzweiflung aus. »Es war doch nur wegen Mika. Das musst du verstehen. Ich hatte meinen Job verloren – was sollte ich denn sonst tun? Sie hatte Hunger! Das konnte ich nicht ertragen. Sie haben gesagt, sie würden Mika und mir helfen. Sie haben versprochen, dir nichts zuleide zu tun ...«

Sevens Herz klopfte ihm bis zum Hals. »Ich versteh überhaupt nichts.«

Loe zerrte an ihren Fesseln. Seven sah, dass ihr Blut auf die Füße tropfte, weil die Plastikschnur, mit der ihre Fußgelenke gefesselt waren, tief ins Fleisch schnitt. Auf dem Fußboden und auf dem Abflussgitter unter ihr war noch mehr Blut, das inzwischen geronnen und verkrustet war.

»Ich hab es für Mika getan!« Sie brach in Tränen aus, was Seven schockierte, weil er das noch nie bei ihr erlebt hatte. »Du musst das verstehen, es tut mir so leid!«

Und in einem schrecklichen Moment der Klarheit wurde ihm bewusst, was sie meinte.

»Du hast ihnen von Dolly erzählt«, flüsterte Seven. »Und von Alba. Darum wussten sie, dass ich bei ihr bin.«

Loe zitterte am ganzen Leib. »Mika war am Verhungern und die Belohnung, die sie für Informationen über dich ausgesetzt hatten, war so hoch, dass ich ... Bitte, Seven! Bitte versteh doch! Jetzt hat Mika die Chance, ein Leben zu führen, das ich ihr nie hätte bieten können ...«

»Das reicht jetzt«, fiel Nihail ihr ins Wort. Er drehte Seven herum und schob ihn zurück in den Korridor.

Die Tür knallte hinter ihnen zu. Während sie zu Sevens Zelle zurückgingen, hallten ihnen Loes Schreie nach, die zwar immer gedämpfter klangen, aber so durchdringend waren, dass Seven meinte, für den Rest seines Lebens ihren verzweifelten Klang im Ohr zu haben.

Alba

80

Die nächsten zwei Tage zogen sich derart in die Länge, dass Alba den Eindruck hatte, sie würden nie vergehen. Jedes Ticken der Uhr auf ihrem Nachttisch empfand sie wie einen Messerstich. *Wer weiß, welche Qualen Seven und Dolly gerade ausstehen müssen,* dachte sie immer wieder. *Und ich kann nichts dagegen tun.* Wenn sie doch wenigstens bei ihnen hätte sein können, um ihr Leid mit ihnen zu teilen. Stattdessen saß sie in ihrem Zimmer fest, mit Unmengen von nutzlosen Büchern, Schmuckstücken und sonstigem Plunder.

Sie hatte ihrer Mutter nicht geglaubt, als diese gesagt hatte, das Leben würde normal weitergehen. Nach allem, was passiert war, kam ihr eine solche Behauptung völlig absurd vor. Seven hatte sie geküsst. Sie hatten einen Mann sterben sehen. Sie hatten die Wahrheit über das Erinnerungshüter-Projekt herausgefunden.

Die ganze Welt schien anders geworden zu sein.

Oxana hatte davon gesprochen, dass Alba in der nächsten Woche wieder zur Schule gehen müsse, nachdem auf dem Winterball ihre Verlobung mit Thierry bekannt gegeben worden war.

»All deine Freundinnen werden vor Neid platzen«, hatte ihre Mutter gesagt.

Was für Freundinnen?, hatte Alba gedacht. *Ihr habt mir doch die zwei einzigen Freunde, die ich hatte, genommen.*

Doch Alba hielt den Mund. Ihre Mutter sollte glauben, dass sich alles wieder normalisieren würde. Einen Verdacht konnte sie nicht haben, denn dann hätte sie Alba nicht erlaubt, auf den Winterball zu gehen. Sie musste aber gehen. Für Seven. Für Dolly.

Und für sich selbst.

SEVEN

81

Nach zwei Tagen in der Zelle hatte Seven vergessen, wie frische Luft sich anfühlte. Wie ein blauer Himmel aussah. Wie es roch, wenn Regen in der Luft lag.

Früher hatte Seven in den Nächten, in denen er nicht auf Diebestour war, immer auf dem Dach seines Wohnhauses gelegen und zum Himmel hinaufgeblickt, um sich alle Sternbilder einzuprägen. Er hatte sich vorgestellt, diese Sternbilder stellten die geheime Botschaft irgendeines Gottes dar, in einer Sprache, die auf der Erde niemand verstand.

Jetzt würde er die Botschaft nie entschlüsseln. Nicht einmal den nächtlichen Himmel würde er je wiedersehen.

Seven sehnte sich nach Dunkelheit. Die Zelle war immer hell erleuchtet. Manchmal kamen, wenn er gerade eingeschlafen war, aus versteckten Lautsprechern donnernde Geräusche, sodass er hochschreckte und sich am liebsten die Ohren zugehalten hätte. Trotzdem war es noch schlimmer, wenn sie ihn schlafen ließen. Wenn er dann erwachte, war alles wieder so wie am Anfang, als er zum ersten Mal die Augen geöffnet und die grauen Wände gesehen und gewusst hatte, dass diesmal …

Dass diesmal endgültig alles vorbei war.

Nach zwei Tagen hörte er auf zu zählen, wie oft er schon

verhört worden war. Meistens war es Nihail, der ihn befragte, manchmal schickten sie jedoch jemand anders. Wenn die Tür aufging und ein fremdes Gesicht auftauchte, fuhr Seven immer vor Schreck zusammen. Sie taten ihm nie wirklich weh, weil er ihre Fragen bereitwillig beantwortete, doch wenn ihn jemand anders als Nihail verhörte, war seine Angst besonders groß.

Bisher hatten sie ihn nur zu seinem Leben als DSC-Dieb befragt. Am dritten Tag jedoch …

»Haben Sie schon einmal vom EH-Projekt gehört?«, fragte der Mann, der ihn verhörte, ein Chinese mit stechendem Blick, der Lin hieß. Seine schwarzen Haare waren zu einem Pferdeschwanz gebunden, der über den Rücken seines tadellosen Anzugs fiel. Er saß Seven auf einem Stuhl gegenüber und hatte einen Arm über die Knie gelegt.

Bei dieser Frage begann Sevens Herz, so schnell zu schlagen, dass das Tablet in Lins Tasche Pieptöne von sich gab.

Lin zog eine Augenbraue hoch und lächelte freundlich. »Ich nehme an, das heißt Ja. Wissen Sie vielleicht auch, was diese Abkürzung bedeutet?«

»Ja.«

»Nämlich?«

»Erinnerungshüter-Projekt«, erwiderte Seven mit finsterer Miene. »Wenn man bedenkt, was ihr Dreckskerle damit macht, wäre es wohl zutreffender, von Erinnerungsmanipulatoren-Projekt zu sprechen.«

»Wissen Sie, warum wir Sie als Kandidaten bezeichnen?«, wechselte Lin das Thema.

»Ja.«

»Woher?«

Seven sah ihn wütend an. »Sie haben doch die DSC, oder?

Schließlich haben Sie alle DSCs aus meiner Wohnung mitgenommen. Dann wissen Sie ja, was ich gesehen habe.«

Ein unergründlicher Ausdruck huschte über Lins Gesicht. »Welche DSC?«

»Erzählen Sie mir bloß nicht, Sie hätten nicht längst alle überprüft.« Seven sah Lin forschend an. Und entdeckte etwas in seinen Augen, womit er nicht gerechnet hatte.

Angst.

Lin lehnte sich zurück. »Wessen Erinnerung meinen Sie denn, Kandidat sieben?«

»Die von Alastair White.«

Lin riss erstaunt die Augen auf. Er erhob sich und ging zur Tür. »Einen Moment.«

Sobald er verschwunden war, überschlugen sich in Sevens Kopf die Gedanken.

Er ist tatsächlich beunruhigt, dachte er. *Sie wissen nichts von Whites DSC. Sie haben sie nicht in meiner Sammlung gefunden.*

Wer hat sie versteckt? Kola? Nihail?

Er atmete scharf ein.

Seven wusste, dass die Bewegung ihn als lebenden Beweis für die EH-Experimente brauchte. Er wusste, dass sie ihn auf dem Winterball präsentieren wollten. Und er wusste auch, dass das jetzt, da die Polizei ihn geschnappt hatte, wohl kaum machbar war. Aber diese DSC reichte aus. Zusammen mit den Informationen, die sie gesammelt hatten, würde dieses Beweisstück zumindest aufdecken, in welche Machenschaften White, der Premierminister und die Polizei verwickelt waren.

Als Seven das begriff, zitterte er vor Aufregung.

Es dauerte lange, bis Lin zurückkam. Als er vor Seven Platz

nahm, wirkte er wieder ganz ruhig, obwohl in seinen Augen ein leichtes Unbehagen flackerte.

»Wer hat diese Erinnerung sonst noch gesehen?«, fragte Lin.

»Niemand.«

»Wem haben Sie erzählt, was diese DSC enthält?«

»Niemandem.«

Die Lüge ging ihm so leicht über die Lippen, dass der Detektor nicht reagierte, denn zum ersten Mal, seit er hier war, hatte Seven wieder Hoffnung.

Die Bewegung hatte die DSC von Albas Vater und bald würde die ganze Welt wissen, was für ein Geheimnis sie barg.

Alba

82

Am Tag vor dem Winterball – der dritte Tag nach Sevens und Dollys Verhaftung – kam ihr Vater schließlich zu ihr.

Als Alba, die auf dem Bett lag, hörte, wie die Tür sich öffnete, blickte sie auf. In der Nacht hatte sie sehr unruhig geschlafen. Jetzt war es fast Mittag. Es war ein schöner Wintertag mit klarem blauen Himmel. Draußen auf dem Rasen glitzerte der Raureif in der Sonne.

Ihr Vater trug einen schicken dunklen Anzug und ein silberweißes Hemd, an dessen Kragen die goldene Bulldoggenspange festgemacht war.

Lächelnd breitete er die Arme aus. »Was meinst du? Ob dieser Anzug für den Ball morgen elegant genug ist? Ich habe schnell noch ein paar Änderungen vornehmen lassen.«

Alba starrte ihn an. »Sieht großartig aus«, erwiderte sie in kühlem Ton und wandte sich ab.

Ihr Vater seufzte. Sie hörte, wie er das Zimmer durchquerte. Dann setzte er sich auf die Bettkante und legte ihr die Hand auf die Schulter.

»Bitte sprich mit mir, meine Liebe. Es schmerzt mich, dich in diesem Zustand zu sehen.«

Und mich schmerzt, dass du ein verlogener Mörder bist,

dachte Alba, biss sich jedoch auf die Lippe und sagte kein Wort.

»Wenn ich nicht weiß, was los ist, kann ich dir nicht helfen.«

»Willst du es wirklich wissen?«, murmelte sie.

»Natürlich, meine Liebe.« Er tätschelte ihr die Schulter. »Du kannst mir alles erzählen.«

Alba schnaubte. *Tatsächlich?*

Sie richtete sich auf und strich sich die Haare aus dem Gesicht. Die Hand ihres Vaters glitt von der Schulter auf ihren Rücken. Ihre Blicke begegneten sich, und obwohl sie ihn verachtete, obwohl sie hasste, was er getan hatte, war sie von dem freundlichen, liebevollen Ausdruck in seinen Augen derart überwältigt, dass sie sich für den Bruchteil einer Sekunde einzureden vermochte, er sei nichts als ihr Vater und sie nichts als seine Tochter und alles andere zähle nicht.

Dann sagte sie: »Ich weiß über das Erinnerungshüter-Projekt Bescheid.«

Immerhin hatte er den Anstand, schuldbewusst dreinzublicken.

»Was?«, flüsterte er.

»Ich weiß, wozu du die Kandidaten zwingst und wozu du die veränderten Erinnerungen benutzt.« Alba versagte die Stimme und sie brach in Tränen aus. »Ich weiß alles!«

Möglicherweise hatte sie gehofft, dass er jetzt alles abstreiten würde. Vielleicht hatte sie auch nur gewollt, dass er sich entschuldigte. Dass er sie in die Arme nahm und sagte, es tue ihm leid, denn genau das wäre angebracht gewesen.

Stattdessen stand er abrupt auf und starrte mit derart abweisendem Blick auf sie herunter, dass die winzige Flamme der Hoffnung, die noch in ihr brannte, erlosch.

»Ich erwarte von dir, dass du darüber Stillschweigen bewahrst«, sagte er. Dann machte er kehrt und verließ das Zimmer.

Als die Tür hinter ihm zufiel, krümmte Alba sich zusammen und stieß einen Schrei aus, der in Schluchzen überging. Bis eben war ihr nicht klar gewesen, dass sie immer noch an dem Bild festgehalten hatte, das sie früher – bevor all das hier passiert war – von ihrem Vater gehabt hatte. Erst jetzt begriff sie, dass sie ihn für immer verloren hatte.

SEVEN

83

Noch ein Tag bis zum Winterball, rief er sich ständig in Erinnerung. Wenn er bis dahin durchhielt, würde der Nächste, der seine Zellentür öffnete, vielleicht jemand aus der Bewegung sein, der gekommen war, um ihn zu befreien. Vielleicht würde es Kola sein. Vielleicht würde Alba ihn begleiten und sie würde ihm lächelnd die Arme um den Hals schlingen und ihn mit Küssen ersticken.

Was für ein schöner Tod.

Vielleicht würde der Plan der Bewegung aber auch scheitern und Seven würde einen anderen Tod sterben, um anschließend auf dem Gefängnisfriedhof begraben zu werden, zwischen unzähligen anonymen Toten.

Er schüttelte den Kopf. »Nicht so schön«, murmelte er.

Der Plan der Bewegung würde gelingen. Das musste er einfach. Im Geiste ging er all die Dinge durch, die für sie sprachen: das Überraschungsmoment, die Insiderinformationen, Alastair Whites DSC. Und natürlich die Wahrheit.

Obwohl das etwas zu sein schien, das in London nicht mehr viel zählte.

Alba

84

Schon seit Sonnenaufgang liefen die Vorbereitungen für den Ball auf Hochtouren. Bis in ihr Zimmer hörte Alba das Gepolter und Gehämmer und die Anweisungen, die draußen umhergeschrien wurden. Sie hatte sich am Fenster in einen Sessel gekauert und beobachtete, wie das Gelände um das Haus neue Gestalt annahm. Festzelte, Springbrunnen und Statuen wurden aufgestellt, samtbezogene Sofas und Stühle zu Sitzlandschaften arrangiert. Zwischen den Bäumen spannte man Lichterketten, hier und da wurden Bühnen für die verschiedenen Shows aufgebaut. Der Boden wurde mit künstlichem Schnee bestreut, der in der niedrig stehenden Wintersonne glitzerte und funkelte.

Das Ganze sah wunderschön aus.

»Seven würde das alles *hassen*«, sagte Alba und lachte unwillkürlich auf, biss sich jedoch sofort auf die Lippe.

Sie wusste nicht, was sie tun sollte, falls er heute Abend nicht zusammen mit den Mitgliedern der Bewegung auftauchte. Alles, was sie wollte, alles, worauf sie hoffte, war untrennbar mit Seven verbunden. Sein schiefes Grinsen und seine grauen Augen prägten jeden ihrer Gedanken an die Zukunft. Wenn sie ihre Lippen berührte, bildete sie sich ein, immer noch die seinen darauf zu spüren, ihn immer noch zu schmecken.

Ist das Liebe?, überlegte sie. Wenn sie an ihn dachte, beschleunigte sich ihr Herzschlag. Wenn sie die Augen schloss, hörte sie sein Lachen.

Und je länger sie ihn nicht sah, desto unerträglicher wurde die Welt.

Ein Klopfen an der Tür holte sie in die Gegenwart zurück. Eine kleine Frau mit kurzen mausgrauen Haaren kam herein.

»Ich bin Malinda, Miss, Ihre neue Zofe. Mrs White schickt mich, um Sie für den Ball zurechtzumachen.«

Alba warf einen Blick auf die Uhr. »Jetzt schon? Es ist doch erst vier Uhr nachmittags.«

»Mrs White meint, drei Stunden seien mindestens nötig, Miss.«

Wie sich herausstellte, brauchte Malinda in der Tat drei Stunden, um Alba für den Ball zurechtzumachen. Sie wurde gebadet und herausgeputzt. Allein ihre Frisur (ein Teil ihrer Haare wurde hochgesteckt und mit kleinen weißen Blumen geschmückt) und ihr Make-up (matt schimmernder Teint und blassrosa Lippen) nahmen über eine Stunde in Anspruch. Als Malinda Alba endlich ihr Kleid anzog – eine mit Juwelen besetzte silberweiße, schulterfreie Kreation mit langem Rock –, wurde es draußen bereits dunkel.

Alba starrte ihr eigenes Spiegelbild an, nachdem Malinda ihr noch eine schwere Kette aus funkelnden Diamanten um den Hals gelegt hatte.

»Sie sehen wunderschön aus, Miss«, schwärmte Malinda. »Mrs White wird sehr stolz auf Sie sein.«

Nein, dachte Alba bei sich, *Dolly und Seven* würden stolz auf mich sein. Na ja, Seven würde der Unterkiefer runterklappen und er würde herumstottern, doch sie würde wissen, was er mit einer Bemerkung wie »Verflucht noch mal, Alba« meinte. Sie würde es wissen, weil sie ihn kannte, und ja, natürlich war das Liebe, was denn sonst? Und wenn das Schicksal so gütig war, sie wieder zusammenzuführen, dann würde sie es ihm sagen – dann würde sie ihm sagen, dass sie ihn liebte.

Ich liebe ihn, dachte Alba und rang innerlich nach Atem.

»Es ist Zeit, Miss. Bald kommen die Gäste.«

Malinda führte Alba aus dem Zimmer. Sobald sie im Garten waren, verließ sie sie, um sich um die Gäste zu kümmern. Alba bemerkte, dass überall Polizisten postiert waren, die statt ihrer Uniformen schwarze Anzüge und silberne Westen trugen, auf deren Brusttasche eine Bulldogge gestickt war.

Alba folgte dem von Laternen gesäumten Weg, der zum hinteren Teil des Hauses führte. Obwohl es ein klarer Novemberabend war, war es nicht kalt, da überall große Heizpilze standen, die die Umgebung angenehm erwärmten. Auf der Hauptbühne saß ein Orchester und spielte Musik.

All das hier kam ihr wie ein Traum vor. *So ist der ganze Norden,* dachte sie. *Eine schöne, unechte Welt.*

Kein Wunder, dass sie keine Skrupel hatten, auch Erinnerungen zu verfälschen.

»Alba.«

Sie drehte sich um und sah ihre Mutter auf sich zukommen. Oxana sah wunderschön aus. Sie trug ein eng anliegendes goldenes Abendkleid, dessen Rock auf einer Seite hochgeschlitzt war. Ihre Haare waren zu einem eleganten Zopf gebunden, in den Perlen und Diamanten geflochten waren. Auf ihre Lippen hatte sie pflaumenfarbenen Lippenstift aufgetragen.

»Muss ich mir heute Abend Sorgen um dich machen?«, fragte Oxana und trat so nahe an sie heran, dass Alba ihr süßliches Parfüm roch.

»Nein, Mutter«, erwiderte Alba, der die unterschwellige Drohung in dieser Frage nicht entging.

»Gut. Deine Verlobung mit Thierry wird während der Rede deines Vaters bekannt gegeben. Du wirst dann zusammen mit ihm auf die Bühne gehen, damit Fotos gemacht werden können.«

»Kann's kaum erwarten.«

Der Blick ihrer Mutter wurde hart. »Hör endlich auf, so bockig zu sein«, sagte sie in strengem Ton. »Du wirst Thierry heiraten, ob es dir gefällt oder nicht. Für eine solche Chance solltest du dankbar sein. Du bist erst sechzehn. Woher willst du denn wissen, was du im Leben erreichen möchtest? Alles, woran du glaubst, all deine Hoffnungen und Träume können jederzeit zerstört werden. Dein Vater und ich bieten dir Sicherheit. Bitte nimm das Angebot an«, fügte sie mit sanfterer Stimme hinzu.

Als Alba nichts erwiderte, holte ihre Mutter tief Luft. Dann streckte sie die Hand aus und fuhr ihr mit den Fingerspitzen über die Wange. »Du siehst wunderschön aus, Liebling«, sagte sie.

Nachdem sie Alba eine Weile forschend angesehen hatte – wobei ganz kurz ein weicher Ausdruck in ihren eiskalten blauen Augen aufgeblitzt war –, drehte sie sich um und rauschte zur Vorderseite des Hauses zurück.

SEVEN

85

Wieder einmal ging die Zellentür auf. In dem dauerhaft erleuchteten Raum hatte Seven inzwischen jedes Zeitgefühl verloren. War es bereits Abend? Hatte der Ball schon begonnen? Lin kam mit einem Tablett voll Essen herein, das so gut roch, dass Seven das Wasser im Mund zusammenlief. Bisher hatte er nur abgestandenes Wasser und trockenes Brot bekommen, das man ihm in den Mund gestopft hatte, weil seine Hände gefesselt waren.

»Das Abendessen«, verkündete Lin lächelnd. Er stellte das Tablett auf den zweiten Stuhl und trat hinter Seven. Mit einem Klicken öffneten sich die Handschellen.

Sofort verschränkte Seven die Hände, die mit geronnenem Blut bedeckt waren. Dann bewegte er sie hin und her, um die Verkrampfung in den Handgelenken und den Armen loszuwerden.

»Hier.« Lin reichte ihm den Teller mit Essen. »Ein kleines Dankeschön, weil Sie bisher mit uns kooperiert haben.«

Seven stieß ein Schnauben aus. »Sie wollen mich wohl zum Dank vergiften, was? Darauf kann ich verzichten.«

»Das Essen ist nicht vergiftet.«

»Ich will's aber trotzdem nicht.«

In dem Moment knurrte ihm laut und vernehmlich der Magen.

Lin grinste breit. »Sind Sie da sicher?« Er setzte sich auf seinen Stuhl und legte die Hände auf die Knie. »Wir sind nicht herzlos, Kandidat sieben. Wir wissen Loyalität zu schätzen.«

»Ich bin Ihnen gegenüber nicht loyal«, fuhr Seven ihn an.

»Nun, das wird sich hoffentlich ändern. Und jetzt essen Sie bitte. Für das, worum ich Sie bitten möchte, brauchen Sie Kraft.«

Seven spielte kurz mit dem Gedanken, Lin das Essen ins Gesicht zu klatschen. Andererseits sollte das Tier nicht umsonst für diese Mahlzeit gestorben sein, also fiel er im nächsten Moment über die zarten Roastbeefscheiben, die Rosmarinkartoffeln, die mit Knoblauch angemachten Bohnen und die gebratenen Zwiebeln her. Das Fett tropfte ihm von den Fingern, denn natürlich hatte man ihm kein Besteck gegeben. Diese Leute wussten schließlich, was man alles mit einem Zahnstocher anstellen konnte. Da durfte er auf keinen Fall etwas so Gefährliches wie einen *Löffel* zwischen die Finger bekommen …

Als er aufgegessen hatte, fragte Lin lächelnd: »Gut, was?«

Seven leckte sich über die Lippen. *Das Beste, was ich in meinem ganzen gottverdammten Leben gegessen habe,* dachte er bei sich.

Er zuckte die Achseln. »Hätte mehr Salz vertragen können.«

Lin lachte. »Tja, Kandidat sieben.« Er stand auf und strich seinen eleganten grauen Anzug glatt. »Jetzt, wo Sie wieder bei Kräften sind, habe ich eine kleine Aufgabe für Sie.«

Er nahm den leeren Teller an sich und stellte ihn auf seinen Stuhl. Nachdem er etwas aus seiner Anzugtasche geholt hatte, hockte er sich neben Seven und schnitt die Plastikschnur durch, mit der seine Beine gefesselt waren. Anschließend ging er zur Tür und blickte ihn erwartungsvoll an.

Doch Seven blieb sitzen. »Verdammt«, sagte er und gähnte theatralisch. »Bin noch zu kaputt. Ich glaube, ich brauche mindestens noch zwei Portionen, bevor ich irgendwo hingehen kann.«

Lin musterte ihn mit kaltem Blick. »Kommen Sie mit, Kandidat sieben. Wenn alles erledigt ist, bekommen Sie wieder etwas zu essen.«

»Wenn was erledigt ist?«

»Kommen Sie mit, dann werden Sie's erfahren.«

Da Seven wusste, dass er keine andere Wahl hatte, stand er auf. Unsicher bewegte er sich vorwärts, denn seine Fußgelenke waren geschwollen und voll blauer Flecken, außerdem tat es weh, nach so langer Zeit wieder die Beine zu strecken. Lin führte ihn den Korridor entlang. Er verzichtete darauf, Seven Handschellen anzulegen oder ihn am Genick zu packen, wie Nihail es getan hatte, doch als Seven einen Blick über die Schulter warf, sah er, dass ihnen ein stämmiger Polizist folgte.

Der Korridor mündete in eine Halle. Auf der einen Seite befand sich eine Reihe von Fahrstühlen, auf der anderen ein Tresen, hinter dem zwei Securityleute saßen. Lin ging zu den Fahrstühlen hinüber und drückte auf einen Knopf.

»Da Sie alles über das EH-Projekt wissen«, sagte er, »einschließlich der Tatsache, dass Sie selbst ein Erinnerungshüter sind, dachten wir, dass Sie Ihre Fähigkeit endlich mal ausprobieren sollten.«

Seven erstarrte. Er dachte an die DSC, die er für Takeshi hatte verändern müssen, dachte an den penetranten männlichen Schweißgeruch, an Oxanas zerrissene Kleidung, an das metallene Geräusch, als Takeshi sich den Gürtel aufgeschnallt hatte ...

Früher hatte Seven das Surfen von Erinnerungen geliebt. Jetzt wollte er nie wieder in die Gedanken eines anderen eintauchen.

Als der Fahrstuhl kam, traten Lin, Seven und der Polizist, der ihnen gefolgt war, in die Kabine und die Tür schloss sich.

Dann ging alles so schnell, dass Seven völlig überrumpelt war.

Als der Fahrstuhl sich in Bewegung setzte, stürzte sich der Polizist auf Lin, schlang ihm einen Arm um den Hals und stach ihm etwas in den Nacken. Mit einem erstickten Schrei sackte der Chinese zusammen. Der Polizist ließ ihn los und beförderte ihn mit einem Tritt in den hinteren Teil der Kabine.

»Ich bin Axel«, teilte der Mann Seven mit ausdrucksloser Miene mit. »Willkommen in der Bewegung, Kandidat sieben.«

»Äh ... hallo.«

Axel drückte auf den Knopf für ein anderes Stockwerk. Er hockte sich neben Lin und nahm ihm sein Tablet und eine kleine Karte ab, von der Seven annahm, dass sie dafür da war, die Türen im Gebäude zu öffnen. Dann knebelte er ihn.

»Wo ... wo gehen wir denn hin?«, stammelte Seven verwirrt.

Axel grinste. »Na, zum Ball natürlich. Die anderen erwarten uns im Parkhaus. Wir müssen uns beeilen, bevor jemand Alarm schlägt.« Er griff in Lins Sakko, holte eine Pistole heraus und hielt sie Seven hin. »Hast du so was schon mal benutzt?«

Seven schüttelte den Kopf. Mit zitternden Händen nahm er die kalte schwere Waffe an sich.

Axel erklärte ihm, wie man mit der Pistole umging. Als er fertig war, machte der Fahrstuhl halt. Bevor die Tür ganz aufgegangen war, drückte Seven auf den Knopf, der den Schließmechanismus auslöste. Anschließend tippte er auf den Knopf für das Stockwerk, aus dem sie gekommen waren. Der Fahrstuhl setzte sich wieder nach oben in Bewegung.

Axel runzelte die Stirn. »Was zum Teufel soll das?«

»Ich kann meine Freunde nicht hier zurücklassen«, erwiderte Seven.

Axel presste die Lippen aufeinander. »Aber sicher kannst du das.«

Axel trat auf die Bedienungstafel zu, doch Seven versperrte ihm mit entschlossener Miene den Weg.

»Ich werde sie nicht im Stich lassen. Nach allem, was ich für euch getan habe, könntest du mir jetzt wenigstens helfen, sie zu befreien.«

»Das ist zu gefährlich. Bald wird man im ganzen Gebäude wissen, was passiert ist.«

»Das ist mir egal!«, schrie Seven. »Wenn ich es nicht versuche, werde ich mir ewig Vorwürfe machen.«

Jetzt waren sie noch drei Stockwerke von ihrem Ziel entfernt.

Axel starrte ihn zornig an. Seven starrte ebenso zurück.

Noch zwei Stockwerke.

Noch eins.

»Ach, verdammte Scheiße noch mal.«

Damit packte ihn Axel am Nacken und schubste ihn vor die Tür. »Der Dreckskerl hat Lin angegriffen!«, schrie er den Securityleuten hinter dem Tresen zu, als die Tür aufging. Er stieß Seven aus der Kabine. »Ich sperr ihn wieder ein. Werd ihm beibringen, dass er einen großen Fehler gemacht hat.«

Die beiden Securityleute sprangen auf. Als sie zur Kabine rannten, um sich um den bewusstlosen Lin zu kümmern, drehte Axel sich zurück, zog eine Pistole aus seinem Halfter und schoss ihnen in den Hinterkopf.

Seven riss entsetzt den Mund auf, doch Axel packte ihn beim Arm und führte ihn rasch zu dem Korridor mit den Zellen.

»Wo sind sie?«, knurrte Axel.

»W...wer?«

»Deine Freunde! In welchen Zellen sind sie?«

Seven schluckte. »Wo Dolly ist, weiß ich nicht. Aber Loe ist in der Zelle am Ende des Gangs.«

»Ist das die, die dich an die Polizei verraten hat?« Axel warf ihm einen scharfen Blick zu. »Hältst du die immer noch für deine Freundin?«

Seven nickte, ohne zu zögern.

In den letzten drei Tagen hatte er reichlich Zeit gehabt, über das, was Loe getan hatte, nachzudenken. Ja, er verstand ihr Verhalten. Er wusste, wie verzweifelt sie gewesen war. Sie hatte ihn geopfert, um Mika zu schützen. Genau dasselbe hätte Seven für Alba getan, denn das machte man doch, wenn man jemanden liebte, oder etwa nicht?

Und da war ihm klar geworden, dass er Alba in der Tat liebte. Dass er sich mit der ganzen Welt anlegen würde, um sie zu schützen – um ihr wieder in ihre grünen Augen zu sehen, um wieder ihre Küsse spüren zu können.

Sie blieben vor Loes Zelle stehen. Axel gab einen Zahlencode ein, die Tür öffnete sich und sie gingen hinein.

Der Gestank ließ Seven unwillkürlich zurückweichen. Loe war in noch schlimmerem Zustand als beim letzten Mal. An ihrem Kinn klebte verkrustetes Blut. Beide Augen waren zugeschwollen und blutunterlaufen. Als sie eintraten, hob sie mit viel Mühe den Kopf.

Unbändige Wut befiel Seven. Warum tat die Polizei Loe so etwas an? Sahen die denn nicht, dass sie nur ein verängstigtes

Mädchen war, das zu überleben versuchte – in einer Welt, die alles dafür tat, sie kleinzukriegen?

Axel beugte sich nach unten, um Loes Fesseln mit einer Metallschere durchzuschneiden und ihre Handschellen aufzuschließen. Sie schien überhaupt nicht zu begreifen, was vor sich ging, und betrachtete ihre Hände, als hätte sie sie noch nie gesehen.

»Wer ist die andere?«, fragte Axel, nachdem er sich wieder aufgerichtet hatte.

»Dolly Rose.«

Er nickte. »Ich weiß, wo sie ist.«

Während Axel die Zelle verließ, ging Seven zu Loe und schlang ihr den Arm um die Taille. Verwirrt sah sie ihn an und stieß ein unartikuliertes Krächzen aus.

»Alles in Ordnung«, sagte er sanft. »Wir bringen dich hier raus.«

Seven stützte Loe und verließ mit ihr die Zelle. Er sah, wie Axel gerade in einer anderen Zelle verschwand und kurz darauf jemanden herausführte.

»Dolly!«, rief Seven.

Sie drehte sich zu ihm. Als sie ihn erblickte, leuchteten ihre Augen auf und um ihre Lippen spielte ein Lächeln.

In dem Moment waren aus der Halle Schreie zu hören. Das Deckenlicht nahm eine blutrote Farbe an und eine Sirene heulte los.

Alba

86

»Ich habe schon überall nach dir gesucht, Alba. Warum versteckst du dich denn?«

Als sie Thierrys Stimme hörte, krampfte sich Albas Magen zusammen. Sie drehte sich um und rang sich ein Lächeln ab. »Ich wollte nur kurz allein sein.«

Diesen Wink mit dem Zaunpfahl ignorierte er. Stattdessen kam er leicht schwankend näher und stellte die Drinks ab, die er mitgebracht hatte. Dann ließ er sich neben Alba nieder, die auf einem flauschigen Teppich saß, den man unter den tief hängenden Zweigen einer hohen Buche ausgebreitet hatte. Der Baum stand am Rande des Anwesens, hinter einer Bühne, auf der gerade an langen Seilen aus Seide akrobatische Kunststücke vorgeführt wurden.

Es gefiel Alba nicht, dass Thierry sie gefunden hatte. Sie hatte sich hierher zurückgezogen, um dem Trubel des Balls zu entkommen, all den elegant gekleideten Menschen, die Champagner tranken, den weiß uniformierten Kellnern, die auf silbernen Tabletts Kanapees herumreichten, dem nicht enden wollenden Gelächter und leeren Geplapper, das unablässig von Orchestermusik untermalt wurde. Inmitten all dieses Treibens konnte sie nicht klar denken. Dabei war es so wichtig, dass sie einen kühlen Kopf behielt.

Jede Minute konnten die Mitglieder der Bewegung auftauchen. Alba musste sich bereithalten.

»Hier ist es aber gemütlich«, säuselte Thierry und strich ihr über den Rücken.

Er blickte zu den Laternen und den künstlichen Schneeflocken hoch, mit denen die Äste des Baums geschmückt waren. Die Laternen tauchten die Umgebung in warmes goldenes Licht. Jenseits des Partytrubels verlor sich der Rasen in Dunkelheit und Kälte.

»Komm her.« Thierry legte den Arm um Albas Schultern und zog sie an sich. Sein Atem stank nach Alkohol. »Ich möchte meine zukünftige Frau küssen«, flüsterte er.

Sie stieß ihn weg. »Noch gehöre ich dir nicht«, fuhr sie ihn an. *Und das werde ich auch hoffentlich nie,* fügte sie in Gedanken hinzu.

Thierry lief rot an. Sein pinkfarbener Anzug und sein weißes Hemd ließen seine geröteten Wangen ungesund wirken. Er sah sie mit zusammengekniffenen Augen an und strich sich mit der Hand übers Haar.

»Dann sollten wir das schnellstens ändern.«

Alba schaute ihn finster an. »Du bist betrunken.«

»Und du bist prüde.«

Er streckte die Hand nach ihr aus, doch sie stieß ihn erneut weg.

»Ich habe *Nein* gesagt!«

Thierry starrte sie zornig an. »Das ist ein Wort, das ich überhaupt nicht mag.«

Alba spürte, wie ihr plötzlich kalt wurde. Sie raffte den Rock ihres Kleids zusammen, um sich zu erheben, doch Thierry packte sie beim Arm und zog sie zurück auf den Teppich. Ehe sie sich's versah, drückte er sie nach hinten, presste seinen Mund auf ihren und schob ihr die Zunge zwischen die Lippen.

»Lass das!«, stieß Alba hervor und drehte den Kopf zur Seite. Sie krallte die Finger in sein Hemd und versuchte, ihn wegzuschieben, doch Thierry war zu schwer. Er legte sich mit dem ganzen Körper auf sie, sodass sie sich kaum noch rühren konnte.

Sie wand sich hin und her, trat um sich und bäumte sich auf, was jedoch alles nichts nutzte. Ihre Hände klemmten zwischen Thierrys und ihrem Oberkörper fest. Als sie schrie, packte er sie beim Kinn und schloss ihr gewaltsam den Mund.

Es kann mich ja sowieso niemand hören, dachte Alba verzweifelt. Die Musik war zu laut und sie waren zu weit weg.

Grunzend machte sich Thierry mit Lippen und Zunge über die nackte Haut ihrer Schultern her. Bei jeder Berührung wurde ihr noch übler. Er griff mit einer Hand nach unten und zerrte an ihrem Kleid herum. Im nächsten Moment spürte sie erst an den Beinen, dann an den Hüften kalte Luft.

Alba versuchte von Neuem, laut zu schreien.

Als Thierrys Finger sich zwischen ihre Schenkel drängten, zerbrach etwas in ihr. Tränen strömten ihr über die Wangen. Sie versuchte, sich unter dem Arm, mit dem er sie nach unten drückte, hindurchzuwinden. Wenn nötig, würde sie seine Hand abbeißen, sie würde alles, einfach *alles* tun, damit dieser Albtraum nur endlich aufhörte …

»Runter von ihr!«, schrie in dem Moment eine Stimme.

Plötzlich konnte Alba wieder frei atmen, weil Thierry nicht mehr auf ihr lag. Mit tränenverschleiertem Blick sah sie, wie er sich hochrappelte und sich wutentbrannt der Gestalt zudrehte, die mit schnellen Schritten auf sie zukam.

Es war ihre Mutter.

Oxanas Gesicht war von Hass verzerrt. Sie stürzte sich auf Thierry, packte ihn beim Revers seines Anzugs und stieß ihn weg.

»Sie wollte es!«, schrie er, während er zurücktaumelte, mit hochrotem Gesicht. »Fragen Sie sie doch. Sie wollte es!«

»Verschwinden Sie!«, zischte Oxana. »Sofort.«

Nachdem Thierry seinen zerknitterten Anzug und seine Haare glatt gestrichen hatte, warf er Alba noch einen angewiderten Blick zu und zog ab, um sich wieder unter die Partygäste zu mischen.

SEVEN

87

Die Sirene heulte immer noch.

»Zurück!«, brüllte Axel.

Er schubste Seven, Dolly und Loe in die offene Zelle, als gerade zwei Securityleute um die Ecke bogen und sofort das Feuer eröffneten. Axel schoss zurück.

Seven zog ebenfalls seine Waffe, die er mit zitternden Händen festhielt, doch ehe er etwas unternehmen konnte, lief Axel bereits los.

»Mir nach!«

Seven, der immer noch Loe stützte, rannte ihm hinterher. Dolly folgte ihnen. Fast wären sie über die Leichen auf dem Fußboden des Korridors gestolpert.

Es war, als sei man von blutigem Wasser umgeben. Die rote Beleuchtung in den Gängen machte es schwierig, sich zu orientieren – was vermutlich auch der Sinn des Ganzen war. Sie eilten zur Halle. Die zwei Männer, die Axel vorhin erschossen hatte, lagen immer noch vor dem Fahrstuhl. Um sie herum hatten sich Blutlachen gebildet.

Einer der Fahrstühle öffnete sich. Ein Mann mit erhobener Pistole kam heraus.

»Lasst eure Waffen fallen! Ich habe gesagt, lasst –«

Axel brachte ihn mit einem einzigen Schuss zum Schweigen. Die Tür des Fahrstuhls ging vor ihrer Nase zu. Axel rannte nach vorne und zog Lins Zugangskarte über das Kontrollfeld.

Keine Reaktion.

»Scheiße! Sie müssen die Fahrstühle blockiert haben.« Er lief zu einer Tür neben den Fahrstühlen und rüttelte daran, jedoch ohne Erfolg.

»Geht's da zur Treppe?«, stieß Seven keuchend hervor. Er gab sich alle Mühe, nicht auf die Leichen und die blutigen, über den Boden verteilten Fußabdrücke zu blicken.

Axel antwortete nicht, sondern trat zurück und gab drei Schüsse auf das Türschloss ab. Dann warf er sich mit der Schulter gegen die Tür, die mit lautem Knall aufflog.

»Kommt!«

Er verschwand im diffusen roten Licht des Treppenhauses.

»Lass mich mal«, sagte Dolly zu Seven und legte den Arm um Loes Taille. »Ich hab sie.«

Er schüttelte den Kopf. »Das kann ich auch machen.«

»Nicht mit deiner Verletzung.«

Sie warf ihm einen Blick zu, der ganz klar sagte: *Wag es ja nicht, mir zu widersprechen.* Da er keine Zeit verlieren wollte (Außerdem hatte Dolly recht – die Bisswunde, die er dem Hund zu verdanken hatte, tat wieder höllisch weh.), gab er Loe an Dolly weiter und ging zur Treppe.

Sie hasteten nach unten. Axel ging mit gezückter Waffe voran und drehte sich immer wieder zurück, um zu überprüfen, ob sie verfolgt wurden, doch erst als sie die zwanzigste Etage erreicht hatten, flog über ihnen eine Tür auf und Schüsse knallten.

Dolly stieß einen Schrei aus.

Seven wirbelte herum und sah, wie sie stürzte. Er sprang

die Stufen hoch und schaffte es gerade noch, Dolly und Loe aufzufangen. Kugeln pfiffen durch die Luft. Als er den beiden hochhalf, hätte er fast vor Schmerz aufgeschrien, weil seine Brustwunde wieder aufriss. Er bekam nur am Rande mit, dass Axel an ihnen vorbeirannte und einen Angreifer nach dem anderen erledigte.

»Bist du verletzt?«, fragte Seven und musterte Dolly von oben bis unten, konnte jedoch kein frisches Blut entdecken.

Sie biss die Zähne zusammen. »Ich bin okay. Ich bin ... ich bin nur erschrocken.«

»Beeilt euch!«

Nachdem Axel die Securityleute erledigt hatte, raste er, drei Stufen auf einmal nehmend, wieder nach unten. Seven übernahm Loe und folgte Axel. Dolly folgte ihnen.

Sie wankten weiter und ließen Stockwerk um Stockwerk hinter sich. Als sie endlich das Untergeschoss erreichten, stürzten sie durch die Tür ins Parkhaus, wo ein Auto auf sie wartete.

Die drei quetschten sich auf den Rücksitz, Axel stieg vorne ein. Mit laut quietschenden Reifen fuhr das Auto los. Während Axel seine Polizeiuniform auszog, redete er hektisch auf den Fahrer ein.

Das Auto schlitterte um einen Betonpfeiler. Seven streckte den Arm aus, um sich festzuhalten. Loe, die in der Mitte saß, rutschte vom Sitz, prallte gegen Dolly und drückte sie gegen die Scheibe.

Seven zog Loe wieder auf den Sitz und strich ihr die verfilzten Haare aus dem Gesicht. Sie sah mehr tot als lebendig aus.

»Wach auf«, sagte er, während er sie schüttelte. »Ich bin's, Seven, du weißt schon, dein allerbester Freund auf der Welt.

Nun mach schon, Loe. Schrei mich mal an. Oder gib mir eins auf die Nase.«

Ihre Wangen schienen ein bisschen mehr Farbe zu bekommen.

»Warum?«, flüsterte sie schließlich mit heiserer Stimme.

Er grinste sie an. »Warum du mir eins auf die Nase geben sollst? Na, da werden dir doch sicher tausend Gründe einfallen.«

Loe schüttelte kaum merklich den Kopf. Ihr trüber Blick richtete sich auf ihn. »Warum ... hilfst ... du mir?«

Ihre Worte versetzten Seven einen Stich ins Herz.

»Weil ich verstehe, was du getan hast«, erwiderte er und drückte ihre Hand.

In dem Moment geriet das Auto ins Schleudern, sodass alle durchgeschüttelt wurden.

»Scheiße!«, brüllte der Fahrer.

»Fahr zum Ausgang, Jacob!«, befahl Axel ihm.

Als Seven zum Fenster hinausblickte, sah er, dass sie von drei großen schwarzen Wagen, auf deren Türen das Bulldogemblem der Londoner Polizei prangte, verfolgt wurden.

»Sie lassen das Gitter runter!«, schrie Jacob.

»Du schaffst es!«

Durch die Windschutzscheibe sah Seven, wie sich am Ausgang des Parkhauses ein Metallgitter senkte. Es war bereits halb unten.

Jacob fluchte laut. »Festhalten!«

Sevens Hand schnellte vor und packte die Rücklehne des Vordersitzes. Im selben Moment war das Auto am Ausgang angelangt.

Seven zerriss es fast das Trommelfell, als das grässliche schrille Geräusch ertönte, das entsteht, wenn Metall über Metall kratzt. Das Auto vibrierte, wurde langsamer, blieb aber nicht stehen, und obwohl es sich so anhörte, als risse das Gitter das ganze Dach auf, schafften sie es.

Nachdem sie den Ausgang hinter sich gelassen hatten, fuhren sie einen langen kurvenreichen Tunnel entlang und kamen kurz darauf ins Freie.

Axel, der sich ein schwarzes T-Shirt und Jeans angezogen hatte, drehte sich nach hinten und grinste Seven mit funkelnden Augen an.

»Na, freust du dich auf den Ball, Aschenputtel?«

Alba

88

Alba fühlte, wie sich eine Hand auf ihren Rücken legte.

»Mein Liebling! Bist du ... bist du in Ordnung?«

Sie saß zusammengekrümmt, die Arme um ihre Knie geschlungen, auf der Erde, ohne so recht zu wissen, wie sie dorthin gekommen war. Sie spürte nur die Kälte des Bodens, die durch den Stoff ihres Kleids drang. Obwohl sie die Augen fest geschlossen hatte, strömten ihr Tränen über die Wangen. Sie wollte Dolly bei sich haben. Und Seven. Ihre Mutter war die Allerletzte, die sie jetzt gebrauchen konnte. Dass ausgerechnet sie Alba in dieser Situation entdeckt hatte, war ungeheuer demütigend.

»Geh weg«, flüsterte Alba. »Bitte geh weg.«

»Alba ...«

»Bitte, Mutter! Lass mich in Ruhe!«

Schluchzend hob sie den Kopf und drehte sich Oxana zu. Als sie das Mitleid in den Augen ihrer Mutter sah, packte sie die Wut.

»Jetzt auf einmal machst du dir Sorgen um mich?«, schrie sie sie an. Sie atmete stoßweise, sodass ihre Brust sich heftig hob und senkte. »Was war denn mit all den Malen, als *du* mir wehgetan hast? Da war's dir doch auch egal!«

Oxana sah aus, als breche ihre Welt zusammen. Zum ersten Mal in ihrem Leben nahm Alba im Gesicht ihrer Mutter echte Gefühle wahr.

»Natürlich mache ich mir Sorgen um dich«, erwiderte sie mit brechender Stimme.

»Und warum behandelst du mich dann, als ob du dir wünschst, ich wäre nie geboren worden?«

»Weil ich mir das manchmal tatsächlich wünsche!«

Stille senkte sich herab.

Alba starrte ihre Mutter mit tränenverschleiertem Blick an und ihre Mutter starrte zurück. Es war, als hätte man einen Hebel umgelegt. Die Geräusche des Balls waren wie ausgeblendet. Das Einzige, was Alba noch hören konnte, waren ihr keuchender Atem und das Klopfen ihres Herzens.

Nach einer Weile, die Alba wie eine Ewigkeit vorkam, schüttelte Oxana den Kopf. »Das ... das habe ich nicht so gemeint«, sagte sie mit zittriger Stimme.

»Keine Lügen mehr. Bitte.«

Aus irgendeinem Grund war Alba jetzt seltsam ruhig. Ihr Atem normalisierte sich. Sie stand auf und strich ihr zerknittertes, beschmutztes Kleid glatt.

Ihre Mutter holte tief Luft. »Ich glaube«, sagte sie, »ich muss dir endlich die Wahrheit sagen.«

Sie griff nach ihren Händen. Alba sah, dass ihrer Mutter Tränen über das Gesicht rannen, und riss ungläubig die Augen auf.

Ihre Mutter, ihre eiskalte Mutter, weinte!

»Als ich die Ukraine verlassen habe«, begann Oxana, »war ich erst siebzehn Jahre alt. Ich bin nach London gekommen, weil ich auf eine bessere Zukunft gehofft habe. Ein Mädchen aus meiner Gegend war schon ein paar Monate vor mir aufgebrochen. Sie hat mir erzählt, dass die Straßen in London mit Gold gepflastert seien. Dass Frauen die gleichen Rechte hätten wie Männer und dass es für uns dort mehr gebe als Heirat und harte Fabrikarbeit. Sie behauptete, es gebe keine Kriminalität. Wir bräuchten keine Angst davor zu haben, allein in der Stadt unterwegs zu sein. London sei sicher. Das Ganze hörte sich paradiesisch an.«

Oxana wandte den Blick ab. Als sie Alba wieder ansah, war ein harter Ausdruck in ihre Augen getreten. »Es passierte nur eine Stunde nach meiner Ankunft im Hafen. Ich war gerade aus dem Einwanderungsbüro gekommen, als ich in der Nähe des Flusses brutal überfallen, gefesselt und auf ein Boot geschafft wurde.«

Alba spürte, wie die Hände ihrer Mutter zitterten.

»Sie brachten mich an irgendeinen Ort unter der Erde«, fuhr Oxana fort. »Heute weiß ich natürlich, dass es Mitglieder einer U-Bahn-Gang waren und dass sie mich in die stillgelegten Tunnel unter der Stadt geschleppt hatten. Ich war mir sicher, dass sie mich umbringen würden. Und dachte bei mir, wie sehr meine Freundin sich geirrt hatte – London war weder sicher noch paradiesisch.«

Sie atmete tief durch.

»Aber sie brachten mich nicht um, sondern ließen mich laufen. Vermutlich nahmen sie an, ich würde niemandem etwas verraten, weil ich neu in der Stadt war. Ich bin blutverschmiert und verdreckt durch die Straßen geirrt, bis mich zwei Polizisten gefunden und ins Krankenhaus gebracht haben. Auf diese Weise habe ich Alastair kennengelernt, der zu mir kam, um Einzelheiten über meine Entführer zu erfahren. Damals hat er gerade an einem großen Fall gearbeitet, in den eine der U-Bahn-Gangs verwickelt war, und hoffte, Informationen von mir zu bekommen.« Sie lächelte zaghaft. »Nach einem Monat machte er mir einen Heiratsantrag. Und acht Monate später wurdest du geboren.«

Die Worte ihrer Mutter versetzten ihr einen derartigen Schock, dass Alba wie vor den Kopf geschlagen war.

»Acht ... *acht* Monate später?«, stammelte sie.

Nein.

Nein.

Oxana sah sie flehend an. »Bitte, Liebling«, sagte sie. »Dein Vater liebt dich genauso sehr, als wärst du sein eigenes Kind. Und ich liebe dich auch, Alba, obwohl ich es vielleicht nicht immer zeige, weil mich manchmal die Erinnerungen überwältigen und etwas in mir zerbricht. Trotzdem liebe ich dich sehr ...«

In dem Moment gab es einen gewaltigen Knall und der Boden unter ihnen bebte. Vor Schreck ließ Alba die Hände ihrer Mutter los. Der Novemberabend schien plötzlich sehr warm geworden zu sein. Als sie zurücktaumelte, sah sie, dass dort, wo die Festzelte aufgebaut waren, Flammen in die Höhe schossen.

Ihre Mutter hatte die Augen aufgerissen. »Was um alles in der Welt ...?«

»Die Bewegung«, flüsterte Alba.

Sie waren da.

Sie blickte zu ihrer Mutter zurück, deren schönes Gesicht von den Flammen beleuchtet wurde. Alba wusste, dass ihnen nur noch Minuten blieben, dass sie ihre Mutter jetzt möglicherweise zum letzten Mal sah. Wie seltsam und traurig es doch war, dass sie sich ausgerechnet durch das, was sie gerade erfahren hatte, ihrer Mutter so nahe wie nie zuvor fühlte. Weil sie jetzt ...

... weil sie jetzt alles verstand.

Spontan breitete Alba die Arme aus und zog ihre Mutter so fest an sich, dass das Klopfen ihrer Herzen miteinander verschmolz.

»Ich liebe dich«, flüsterte sie.

Dann ließ sie von ihr ab und rannte in Richtung der Flammen, ohne ein einziges Mal zurückzublicken, obwohl ihr bei jedem Schritt, der sie weiter von ihrer Mutter entfernte, das Herz noch stärker blutete.

SEVEN

89

Das Auto raste durch die nächtlichen Straßen. In der Ferne heulten Sirenen – die Polizei war ihnen auf den Fersen. Jacob und Axel diskutierten mit gedämpfter Stimme das weitere Vorgehen. Als ein Piepsen ertönte, unterbrachen sie das Gespräch.

»Das sind unsere Leute«, sagte Axel mit einem Blick auf das Tablet in seiner Hand und verstummte. Seven nahm an, dass er gerade eine Nachricht las. Kurz darauf stieß er einen Schrei aus. »Sie haben die Bombe gezündet! Sie mussten früher loslegen, weil die Polizisten auf dem Ball gerade von unserem Ausbruch erfahren haben und unsere Leute nicht wollten, dass die Gäste sich vorzeitig verabschieden.«

Seven stand das Herz still. »Bombe? Von *Bomben* war nie die Rede.«

»Kola hat dir doch gesagt, dass es gefährlich werden würde.«

»Ist mir egal, was er gesagt hat! Alba ist auf dem Ball. Wenn ihr etwas passiert ...«

Axel fiel ihm ins Wort. »Wir sind fast da. Schnapp dir einfach die Pistole, die ich dir gegeben habe, und halte dich bereit.«

»Mach dir keine Sorgen, Seven«, sagte Dolly und griff nach seiner Hand, während Axel sein Gespräch mit Jacob fortsetzte. Sie lächelte Seven ermunternd an. »Alba wird nichts passieren, das weiß ich. Sie ist sehr stark – viel stärker, als alle glauben.«

Sevens finsterer Gesichtsausdruck verflüchtigte sich. »Stimmt schon«, erwiderte er. »Es ist nur ...« Er ließ den Satz unvollendet und runzelte die Stirn, während ihn ein ungutes Gefühl beschlich.

Irgendetwas stimmte hier nicht.

Er ließ Dollys Hand los und blickte nach unten.

Seine Hand war voller Blut.

»Nein«, flüsterte er und fühlte sich plötzlich wie benommen. »Nein!«, wiederholte er mit lauter Stimme. »Du hast doch gesagt, dass du nicht verletzt bist!«

Dolly zog ihre Hand zurück und presste sie sich auf den Rücken. Als Seven sich zu ihr beugte, sah er den dunklen Fleck, der sich auf ihrer Schürze und ihren weißen Strumpfhosen gebildet hatte.

»Nein!«, schrie er noch einmal. Ruckartig drehte er sich zur Seite und packte Axel bei der Schulter. »Haltet sofort an! Wir brauchen einen Arzt!«

»Seven«, sagte Dolly mit sanfter Stimme.

»Halt an, Jacob!«

»Seven, bitte.«

Langsam drehte er sich zu ihr zurück. Ihre Augen hatten sich mit Tränen gefüllt. Da begriff er, was Alba in ihr sah: eine Frau, die ihr näher stand als ihre eigene Mutter.

Auch Seven spürte, wie Tränen in ihm hochstiegen.

»Das wird schon wieder«, krächzte er.

Doch Dolly schüttelte den Kopf und griff wieder nach seiner Hand. »Hör zu. Alba ... Alba ist ein Schatz. Sie verdient nur das Beste. Wenn ich feststelle, dass du ihr irgendwie wehtust, werde ich dich suchen kommen, und wenn es aus dem Jenseits sein sollte.«

Seven schluckte. »Sag doch nicht so was.«

»Versprich mir, dass du sie gut behandelst.« Dollys Hand hatte die seine so fest gepackt, dass er spürte, wie sich ihre Fingernägel in seine Haut gruben.

»Ja, ich versprech's«, erwiderte er.

Dieses Versprechen unterschied sich von all den Versprechen, die Seven in der Vergangenheit gegeben hatte. Es war echt und wahrhaftig und Seven wusste von Anfang an, dass er in seinem ganzen zukünftigen Leben alles, was in seinen Kräften stand, tun würde, um es einzuhalten.

Dolly ließ seine Hand los. Im selben Moment stoppte das Auto. Ohne dass Seven es bemerkt hatte, waren sie auf das Hyde-Park-Anwesen gefahren und hatten vor dem Haus der Whites haltgemacht. In der Ferne tanzten goldene Flammen. Schreie zerrissen die Nacht. In der Dunkelheit rannten Gestalten hin und her. Die Sirenen kamen näher.

»Wir müssen aussteigen«, sagte Axel zu Seven.

Seven schüttelte den Kopf. »Dolly und Loe ...«

»Jacob bringt sie zu unserem Treffpunkt am See. Dort sind sie sicher! Also raus mit dir!«

Axel öffnete die Wagentür. Jetzt waren die Geräusche, die bisher nur gedämpft zu hören gewesen waren, laut und deutlich zu vernehmen. Schüsse knallten. Nachdem Axel ausgestiegen war und die Tür zugeworfen hatte, riss er die Hintertür auf.

»Nun komm endlich!«, blaffte er.

Seven blickte zu Dolly zurück. Er wollte ihr noch sagen, dass sie sich bald wiedersehen würden und dass er Alba immer gut behandeln würde, doch dann bemerkte er Loes Gesichtsausdruck, bemerkte, dass Dolly sich nicht mehr rührte und ihre Augen leer und glasig waren.

Die Worte erstarben ihm auf den Lippen.

»Nun geh schon, Seven«, sagte Loe, der die Tränen über die Wangen liefen.

Was blieb ihm anderes übrig? Er schluckte seine Trauer hinunter und stieg aus dem Auto.

Von überall her waren Schüsse und Schreie zu hören. Immer wieder zerschnitten Lichtstrahlen die dunkle Nacht. Das Feuer, das mitten auf der Festwiese ausgebrochen war, tauchte die ganze Umgebung in ein zitterndes, pulsierendes Flimmern. Vielleicht nahm Seven es aber auch nur so wahr, weil er jegliche Kontrolle über seinen Körper verloren hatte.

Während das Auto losfuhr, packte Axel Seven beim Arm und steuerte mit ihm auf eine Gruppe von Leuten zu, die Seven im ersten Moment für Polizisten hielt. *Ihr Dreckskerle,* dachte er bei sich. Doch als er die zerlumpte Kleidung sah, wurde ihm klar, dass es Takeshis Bakerloo Boys waren.

»Ich habe Kandidat sieben!«, brüllte Axel, um den Lärm ringsum zu übertönen.

Die Mitglieder der Gang senkten ihre Waffen und ließen sie vorbei. Seven nahm an, dass sie hier Wache hielten und aufpassten, dass niemand die Party verließ oder von draußen auf das Gelände kam.

Axel führte ihn weiter bis zur Festwiese, wo das reinste Chaos herrschte. Frauen, deren teure Kleider zerrissen waren, Männer mit angesengten Haaren, Kellner, Gäste und Künstler – alle versuchten verzweifelt zu entkommen, wurden jedoch immer wieder von den Schüssen der Gang zurückgetrieben. Seven stolperte über einen Körper, der auf der Erde lag. Bevor er feststellen konnte, wer es war, zerrte Axel ihn weiter und führte ihn einen schmalen Weg entlang, der hinter einer halb zerbombten Bühne verlief.

»Kola!«, rief Axel.

Seven sah, dass sein Mitbewohner ein Stück weiter vorn neben einer auf der Erde liegenden Gestalt hockte. Als sie näher kamen, erkannte Seven, dass es ...

... ein Mädchen war.

Ihm stockte das Herz. Doch dann stellte er fest, dass das Mädchen blonde Haare hatte und älter war als Alba. Erleichtert atmete er auf, machte sich jedoch sofort Vorwürfe.

Das war schließlich auch ein Mensch. Die Alba eines anderen.

Während Axel zu dem Mädchen eilte, richtete Kola sich auf und wandte sich Seven zu. Sein Gesicht war angespannt.

»Wir brauchen dich. Und zwar sofort.«

»Erst muss ich Alba finden.«

»Dafür ist jetzt keine Zeit!«, entgegnete Kola »Es geht gleich los.«

»Ich habe es Dolly versprochen!«, rief Seven.

Und bevor Kola ihn zurückhalten konnte, machte er auf dem Absatz kehrt und rannte zur Festwiese zurück.

Alba

90 Alba wusste weder, was sie tun, noch wo sie hingehen sollte. Überall stieß sie auf etwas, das sie zurückweichen ließ: leblose Körper, die auf der Erde lagen; eine Frau, deren Kleid in Flammen stand; ein Mann in einem purpurroten Anzug, der ruhig am Rande einer Bühne saß und den blutigen Stumpf seines Beins betrachtete, als frage er sich, wo um alles in der Welt sein Fuß abgeblieben sei.

Alba wurde von einem Mann beiseitegestoßen, der ein kleines Kind trug. Sie bemerkte den schlaff herabhängenden Arm des Mädchens, das einen seiner glitzernden Schuhe verloren hatte. Geschockt starrte sie den beiden hinterher und überlegte, wie das alles hatte passieren können, wie innerhalb von wenigen Minuten die ganze Welt hatte in die Brüche gehen können, als plötzlich ...

... eine Stimme an ihr Ohr drang.

Eine Stimme, von der sie angenommen hatte, dass sie sie möglicherweise nie wieder hören würde, obwohl sie das nie ganz geglaubt hatte.

Eine Stimme, bei deren Klang sich ihre Welt in Sekundenschnelle wieder zusammenfügte.

»Alba!«

Seven stürzte auf sie zu und prallte so heftig gegen sie, dass sie zusammen gegen eine zerbrochene Statue taumelten. Er schloss sie fest in die Arme. Sofort erwiderte sie seine Umarmung, als könne sie auf diese Weise ganz einfach mit ihm verschmelzen und sich gemeinsam mit ihm in Luft auflösen. Sie presste die Wange gegen seine Brust und hörte, wie sein Herz raste.

Als Seven sich schließlich von ihr löste, stellte Alba sich auf die Zehenspitzen und küsste ihn.

»Ich hab mir solche Sorgen gemacht«, flüsterte sie und trat wieder einen Schritt zurück, um ihn anzusehen. Er machte zwar einen ziemlich mitgenommenen Eindruck, schien aber unverletzt zu sein. Seine Kleidung war verschmutzt und zerrissen, doch nichts wies darauf hin, dass er von der Polizei gefoltert worden war.

»Wo ist Dolly?«, erkundigte sich Alba.

Erst da bemerkte sie, dass eine von Sevens Händen mit etwas Rotem beschmiert war. Ihr stockte das Herz. Als sie nach unten blickte, entdeckte sie an den Stellen, wo sie mit ihm in Berührung gekommen war, dunkle Flecken auf ihrem Kleid.

Alarmiert schaute sie zu ihm hoch. »Ist das ... ist das Blut?«

»Ich liebe dich«, sagte Seven plötzlich.

Alba riss die Augen auf.

»Es tut mir leid, und ich liebe dich, und ich muss dir etwas sagen ...«

Doch bevor er weitersprechen konnte, dröhnte eine laute Stimme durch die Nacht.

»MEINE DAMEN UND HERREN, WILLKOMMEN AUF DEM DIESJÄHRIGEN WINTERBALL!«

Sofort ließ der Lärm nach, obwohl es nicht völlig still wurde. Nach wie vor waren Schreie und das Knistern der Flammen zu hören. Vom Rande des Anwesens her, wo die Polizei und Takeshis Jungs sich ein Feuergefecht lieferten, klangen Schüsse herüber. Erst allmählich breitete sich über die Menge eisige Stille aus.

Alba brauchte einen Moment, um festzustellen, wo die Stimme hergekommen war. Sie war immer noch ganz verwirrt. Hatte Seven ihr tatsächlich gerade gesagt, dass er sie liebte? Aber was tat ihm denn daran leid?

Alle Anwesenden drehten sich der Hauptbühne zu, in deren Hintergrund ein großer Bildschirm aufgestellt war. Zuvor war dort rieselnder Schnee zu sehen gewesen; jetzt war der Bildschirm blutrot. In fetten schwarzen Buchstaben war dort zu lesen:

DAS ERINNERUNGSHÜTER-PROJEKT IST MORD

Alba schnappte nach Luft.

»Zunächst einmal eine Runde Applaus für die Familie White! Sie sind einfach wunderbare Gastgeber, nicht wahr?«

Niemand klatschte, nur der Sprecher auf der Bühne, ein großer schlanker Mann, dessen feine Gesichtszüge etwas Asiatisches hatten. Im Gegensatz zu den anderen Anwesenden war seine Kleidung noch immer makellos. Er trug einen schwarzen Anzug, ein weißes Hemd, das am Kragen offen stand, und eine rote Fliege, die er inzwischen aufgebunden hatte. An einem seiner Ohren war ein Mikrofon befestigt. Obwohl er freundlich lächelte, spürte Alba, wie angespannt er innerlich war. Er wurde von mehreren Leuten flankiert, unter denen sie Kola und Nihail entdeckte.

Die Bewegung.

Sie fragte sich, warum niemand auf sie schoss. Wo waren

denn die Securityleute? Und die Polizei? Die konnten doch nicht alle getötet worden sein.

Bei diesem Gedanken krampfte sich ihr Magen zusammen. Diese Männer hatten doch nur ihre Pflicht getan ...

Seven trat näher an sie heran. Obwohl er sie nicht anfasste, hatte die Art und Weise, wie er neben ihr stand, etwas Beschützendes, so als sei er jederzeit bereit, sie zu verteidigen.

»Ich liebe dich auch«, flüsterte sie, obwohl sie wusste, dass er sie nicht hören konnte.

»Es tut mir leid, dass wir hier im wahrsten Sinne des Wortes so hereingeplatzt sind«, fuhr der Sprecher auf der Bühne fort. Sein Lächeln verflüchtigte sich. »Aber anders konnten wir nicht sicherstellen, dass Sie uns anhören und sich die Dinge, die wir Ihnen zeigen wollen, ansehen würden. Und das müssen Sie, meine Damen und Herren. Sie alle müssen endlich die Wahrheit erfahren.«

Ein Raunen ging durch die Menge. Alba bemerkte, dass sich mehrere Leute zur Bühne durchdrängten. Als sie unter ihnen die große Gestalt des Mannes erkannte, der sie aufgezogen hatte, erstarrte sie.

Alastair White war fuchsteufelswild. Er schrie etwas, doch sofort stürzten sich einige Mitglieder der Bewegung auf ihn und zerrten ihn zusammen mit Christian Burton-Lyon, Rossmund Pearson und anderen, die Alba nicht kannte, auf die Bühne.

Burton-Lyon und Pearson brüllten herum und versuchten, die Männer, die sie festhielten, abzuschütteln, während ihr Vater sich ruhig verhielt. Er starrte den Sprecher auf der Bühne derart durchdringend an, dass es einem Wunder gleichkam, dass der Mann nicht schon längst tot umgekippt war.

Nach dem, was ihre Mutter ihr erzählt hatte, sah sie ihn jetzt mit anderen Augen.

Alastair White war nicht ihr Vater.

Und gleichzeitig war er es doch.

Ohne auf den Tumult im Hintergrund der Bühne zu achten, fuhr der Sprecher mit seiner Rede fort: »Mein Name ist Kite Sung. Ich bin der Anführer der Bewegung *Freie Erinnerung*, einer Gruppe, deren Ziel es ist, die Verschwörung der Männer, die wir auf die Bühne geholt haben, aufzudecken und die Wahrheit über das sogenannte Erinnerungshüter-Projekt zu enthüllen.«

Erneut ging ein Raunen durch die Menge. Alba schnappte einzelne Gesprächsfetzen auf.

»... Erinnerungshüter ...?«

»... jemand vom Geheimdienst hat mir mal was von diesem Projekt erzählt ...«

»... nicht zu fassen ...«

»... wo zum Teufel steckt eigentlich die Polizei ...?«

Als Kite Sung weitersprach, trat wieder Stille ein.

»Ich habe von Anfang an bei diesem Projekt mitgearbeitet und gehörte zu dem Team von Wissenschaftlern, das von Harold Merriweather geleitet wurde. Einige von Ihnen kannten ihn sicher. Er war nicht nur ein hervorragender Wissenschaftler, sondern auch ein guter Mensch. Als er mitbekam, wie man die Ergebnisse der EH-Experimente missbrauchte, wusste er, dass er handeln musste. Zusammen mit mir und einigen anderen gründete er die Bewegung *Freie Erinnerung*.«

Sung holte tief Luft und fuhr mit leicht zitternder Stimme fort.

»Harold Merriweather, der eigentliche Anführer der Bewegung, wäre heute unter uns und würde an meiner Stelle zu Ihnen sprechen, wenn er nicht vor fünf Tagen von der Polizei ermordet worden wäre.«

Hier und da waren schockierte Ausrufe zu hören. Eine ungeheure Spannung lag in der Luft.

»Aber was«, fuhr Sung mit leiser, unheilschwangerer Stimme fort, »macht es Männern wie Alastair White, Rossmund Pearson und unserem Premierminister schon aus, wenn ein weiterer Mord begangen wird? Was macht das diesen Männern aus, die jeden Tag kaltblütig Unschuldige töten?«

Er ging zur Seite, gefolgt von den anderen Mitgliedern der Bewegung, damit man freien Blick auf den Bildschirm hatte.

»Meine Damen und Herren«, rief Sung und streckte den Arm in Richtung Bildschirm, »erfahren Sie nun die Wahrheit über das Erinnerungshüter-Projekt.«

Der Bildschirm wurde weiß. Kurz darauf erschien ein Gesicht. Albas Herzschlag beschleunigte sich, als sie die zerzausten Haare, die grauen Augen und das wunderschöne schiefe Grinsen sah.

Seven.

SEVEN

91

Wie aus einem Mund stießen alle Anwesenden einen überraschten Ausruf aus. Alle bis auf einen, Seven nämlich, der mitten unter all den Ballgästen stand, sein Gesicht auf dem Bildschirm anstarrte und »Verflucht noch mal« vor sich hin murmelte.

Alba griff nach seiner Hand, während um sie herum getuschelt und geflüstert wurde.

»Das ist doch dieser Erinnerungsdieb, oder?«

»Die Polizei hat doch sein Bild im Fernsehen veröffentlicht.«

»Sein Name war irgendeine Zahl. Acht oder sechs oder so …«

Plötzlich rief eine laute Stimme: »Seht mal! Da ist er ja!«

Alba drückte Sevens Hand so fest, dass sich ihre Fingernägel in seine Haut bohrten. Zahlreiche Köpfe drehten sich in ihre Richtung. Seven geriet in Panik. Er trat zurück und prallte gegen jemand, der ihn unsanft wegstieß. Die Leute um ihn und Alba wichen zurück.

»Kommt mit«, sagte da eine freundliche Stimme.

Kola war von der Bühne heruntergekommen. Er legte den Arm um Seven und führte ihn mit Alba im Schlepptau durch die Menge. Dann stiegen sie nach oben, um sich neben Sung zu stellen.

Sung lächelte ihn kurz an, nahm ihn bei der Hand und zog ihn zum Rand der Bühne.

»Dieser Junge«, teilte er der Menge mit, »ist Kandidat sieben. Infolge von Eingriffen in sein Gehirn, die vorgenommen wurden, als er ein Baby war, ist Kandidat sieben in der Lage, Erinnerungen zu manipulieren – wie alle Kandidaten, bei denen die EH-Experimente durchgeführt wurden. Das heißt, sofern die Kandidaten nicht an den Operationen gestorben sind, die ihnen von den Männern, die hier hinter uns stehen, aufgezwungen wurden.«

»Das sind alles Lügen!«, zischte Pearson, der es geschafft hatte, sich von dem Mann hinter sich loszureißen. »Ihr alle werdet wegen Hochverrat hingerichtet!«

Doch schon im nächsten Moment wurde er wieder zum Schweigen gebracht, indem man ihm den Mund zuhielt.

»Hinrichtungen«, sagte Sung langsam und bedeutungsschwer. »Und Lügen. Damit hat Mr Pearson die zwei Dinge genannt, um die es beim EH-Projekt geht. Es werden Lügen fabriziert, indem man Erinnerungen verfälscht. Und diese Lügen werden dazu benutzt, um Unschuldige hinzurichten.«

Seven sah, wie sich in den Gesichtern der Ballgäste Skepsis, Verwirrung, Zorn und Angst widerspiegelten. Noch glaubten sie Sungs Worten nicht ... aber es bahnte sich an.

Vielleicht, dachte er hoffnungsvoll, *klappt das ja wirklich!*

In dem Moment zerriss eine zweite Explosion die Nacht.

Alles, was folgte, geschah so schnell hintereinander, dass es in einem einzigen Moment stattzufinden schien – das Beben des Bodens, Schreie, Schüsse, die näher kamen. Die Leute stoben auseinander und rannten kopflos umher, während Männer in roten Uniformjacken im Laufschritt hinter dem Haus hervorkamen und ihre Waffen auf die Bühne richteten.

Die Polizisten hatten Takeshis Verteidigungslinie durchbrochen, indem sie einfach eine Bombe auf all diese Menschen geworfen hatten.

»Wir müssen von hier verschwinden!«

Eine kleine warme Hand schlüpfte in die seine. Dann kletterten Seven und Alba von der Bühne und drängten sich durch die in Panik geratene Menge, ohne zurückzublicken, ohne nachzusehen, ob sie verfolgt wurden. Sie rannten und rannten, so schnell sie konnten, um dieses höllische Chaos so weit wie möglich hinter sich zu lassen.

Alba

92

Während sie in die Dunkelheit jenseits der Festwiese rasten, rutschten sie immer wieder auf dem mit Raureif bedeckten Gras aus. Hinter ihnen waren Schreie und Schüsse zu hören. Alba riskierte es, kurz einen Blick über die Schulter zu werfen, sah aber nur ein Durcheinander von kämpfenden, ins Licht der Flammen getauchten Gestalten.

In dem Moment fiel ihr siedend heiß etwas ein.

»Dolly!«

Sie blieb abrupt stehen und hielt Seven fest. Keuchend beugte sie sich nach vorn und presste die Hand gegen die Brust.

»Wir müssen zurück!«, stieß sie hervor. »Wir müssen nach ihr suchen!«

»Alba ...«

Sie zerrte ihn in Richtung der Festwiese. »Sie war doch bei dir und den Mitgliedern der Bewegung, oder? Vielleicht ist sie immer noch dort! Vielleicht ist sie verletzt!«

Alba zerrte noch stärker an Seven, der jedoch wie angewurzelt dastand. Am liebsten hätte sie auf ihn eingeschrien: *Was soll denn das? Verstehst du denn nicht? Dolly ist meine Familie! Ich kann sie nicht im Stich lassen!*

»Alba«, wiederholte Seven in einem Ton, der ihr alles verriet.

Dolly war tot.

Sie ließ seine Hand los, als hätte sie sich verbrannt.

Nein.

Seven trat auf sie zu, doch sie wich zurück.

Nein!

Alba bekam keine Luft mehr und hatte das Gefühl zu sterben. Ihr Herz zersprang in winzige Glassplitter, die sich in ihr Inneres bohrten.

Ein paar Leute rannten an ihnen vorbei, die ihr jedoch in dieser Sekunde nur wie substanzlose Gespenster vorkamen.

»Nein«, flüsterte Alba, was sich wie eine Frage anhörte.

Wie eine Bitte. Ein Flehen.

»Doch«, erwiderte Seven leise.

Sie starrte ihn mit tränenverschleiertem Blick an. »Wann? ... Wie?«, krächzte sie.

»Sie wurde angeschossen, als wir geflohen sind. Sie ... sie ist im Auto gestorben, als wir hier angekommen sind.«

Alba wurde schlecht. Dolly war *hier* gewesen, in ihrer Nähe, und sie hatte nicht mehr die Möglichkeit gehabt, sie ein letztes Mal zu sehen und mit ihr zu sprechen. Sie in den Armen zu halten und ihr zu sagen, dass sie sie liebe, dass sie sich keine bessere Freundin hätte wünschen können. Dass sie für Alba wie eine Schwester – wie ihre *Familie* – war, auch wenn sie nicht miteinander verwandt waren.

Seven kam näher und griff nach Albas Händen. »Möchtest du sie sehen?«, fragte er.

Alba schloss die Augen und nickte.

Wesentlich langsamer als bisher setzten sie ihren Weg fort, teils, weil sie sich sicherer fühlten, nachdem sie das Kampfgetümmel auf der Festwiese weit hinter sich gelassen hatten, teils aber auch, weil Alba nicht rennen konnte. Es fiel ihr schon schwer genug, sich aufrecht zu halten, und sie schaffte es gerade so, nicht zu Boden zu sacken und ihren Schmerz in die Nacht hinauszuschreien.

Als sie die Serpentine erreichten, lag der See ruhig da und schimmerte im Licht der Sterne. Am Ufer ließen Weiden ihre Zweige ins Wasser hängen. Ein leises Plätschern klang wie ein Wiegenlied durch die Nacht.

Alba nahm undeutlich ein Auto wahr, das in der Nähe des Sees stand.

»Ich dachte, hier würden mehr Autos sein«, sagte Seven. »Das ist doch ihr Treffpunkt. Wo sind denn die anderen?«

»Die sind losgefahren, um zu helfen«, erklärte vom Auto her eine Stimme. Kurz darauf tauchte hinter dem Fahrzeug die Gestalt eines mageren Mädchens auf.

»Loe«, sagte Seven, der sich erleichtert anhörte.

Als sie näher trat, fiel das Licht des Monds auf sie. Ihr Gesicht war so lädiert und geschwollen, dass sie ganz entstellt aussah.

»Wer ist da bei dir?«, fragte Loe.

»Alba.«

Eine längere Pause trat ein.

»Deine *Freundin?«*, fragte Loe schließlich in spöttischem Ton. Spontan ging Seven auf sie zu und schloss sie in die Arme.

»Schön, dass es dir besser geht«, meinte er.

Sie lächelte ihn schief an. »Na ja, nicht wirklich.« Als sie sich voneinander lösten, holte sie tief Luft. »Die anderen haben mir alles erklärt, während wir hier gewartet haben, aber dann kam ein Notruf von ihren Verbündeten auf dem Ball und sie sind losgefahren. Sie hoffen, dass sie nach dem Kampf abhauen können, und haben gesagt, dass wir das Auto hier nehmen können.«

»Ich kann aber nicht fahren«, erwiderte Seven.

»Dann musst du's eben lernen.«

Alba hörte ihrem Gespräch wie aus weiter Ferne zu; ihre Stimmen drangen nur undeutlich an ihr Ohr. Als sie es nicht länger ertragen konnte, fragte sie: »Kann ich Dolly jetzt sehen?«

Das Mädchen schaute sie an und nickte verständnisvoll. Schweigend führte sie Alba und Seven zu einer Weide am Ufer des Sees, schob die Zweige aus dem Weg und trat zur Seite, um Alba durchzulassen.

Doch Alba blieb abrupt stehen, weil sie plötzlich von Panik befallen wurde. Dolly war tot. Wenn Alba ihre Leiche sah, würde sie wissen, dass alles bittere Wirklichkeit war, und dieses Bild würde ihr nicht mehr aus dem Kopf gehen, würde die Erinnerung an ihre lachende, lächelnde Zofe verdrängen.

Alba drehte sich zu Seven zurück. Tränen strömten ihr übers Gesicht. »Ich glaube, ich kann das nicht«, sagte sie mit brechender Stimme.

Sofort zog er sie an sich und schlang zärtlich die Arme um sie.

»Doch, das kannst du. Du schaffst das, Alba.«

Sie schüttelte den Kopf. »Ich glaube nicht.«

»Ich bin mir ganz sicher, dass du es kannst.«

»Sie ist tot, Seven«, flüsterte Alba. »Dolly ist tot.«

»Ich weiß. Und nichts kann sie wieder lebendig machen. Aber du würdest es dir nie verzeihen, wenn du gehst, ohne dich von ihr zu verabschieden.«

Diese Worte überzeugten sie schließlich. Sie sah Seven an und nickte. Dann holte sie tief Luft und trat durch den Vorhang der Zweige in die Dunkelheit.

Dolly lag am Fuß des Baums. Albas Herz setzte einen Moment aus, als sie Dolly erblickte, und sie konnte ihre Tränen nicht mehr zurückhalten. Trotzdem zwang sie sich weiterzugehen. Alba kauerte sich neben Dolly und legte sanft die Hand auf die kalte Wange ihrer Zofe.

»Es tut mir leid, dass du in diese Sache hineingezogen wurdest«, flüsterte Alba. »Und es tut mir leid, dass ich dich nicht mehr hier rausholen kann.«

Ihr versagte die Stimme. Mit einem leisen Aufschrei brach sie zusammen und klammerte sich an den leblosen Körper. Wenn sie Dolly doch bloß ein letztes Mal hätte sehen können, um ihr das zu sagen, was sie ihr nie deutlich genug gesagt hatte.

Dass sie sie liebte.

Dass sie sie unendlich liebte und immer lieben würde – jeden Tag, jede Nacht, bis ans Ende ihres Lebens.

Drei Wochen später

16 Uhr 40, ländliche Gegend in West Gloucestershire

Seven hatte den ganzen Nachmittag unten am Fluss geangelt. Manchmal kam Alba mit, saß dann aber, in den dicken Mantel gehüllt, den er im Bauernhaus für sie gestohlen hatte, immer nur neben ihm und starrte schweigend auf das vorbeiströmende Wasser. Heute hatte sie ihn jedoch nicht begleitet.

Da der Dezember immer näher rückte, fror der Fluss allmählich zu. Der Wind war so bitterkalt, dass Seven ständig die Nase lief. Der Boden war mit Raureif überzogen, der im trüben grauen Licht glitzerte, als hätte man Diamantensplitter über die Erde gestreut.

Seven wünschte, es *wären* Diamanten. Im Moment konnten sie etwas mehr Geld gebrauchen (beziehungsweise konnten sie *überhaupt* Geld gebrauchen).

Der Rückweg vom Fluss zur Scheune dauerte über eine Stunde. Als Seven ankam, waren seine Finger steif vor Kälte. Er fummelte am Riegel des Scheunentors herum, bis er ihn endlich aufbekam, und schlüpfte nach drinnen. Er war immer noch nervös, wenn er hineinging, doch das Bauernhaus lag ziemlich weit weg und nach allem, was er beobachtet hatte, wurde von den zwei Scheunen diese hier nur selten benutzt, sodass man sie noch nicht erwischt hatte.

Darauf war er richtig stolz. »Ich hab's noch nicht verlernt«, murmelte er.

»Was hast du noch nicht verlernt? Charmant zu sein? Das bist du sowieso noch nie gewesen, das kannst du mir glauben.«

»Du mich auch, Loe.«

Sie kam von ihrem Beobachtungsposten am Fenster herüber und lächelte ihn spöttisch an. Inzwischen waren drei Wochen vergangen und sie sah wesentlich besser aus, obwohl die blauen Flecken in ihrem Gesicht noch nicht ganz verschwunden waren und ihr rechtes Fußgelenk merkwürdig verdreht war, sodass sie beim Gehen hinkte. Sie trug eine schwarze Jägerjacke und eine Männerhose. Die Haare hingen ihr wild im Gesicht.

Seven reichte Loe die Zeitung, in die er die Fische eingewickelt hatte, und wischte sich die Hände an der Hose ab. »Wie geht es ihr heute?«, fragte er.

Loe zuckte die Achseln. »Besser, glaube ich. Jedenfalls ist sie nicht mehr so apathisch. Gerade erzählt sie Mika eine Geschichte.«

Er ließ den Blick durch die Scheune schweifen – der mit Stroh bedeckte Betonboden war mit Heuballen und ausrangierten Traktorteilen übersät – und schaute schließlich zum Heuboden hoch, wo sie sich mit einigen Heuballen eine Art Nest gebaut hatten. Dort schliefen sie, und wenn sie in der Scheune waren, verbrachten sie dort auch die meiste Zeit, für den Fall, dass jemand hereinkam und sie sich verstecken mussten.

Von oben war eine gedämpfte Stimme zu hören.

Nachdem Seven Loe dankend zugenickt hatte, ging er zur Leiter und kletterte mühelos die Holzsprossen hoch (wenn seine ständige Fassadenkletterei doch auch so einfach gewesen wäre). Er zwängte sich durch eine Lücke in den Heuballen, setzte sein breitestes Grinsen auf und rief: »Buh!«

Alba und Mika befanden sich im hinteren Teil des Heubodens. Mika, die einen flauschigen Mantel anhatte, lag auf die Ellbogen gestützt auf dem Bauch und blickte zu Alba hoch, die einen khakifarbenen Mantel und einen karierten Schal trug. Das Haar hing ihr in dicken rotbraunen Flechten über die Schultern und schimmerte im matten Licht der Scheune.

»Seven! Seven! Seven!«

Mika stürzte sich sofort auf ihn und schlang ihre kleinen Arme um ihn. Lachend hob er sie hoch und ging zu Alba hinüber. Dabei musste er den Kopf einziehen, um nicht gegen die Deckenbalken der Scheune zu stoßen.

Alba hob den Blick und sah ihn an. Ihre Augen waren gerötet, ihr Gesicht noch ein wenig bleich, doch ihre Wangen waren inzwischen wieder fast so voll wie zuvor.

Sie lächelte ihn an und Sevens Herzschlag beschleunigte sich. Das passierte ihm nach wie vor jedes Mal, wenn sie ihn anlächelte, was sie in der letzten Zeit leider selten getan hatte.

»Was für eine Geschichte hat Alba dir denn erzählt?«, fragte er, während er Platz nahm und Mika absetzte.

Mika kuschelte sich in seinen Schoß. »Eine über ihre Freundin Dolly! Die war ganz unartig. Sie hat Alba gezeigt, wie man am See Frösche fängt und sie den Dienstboten dann ins Bett steckt!« Sie drehte sich um und sah Alba mit großen Augen an. »Kannst du mir das auch beibringen? Bitte! Damit ich das bei Loe machen kann!«

Alba wandte den Blick ab. »Ja, aber nicht jetzt«, versprach sie.

Seven kniff Mika in die Wange. »Geh Loe mal beim Abendessen helfen. Sonst vergiftet sie uns am Ende noch.«

Kichernd rannte Mika zur Treppe und kletterte nach unten.

»Gibt's irgendwelche Neuigkeiten?«, fragte Alba leise.

Er nickte. »Auf dem Rückweg hab ich einiges erfahren.« Er rückte näher und griff nach ihrer Hand. »Im Süden hat es weitere Aufstände gegeben. Offenbar tut der vorübergehende Premierminister sein Bestes, um damit fertigzuwerden und bessere Beziehungen zwischen dem Norden und dem Süden herzustellen. Die Untersuchung zum EH-Projekt scheint auch gut voranzukommen. Und ...« Seven zögerte einen Moment. »... und die Initiatoren des EH-Projekts sind wegen Mordes angeklagt worden. In ein paar Wochen werden sie vor Gericht gestellt.«

»Gut«, sagte Alba mit harter Stimme und holte tief Luft. »Ich meine, solange es beim Prozess fair zugeht. Und Hinrichtungen sind immer noch verboten, ja?«

Sie vermied es, Seven anzusehen, der jedoch wusste, dass sie an ihren Vater dachte.

»Ja.«

Alba entspannte sich ein wenig. Seven legte den Arm um sie. Sie kuschelte sich an ihn und schmiegte das Gesicht gegen seine Brust. Sie roch nach Stroh – was roch im Moment nicht nach Stroh? –, gleichzeitig nahm er aber auch diesen blumigen, für sie typischen Duft wahr.

Ihm fiel ein, wie erschüttert sie nach dem Winterball gewesen war. Und dass das Erlebnis unter der Weide am See sie irgendwie verändert hatte. Dort hatte sie mehr zurückgelassen als nur Dollys Leiche.

Seven wusste nicht, ob sie es je zurückerlangen würde.

Auf der ganzen Fahrt vom Hyde-Park-Anwesen zum Fluss hatte Alba kein Wort gesagt. Seven war wie ein Verrückter durch das Loch im Zaun gerast, das die anderen hinterlassen hatten, dann war er durch die Straßen gebrettert. Niemand hatte sie verfolgt. Offenbar war die gesamte Londoner Polizei auf dem Ball, um gegen die Bewegung zu kämpfen.

Auch während sie die Themse in einem Wassertaxi überquert hatten – was sie mit Albas Halskette bezahlten –, hatte Alba geschwiegen. Nachdem sie Mika in Bankside abgeholt hatten (natürlich hatte Loe die Belohnung, die die Polizei ihr versprochen hatte, nie erhalten), waren sie stundenlang den Fluss entlanggewandert, bis sie aufs Land kamen.

Als sie in einem Wald in der Nähe des Flusses Pause machten, hatte Alba immer noch kein Wort gesagt. Jeden Tag zogen sie weiter. Seven stahl in Bauernhäusern und Dörfern Essen und andere Dinge.

Erst als sie auf die Scheune hier gestoßen waren, hatte Alba endlich etwas gesagt.

»Ich bin müde. Könnten wir eine Weile hierbleiben?«

Über diesen Vorschlag schien jeder froh zu sein. Sie alle waren müde, sie alle sehnten sich nach einem Ort, wo sie bleiben und sich erst mal niederlassen konnten, und sei es nur vorübergehend.

Jetzt waren sie seit einer Woche in der Scheune. Jeden Tag zogen Seven und Loe los – schließlich waren sie die zwei Diebe der Gruppe –, um die Dinge, die sie brauchten, zu stehlen: warme Kleidung, Essen, Decken. Sie nahmen nur das, was zum Überleben nötig war. Seven hatte eigentlich für alle Zeiten genug vom Stehlen, doch darauf verzichten konnten sie erst, wenn sie sich überlegt hatten, wo sie hinwollten und wie sich auf legale Weise Geld verdienen ließ.

Wenn sie an Häusern vorbeikamen, versuchten sie, etwas von den Fernsehnachrichten aufzuschnappen. Auf diese Weise hatten sie erfahren, welche Auswirkungen die Aktion der Bewegung gehabt hatte. Trotz ihres abrupten Endes auf dem Ball reichte es aus – zusammen mit den Informationen, die die Bewegung im Internet verbreitete –, um eine offizielle Untersuchung des EH-Projekts einzuleiten. Sung, Kola, Axel, Nihail und die anderen Mitglieder der Bewegung halfen den Behörden bei ihren Ermittlungen, obwohl sie selbst wegen der Geschehnisse auf dem Ball unter Anklage standen. Seven hoffte, dass man die Anklage zurückziehen würde, sobald sich herausstellte, dass ihre Anschuldigungen gegen die Initiatoren des EH-Projekts auf Wahrheit beruhten.

Vor ein paar Tagen hatten Seven und Loe eine Sendung mitgehört, in der es hieß, dass Oxana sich von Alastair White habe scheiden lassen und das Land verlassen hatte. Sie hatten beschlossen, Alba nichts davon zu erzählen. Zumindest vorerst nicht. Seven hatte ihr auch nicht erzählt, was er in der Erinnerung erlebt hatte, die er für Takeshi hatte verändern müssen. Er war sich ziemlich sicher, dass er es ihr nie verraten würde. Warum sollte er ihr noch mehr Schmerz zufügen?

Wenn er und Alba aus allem, was geschehen war, etwas gelernt hatten, dann die Tatsache, dass es manchmal besser war, Erinnerungen auf sich beruhen zu lassen.

Bevor Seven an diesem Nachmittag zur Scheune zurückgekehrt war, hatte er am Fluss gestanden und auf das vorbeiströmende Wasser geblickt. Es gab etwas, das er schon lange vorhatte, und jetzt hatte er das Gefühl, dass der richtige Zeitpunkt gekommen war. Er zog sich die lange Kette, die ihm um den Hals hing, über den Kopf.

Die Kette mit dem Schlüssel zu seinem Memorium.

Eigentlich hätte er sie schon vor Wochen wegwerfen können. Vor dem Ball. Oder nachdem seine Wohnung von der Polizei durchsucht worden war. Doch irgendetwas hatte ihn davon abgehalten. Der Schlüssel stand für alles, was er ihm früher zugänglich gemacht hatte:

Neue Welten.

Neue Erfahrungen.

Freiheit.

Doch für diese Dinge brauchte er keinen Schlüssel mehr. Er brauchte keine Erinnerungsmaschine mehr und keine DSCs. Er brauchte anderen Menschen nicht mehr einen Teil ihres Lebens zu stehlen, weil er endlich ein eigenes Leben hatte und selbst Erinnerungen sammeln konnte. Und nachdem er den Schlüssel in den Fluss geworfen hatte und zusah, wie er im Wasser verschwand, wusste er, dass seine Vergangenheit abgeschlossen war und er in die Zukunft blicken konnte.

Alba seufzte leise und holte ihn in die Gegenwart zurück. Er strich ihr die Haare aus dem Gesicht und küsste sie auf die Stirn.

Tatsache war, dass Seven ziemlich ratlos war. Er wusste nicht, wie lange sie hierbleiben konnten. Wo sie danach hingehen, was sie tun, wie sie leben würden. Aber eines wusste er mit Sicherheit: Sie würden es gemeinsam tun. Alba, Loe, Mika und er.

Natürlich war er sich darüber im Klaren, dass das eine seltsame kleine Familie war. Und oft fragte er sich, wie es kam, dass sie mit ihren ganzen Streitereien noch nicht die Leute im Bauernhaus auf sich aufmerksam gemacht hatten. Aber irgendwie hatte er das Gefühl, dass alles in Ordnung kommen würde. Weil er zum ersten Mal das Gefühl hatte, ein *erfülltes* Leben zu haben. Er hatte Alba an seiner Seite. Er hatte einen

Menschen, sogar drei Menschen, die er liebte und die ihn liebten.

Von unten drang Loes Stimme an sein Ohr.

»Hättest du nicht ein paar größere Fische fangen können, Seven? Wenn du immer nur solchen Mist anbringst, gehe ich das nächste Mal selbst angeln.«

Nun, was Loe betraf, war es vielleicht ein bisschen übertrieben zu behaupten, dass er sie liebte.

»Kannst du gern machen«, rief er grinsend nach unten. »Bin gespannt, wie du dich anstellst.«

Vielleicht bildete er es sich ja nur ein, weil das Geräusch so leise und ihr Gesicht in seinem Pullover vergraben war, aber in dem Moment meinte Seven, Alba kichern zu hören.

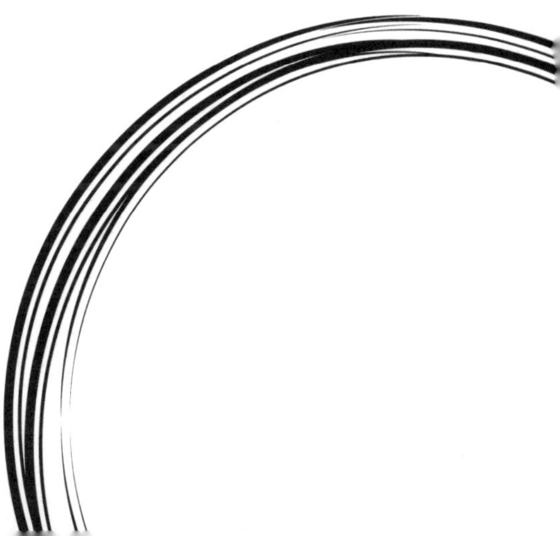

Andreas Eschbach

Aquamarin

Hüte dich vor dem Meer! Das hat man Saha beigebracht. Eine seltsame Verletzung verbietet der Sechzehnjährigen jede Wasserberührung.
In Seahaven ist Saha deshalb eine Außenseiterin. Die Stadt an der Küste Australiens vergöttert das Meer. Wer hier nicht taucht oder schwimmt, gehört nicht dazu. So wie Saha. Doch ein schrecklicher Vorfall stellt alles in Frage. Zum ersten Mal wagt sich Saha in den Ozean. Dort entdeckt sie Unglaubliches. Sie besitzt eine Gabe, die nicht sein darf – nicht sein kann. Nicht in Seahaven, nicht im Rest der Welt. Wer oder was ist sie? Die Suche nach Antworten führt Saha in die dunkelsten Abgründe einer blauschimmernden Welt ...

Arena

Auch als E-Book und als Hörbuch bei
Arena audio erhältlich
www.eschbach-lesen.de

408 Seiten • Gebunden
ISBN 978-3-401-60022-2
www.arena-verlag.de